몬테소리 평전

몬테소리
평전

Maria Montessori

지구르트 헤벤슈트라이트 지음 | 이 명 아 옮김

문예출판사

차 례

5 왕성한 생명력을 지닌 몬테소리 교육학 355

머리말

실제로 아이들을 교육하는 교사 대다수가 여성이지만 학계에서 글을 쓰는 여성 이론가의 수는 눈에 띄게 적다. 이건 그리 특별한 일이 아니다. 교육 분야뿐만 아니라 대부분의 직업 분야에서 전문성을 살린 경력을 쌓을 수 있는 길은 여성보다 남성에게 훨씬 더 많이 열려 있다. 역사를 살펴보면, 몇 안 되는 교육학의 고전적 사상가 반열에 들어가는 여성의 이름은 하나밖에 없을 것이다. 마리아 몬테소리(Maria Montessori)는 죽은 지 거의 50년이 지난 지금까지 폭넓게 연구하고 읽을 가치가 있는 업적을 이뤄낸 유일한 여성이다.

그녀가 제시한 것은 하루살이처럼 유행을 타는 방법 프로그램이 아니다. 잠깐 여론의 눈길을 끌다가 다음 순간 책장에 꽂혀 먼지를 덮어쓰고 있는 그런 성과물이 아니다. 그녀의 업적은 포괄적인 교육 이론으로, 아직까지 계속 제기되는 교육학적 물음들에 흥미진진한 대답을 제시한다. 마리아 몬테소리는 그녀가 살던 시대에 대단한 광채를 발산했음에 틀림없고, 시간이 지날수록 자신의 이론들을 통해 점점 더 많은 이들을 감동시켰다. 그러나 이러한 인격적 요소들은 과거에 국한된 것일 뿐이다. 만일 그것들이 모두 한때만 존재했던 것이라면, 그녀의 업적도 그녀의 죽음과 더불어 생명력을 잃었을 것이다. 그러나 현실은 그렇지 않다. 몬테소리 교육은 오늘날 세계에서 왕성한 운동을 일으켜 어찌 보면 발도르프(Waldorf) 교육에 견줄 만한 양적 확산을 보여주고 있다.

확실히 마리아 몬테소리의 흡인력은 그녀가 남긴 저술에서도 살아 숨쉬고 있다. 아이의 처지를 대변하기 위한 그녀의 사회적 참여 활동과 교육의 중요한 의미에 대한 그녀의 비전, 즉 교육이 인류의 실존적인 문제 해결에 얼마나 중대한 의미를 갖는지에 대해 그녀가 제시한 견해는 학자로서 그녀가 갖춘 깨어 있는 시각에서 얻어졌다. 그녀는 이리저리 돌려 말하지 않고 한 사람 한 사람의 아이가 보여주는 것들을 정확히 바라본다.

그러나 마리아 몬테소리가 변함없는 현재성을 가지고 연구되는 이유는 그녀의 카리스마 때문만은 아닐 것이다. 오늘날의 독자 역시 그녀의 생각에 깊은 감동을 받을 것이 분명하기 때문이다. 20세기에서 21세기로 넘어가는 지금 이 시기에는 틀림없이 그녀의 상황과 맞물리는 어떤 것이 있어서 이것이 독자의 관심을 끌 것이다. 그녀가 쓴 저작의 한 줄 한 줄이 그녀가 살던 시대를 뛰어넘어 현 세대 교육자들에게까지 변함없는 영향을 미친다. 20세기 초반의 수많은 교육 개혁을 주도한 저술가들이 있지만 이러한 불변의 생명력을 누리는 것은 야누쉬 코르차크(Janusz Korczak)*와 마리아 몬테소리뿐이다.

이 머리말의 의도는 그녀의 교육관을 요약하려는 것이 아니다. 그 대신 앞에서 한 추측이 정말 맞는지, 마리아 몬테소리의 교육학이 그녀가 죽은 뒤 오늘날에 이르기까지 우리의 실제 교육에 시의적절하게 충고하는 바가 충분히 있는지를 판단하는 것은 이 책을 읽는 독자의 몫으로 남는다.

이제 이 책의 주요 골격을 먼저 소개하겠다.

- 마리아 몬테소리의 이력을 제시하면서 그녀를 피와 살을 가진 한 인간으로 소개할 것이다. 그녀를 삶의 구체적인 문제에서 떼내어 뭔가 고상한 것을 다루는 여성으로 미화하는 것은 무의미하다. 그녀도 다른 모든 사람들과 마찬가지로 사랑하고, 희망하고, 싸운다. 당연히 그녀의 삶에는 그늘도 있다. 마리아 몬테소리를 미화하는 것과 정반대 쪽에서, 오랜 시간을 두고 비판적인 견해를 보여 하나의 기념비를 뒤흔들고 그녀의 삶을 지나치게 심리학적으로 해석하려는 것도 무의미하

---

* 1878년 바르샤바의 성공한 폴란드 유대인 가정에서 태어났다. 본래 소아과 의사였던 그는 결혼을 하지 않았고, 자신의 아이를 갖는 대신 유대인 고아원 원장으로 일하며 고아들의 아버지로 살았다. 1942년 폴란드에 진격한 독일군들에 의해 트레블링카 집단수용소 독가스실에서 평생을 섬겨온 고아원 아이들과 삶을 마감할 때까지 왕성한 교육 실천과 문필 활동을 벌였다.

다. 불충분한 자료지만 이에 근거하여 한 개인 마리아 몬테소리를 되살려내야 한다.

- 20세기 초반, 젊은 여성 마리아 몬테소리는 그녀가 처음으로 세운 어린이집에서 만 세 살부터 만 여섯 살까지의 어린이 교육을 새롭게 정립하는 데 성공하고 그 덕분에 젊은 나이에 명성을 얻는다. 당시에 기초를 닦은 이 교육 개념은 오늘날까지 바뀌지 않고 수많은 나라에 건립된 몬테소리 교육 기관의 중심 이념으로 남아 있다. 그러나 이와는 교육 기반이 다른 교사에게도 몬테소리 교육은 커다란 아이디어의 보고(寶庫)다. 더구나 마리아 몬테소리에게 비판적인 견해를 지닌 사람들도 자신의 아이디어를 펼쳐가고 재정립하는 데 몬테소리의 어린이집 개념을 적절한 마찰점으로 삼고 있다. 이러한 모든 것을 근거로 마리아 몬테소리의 교수법과 방법론을 자세히 소개할 것이다.

- 그녀의 저작은 유치원 연령기 어린이에게만 국한되어 있지 않다. 마리아 몬테소리는 어린이에서 청소년에 이르기까지 관심을 갖고 교육학에 대한 생각의 폭을 넓혀나간다. 비록 척도는 달라도 젖먹이 아기에서 청소년기에 이르기까지 전체 교육을 연구하고 있다. 이와 관련된 그녀의 아이디어들은 이 책 3장 '연령 단계에 따른 교육'에서 소개할 것이다.

- 마리아 몬테소리는 장수하는 행운을 누렸다. 그녀는 어린이집을 세워 죽음에 이르는 순간까지 실천으로 가득했던 거의

반세기의 시간을 살았다. 아이들의 처지를 대변하고 뜻맞는 사람을 모으기 위해, 그녀는 말 그대로 죽을 때까지 일했다. 그리고 이를 통해 교육학의 중요한 질문에 대답해주는 포괄적인 교육 이론을 제시했다. 아이는 무엇인가? 인간은 무엇인가? 아이의 발달과 사회의 향상 사이에는 어떤 관계가 있는가? 교육은 무엇이 어떠해야 하는가?

그녀가 구상하는 교육학의 윤곽은 유아기의 교수법과 방법론을 뛰어넘는다. 이 사실을 전체적으로 고려하지 않는다면 그녀의 어린이집 개념도 지나치게 협소하게 이해될 수밖에 없을 것이다. 그러므로 여기서는 마리아 몬테소리의 교육철학을 상세하게 논의할 것이다.

▪ 이 책에서는 마리아 몬테소리의 교육학을 다루면서 몇 가지 정보는 제외한다. 어린이집, 초등학교, 중고등학교 및 치료교육학 등 요사이 각 교육 분야에서 벌어지고 있는 다양한 몬테소리 운동이 벌이는 노력들을 소개하려면 이 책은 너무 짧기 때문에 별개의 연구서가 필요할 것이다. 그러므로 이 글에서는 아주 짧게 관련 문헌을 소개하는 데 그치기로 하겠다. 이와 마찬가지로 마리아 몬테소리 교육이 오늘날의 교육에 시사하는 바를 몇 줄로 평가할 것이며 비판적인 시각도 감추지 않겠다.

이것은 한 대교육학자의 좌우명이며, 모든 교육자에 대한 요구

이기도 하다.

우리는 교육 전체에 생명을 불어넣기 위해 노력해야 한다.

(Montessori, 1992a, 147쪽)

1

끊임없는 도전과 사랑의 생애

기적을 대하는 눈으로 아이들을 관찰하라.

마리아 몬테소리

로마의 공원에서 매일 벌어지는 일이다. 이제 만 한 살 반이 된 아이가 작은 삽을 들고 양동이 안에 길가의 작은 돌멩이를 가득 주워 담으려 한다. 하지만 이제 집으로 돌아가야 할 시간이고, 유모는 아이에게 유모차에 앉으라고 한다. 그러나 아직 이 놀이에 마음을 온통 빼앗겨 있는 아이는 말을 듣지 않는다. 시간이 없다. 유모는 이 모든 절차를 단축하려 한다. 그래서 재빨리 아이의 양동이에 아이가 원하는 돌멩이를 가득 채운다. 그런 뒤 아이와 돌멩이로 가득한 양동이를 유모차에 싣는다. 그런데도 아이는 놀이를 포기하지 않은 채, 유모차에 앉아 큰 소리로 울부짖는다.

이것은 일상생활에서 자주 겪을 수 있는 경험이다. 왜 아이는 자신이 원하던 작은 돌멩이들을 손에 넣었는데도 울부짖는가? 이 장면을 관찰하는 한 여성에게는 이 사건이 매일 되풀이되어 되새길 가치조차 없는 사건이 아니다. 이 이야기는 어른이 아이를 상대로 어떤 싸움을 벌이는지 단적으로 보여준다. 이 여성은 "이 작은 일화에서 사용된 폭력과 불평등에 대한 저항의 표현"을 관찰하고(Montessori, 1994, 339쪽) 자신의 삶에서 사명으로 삼아왔던 한 가지 중요한 인식에 도달한다.

어른들은 아이를 이해하지 못하기 때문에 아이를 상대로 싸움을 벌이고 있다는 사실을 온 천지에 공포할 때가 되었다. 어른들은 자기중심적인 방식으로 아이들이 자기들과 같을 것이라고 가정한다. 어른은 아이가 어른과 완전히 다르며 인간의 삶과 관련해 전혀 다른 과제를 가지고 있다는 사실을 눈여겨보지 않는다. 어른이 아이를 이해하지 못하기 때문에 어른과 아이 둘 모두는 상호 대결 관계에 놓인다. 이 싸움은 약자에 대한 강자의 싸움 걸기며, 약자인 아이의 본성을 망치고 파괴한다.

이 유모는 만 한 살 반짜리 아이가 자신과 같으리라 생각한다. 그래서 이 아이가 작은 돌멩이를 손에 넣으려고 애를 쓰고 있을 거라 믿는다. 이제 돌멩이로 꽉 찬 양동이가 아이의 무릎에 얹혀 있는데 왜 아이는 계속해서 울부짖는가? 이 아이는 돌을 가득 담은 양동이를 갖고 싶은 것이 아니라 그 양동이를 스스로 채우는 활동을 원하는 것이다. 겉으로 보이는 소유 여부는 아이에게 중요하지 않다. 아이에게 중요한 것은 작은 삽을 도구 삼아 돌멩이를 양동이에 퍼 넣어 자신의 능력을 완성하는 것이다. 아이는 이 활동을 스스로 하려는 것이지 활동의 결과를 원하는 것이 아니다.

그러나 겉으로 보이는 활동 결과에 치중하는 어른은 아이를 이해하지 못한다. 양동이 채우기처럼 무가치한 일에 시간을 낭비해서는 안 된다는 듯, 어른은 너무나 손쉽게 이 작은 존재가 많은 시간을 써서 얻게 될 결과를 재빨리 얻어낸다. 거인이 난쟁이를 신속하게 해치우듯, 어른은 아이를 돌멩이로 꽉 찬 양동이와 함께 유모차에 쓸어 넣고 아이에게 얌전히 있기를 강요한다. 이러한 불공평한 싸움에서 난쟁이에게 남는 것은 오로지 눈물과 아우성뿐이다.

이 체험은 그 사건을 목격한 마리아 몬테소리에게 상징적인 의미로 자리잡는다. 그녀는 미숙하고 억눌린 아이를 위해 자신의 삶을 바친다. 어른들이 아이들과 맺는 관계가 사랑이 아니라 이기주의에서 비롯되는 것이며, 도움의 교육이 아닌 폭력의 대결이라는 사실을 일깨우는 것이 그녀의 과제가 된다. 이렇게 어른이 무지막지해지는 것은 대부분 악의 때문이 아니다. 오히려 완벽하게 무지 때문이다. 아이들이 자연스럽게 자기 자신을 발달시켜나갈 수 있도록 도움을 주기 위해 이제 교육 방식을 새롭게 정립하는 것이 중요해진다.

지금부터 소개할 이 여성에 대한 신뢰할 만한 자료는 얼마 되지 않는다. 그녀는 자서전을 쓰지 않았고, 그녀의 삶에 대해 사람들이 쓴 기록들은 존경심에 불타거나 날카로운 비판으로 양극화되어 흑백 논리로 그녀의 교육 방법을 재단한다. 몬테소리 그룹의 대변자 집단에 속하거나 그와 상관없는 외부인 그룹에 속하거나 둘 중 하나이다.

또는 다른 관점에서 표현하면, 사람들은 스승이 미리 가르쳐준 것을 토씨 하나 바꾸지 않고 따라서 외우는 사람들에 속하거나 새 옷을 입은 벌거벗은 임금님의 벗은 모습을 보려고 일정한 거리를 두거나 둘 중 하나다. 이런 날카로운 양분 상황은 몬테소리 대변자나 비판자를 가릴 것 없이 그들 모두를 어떤 종교적 세계관을 두고 싸우는 사람들처럼 보이게 한다. 이는 가감 없이 진솔한 주장을 천명하는 것을 어렵게 하며, 마리아 몬테소리가 일상의 교육 현실에 주는 자극들을 사실 그대로 돌이켜볼 수 있는 가능성을 가로막는다.

마리아 몬테소리는 대중매체가 급성장하던 시대에 일반인에게 널리 알려진 유명인사긴 하지만, 인간 마리아 몬테소리에 대해 알려진 것은 훨씬 앞 시대에 살았던 교육자들에 비하면 적다. 그녀의 추종자가 전하는 여러 일화에서 그녀는 우리와 똑같이 싸우다가 패배하고, 희망하고 절망하며, 웃고 우는 피와 살을 가진 한 사람이 아니라 인간적인, 너무나 인간적인 것들을 뛰어넘은 메시아 같은 모습으로 나타난다.

하지만 그녀의 삶은, 때로는 극적으로 때로는 비극적으로 그녀에게 작용했음에 틀림없을 인간적인 긴장에서 자유롭지 못했다. 예컨대 실향의 삶이 그러하다. 그녀는 이탈리아에서 스페인으로, 다시 영국과 네덜란드로, 또다시 미국과 인도로 거처를 옮겨 다녔다. 친아들과의 관계도 마찬가지다. 그녀는 갓난아기인 아들을 다른 사람에게 넘겨주었고 오랜 시간이 흐른 후에야 비로소 아들은 어머니에게 돌아와 그녀 곁에 머물면서 어머니의 일에 자신의 삶을 바친다. 이 모든 것에 대해서는 다시금 이야기할 것이다.

그녀의 추종자들이 제시한 일화를 통해 세계와 시대를 움직였던 한 여성의 삶의 자취를 전달하는 저작 외에도 이 여성의 실제 삶의 베일을 벗기려는 비판적인 전기도 있다. 마리아 몬테소리 생전에 출판된 수많은 신문 자료들을 모아 작업한 리타 크라머(Ritta Kramer)의 전기가 그것이다. 자세하고 풍부한 정보를 전달하는 이 전기도 앞에서 지적한 위험을 비켜가지 못한다. 독자는 이 글에서 수많은 사실 자료를 이용할 수 있지만 저자는 비판적인 의도를 너무나 분명하게 드러낸다. 마리아 몬테소리는 짧은 기간에 중요한 교육 개혁의 기초를 닦았지만, 자신이 얻은 월계관에 자족한 나머지 더는 새로운 어떤 일도 해내지 못했다는 견해다. 마리아 몬테소리는 교육의 시대적 변화에 동참하지 않고, 오로지 신앙심이 깊은 추종자에게 둘러싸여 있었다. 일단 크라머의 전기를 제쳐두면, 다음과 같은 질문이 뒷맛처럼 남는다. 왜 이렇게 묘사된 여성이 그 당시 엄청난 영향력을 행사하는 인물이었고, 왜 그녀의 교육학이 오늘날까지 이 같은 흡인력을 갖는가?

우리는 마리아 몬테소리의 전기를 기술하면서 우리가 가지고 있는 일차 자료들에 의존했다. 이 자료들은 흥미진진하고 변함없이, 시기 적절한 교육 이론을 만들어낸 한 사람에게 다가가기 위한 안내 역할을 했다. 우리는 심리학적인 설명을 덧붙여 우리가 모르는 것을 슬쩍 끼워 넣으려는 어떠한 시도도 거부한다. 그녀의 개인적 삶의 수많은 측면들은 베일에 가려져 있다. 이 점은 결코 바꿀 수 없다. 또한 이제부터 소개하려는 면모들의 진실성도 보장할 수 없다. 우리는 결코 확실하지 않은 사실을 그럴듯하게 꾸미려고 시도하고 싶지 않다.

유년 시절과 청소년기

마리아 몬테소리가 태어난 1870년은 이탈리아 역사에서는 잊을 수 없는 해다. 이제 비로소 이탈리아는 통일 국가가 되었고 외세의 지배에서 해방되어 사회의 미래를 스스로 결정할 수 있는 길을 열었다. 경제적인 측면에서는 산업 발전을 통해 다른 유럽 국가들과 교류할 수 있으리라는 희망에 부풀었고, 경제적인 낙관주의가 건국 초기의 정서였다.

그에 반해 통일 과정은, 여전히 정치적으로 낙후된 군주제라는 비민주적인 구조 아래서 진행되었다. 대규모 아동 노동 문제를 포함해서 사회적인 문제들도 엄청났다. 새로운 상황에서 사람들은 새출발을 앞두고 설레임과 우울함으로 술렁이고 있었다.

이러한 역사적 시점에서 교육은 매우 중요한 역할을 한다. 현실의 학교 제도는 희망이 없을 정도로 낙후되어 있었지만 새로 등장한 개혁가들은 교육 개혁이라는 카드에 큰 희망을 걸었다.

마리아 몬테소리가 어린 시절을 보낸 때는 이렇게 정치적으로나 사회적·경제적으로 개혁의 희망과 복고적이고 보수적인 경향이 양극화되어 있던 시기다. 이러한 긴장은 그녀의 생가에서도 그대로 표현된다. 즉 아버지는 상대적으로 보수적인 진영을, 어머니는 상대적으로 진보적인 진영을 대표했다. 마리아 몬테소리는 이런 기본적인 상황에서 중요한 가르침을 얻는다.

마리아 몬테소리는 평생 사회 개혁에 투신할 뜻을 갖게 되는데, 그녀의 교육학은 개혁을 위한 이러한 노력의 일부가 된다. 그녀는 개인들 스스로가 기존 상황에 맞서 강력하게 자신을 방어해야 하고, 또 그렇게 할 수 있는 마음 자세를 갖추는 것이 중요하다는 사실을 배운다. 그런 까닭에 그녀가 이론과 실천에서 강조하는 목표는, 아이들 하나하나가 개인적인 강인함을 갖추어 독립적인 인격체가 되어야 하며, 사회적 측면에서도 책임 있게 행동할 수 있는 능력을 갖추는 것이다. 그리고 그녀는 민족들 사이의 평화를 도모하는 데 평생 자신을 투신할 뜻을 세우면서, 이 평화는 어른이 아이를 상대로 한 전쟁을 그만둘 때 도달할 수 있다고 생각했다.

그녀의 삶은 시작부터 전형적으로 그녀에게 닥쳐올 실향의 삶을 예고하고 있었다. 가족들이 이 다섯 살 난 아이를 데리고 세무사로 일하던 아버지의 직장을 좇아 로마로 이사를 갔을 때 마리아 몬테소리는 벌써 두 번이나 이사를 해본 상태였다. 마리아 몬테소리는 1870년 8월 31일 치아라발레 베이 앙코나에서 태어났다. 로마에 정착하기 전 세 살 때는 플로렌즈에서 살았다.

그녀의 아버지는 집안에서 전통적인 역할 구분을 고수하려 애썼지만 성공을 거두지 못한 사람으로 묘사된다. 외동딸은 아버지의 뜻에 따라 안정된 중산층 가정에서 '정상적인' 직업을 준비해야 했다. 물론 약간의 교양 교육도 받아야 했다. 학교에서 딸이 우등생으로 입증되자 아버지는 딸을 여교사로 만들 계획을 갖게 되었다. 그러나 여성 교육은 여성을 가족에게서 이탈하게 해서는 안 되고 앞으로 해야 할 어머니 노릇과 주부 역할을 준비하는 데 있다는 것이 아버지의 생각이었다. 청소년이 된 마리아 몬테소리가 이러한 전통적인 성 역할 분담에 반항하고 여의사가 되어 남자의 성역을 침범하려 했을 때 부친은 그저 몰이해와 거부로 일관할 수

몬테소리의 아버지 알레산드로 몬테소리

마리아 몬테소리가 아버지가 선택한 바
로 그 직업에서 그토록 엄청난 업적을
이뤄내리라는 사실을 아버지 알레산드
로 몬테소리는 꿈에서도 상상하지 못했
을 것이다.

밖에 없었다. 하지만 허사였다. 마리아 몬테소리가 의사로 경력을
쌓고, 박사학위를 가진 여의사로서 일찌감치 사람들 사이에서 영
향력을 행사하는 유명인사가 되자, 그때 비로소 아버지는 딸과 화
해한다.

마리아 몬테소리는 아버지와 어머니가 살아 계시는 동안 친밀
한 관계를 유지한다. 부모님이 돌아가실 때까지 그녀는 부모님과
한지붕 아래 살면서 부모님이 새롭게 결성되는 교육 운동의 동지
모임에 참여하도록 했다. 마흔다섯 살이 된 그녀는 승리의 기쁨을
안고 미국을 여행하던 도중 아버지의 부음을 듣는다. 그녀는 배를
타고 즉시 로마로 돌아왔다.

부모님의 기대를 거스르며 반항했던 아이들이 어느 순간 자신도 모르게 어른들에게 거부했던 바로 그 모습이 되는 일이 드물지 않다. 어떻게 보면 마리아 몬테소리 역시 마찬가지다. 그녀는 여교사의 삶을 가장 가치 있는 것으로 동경했던 아버지의 계획에 격렬히 반항하지만, 의학을 공부했으면서도 이미 한 세대 전에 세계 교육자들을 인도하는 여교사로 명성을 얻는다. 부모님이 제시한 방식 그대로는 아니더라도 부모님이 세운 계획이 성취될 때가 흔히 있다. 마리아 몬테소리가 아버지가 선택한 바로 그 직업에서 그토록 엄청난 업적을 이뤄내리라는 사실을 아버지 알레산드로 몬테소리(Alessandro Montessori)는 꿈에서도 상상하지 못했을 것이다.

이렇게 전통을 고집하는 아버지와 어머니 레닐데 스토파니(Renilde Stoppani)는 극과 극을 이뤘다. 우리는 스토파니가 하나밖에 없는 자식에게 자신은 도달할 수 없었던 '여성 해방'을 기대했음을 알 수 있다. 그녀는 딸이 주어진 역할 규범에서 벗어나려는 시도를 할 때마다, 또 남성들이 지배하는 세계에서 여성으로 전문가의 경력을 쌓으려 할 때마다 늘 아낌없이 자신의 딸을 지원했다.

여기서 드러나는 그녀의 교육 방법의 엄격함은 낯설지 않다. 한 일화에 따르면, 4주간의 휴가를 마치고 집에 돌아와 배가 고프다고 칭얼거리는 어린 마리아에게 스토파니는 오래된 빵조각을 건네며 이렇게 말했다. "좋아. 못 기다리겠다면 이 빵을 먹도록 해." (Standing, o.J., 9쪽)

마리아 몬테소리가 이 일화에서 나타난 것과 같은 교육 방법을

몬테소리의 어머니 레닐데 스토파니

스토파니는 하나밖에 없는 자식에게 자신은 도달할 수 없었던 '여성 해방'을 기대했다. 그녀는 딸이 주어진 역할 규범에서 벗어나려는 시도를 할 때마다, 또 남성들이 지배하는 세계에서 여성으로 전문가의 경력을 쌓으려 할 때마다 늘 아낌없이 자신의 딸을 지원했다.

교육학에서 중요시하지는 않았다. 그러나 어머니의 이러한 강인함은, 적대적인 환경에 맞서서 아이가 저항을 극복할 수 있는 불굴의 의지를 키우도록 이끈다. 이 불굴의 의지야말로 저항을 딛고 일어서는 데 꼭 필요하다. 그렇다고 레닐데 스토파니가 딸에게 자애롭지 못한 교육자였던 것은 아니다. 그녀는 아이가 지닌 발달의 소망을 깊게 이해하고, 마리아의 사고와 행동에 지침이 되어준 가장 중요한 인물이다. 마리아 몬테소리가 의학도로서 걸림돌에 걸려 절망하던 순간마다 그녀를 북돋아주고 곤궁의 기간을 극복하도록 도운 것이 바로 그녀의 어머니다.

마리아 몬테소리에게 개인적으로 중요한 삶의 단락이 되는 사건들을 되짚어보면 독특한 모녀 관계가 드러난다. 인정받던 여의사는 혼외 관계로 임신하게 된다. 하지만 미혼모 스스로 아이를 다른 사람 손에 맡기지는 않았다. 레닐데 스토파니는 다른 이에게 아이를 맡기지 않는다면, 딸의 사회 생활이 위험에 치닫게 되리라는 걸 똑똑히 알고 있었다. 스토파니가 죽은 후 마리아 몬테소리는 이미 청소년으로 성장한 아들을 되찾고 어머니와 한 무언의 약속에서 자유로워진다. 그러나 마리아 몬테소리는 이때부터 (인도만 제외하고는) 어디서도 검은 상복을 벗지 않는다. 이는 어머니를 기념하기 위한 표시였다.

그러나 이 모든 것을 제시하기 전에 먼저 연대 순에 따라 어린 시절 마리아의 생활에 머물러보자. 그녀는 여섯 살에 학교에 입학했으나 특별히 뛰어난 학생으로 주목받지는 못했다. 이 시기에 체험한 것을 마리아 몬테소리는 직접 이야기한 적이 있다. 1학년 때 너무나 좋아하던 선생님이 여학생들에게 유명한 여성 위인의 전기를 완전히 암기하도록 했다. 아이들이 펼쳐갈 삶의 가능성에 대해 커다란 자극을 받을 수 있게 하기 위해서였다. 오로지 어린 마리아만이 선생님 말씀에 다음과 같은 사족을 덧붙였다. 그녀는 확실히 유명해지기를 원했다.

오, 안 돼요…. 저는 절대로 그렇게 훌륭한 사람이 되지 않을 거예요. 앞으로 자라날 아이들을 너무나 사랑하니까 또다시 이런 전기를 외우게 할 순 없어요.(Montessori, 1995, 180쪽)

열 살 때의 마리아 몬테소리

초등학교 시절에 마리아 몬테소리의 학업 성취 능력이 서서히 드러나고 그녀의 야심은 자극을 받는다. 청소년이 된 마리아 몬테소리는 이미 의학을 공부하기로 마음을 단단히 굳혔다. 당시만 해도 이탈리아에서 의학 분야엔 단 한 명의 여성도 입학할 수 없었다.

초등학교 시절에 마리아 몬테소리의 학업 성취 능력이 서서히 드러나고 그녀의 야심은 자극을 받는다. 그녀는 생생한 외국어로 수업이 진행되고, 자연과학 과목이 강세를 보이는 기술고등학교에 입학한다. 우선 마리아 몬테소리를 매혹시킨 과목은 수학이다. 그 후 생물학에도 깊은 관심을 보인다. 마리아 몬테소리를 교사로 키우려던 아버지가 그때까지도 그 희망을 간직하고 있었을진 모르지만, 청소년이 된 마리아 몬테소리는 이미 의학을 공부하기로 마음을 단단히 굳힌 후였다. 그 당시 이탈리아에서 의학 분야엔 단 한 명의 여성도 입학할 수 없었던 것이다.

평범하지 않은 의학도

의학을 공부하겠다는 결심 하나만도 평범하지 않은 것이었다. 여학생이 해부학 시간에 남학생들과 더불어 시신을 부검하는 것이 그 당시에는 불가능게 여겨졌다. 마리아 몬테소리가 의학을 공부하겠다는 꿈을 어떻게 실현했는지 여부를 둘러싸고 많은 일화가 전해온다.

일설에 따르면 그녀는 당시 의대 학장이었고 이후 수년 동안 이탈리아 교육부장관을 역임한 사람을 만나 개인 면담을 하고, 자신의 열망을 전달했다고 한다. 이 학장은 오해의 소지가 없도록 그녀의 뜻이 관철될 수 없다고 분명히 말했다. 그러나 마리아 몬테소리는 '조용'하지만 '단호'하게 몇 마디 말로 그와 작별했다. "저는 제가 꼭 의사가 되리라는 것을 확신합니다!"(In : Standing, o. J., 11쪽)

이 일화를 통해 자신이 선택한 길을 일관되게 가고, 얼핏 보기에 극복할 수 없을 것처럼 보이는 장애에도 굴하지 않으려는 스무살 먹은 한 젊은 여성의 자의식이 드러난다. 어떻게 마리아 몬테소리가 이탈리아에서 의학을 공부한 첫 번째 여성이 되었는지는 아직까지도 분명히 밝혀지지 않고 있다. 증거를 댈 수 없는 소문에 따르면 교황이 그녀를 위해 중재에 나섰다고 한다. 남을 돕는 의사의 활동과 실천은 여성의 자연적 본성에 상응한다는 것이 근거가 되었다고 한다.

그 모든 반대를 무릅쓰고 의학 전공 입학 허가를 받는 데는 아주 강한 자의식이 요구되었지만, 학업 자체도 늘 새로운 도전이었고 자의식을 강화하는 과정이 되었다. 교수들 사이에 존재하는 선입견을 극복하는 것과 마찬가지로 날마다 동료 남학생들과 벌어지는 대면 상황을 이겨내야 했다. 우선 그녀는 남학생들이 입장한 후에나 강의실에 발을 디딜 수 있었고 맨 끝에 강의실에 들어설 때면 남학생들의 야유를 들어야 했다. 한 무리의 남학생들이 마지막으로 들어오는 마리아 몬테소리에게 "푸우!" 하고 외치면 그녀는 이렇게 응대하곤 했다고 한다. "사랑하는 친구 여러분! 더 큰 소리로 외쳐요. 소리가 커지면 커질수록 나는 점점 더 높이 올라갈 테니."(In: Standing, o. J., 12쪽)

그녀의 학업 기간 중 가장 어려웠던 싸움은 해부학이었다. 당연히 그녀에게는 남자 동료들과 함께 시체를 해부하는 것이 금지되었다. 해부학 과제를 하려면 그녀는 감독관 한 명과 어둑어둑한 저녁 시간에 동행해야 했다. 이 여성의 자기 원칙을 가늠하기 위해서 그녀의 전기를 일일이 검토하기 이전에 우리는 이 장면을 눈앞에 생생하게 그려볼 필요가 있다. 혼자서, 그것도 어두컴컴한 불빛 아래 역겨운 악취가 코를 찌르는 와중에 칼을 대어 시체를 자르는 한 여성을 상상해보라.

학창 시절 마리아 몬테소리가 한 여자 친구에게 보낸 편지는 개인적 감정과 고충을 털어놓은 얼마 안 되는 문서 가운데 하나다. 그녀는 해골과 내장이 담긴 유리병, 수업 자료로 보관된 범죄자의 유해 조각, 또 해골들이 움직이는 것을 보는 자신의 환각 등에 관

마리아 몬테소리, 1923년

몬테소리는 동료 남학생들과 벌어지는 대면 상황을 이겨내야 했다. 우선 그녀는 남학생들이 입장한 후에나 강의실에 발을 디딜 수 있었고 맨 끝에 강의실에 들어설 때면 남학생들의 야유를 들어야 했다. 한 무리의 남학생들이 마지막으로 들어오는 마리아 몬테소리에게 "푸우!" 하고 외치면 그녀는 이렇게 응대하곤 했다고 한다. "사랑하는 친구 여러분! 더 큰 소리로 외쳐요. 소리가 커지면 커질수록 나는 점점 더 높이 올라갈 테니."

해 편지를 쓴다. 이같이 오싹오싹한 경험과 힘겹게 싸우는 내면의
독백이 이어진다.

"맙소사, 이런 고통을 당해야 하다니……. 내가 무엇을 잘못했을까?
나는 왜 여기 이 모든 죽은 자들 한가운데 있는 걸까?"
"아니야, 괜찮아. 집중해. 이건 오로지 감정일 뿐이야. 감상은 이겨내
야만 해."(Kramer, 1997, 51쪽)

계속되는 해부학 강좌에서 그녀는 인체의 뼈다귀가 어떤 상태
로 강의실에 소개되는지 경험한다. 다시 그 역겨운 냄새가 진동하
고 죽은 지 얼마 안 되어 창백한 장밋빛 살점이 붙어 있는 뼈다귀
를 보며 그녀는 이런 생각에 빠진다. "저 뼈도 생각을 할 줄 알았
던 어떤 인간의 것이겠지."(Kramer, 1997, 51쪽)

이러한 경험들은 아마도 의학을 공부하는 학생이라면 누구나
겪었을 법한 것이다. 단지 그녀는 이 모든 것을 혼자서 감내해야
만 했고, 의학을 공부하려는 자신의 결정이 올바른 것인지 회의를
느끼지 않을 수 없었다. 그러나 그녀는 이 모든 회의를 새로운 도
전이라고 생각하며 유혹을 극복하고 자기 원칙을 강화한다.

스스로 선택한 길을 내면의 갈등을 못 이겨 중단하지 않았던 그
녀에게는 앞으로 의학자에서 교육학자로 변신을 암시하는 결정적
인 사건이 벌어진다. 한 일화에 따르면 어느 날 저녁 몬테소리는
근처 공원에서 산책을 하려고 고민에 잠긴 채 해부학연구소를 빠

져나왔다. 그곳에서 그녀는 한 여자 거지의 서너 살 된 딸아이와 마주쳤다. 이 일화는 다음과 같다.

> 엄마가 비탄에 젖어 탄식하는 동안, 어린아이는 땅바닥에 주저앉아 알록달록한 종이 조각을 가지고 논다. 혼이 빠질 정도로 열중해 아무 의미도 없는 장난감을 가지고 놀고 있는 행복한 아이의 표정을 지켜 보던 그 여학생은 묘한 감정에 사로잡혔다. 이 감정을 매튜스 아놀드 (Matthews Arnolds)보다 더 잘 표현할 수 있을까!

> 가슴에 채워졌던 빗장이 열리고
> 잃었던 감정을 새로 되찾았다.(Standing, o. J., 13쪽)

어떤 이유에서든 마리아 몬테소리는 이렇게 늘 어린아이를 관찰한 경험을 바탕으로 자기 회의를 극복하고 자신이 선택한 사명을 다시 받아들인다.

마리아 몬테소리는 열성적인 학생이었고 학업도 성공적으로 마쳤다. 그녀는 영예로운 장학금을 받고 여학생과의 경쟁에서 뒤처질지도 모른다는 불안감을 남학생들 마음에 심어놓았다. 그녀는 결국 이탈리아에서 첫 번째 여의사로 박사학위를 수여받았다. 당시 신문들은 이 일을 보도했고 몬테소리는 수련의로 자리도 얻는다.

의사로 첫걸음을 내디디다

의사가 되기 위한 교육을 마쳤을 때 마리아 몬테소리는 이제 막 만 스물여섯 살이었다. 의사에서 한 발짝 한 발짝씩 자신의 소명인 교육학자의 길로 들어서기까지 거의 10년의 세월이 흘렀다. 그러나 이러한 결론은 시간이 지나 돌이켜볼 때만 내릴 수 있다. 당시 스물여섯이던 이 여성이 자신의 손에 쥐고 있는 실로 어떤 미래를 엮어가게 될지는 아무도 알 수 없었다. 그 당시 그녀의 사생활이나 직업 생활에서 중요한 몇 가지 측면을 살펴보기로 하자.

이 젊은 여의사는 죽을 때까지 그녀의 일생을 규정하게 되는 두 가지 특징인 능동적인 삶과 공인으로 사는 삶을 시작한다. 불과 스물여섯의 나이로 그녀는 베를린에서 열리는 국제여성회의 이탈리아 대표로 선발된다. 이 큰 영예는 2년 후에도 이어져, 스물여덟 살 때 다시 한번 런던에서 개최되는 여성회의의 이탈리아 대표로 파견되었다. 세계 언론들은 베를린과 런던에 등장한 이 여성을 주의 깊고 호의적인 눈으로 주목하고, 런던에서 그녀는 다른 나라 대표들과 함께 영국 여왕이 주최한 환영식에 참여한다.

그녀의 이력에서 이러한 세부 사항들은 꼭 언급할 필요가 있다. 바로 이로써 일생 동안 정치적으로 유력한 인물들에게 영향력을 행사했던 마리아 몬테소리의 화려한 약력이 시작되었기 때문이다. 미국에서 대통령에게 환영을 받든, 파시스트 무솔리니의 영접을 받든, 혹은 인도의 간디와 대화를 하든, 아니면 교황의 개인 손

스물여덟 살 때의 마리아 몬테소리

불과 스물여섯의 나이로 그녀는 베를린
에서 열리는 국제여성회의 이탈리아 대
표로 선발된다. 이 큰 영예는 2년 후에도
이어져, 스물여덟 살 때 다시 한번 런던
에서 개최되는 여성회의의 이탈리아 대
표로 선출되어 파견된다.

님으로 초대되든, 그녀는 어떤 상황에서나 다양한 정치 정당의 대
표들이 자신과 자신이 대변하는 문제들에 주의를 기울이게 하는
데 성공한다.

　이 젊은 여의사는 여성 문제 외에도 사회 진보 운동에 참여했
다. 그녀는, 착취당하는 노동자들에게 제때제때 필요한 삶의 기반
을 보장하지 않는다면, 이후에 증상을 치료할 의술은 필요조차 없
게 될 것이라고 생각했다. 여성과 사회의 평등을 위한 투쟁에서
그녀는 교육 조건을 개선하는 데, 또 변함없이 계속되는 아동 노
동을 퇴치하는 데 골몰했다. 이 모든 문제에 대해 마리아 몬테소
리는 여론의 주목을 받는 강연을 했고 그 강연들 덕분에 젊은 나

이에 이탈리아의 유명인사가 되었다. 당시 사진들을 보면 그녀는 아름답고 우아하게 차리고 있다.

공적 생활과 수련의 생활을 겸하는 동시에 마리아 몬테소리는 자신의 병원도 직접 운영한다. 이 활동을 중심으로 소개하는 일화는 이 여의사가 자신의 직업을 '전체적인' 것으로 이해하고 있음을 특징적으로 보여준다. 그녀가 죽음 직전의 어린 쌍둥이를 두고 있는 어느 가난한 집에 불려갔을 때, 쌍둥이의 아버지는 의사의 무료 진료도 소용없다고 체념조로 말했다. 마리아 몬테소리는 집 안에 들어서자마자 직감적으로 상황을 파악했다.

> 그녀는 외투를 벗고 불을 지피고 아이 엄마를 침대로 보내고 물을 데우고 아이들을 목욕시키고 … 아이들이 먹을 음식을 준비했다. 시간이 지나자 천천히 생명이 돌아왔다. 그녀의 몸은 하나였지만, 그녀는 하녀이자 간병인이었고, 요리사이자 여의사였다. (Standing, o. J., 20쪽)

그녀는 몇 년 동안 주로 대학 부설 정신병동에 수련의로 근무했다. 그녀는 참혹한 환경에 방치된 장애환자들을 위해 치료 시설을 찾고, 더 쉽게 치료될 수 있는 환자들을 고르는 일을 했다. 이 활동으로 그녀는 한 걸음 더 교육학적 소명에 다가설 수 있었다. 그녀는 어른 정신병자들과 함께 감옥과도 같은 보호 시설에 갇혀 지내는 어린이 정신장애아들을 보게 되었다. 그녀가 관리인에게 왜 그렇게 아이들을 무시하냐고 물어보자, 관리인은 아이들이 식사를 마친 후에도 마치 짐승처럼 남아 있는 음식 부스러기에 덤벼든다고 말했다. 그러나 마리아 몬테소리는 이러한 행동을 비정상적인 걸식 행위로 보지 않았다. 그녀는 오히려 이러한 행위를 완전히 텅 빈 공간에서 손으로 가지고 놀 수 있는 최소한의 놀잇감을 갖고 싶은 욕구의 표현으로 이해했다.

마리아 몬테소리는 정신장애를 주제로 그때까지 연구되어온 문헌을 공부했다. 그녀는 이타르(Itard)와 세갱(Séguin) 두 의사의 연구에 주목했다. 이 두 의사는 19세기 초반에 정규 교육 과정에서 벗어나 정신지체아 교육에 크게 기여하는 업적을 남겼지만, 후대에는 거의 잊힌 것처럼 보였다. 마리아 몬테소리는 그들의 영향을 받아 환자들을 치료할 때 세갱이 만든 감각 자료를 사용하고, 이 자료를 더욱 발전시켜 오늘날 몬테소리 교구로 쓰이는 형태로 개발하기에 이른다.

당시 이탈리아 전역을 지배하던 의사들의 시각과 달리, 마리아 몬테소리는 정신지체 문제가 주로 의학적인 것이라기보다 더 주요하게는 교육적인 것이라는 영감을 얻었다. 이러한 장애아들의 잠자는 능력을 발전시키기 위해서는 교육학적으로 장애아에게 적합한 길이 발견되어야 한다는 사실은 여전히 유효하다.

마리아 몬테소리는 최신 연구 동향을 파악하고 지식을 얻기 위해 외국으로 연구 여행을 떠났고 이탈리아 정신장애아 분야의 전문가로 급성장했다. 그녀는 교육학자들과 의학자들이 모인 회의에서 이를 주제로 많은 강연을 했고 이 새로운 생각을 지키려고 다시금 여론 투쟁을 전개했다. 19세기 후반 로마에 치료교육연구소가 설립되자 마리아 몬테소리가 그 연구소를 이끌게 된 것은 당연한 일로 보인다.

마리아 몬테소리는 2년 동안 치료교육연구소에 재직했다. 그녀의 과제는 장애아 교육 담당교사를 양성하는 한편, 정신지체아와 직접 접촉하여 적합한 치료 방법을 연구하는 것이었다. 그녀는 이 시기가 자신에게 의미하는 바를 요한 하인리히 페스탈로치(Johann Heinrich Pestalozzi)가 스탄체에서 6개월 동안 경험하여 썼던 것과 비슷한 방식으로 기술했다.

> 나는 초등학교 교사보다 더 오래 머물면서 정해진 순서도 없이 쉬지 않고 아침부터 저녁 7시까지 아이들에게 수업을 했다. 이 2년의 경험으로 나는 처음으로 교육학의 필요성을 진지하게 느꼈다.(Montessori, 1993, 27쪽)

장애아동의 영혼에 잠자고 있는 인간에 호소하거나, 이 아이들의 결함에 냉담하게 반응하지 않을 수도 있다. 교육적 관점을 이러한 방식으로 바꾸면, 아이들에게 도움이 되는 적당한 방법으로 발달 과정을 촉진할 수 있으며, 정신장애아들은 일정한 수준에 도달할 수 있다. 아이들의 결함만을 강조한 전통적인 교육적 처방으로는 불가능하다고 판단되었던 수준이다.

실제로 마리아 몬테소리의 작업은 놀라운 성과를 거둔다. 이제까지 정신적인 결함 때문에 학교에 다닐 수 없던 아이들이 읽기, 쓰기, 계산하기를 배우고 공개적인 학교 시험에 참여할 수 있을 만큼 실력을 쌓게 되었다. 그녀는 '정상적인' 아이들과 동등하거나 심지어는 그 아이들을 능가하는 능력을 목표로 했다. 이는 전공 분야의 사람들에게 거의 기적처럼 비쳤고 놀라움을 감추지 못하게 했다. 그러나 마리아 몬테소리는 이 결과를 다른 각도에서 보았다. 정상적인 아이들이 장애아들에 못 미치는 학업 성적을 보였다면, 정상적인 아이들이 전통적인 교육 때문에 얼마나 지체되고 있는지 생각해보지 않을 수 없다. 그녀는 다음과 같이 회고한다.

> 실력이 앞서가는 모든 이들이 내가 가르치는 바보들에게 놀라움을 금치 못하는 사이, 나는 왜 보통 학교에 다니는 건강한 행운아들이 그렇게 수준 낮게 분류되고 있는지, 또 지능검사에서 내가 가르치는 불행한 아이들에게 뒤처지는지 그 이유를 생각해보았다.(Montessori, 1994, 32쪽)

2년 후 치료교육연구소가 한창 확고한 토대를 구축하던 가운데 마리아 몬테소리는 갑자기 활동을 중단한다. 그녀가 추진하던 교육연구소의 발달 과제가 완성을 목전에 두고 있었기 때문에 그녀의 이러한 행보를 직업 생활과 관련해서 납득하기는 어렵다. 오히려 이러한 결정 근거가 무엇인지를 개인적인 이유에서 찾아보는 것이 타당하다.

어떻게 이러한 결정이 났는지 정확하게 재구성할 수는 없다. 이 일은 처음부터 베일에 가려져 있었고, 오늘날까지도 그 베일은 벗겨지지 않은 상태다. 확실한 것은 마리아 몬테소리가 그 당시 정신과 병동에서 수련의로 일하던 동료 의사이자 치료교육연구소에서도 함께 활동했던 동료와 사랑에 빠졌다는 점이다. 그녀는 임신을 했고 양가는 임신 사실을 비밀에 붙이기로 했다. 마리아 몬테소리의 어머니는 혼외 임신이 딸의 보장된 창창한 직업 생활을 망가뜨릴 것이라는 사실을 잘 알고 있었고, 때문에 마리아가 사람들에게 임신과 출산 사실을 숨기도록 종용했다.

아들의 출산이 비밀에 붙여지고, 극소수 친구들만이 이 사실을 알게 된다. 이 갓난아기는 농촌의 양부모에게 맡겨졌다. 아이는 일곱 살이 되자 플로렌즈에 있는 인터낫에 입학했다. 치료교육연구소 소장 자리를 내놓은 것이 임신 기간을 견뎌내고 아이의 출산을 비밀로 하기 위해 일정 기간 동안 공적 생활에서 사라져야만 했기 때문인지(전기작가 크라머의 추측), 아니면 사랑하는 연인과 함께 일하는 것이 불가능했기에 내린 결정인지(아들의 공식적인 주장)는 오늘날 판단할 수 없다. 확실한 점은 그녀가 자신의 직업 생활과 공공의 선입견 때문에 아들을 희생했다는 점이며, 때문에 평생 치유할 수 없는 상처를 얻었다는 것이다.

이 두 동료이자 연인은 평생 그 누구와도 결혼하지 않기로 약속한다. 마리아 몬테소리가 평생 동안 이 약속을 지킨 반면, 아들 마리오의 아버지는 그가 맺은 약속을 곧 깨어버려, 마리아 몬테소리는 일생에서 두 번째로 큰 상처를 받는다.

어머니이기도 한 마리아 몬테소리는 이따금 아들을 방문했다. 그러나 아들은 선물을 한아름 안고 오는 이 아름다운 여성이 자신의 어머니인지 알지 못했다. 세월이 흘러 1912년, 마리아 몬테소리의 친어머니가 세상을 뜨자, 마리아 몬테소리는 이미 청소년으로 성장한 마리오를 데려왔다. 그때까지도 마리오는 공식적인 아들로 드러나지 않고 베일에 가려져 있었다. 그러나 몇 년 후에 마리오는 어머니의 가장 큰 버팀목이 되어주고, 어머니를 위해 자신의 첫 번째 결혼 생활도 포기했다. 마리오는 자신의 아이들을 네덜란드에 있는 친구네에 남겨두고 어머니와 함께 인도에서 생활하며 어머니의 죽음 후에는 계속하여 국제적인 몬테소리 운동을 이끈다.

아들과 관련한 마리아 몬테소리의 결정 때문에 그녀를 진정한 교육자로 신뢰하기 어려운지, 혹은 그녀의 엄청난 교육적 열정이 포기하고 잃어버린 모성의 보상인지 긴 시간 추론해볼 수 있을지도 모른다. 그러나 이 모든 추론은 무의미하다. 일련의 분명한 사실들로 미루어볼 때 이러한 복합적인 사건으로 그녀는 분명히 깊은 상처를 입었다.

마리아 몬테소리는 장 자크 루소(Jean-Jacques Rousseau)의 삶과 몇 가지 점에서 무심히 넘길 수 없는 공통점을 나타낸다. 그도 자신의 아이들을 고아원에 버렸고, 그 결정 때문에 괴로워했다. 교육학의 대가들 자신이 친자식들과의 관계에서 수많은 문제를 갖고 있던 예들은 드물지 않다. 요한 하인리히 페스탈로치는 아들 교육에 완전히 실패했고, 프리드리히 프뢰벨(Friedrich Fröbel)은 두 번이나 결혼했는데도 아이가 없었으며, 코르차크는 결혼을 하지도, 아이를 낳지도 않았다. 교육학 이론의 옳고 그름을 판단하거나 그 내용의 풍부함을 가늠하는 데 교육학자의 전기를 살펴보는 것이 아무런 의미도 갖지 못한다는 사실은 매우 흥미롭다.

장애아를 가르치며 성공을 거두는 한편, 갑작스럽게 치료교육 연구소를 퇴직하면서 마리아 몬테소리는 일반 교육학에 더 가까이 가게 된다. 어떻게 하면 자신이 새로운 교육 방법을 동원해 얻은 초기 경험들을 모든 아이에게 확대할 수 있을까? 마리아 몬테소리는 스스로 질문을 던지지만, 의학도인 자신이 그 대답을 충분히 준비하고 있지 못하다는 사실을 깨닫는다. 그래서 그녀는 새로이 전공을 바꿔 교육학과 학생으로 다시 대학에 등록했다. 이 시기에 그녀는 요한 아모스 코메니우스(Johann Amos Comenius), 루소, 페스탈로치, 프뢰벨을 읽고 고전적인 대교육학자들*에 관한 지식을 뿌리내린다.

동시에 그녀는 체계적이진 않지만 자기 자신의 작품을 시작했다. 그녀는 무엇보다 이타르와 세갱의 작품을 직접 프랑스어에서

---

* 몬테소리에게 영향을 준 대교육학자들은 근대 자연주의 교육 이론의 대표자들이다. 이 이론에서 교육은, 자연에 의해 결정되어 있는 인간 본성에 합당한 교육을 추구함과 동시에 인위적인 관습과 권위 및 전통을 배제하고, 이성에 따라 판단하는 자율적 인간의 완성을 목표로 하고 있다. 따라서 개인 차를 존중하고 고려하여 개개인에 합당한 교육을 지향한다. 코메니우스, 루소, 페스탈로치, 프뢰벨이 그 맥을 잇고 있다.

이탈리아어로 번역하고 정서체로 베껴 쓰는 등 이타르와 세갱이 시작한 치료교육학의 초기에 대해 정확한 지식을 얻으려고 노력했다. 그녀는 학문적인 지식을 쌓는 데는 많은 시간이 필요하다는 사실을 잘 알고 있었다. 이 시기에 그녀는 로마 대학과 교사 양성 기관에서 강의를 하고 결국 인류학과 교수가 되었다.

산 로렌초의 첫 번째 어린이집

가끔 사람들의 삶에는 아무 의미도 없이 하찮아 보이는 사건이어서 삶의 결정적인 전환점으로 파악되기는커녕 거의 인식도 할 수 없는 일들이 있다. 이러한 일들은 오랜 기간 계획된 삶의 여정에서 일어나는 사건이 아니다. 오히려 우연히 삶에 등장하고, 다른 사람들에 의해 촉발되는데, 이 타인들은 별다른 생각이 없었던 일에 큰 영향을 미친다. 겉으로 보아서는 아무 의미 없어 보였던 이런 사건들은 삶의 근본적인 전환점을 마련하는 중대한 결정으로 발전할 수 있다. 그리고 이러한 결정은, 갓난아기의 요람에서는 그 누구도 상상할 수 없었던 곳으로 삶을 이끈다. 끝에서부터 한 사람의 생애 전체를 돌이켜보면, 작지만 전환점이 되었던 이 결정적인 사건들이 어떤 상황에서 가졌던 우연적 성격은 사라진다. 그 대신 이 사건들은 어떤 특정한 개인의 정체성을 형성하기 위해 일어나지 않을 수 없었던 일처럼 보이게 된다.

20세기 초반, 마리아 몬테소리가 살던 시대의 삶의 상황을 살펴보자. 마리아 몬테소리는 엄청난 에너지를 발휘해서 의사가 되었고, 언제나 변함없이 작은 개인병원을 운영했다. 또한 그녀는 교사 양성 기관과 로마 대학에서 강의를 하고 여권옹호론자이자 사회개혁가로서 일반 대중 사이에서 유명인사가 되었다. 장애아들을 위한 교육 제도에 새로운 교육학적 토대를 마련하는 일에도 참여했다. 이제 이 지점에서 외부인의 시선으로 살펴보면서 그녀의 인생 행로를 계속 짜나간다면, 십중팔구 그녀가 화려한 학문적 경력을 쌓게 되리라 예측할 수 있을 것이다. 예컨대 의학과 교육학이 만나는 연구 분야에서 이제 막 형성 단계에 들어선 사회교육학을 전문으로 하는 교수를 예상할 수 있을 것이다.

그러나 상황은 완전히 다르게 전개되었다. 앞에서 말한 것처럼 겉으로 보아서는 아무런 의미가 없는 우연한 사건이 일어나고, 이를 통해 그녀의 삶에 새로운 전환점이 마련되었다. 이 전환점은 그녀를 개인 사업가이자 새로운 교육 방식을 주창하는 선동가로 만들었다. 이 교육 사업은 몇 년 안에 전 세계로 퍼져나가고 그녀가 죽은 지 50여 년이 지나고서도 세계 모든 나라에 그 자취를 남기게 되었다. 그녀의 이름은 상표가 되었다.

이러한 변화의 시작은 눈에 띄지 않는 사건에 불과했다. 마리아 몬테소리는 처음에는 한 군데, 그 다음에는 두 군데 놀이 시설의 감독을 의뢰받는다. 돌볼 사람이 없는 어린아이들을 통제하기 위해 대규모 임대주택 단지에 마련된 시설이었다. 일을 처음 맡을 당시 마리아 몬테소리에게 그 일은, 더욱 중요하고 많은 시간을 들여야 하는 다른 일들과 병행해야 할 일이었다.

하지만 그녀는 곧 이 놀이 시설에서 의미심장한 일이 벌어지고 있음을 인식하게 되었다. 그녀는 그와 관련된 일에 더욱 깊이 참여했으며, 그 결과 교육학 분야에서 인생의 길을 찾게 된다. 이 시설에서 그녀가 활동한 기간은 겨우 2년에 불과하지만, 이 시간은 교육학을 근본적으로 개혁해야 할 필요성을 자각하는 데 충분한 시간이었다. 그리고 그 2년의 시간은 일반 대중에게 그녀의 이름을 알리는 데 충분한 시간이어서, 그 뒤 그녀가 기획하는 사업은 폭넓은 반향을 불러일으켰다.

한 발짝 뒤로 물러나 첫 번째 '어린이집'이 생겨날 때의 상황을 그려보자. 마리아 몬테소리가 태어난 해 이루어진 이탈리아의 국가 통일은 산업혁명의 신호탄이 되었다. 더는 사람들을 부양할 수 없게 된 농촌 지역에서 대도시로 대규모 인구 이동이 일어났다. 공장들은 남녀를 가리지 않고 노동력을 필요로 했다. 이 국가 건설은 완만하고 연속적인 발전이 아니라 급속한 양적 성장이었기에 가능하면 빠른 시간에 개선된 주거, 교통, 상가 등의 인프라를 구축해야 했다. 돈이 있어서 새로운 경제 분야에 돈을 쑤셔 넣는 사람에게는 흡족한 이윤이 보장된 시기였다. 하지만 경제 발전은 직선을 그리면서 가파른 상승만 하는 것이 아니라 심각한 경기 침체를 겪는 것이 보통이다. 예를 들어 건설이 호황을 누릴 때 투자를 통해 벌어들인 돈은 위기 국면에 접어들면 순식간에 사라져버리기도 한다.

로마 근처 산 로렌초에서는 3만 명을 위한 주거지 마련을 목표로 하는 건설 계획이 성급하게 추진되었다. 하지만 그런 생활 조건을 장밋빛으로만 떠올린다면 실수다. 집세를 전세로 지불해야 하는 것이 조건이었기 때문에, 집의 방을 다시 잠자리로 세놓는 것은 가난한 노동자들에게 환영할 만한 수입원이 되었다.

그러나 산 로렌초의 건설 계획이 끝나기도 전에 불어닥친 경제의 하강 국면 때문에 투자가들은 그 건설 계획에서 발을 뺐고 그결과 범죄, 매춘, 엉망진창의 위생 상태가 지배하는 도시 지역이 생겨났다. 그때의 보고서들에 따르면, 당시의 산 로렌초는 가히 무정부 상태였다. 범죄 조직이 통치하는 이 지역에는 경찰도 접근을 꺼려했다. 마리아 몬테소리가 묘사한 어떤 사례는 그 도시의 상황을 특징적으로 보여준다. 그녀는 어느 비참한 여자에 대해 쓰고 있다.

술주정뱅이들이 한 여자를 범해 하수구에 내던진다. 날이 밝은 뒤 동네 아이들이 모여들어 이 비참한 여자를 둘러싸고 소리치고 비웃으며, 누더기를 걸친 채 하수구 진흙탕에 빠져 있는 더러운 몸을 걷어찬다.(Montessori, 1913, 48쪽)

근접할 수 없을 정도로 비위생적인 주거 상태와 범죄의 악순환 고리를 끊기 위해 '합목적적인 건축을 위한 로마 회사'가 퇴락한

가옥들 일부를 사들였고, 사람을 황폐하게 만드는 이 폐허의 건물들을 품위 있는 노동자 주거지로 만들기 위해 철저한 개선 계획이 수립되었으며, 한편으론 경제적 투자가, 또 한편으론 주거 문화의 개선이 목전의 관심사가 되었다. 우선 거주자들이 자기네 집에 자부심을 가질 수 있을 때, 즉 자신들의 집을 숙소가 아니라 생활 공간으로 경험할 수 있을 때 비로소 그들이 주거지 유지와 개선에 관심을 갖게 되리라는 것이 그 회사의 견해였다.

건축업자의 참여는 사회복지를 위한 행동이 아니라 그곳에 투자하려는 은행과 자영업자들에게 경제적으로도 가치 있는 일이 되어야 했다. 그러므로 수리된 집의 주민으로는, 부부 모두 집밖에서 임금을 받고 일하는 노동자 가족만이 선택되었다. 그러자 어린아이를 감독하는 것이 문제가 되었다. 방치할 경우 아이들은 새롭게 꾸민 벽을 더럽히고 녹지를 훼손하며 거친 행동으로 시설을 금방 망가뜨릴 수도 있기 때문이다. 그런 이유에서 수리된 임대주택 단지마다 아직 학교에 다니지 않는 어린아이들을 위한 어린이 양육 시설이 하나씩 마련되었고, 이곳에선 부모가 일을 나간 사이 아이들을 맡아 감독했다. 교육에 문외한인 여자 하나가 이곳에 고용되었고, 그녀는 임대주택에 거처를 배당받았다. 이 여자는 지정된 공간에서 약 40명의 아이를 감독하는 임무를 떠맡았다.

이 건축 회사는 마리아 몬테소리에게, 새로 생긴 어린이 시설에 개념적인 토대를 마련하는 일과 전문 교육을 받은 바 없는 보모를 감독하는 일을 의뢰했다. 회사 측에서 볼 때 이 일은 결코 손해날 일은 아니었는데, 마리아 몬테소리는 로마 지역에서 이미 이름이 알려진 유명인사였고 회사는 그녀의 후광을 입을 수 있었기 때문이다.

한편 마리아 몬테소리는 이 과제를 맡음으로써 정상아들에게 자신의 교육 방법을 시험해볼 수 있는 기회를 얻는다. 그녀는 이미 장애아들의 잠재 능력 개발에서 거둔 성공에 힘입어 정규 교육에 강도 높은 비판을 가한 바 있고, 교육 상황이 근본적으로 변한다면 어린아이들은 교육을 방해하는 조건들에서 벗어나 엄청난 발전 가능성을 갖게 되리라고 주장한 바였다. 이제 이 주장을 구체적으로 증명할 계기를 마련한 것이다.

'카사 데이 밤비니(Casa dei Bambini)'가 새로운 시설의 이름으로 제안되고, 건축 회사나 마리아 몬테소리 모두 이 이름을 받아들였다. '카사'는 우리의 거처를 '집'이라고 일컬을 때 그 안에 들어 있는 여러 가지 뜻을 함께 아우르는 말이다.

> 그 울타리가 둘러싼 사원은 집 안처럼 아늑한 곳이다. 그곳에서는 평화를 찾는 영혼들 속에 보석 같은 감정들이 꽃을 피우고, 향기를 내뿜는 꽃들은 이 방 저 방을 꾸미고 있다. 그곳은 우리가 사랑하는 사람들만을 위해 있는 자리다.(Montessori, 1913, 47쪽)

아이들이 사는 집 바로 곁에 이 '집'이 만들어지면서 아이들은 행복하게 자기 자신을 발전시킬 수 있는 장소를 얻게 되었다. 이제까지 엄마들만 짊어졌던 양육의 과제가 '사회화'되면서, 여성들은 아이들에게 양심의 가책을 느낄 필요 없이 오랜 시간 경제 활동에 종사할 수 있게 되었다. 이 어린이집은 그렇게 해서 엄마들이 '새로운 여성'이 될 수 있는 가능성을 마련할 수 있었다.

> 남자와 마찬가지로 여자도 하나의 개인이자 자유로운 인간이요 사회적인 노동을 담당하는 한 구성원이 되어야 한다. 그리고 남자와 마찬가지로 여자도 집 안에서, 즉 형태가 바뀌고 공동 소유가 된 집 안에서 마땅히 휴식과 행복을 발견해야 한다.(Montessori, 1913, 63쪽)

부모와 어린이집 사이에는 직접적인 접점이 있다. 외적으로 볼 때 어린이집은 아이들 가족이 사는 건물 안에 자리하고, 교사도 같은 건물에 살고 있어서 계속적인 정보 교환이 이뤄진다. 부모와 어린이집은 계약을 맺는데, 첫 번째 어린이집을 위해 작성된 문안에 따르면 그 계약 내용은 다음과 같다.

> 부모들은 어린이집의 이점을 누리면서도 돈을 내지 않는다. 하지만 부모들은 다음 사항을 엄격히 준수해야만 한다.
>
> ○ 아이들을 정시에 어린이집에 데려와야 한다. 이때 아이는 몸을 깨끗이 하고 단정한 옷차림을 하며 몸에 맞는 앞치마를 갖추어야 한다.
>
> ○ 교사를 최대한 예의 바르게 대하고 모든 협조를 다하며 … 교사의 교육 활동을 지원해야 한다. 일주일에 한 번 어머니들은 교사와 대

화를 나누면서, 아이의 가정 생활에 관해서 필요한 정보를 알려주고 교사의 조언을 따라야 한다.

다음과 같은 어린이는 어린이집에 다닐 수 없다.
○ 몸을 씻지 않거나 더러운 옷을 입고 있는 어린이.
○ 개선의 여지가 없는 것으로 판명된 어린이.
○ 어린이집 관계자를 예의 바르지 않게 대하거나 어린이집의 교육 활동을 저해하는 행동을 하는 부모들의 어린이.

마리아 몬테소리가 보기에 1907년 6월 7일 산 로렌초에 문을 연 첫 번째 어린이집의 아이들은 '문명과 무관한 어린이 집단'처럼 보였다. 마치 문명 사회의 경계 너머 인적 없는 숲에서 나온 아이들 같았다. 그녀의 묘사에 따르면 이 아이들은 "숫기가 없고 무기력하며" "멍청하고 정신이 나간 듯한" 모습이었고, "한 줄로 서서 가는 법"도 모르고 잘 울며 특히나 겁에 질려 있었다.(Montessori, 1994, 40쪽)

마리아 몬테소리가 이 아이들과 시작할 수 있는 작업은 많지 않았다. 그녀가 가진 거라곤 세갱에게 물려받아 장애아를 다루는 일을 하려고 발전시켰던 자료가 전부였다. 그녀는 빈 공간에 아이들의 신체 크기에 적합한 가구를 설치하고 의사로서 알고 있는 아이들의 건강한 발달에 중요한 위생을 살피는 데 힘썼다.

어린이집을 시작한 초기에 마리아 몬테소리는 가끔씩 어린이집에 머물렀고 우리가 '감독'이라고 일컫는 일에 많은 시간을 보냈다. 그러나 어느 날 아이들을 방문한 그녀는 놀라운 발견을 한다. 아이들이 전통적인 장난감보다 그녀가 제시한 자료를 가지고 노는 것을 더 좋아할 뿐 아니라 엄청난 집중력으로 이 대상들을 다루고 있는 것을 보게 된 것이다.

그녀는 교사로서, 장애아의 경우 늘 활동에 동기를 부여해야 한다는 점을 이미 터득하고 있었다. 이제 그녀는 아이들이 스스로 능동적으로 작업을 할 수 있고, 그렇게 하려고 한다는 사실을 경험하게 되었다. 그리고 아이들은, 일단 발달 과정이 시작되고 나면, 인성 전반에 걸쳐 변화를 겪는다는 사실도 알게 되었다. 아이들은 자신감이 생기고 침착해지며, 사회적으로도 원만해진다.

어린아이는 산만하고, 잠시도 가만히 있지 못하며, 새로운 놀이를 원해서 항상 어른들에게 자극을 찾는다는 그때까지의 선입견에서 출발한 마리아 몬테소리에게 이 발견은 혁명적인 인식의 전환점이 된다. 즉 아이들은 이제껏 널리 퍼진 선입견과는 다른 모습을 하고 있었다. 아이들은 내면에 자신의 발달을 추진할 수 있는 능력을 갖추고 있다. 알맞은 환경에 두고 발달에 적합한 자료를 제공하면, 아이들은 자발적으로 내적인 동기에 따라 움직이며 어른들은 조용히 자신들 일을 방해 않기를 원한다.

이러한 교육학의 근원적인 경험을 통해 (2장/ '교육적인 시각' 참고) 아이의 발달만 자극받은 것이 아니다. 그와 동시에 마리아 몬테소리에게도 교육학적인 작업에 새로운 길이 열렸다. 이제 적합한 환경을 갖춘 조건을 찾아내는 것이 관건이 되었다. 아이의 발달에 필요한 자료가 무엇인지를 파악하고 그것을 만들어내는 것이 중요해졌으며, 교육 과정에서 교사의 과제를 새롭게 규정할 필요가 생겼다. 환경과 자료(교구)와 교사의 삼위일체를 통해 새로운 교육학의 기초가 마련되었고, 이 교육학을 일반 대중에게 선전하고 확산하는 일이 중요한 과제가 되었다.

이 새로운 교육 실험에 대한 대중적인 관심은 급속도로 증대했다. 마리아 몬테소리는 첫 번째 어린이집 개원 연설에서 "교육에 새로운 빛을 가져오게 될 예루살렘"에 대해 말한다. 당시 청중에게는 틀림없이, 마리아 몬테소리의 연설이 유명한 학자가 자신의 보잘것없는 임무를 정당화하려고 꾸며낸 엄청나게 과장된 것으로 보였으리라. 그러나 곧 '교육의 메카'를 순례하려는 교사들과 저명인사들의 방문 행렬이 꼬리에 꼬리를 물고 이어진다.(Montessori, 1994, 44쪽)

어린이집의 명성뿐 아니라 아이들의 자발성까지 입증하는 일화가 있는데, 아르헨티나 외교관들의 어린이집 방문에 동행했던 이탈리아 수상의 딸이 전하는 말이다. 어린이집은 이날 문이 닫혀 있었는데, 아이들은 관리인에게 문을 열어달라고 부탁한 뒤 이 높은 자리에 있는 방문객들에게 자신들이 하는 의례적인 활동들을 교사가 없는 상태에서 선보였다.

그러나 어린이집에서 이룬 여러 가지 성공과 점차 더해가는 마리아 몬테소리의 명성은 주택 건설회사 책임자의 시기심도 불러

일으켰다. 처음에 그는 자신의 사업을 '마리아 몬테소리'라는 이름으로 꾸밀 수 있기를 바랐지만, 이제는 자신이 주변으로 내몰리고 있음을 발견하게 되었다. 2년이 지나자 산 로렌초에 설립된 첫 번째 어린이집 두 군데서 이루어진 몬테소리의 활동은 끝을 맺는다. 극적으로 말하자면 출입 금지 명령을 받았기 때문이다. 이 사건을 회고하며 그녀는 다음과 같이 말한다.

> 그들과 함께 두 해를 보내고 났을 때 건설회사 관리인은 나를 건물 안에 들여놓지 말라는 지시를 받았다. 그들의 작업이 신문 지상에서 큰 이야깃거리가 되는 바람에 건설에 돈을 투자한 사람들이 건축 회사가 개인적인 광고용으로 건설 계획을 이용한다고 주장했기 때문이다.(In : Kramer, 1997, 178쪽)

그러나 이 2년의 경험을 통해 새로운 발전 과정이 궤도에 오르게 되었고, 이 과정은 그 뒤 40년이 넘는 생애 동안 마리아 몬테소리의 작업을 결정했다. 어린이집 운동의 발전은 출발점이 되었고, 로마 빈민촌의 두 시설에서 시작해서 승리의 행진을 하듯 그 시설들이 세계 전역에 확대되었다.

밀려드는 성공의 파도를 타고

마리아 몬테소리는 이제 중년이 되었다. 그녀는 당당히 자신의 길을 걸으면서 목표를 향해 질주했다. 물론 의심이나 회의가 없었던 건 아니지만, 돌이켜보건대 깊은 인상을 남길 만한 전진이었다. 후대의 아이들이 복잡한 전기를 외우는 숙제를 하지 않아도 되도록 유명한 사람이 되지 않겠다던 어린 학생이 이제 마흔 살 여성이 되었다. 이 여성은 로마는 물론 로마를 벗어난 전 이탈리아에서 유명인사가 되었고, 국제적으로도 몇 개의 발자취를 남겼다. 마리아 몬테소리는 직업 경력을 원하면서도 아버지가 꿈꾸던 여교사가 될 마음은 없었던 청소년기에서 시작해 의학, 정신의학, 치료교육학의 우회로를 거쳐 이제 새로운 교육학의 초석을 놓은 교육학자가 되어 있었다.

그다지 우호적이지 않은 전기작가들은, 인생 중반기에 이르자 마리아 몬테소리의 창조성도 최고조에 도달했다고 말한다. 그 후의 것은 내용상 이미 말해놓은 것을 한없이 반복한 것에 불과하다는 것이다. 그들의 평가에 따르면, 그녀는 자신이 살던 시대의 수준을 따라가지 못하는 보수적인 고집쟁이가 되어버렸고 교육학적인 이념도 사업 운영으로 타락하고 말았다. 힘겨운 경쟁과 표절을 막으려고 그녀는 자신의 방법과 교구들을 상품으로 만들었다. 그 권리는 마리아 몬테소리만이 누릴 수 있었고, 그녀가 죽은 뒤에는 외아들 마리오 몬테소리가 누렸다고 한다. 인용된 부분들 가운데 몇몇은 사실일 수도 있다. 그러나 그 핵심을 놓고 보면 그런 평가는 마리아 몬테소리의 생애 후반기에 진행된 구체적인 사실들을 제대로 검토하지 않고 이뤄진 비판이다.

그녀가 20세기 초반에 죽었더라면, 그녀는 극소수 교육학사 전문가들이 쓰는 글의 주변적 언급 대상에 지나지 않았을 것이다. 그러나 그와 정반대로 첫 번째 어린이집이 건립된 뒤 거의 100년이 지난 지금까지도 몬테소리 방법이 지구상 거의 모든 나라와 엄청난 수의 교육 실무자들에게 알려져 있다는 사실은 마리아 몬테소리가 자신의 교육 이념들을 실현하기 위해 쏟아부은 엄청난 열정의 결과물이다. 그녀는 책과 짧은 논문들을 썼고, 인터뷰를 했고, 수없이 많은 강연을 했으며, 자신의 방법에 따라 보육교사와 학교 교사들을 양성했다. 그녀는 이처럼 몬테소리 교육 시설이 살아남아 퍼져나갈 수 있는 조직과 체계를 마련했다.

마리아 몬테소리가 인생 후반기에 자신의 독창적인 방법을 널리 '선전'만 한 것은 아니다. 그 방법의 범위는 여러 연령대와 새로운 내용의 연구 분야에 맞춰 넓어졌다. 예컨대 마리아 몬테소리는 '종교 교육의 교수법'을 개발하는데, 이에 대해서는 나중에 이야기할 것이다.(2장/ '종교 교육' 참고) 그녀는 또한 새로운 교구들을 만들어, 유치원 어린이들뿐만 아니라 학교 학생에게도 몬테소리 방법을 적용할 수 있는 기반을 마련한다.

이러한 양적인 확산 외에도 그녀의 40여 년에 이르는 작업이 이룬 가장 큰 결실은 새로운 토대를 갖춘 교육 이론을 마련한 데 있을 것이다. 아마도 50년이나 100년이 지나면 몬테소리 교구는 교수법과 방법론에서 중요하지 않은 주변 현상이 될지도 모른다. 그리고 그렇게 되면 이에 대한 지식은 몇 안 되는 교육학사 전문가들의 손안에 머물게 될 것이다. 그러나 확실한 것은, 그때가 와도 그녀의 교육철학은 계속 읽힐 것이며, 코메니우스, 루소, 페스탈로치, 프뢰벨의 저술들과 마찬가지로 후대의 교육자 세대에게 자극을 줄 것이라는 사실이다.

나이가 들어갈수록 마리아 몬테소리는 자신의 교수법과 방법론을 자유자재로 구사하는 대가가 되었고, 그러면 그럴수록 교육학에서 중요한 것은 무언가를 배우도록 아이들을 도와주는 전달 프로그램이 아니라는 것을 점점 더 확고히 인식하게 되었다. 그녀가 깨달은바 교육에서 가장 중요한 것은, 아이들의 시각을 습득해서 아이들을 중심에 세우는 일 그리고 교육을 바라보는 방향을 바로잡아 교육은 아이들이 자립적인 인격체로서 스스로 발전하도록 도와주는 보조자임을 이해하는 일이었다.

1907년에서 1909년까지 마리아 몬테소리는 어린이집 두 군데서 처음으로 활동했고 이는 로마 대학 교수라는 본업과 병행한 부업 가운데 하나였다. 그녀는 여전히 작은 개인병원을 운영하고 있었고 교사 양성 기관에서 강의를 했는데, 이 기간 동안 어린이집 운동은 급속하게 확대되었다. 1908년 로마가 아닌 지역에서는 처음으로 밀라노에 첫 번째 어린이집이 문을 열었고, 일년 후에는 이탈리아를 벗어난 지역에서 처음으로 스위스에 첫 번째 어린이집이 문을 열었다. 같은 해인 1909년, 마리아 몬테소리는 급성장하는 어린이집에 충원할 교사를 충분히 양성하려고 몬테소리 교육학에 토대를 둔 최초의 교사 양성 과정을 직접 운영한다.

새롭게 수많은 시설이 건립되면서 마리아 몬테소리는 결정을 내려야 했다. 새로이 형태를 갖춰나가는 교육학 운동 과정의 동력원으로 머물 것인가. 이 경우 그녀는 이 일을 본업으로 추진해야 했다. 아니면 새로이 건립되는 기관들이 독립성을 얻게 해야 할 것인가. 이 경우 얼마 되지 않아 사람들은 '몬테소리 방법'을 말하지 않게 될 것이다. 이 두 가지가 결정의 관건이었다. 그녀는 대학에서 제공하는 실험교육학 교수직을 맡을 수도 있고, 연구자로서 교육학이 거듭날 수 있도록 간접적인 영향력을 행사해도 될 것이다. 하지만 그렇게 되면 그녀는 더는 자신을 중심으로 확대일로에 있는 교육 운동의 중심점에 서지 못할 것이다.

마리아 몬테소리는 이제까지 맡아온 공직들을 포기하기로 결정했다. 그녀는 대학교수직과 개인병원을 정리했다. 우리 식으로 말하면 공직 관계를 청산하고 자유업 활동에 나선 것이다. 이 결단은 그녀의 어머니가 세상을 떠난 시점, 그러니까 어떤 사람의 생애에서든 더 많은 자립성이 요구되는 전환기에 이루어졌다. 이 시기는 청소년으로 성장한 아들 마리오를 찾아와 그의 부양 책임을 떠맡은 때이기도 했다. 이런 자료들을 분명히 하는 것이 중요한 까닭은, 그런 자립적인 발걸음이 당시 상황에서는 모험을 뜻했기 때문이다.

분명 성공의 첫 열매들을 거두었다. 하지만 그러한 것들이 일시적으로 타올랐다 사위어버릴 짚불인지 누가 알겠는가? 이제 그녀는 남은 생애 동안 글쓰기와 강연에 매달리고, 교육 혁신 활동을 해서 자신과 가족의 생계 유지에 필요한 돈을 벌어야 했다. 하지만 그녀는 우리가 이미 그녀의 특징으로 내세운 자의식을 갖추고 이 길을 걸어갔다. 그리고 이 길은 성공의 길이었다. 그녀로서는 그 길이 엄청나게 불확실해 보였겠지만, 돌이켜보면 그것은 확실한 성공의 길이었다.

1909년 마리아 몬테소리는 최초로 교육학 서적을 썼다. 책 제목은 'Il metodo della pedagogica, applicato all' educazione infantile nelle casa dei bambini(학문의 체계를 갖춘 교육학의 방법 : 카사 데이 밤비니의 어린이 양육에 적용된 방법)'이다. 독일어 번역은 4년 뒤 '자발적인 유아 양육'(오늘날의 제목은 '아이의 발견', Olowson, 1996, 17쪽 참고)이라는 제목으로 출간된다.

이 처녀작의 몇 군데를 보면 이 책이 짧은 시간에 쓰여졌음을 눈치 챌 수 있다. 하지만 이 책은 마리아 몬테소리 방법론의 기본이 되는 책이다. 이어서 그녀는 이 책을 손에서 멀리하지 않으면서 어떤 단락들은 삭제하고 어떤 단락들은 새로 첨가한다. 책이 출판되고 수많은 번역본이 세계 곳곳에서 출간됨으로써 이 책은 몬테소리 운동의 성공에 적잖은 기여를 하게 된다.

책에는 어린이집에서 처음에 어떤 경험을 하는지 자세히 그려져 있으며, 교구들이 소개되고 양육교사의 새로운 과제가 기술되어 있다. 이 책에는 세 살에서 여섯 살까지의 어린이를 양육하고 교육할 때의 전체적인 관념이 문자로 표현되어 있다. 적잖은 독자들이 이 책이 주장하는 바에 공감하고 이 방법에 관해 더 많이 알고 싶어했다. 새로운 어린이집을 건립하고 몬테소리 이념 확산을 목표로 하는 모임에 참여하는 사람이 있는가 하면, 로마에 있는 어린이집들을 참관하거나 몬테소리가 주관하는 교사 양성 과정에 수강 신청서를 내는 사람들도 있었다.

마리아 몬테소리는 계속해서 성공 가도를 달렸다. 그녀가 점화시킨 것은 활활 타오르다 일시에 사위어버리는 단순한 짚불이 아니었다. 몬테소리의 이념들은 광범위하게 전파되어 교육 개혁 운동으로 자리잡는다.

여기서 그 운동의 확대 과정과 새로운 기반 확충에 대해 낱낱이 다룰 필요는 없지만, 두 가지 중요한 점은 꼭 언급해야 한다. 몬테소리 운동은 일종의 국제적 현상으로 급속하게 자리잡게 되었다. 유럽의 모든 국가들 그리고 아시아와 오스트레일리아와 남북 아메리카에 몬테소리협회(Montessori-Gesellschaft)와 어린이집이 세워졌다.

1차 세계대전이 일어나기 직전 마리아 몬테소리는 두 번의 미국 여행을 통해 엄청난 성공의 파도를 타게 되었다. 그녀 자신과 그녀의 교육은 일간지와 주간지에서 관심 대상이 되었고, 정치적으로 유력한 사람들이 그녀와 면담 약속을 하려고 몰려들었으며, 사람들은 그녀의 강연을 들으려고 큰 강당을 가득 메웠다. 그토록 짧은 시간에 그토록 주목과 호의와 명성을 한몸에 받은 교육학자는 정말 드물다. 오늘날 우리가 유명한 운동선수나 영화 및 텔레비전 산업에 종사하는 연예인들에게서 찾아볼 수 있을 법한 인기몰이였다.

두 번째 주목할 점은 몬테소리 운동이 매우 다양한 정치적·종교적 견해를 갖고 있는 사람들을 하나의 궤도에 불러들였다는 점이다. 정치적 관점이 좌파든 우파든, 혹은 중립이든, 종교적으로 기독교인이든 무신론자든 혹은 불교신자든 마리아 몬테소리는 사람들을 감동시켜 자신의 교육학적 이념을 받아들이게 했고, 그런 사람들은 그녀의 교육학이 저마다 가지고 있는 각자의 세계관을 완전하게 하는 진정한 보완물이라고 느끼게 되었다.

즉 독자적인 인지학(人知學)을 모든 것을 포괄하는 세계관의 배경으로 제시한 발도르프 교육학과 달리 몬테소리 교육학은 이데올로기가 아니다. 가톨릭 신자든 무신론자든, 불교 신자든, 민주주의자든 공산주의자든 누구나 몬테소리 교육학의 옹호자가 될 수 있었다.

마리아 몬테소리는 정치적으로나 종교적으로 방향이 다른 지도자들을 감동시켜 그녀의 관심사에 관심을 갖도록 하는 데 능숙했다. 다시 말해 그녀의 관심사란 바로 아이들의 관심사였고, 어른들만의 목소리가 반영되는 세계에서 어린이들의 권리를 신장시키는 것이었다. 그녀는 아주 큰 뜻을 지니고 있었지만 그것이 모든 것을 포괄할 정도로 넓지는 않아서, 교육학의 관점에서 대답할 수 없는 다른 문제들이 들어설 여지를 남겨두었다.

그녀의 양육 방법에 강도 높은 관심이 집중될수록, 세계 도처에 점점 더 많은 어린이집이 건립되었고, 강연과 교육 과정 요청이 많아지면서 마리아 몬테소리는 혼자서 그 일들을 감당할 수 없게 되었다. 그녀는 또다시 결정적인 질문에 맞닥뜨렸다. 일의 고삐를 혼자서 거머쥘 수 있을까? 또 마땅히 그렇게 해야 하는 걸까? 아니면 하나의 조직을 세워 거기에 편입되어야 할까?

이 질문은 오랜 시간이 지난 오늘날의 시점에서 보면 당시보다 훨씬 더 단순하게 들릴 것이다. 그녀는 이제 세계적인 유명인사가 되었지만, 자신이 벌이는 교육 운동을 뒷받침할 만한 재정적 배경도 제도적 배경도 없었다. 분명 그녀는 어떤 국가의 도움에 의지할 수 있었을 테고 (예를 들어 미국은 진지하게 고려해볼 만한 제안을 내세웠다), 정부 기관에서 정치적인 영향력과 운영 재정을 가진 자리를 얻을 수도 있었을 것이다. 그러나 그럴 경우 그녀는 독립성을 잃게 될 것이고 이 '독립성'은 그녀의 가치 체계에서 아주 높은 자리를 차지하고 있었다.

마리아 몬테소리는 혼자서 일을 추진하기로 마음먹고, 가까운 친구들과 동료들로 이루어진 작은 그룹의 도움을 받았다. 그들 대다수는 그녀보다 나이가 어렸고, 몬테소리 어린이집을 방문했다가 거기서 겪은 여러 가지 체험에 깊은 인상을 받아 그녀 곁에서 교사 교육을 받는 데 몰두하고 있던 여성들이었다. 이런 교육생들 가운데 몇몇과 강한 유대가 생겨났다. 여러 가지 점에서 이들의 관계에 대한 이야기는 마치 예수의 부름을 받은 제자들 이야기와 흡사하다. 그들은 몬테소리 운동에 헌신하고자 물려받은 가업과 화려한 사회적 경력을 포기했다. 부분적으로 볼 때 그들은 자기 부정의 태도로 이 운동을 수행했으며, 마리아 몬테소리가 필요하다고 판단해서 보내는 곳으로 갈 준비가 되어 있었다.

이러한 여성들 가운데 일부는 마리아 몬테소리에게 조금 더 가까이 접근하는 데까지 이르지만, 마리아 몬테소리는 이끄는 사람과 이끌려가는 사람 사이의 비대칭적인 관계로 말미암아 동등한 자격을 갖춘 친구들을 찾아내지는 못했다. 아마도 어머니가 돌아가신 뒤 마리아 몬테소리는 교육사업가로서 자신의 역할을 훌훌 내던지고 인간적인 약점을 보일 수 있는 사람을 아무도 갖지 못했을 것이다. 분명 그의 아들 마리오는 훗날 신뢰할 만한 사람이 되지만, 이것은 그가 성장하고 난 뒤의 일이다.

마리아 몬테소리의 독립성과 강인함 이면에는 그녀가 감당해야만 했던 외로움이 있다. 하지만 이에 관해서는 어떤 믿을 만한 자료도 없기 때문에 이 부분은 그저 추측의 영역으로 남겨두는 것이 좋겠다.

수많은 동료와 친구들에 대해서 마리아 몬테소리는 동등한 관계보다는 일종의 모녀 관계를 맺었고, '어머니' 마리아는 평생 동안 다른 어머니들이 성장하는 자식들과의 관계에서 겪는 것과 같은 경험을 자주 하게 된다. 자식들은 독립하여 아버지와 어머니를 떠나간다. 마리아 몬테소리에게도 이 이별은 슬픈 경험이었다. 그러나 또다른 '자식들'은 평생 동안 지속적인 관계를 유지하면서 조력자로서 그녀 곁에 머물렀다.

전 세계에 몬테소리 교육학을 전파하다

1910년부터 1915년 사이 마리아 몬테소리의 생애에서 벌어진 사건들을 요약해보자. 그녀는 이 시기에 자신의 교육학 이념들을 확산하는 활동에 전념하려고 자신의 신분을 유지시켜주었던 모든 일상적인 직업을 포기한다. 사랑하는 어머니가 먼저 세상을 떠나고 3년 뒤에는 로마에 있는 집에서 함께 살던 아버지마저 세상을 떠났다. 이제 그녀를 이탈리아에 붙잡아둘 거라곤 아무것도 없었고, 그녀의 교육 운동은 이미 오래전에 국제적인 활동이 되어 있었다.

스페인에서, 더 정확하게는 카탈루냐의 바르셀로나에 몬테소리 본부를 세우기에 유리한 조건이 형성되었다. 그래서 그녀는 1916년, 1차 세계대전의 와중에 로마에서 바르셀로나로 이주했다. 이곳은 20년 동안 그녀의 '집'이 되었다. 끊임없이 이동하는 그녀의 생활에 비춰볼 때 '집'이라는 표현은 과장되어 있지만, 바르셀로나는 그녀에게 '거점'이 되고 이 거점을 바탕으로 그녀는 강연 여행을 하거나 교사 양성 과정을 전파하며 전 세계를 돌아다녔다.

이주한 뒤 처음 4년에서 6년 사이 스페인은 몬테소리 본부를

마흔세 살 때의 마리아 몬테소리

몬테소리는 1916년, 1차 세계대전
의 와중에 로마에서 바르셀로나로
이주했다. 이곳은 20년 동안 그녀
의 '집'이 되었다. 바르셀로나는
그녀에게 '거점'이 되고 이 거점을
바탕으로 그녀는 강연 여행을 하
거나 교사 양성 과정을 전파하며
전 세계를 돌아다녔다.

세우기에 유리한 조건을 갖추고 있었다. 어린이집과 시범 초등학
교가 세워졌고, 장래의 몬테소리 교사와 보육교사를 키울 교사 양
성소가 생겨났다. 이 시설들은 서로 협력 관계를 유지했다. 어린
이집과 학교는 교육 과정에 있는 교사들에게 참관과 실습 기회를
제공했고, 교사 양성소는 몬테소리 교육을 보급할 교사와 보육교
사를 양성했다. 그러나 스페인 전역은 물론 특히 카탈루냐는 정치
적으로 불안한 곳이었다. 군주제와 군사 독재, 민주주의가 급속하
게 교체되고 민족 분쟁도 위기를 고조시키고 있었다.

마리아 몬테소리는 '비정치적인' 인사, 즉 정치적인 현안을 넘
어 아이들의 관심사를 대변하는 여성이길 원했다. 그러나 이러한
소망은 순진한 것이었다. 정치적 유력인사들이 급속히 그녀에게

호의를 거두면서, 마리아 몬테소리는 바르셀로나에 세계적으로 영향력을 행사하는 본부, 즉 새로운 교육학을 위한 본부를 세우겠다는 희망이 물거품이 되는 것을 경험했다.

그럼에도 바르셀로나는 그 뒤 여러 해 동안 그녀에게 '집'으로 남아 있었다. 몇 년 동안 미국에서 살다가 그곳에서 결혼한 마리오가 네 아이와 함께 바르셀로나로 오면서 마리아 몬테소리는 한결 '정상적인' 가족 생활을 누릴 수 있는 기회를 갖게 되었다.

영국, 네덜란드, 미국, 프랑스, 이탈리아, 독일, 오스트리아, 남아메리카, 덴마크, 이런 나라들은 마리아 몬테소리가 그녀의 교육학을 전파하는 과정에서 거친 경유지다. 특히 영국과 네덜란드에서 그녀는 정기적인 강연회를 열고 국제적인 교사 양성 과정을 운영한다.

'몬테소리'라는 이름은 교육 관련 시설을 분류하는 데 일종의 품질 보증 마크가 되었다. 물론 제한 조건이 있었다. 과연 누가 이 인증 마크를 달 자격이 있는가? 언제부터 또 어떤 전제 조건을 갖출 때 '몬테소리' 교육 시설이 될 수 있는가? 이 질문은 교육학 내용을 지키려는 마리아 몬테소리에게 중요한 문제로 제기되었다. 그녀의 이름이 서로 다른 의도에서 설립된 여러 시설에 별다른 제지 없이 무분별하게 사용되어 그녀가 제시한 교육학이 내실을 잃는 것을 막아야 했기 때문이다.

몬테소리 교구를 몇 가지 갖추었다고 일반 유치원이 몬테소리 어린이집이 되는 것은 아니다. 거기서 실제로 이루어지는 교육은 마리아 몬테소리가 원하는 것과 정반대일지도 모른다. 또한 방금 제기된 질문들은 경제적 측면에서도 마리아 몬테소리에게 중요한 의미를 가졌다. 그녀와 가족, 그리고 친구 모임이 모두 '몬테소리'라는 상품으로 생계를 꾸려야 했기 때문이다. 그녀는 강연으로 돈을 벌었고, 교사 교육 과정 수강료를 받았으며, 그녀 이름으로 교구를 생산해서 판매할 수 있는 사업체와 판권을 계약했다.

마리아 몬테소리는 조직을 구성해서 그러한 문제 가운데 일부를 해결했다. 그녀의 교육학을 전파할 목적으로 세계 곳곳에 국가 단위의 몬테소리협회가 세워졌다. 마리아 몬테소리는 이런 모임들과의 관계를 보존하려 노력했고, 그 모임들에는 마리아 몬테소리라는 이름 사용권과 관련된 문제를 일부 해결해주었다. 하지만 이런 집단들도 우리가 다른 분야에서 알고 있는 것과 같은 긴장 상황에서 완전히 벗어날 수는 없어서, 분열과 재건, 조직 개편과 이사진의 알력 다툼 등을 겪는다.

마리아 몬테소리는 각 기관에 정치적 영향력을 행사하려고 애썼다. 내적인 이유도 있었고 경제적인 이유도 있었다. 마리오는 점차 그녀의 일을 덜어주는 조력자가 되었고 마리아 몬테소리는 아들을 전적으로 신뢰할 수 있었다. 1929년에는 마침내 여러 나라의 몬테소리협회가 연합한 국제몬테소리협회(Association Montessori Internationle : AMI)가 탄생했다.

몬테소리 보육교사 양성 과정은 몬테소리 교육학을 전파하는 데 가장 중요한 도구이자 중년기 이후 그녀의 주요 활동 분야가 되었다. 마리아 몬테소리는 살아 있는 동안 전권을 장악하고 혼자서 이러한 교육 과정을 이끌었다. 그녀에게서 성공적으로 과정을 끝마친 사람에게만 몬테소리 교사라는 칭호가 허락되었고, 제아무리 실습 경험이 많아도 몬테소리 교육에서 다른 어른을 교육할 수 있는 권리를 갖지는 못했다.

이러한 교육 과정은 몇 달로 끝나거나 여섯 달에 걸쳐 계속되었고 다양한 요소를 포괄했는데, 마리아 몬테소리 자신의 강연을 통해 이루어지는 교육학적이고 이론적인 교육, 인가를 받은 교육 기관에서의 참관과 동료 교사들의 설명을 통해 이루어지는 특별 교구 소개, 마지막으로 아이들을 대상으로 한 교사 후보들의 실습이 이에 해당된다. 이 과정의 마지막에는 구두 시험, 필기 시험, 실습 평가가 있으며, 이 과정을 성공적으로 마치면 교사 후보자는 '전문가' 학위를 수여받는다. 학위를 받은 사람은 어린이 교육 기관에서 일을 하거나 그런 기관을 세우거나 그 기관에 '몬테소리'라는 이름을 붙일 수 있는 권리를 갖게 되었다.

마리아 몬테소리가 세계 여러 나라에서 베푼 이러한 강좌에는 전 세계에서 수많은 참가자들이 등록했으며, 이는 이 교육 운동을 국제적인 것으로 만드는 데 중요한 전제조건이 되었다. 여러 교사 양성 과정은 마리아 몬테소리가 완벽하게 구사할 수 없는 언어를 쓰는 나라에서, 특히 영국과 미국에서 개최되었다. 그녀가 연단에 서고, 그 옆에 통역이 선 후 그녀는 자신의 생각을 이탈리아어로 발표하고 그 단락이 통역될 때까지 기다렸다. 참가자들은 열심히

이 강연을 받아 적었는데, 지금은 오로지 그때 필기된 내용들을 통해 당시의 수많은 연설을 상기할 수 있을 뿐이다.

마리아 몬테소리는 자신의 생각을 자유롭게 강연했으며 똑같은 강연을 두 번 다시 되풀이하지 않았다. 그녀는 풍부한 몸짓이 섞인 말과 주의 깊은 눈빛으로 청중을 매혹시킬 줄 아는 달변가였음에 틀림없다. 그녀의 강의 주제는 평화 및 종교 교육, 발달심리학, 교육철학 등 광범위하고 다양한 분야에 걸쳐 있었다. 마리아 몬테소리는 나이가 들수록 자신의 주제를 더욱 자유자재로 다루었고, 협소하게 교수법 및 방법론에 관한 문제들에 사로잡히지 않았다. 이 문제에 대해서는 3, 4장에서 다시 검토할 것이다.

스페인으로 이주한 뒤, 마리아 몬테소리가 고국 이탈리아의 교육학에 미치는 영향은 약해지게 되었다. 1922년 처음으로 고개를 들기 시작한 무솔리니의 파시즘은 그녀에게 새로운 길을 열어놓았다. 이는 불명예스러운 부분이지만, 우리는 다시 한번 당시의 관점과 오늘날의 관점을 구별할 필요가 있다. 무솔리니와 마리아 몬테소리의 개인적인 만남이 성사되고, 이 파시스트 지도자는 개인적으로 몬테소리 교육학과 관련된 일을 받아들이겠다고 약속했다. 이탈리아의 몬테소리협회가 부활하고, 마리아 몬테소리는 이탈리아 교사 양성 과정을 개최하며, 수많은 몬테소리 교육 기관이 설립되었다.

무솔리니는 이러한 협력을 통해 국제적인 명성을 획득하려고 했으며, 마침내 마리아 몬테소리의 이름은 전 세계에 알려진다.

그는 이미 유치원 연령기의 아이들에게 읽고 쓰고 계산하는 능력을 습득시키는 몬테소리 교육학의 효과를 간파했다. 마리아 몬테소리 자신은 국가의 호의 덕분에 자신의 교육학을 이탈리아 전역에 도입할 수 있으리라는 희망을 품었다.

이런 상호 거래는 일정 기간 동안 양쪽을 모두 만족시키면서 진행되었다. 그러나 이후 파시즘의 이데올로기가 점점 더 전체주의적인 성격을 띠게 되면서, 둘의 관계는 끝이 난다. 모든 아이들이 파시즘을 따르는 청소년 조직 내의 불화를 견디지 않을 수 없게 되고, 파시즘을 내세우는 아침인사가 의무가 되자, 마리아 몬테소리는 얼마 뒤 이 공조를 끝낸다.

이러한 어두운 부분을 감안하더라도, 몬테소리 교육과 파시즘의 교육 이념이 서로 부합한다거나, 적어도 문제 없이 공존할 수 있다고 주장하는 것은 옳지 않다. 마리아 몬테소리에게 교육의 주된 준거점은 각 개인을 강인한 인격체로 키워내는 것이었으며, 이러한 개성은 개인을 아무것도 아닌 것으로 보고 오로지 집단만을 전부인 것처럼 내세우는 파시즘 이데올로기와 정면으로 대립한다. 더욱이 마리아 몬테소리에게 '자유'는 교육에서 절대적인 뜻을 갖는 낱말이었으며, 어떤 종류의 전체주의적인 교육학에서도 상상할 수 없는 것이었다. 이탈리아의 동료들보다 더욱 잔인했던 독일의 파시스트들은 이 점을 즉시 알아차렸다. 1933년이 되고 나서 얼마 지나지 않아 독일에서는 모든 몬테소리 기관들이 폐쇄되고 마리아 몬테소리의 책과 사진은 공개적으로 불태워진다.

이제까지 기술한 몬테소리 교육학의 역사는 도덕적인 의구심을 자아낼 수 있는 마지막 부분을 제외하면 중단 없는 성공의 역사로 보일 것이다. 하지만 그렇다고 해서 시간이 지나면서 비판의 목소리가 커지지 않았던 것은 아니다. 시기심에 사로잡힌 속좁은 사람들은 제쳐두더라도, 교육학 전문가들 사이에서도 양면적인 평가가 있다.

마리아 몬테소리가 아이들의 감정적이고 사회적인 발달 부분은 등한시하고 인지적인 측면만 강조함으로써 아이들을 일면적으로 그려냈다고 비판하는 사람들도 있다. 그녀가 아이들의 작업을 너무 부각시킨 나머지 아이들의 자유로운 놀이와 상상 활동이 갖는 의미를 충분히 인식하지 못했다는 비판이 제기되기도 한다. 어느 정도 정당성이 있는 이런 비판에 대해서는 나중에 논의하고, 지금은 전기적인 사실의 실마리를 놓치지 않기로 하자.

마리아 몬테소리가 비평가를 대하는 태도에는 대가의 권위가 가득했다. 부정적으로 표현하면 편협함과 완강함과 고집이라고 말할 수도 있을 것이다. 그녀는 비평가들을 조금도 존중하지 않았다. 그녀는 자신의 길을 찾았고, 그 길을 고수하면서 목표를 향해 나아갔으며 좌우를 살피는 일로 방해받지 않았다. 이러한 행동은 다음 일화에 잘 표현되어 있다. 왜 유명한 교육학 교수의 비판에 대응하지 않느냐는 비난 섞인 질문에 몬테소리는 이렇게 대답했다.

내가 사다리를 타고 올라가는데 개 한 마리가 내 발꿈치를 물려고 한다면, 그때 내게는 두 가지 가능성이 있을 뿐이다. 개를 발로 차내든가 아니면 더 높이 올라가는 것이다. 내게는 더 높이 올라가는 편이 낫다. (In : Standing, o. J., 56쪽)

아름다운 삶과 죽음

예순여섯이 된 마리아 몬테소리는 스페인 내전 때문에 어쩔 수 없이 고향과도 같은 바르셀로나를 떠날 수밖에 없었다. 영국 군함에 몸을 실으면서 그녀는 개인적인 물건들을 대부분 남겨두고 떠나야 했다. 영국에서 그녀는 국제적인 교사 양성 과정을 진행하고, 몇 달 동안 이런 활동을 하면서 새로운 '집'을 찾고 있었다. 그때 교사 양성 과정에 참가하고 있던 한 부유한 네덜란드 여성이 마리아 몬테소리에게 자신의 부모님 집으로 거처를 옮길 것을 제안하면서 그곳에서 앞으로 계속 머물 거처를 찾아보겠다고 약속했다.

네덜란드는 몬테소리 교육에 특별히 우호적인 유럽 국가들 가운데 하나였고, 오늘날에도 몬테소리 운동이 왕성하게 펼쳐지고 있는 나라다. 마리아 몬테소리는 유치원 및 학교 영역에 시범 시설을 마련하고, 정기적인 교사 양성을 위한 조직을 주선하겠다는 약속도 받았다.

마리아 몬테소리를 네덜란드로 이주하게 한 이 젊은 네덜란드 여성 안나 피어슨(Anna Pierson)은 그녀의 여생에 중요한 의미를 갖게 된다. 피어슨은 마리오가 그의 어머니와 인도에서 머무는 7년 동안 그의 네 아이들을 돌보고 나중에는 마리오의 두 번째 아내이자 마리아 몬테소리의 며느리가 되어 그녀의 노년을 지켰다.

마땅히 누릴 가치가 있는 노년의 휴식은 마리아 몬테소리처럼 왕성한 활동을 펼치는 사람의 인생 계획에는 마련되어 있지 않았다. 그녀는 남은 16년의 세월을 말 그대로 죽을 때까지 치열하게 노력하며 보내는데, 그것은 이제까지의 그녀의 삶과 별로 다를 바 없었다. 그녀는 세계를 두루 여행하고, 강연을 하며, 교사 양성 과정을 실시하고, 저서를 집필하며, 광범위한 계획을 세웠다. 팔짱을 낀 채 쉬는 것은 그녀에게 걸맞지 않은 일이었다.

네덜란드로 이사하면서 적어도 마리아 몬테소리가 편안한 노년을 보내기에 합당한 조건이 마련된 듯이 보였다. 그러나 정치적 상황이 이런 소망이 충족되도록 내버려두지 않았다. 마리아 몬테소리는 초빙을 받아 인도에 가서 교사 양성 과정을 주관했는데 그곳에서 그녀를 기다린 조건은 그녀의 관심사에 꼭 들어맞는 것이었다. 그녀는 인도에서 열렬한 환영을 받았고, 자신이 유용하게 쓰이는 듯한 느낌도 받는다. 1939년 그녀는 아들 마리오와 함께 인도로 갔고 다음해 다시 네덜란드로 돌아오려 하지만 2차 세계대전의 발발로 그녀의 계획은 무산되고 만다.

그 당시 인도는 영국의 식민 통치 아래 놓여 있었고, 전쟁에서 이탈리아가 독일 편에서 싸우자 인도에 있는 모든 이탈리아인이 체포되었다. 마리아 몬테소리도 이러한 운명에 맞닥뜨리지만, 영

1939년 인도에서 교사 양성 과정을 주관하는 마리아 몬테소리(왼쪽). 그 옆에 서 있는 사람이 아들 마리오 몬테소리

마리아 몬테소리는 초빙을 받아 인도에 가서 교사 양성 과정을 주관했다. 그녀는 인도에서 열렬한 환영을 받았고, 자신이 유용하게 쓰이는 듯한 느낌도 받는다. 1939년 그녀는 아들 마리오와 함께 인도로 갔고 다음해 다시 네덜란드로 돌아오려 하지만 2차 세계대전의 발발로 그녀의 계획은 무산되고 만다.

국에 있던 유력한 친구들 덕분에 간신히 피할 수 있었다. 여행의 자유는 제한되었지만 교사 양성 과정은 계속 진행할 수 있었다. 다만 아들 마리오는 어머니와 이별해야 했고, 그녀의 70번째 생일을 맞아서야 비로소 인도의 총독은 그녀에게 마리오의 석방을 '선물'로 보낸다.

어떤 역경에도 흔들림 없이 마리아 몬테소리는 목표를 향해 달려갔다. 단념이나 포기는 그녀에게 낯선 것처럼 보였다. 인도에서 보낸 몇 해 동안 그녀의 교육 이론은 또 한번 범위가 넓어졌다. 그녀는 태어나서 만 세 살까지 아동의 발달과 양육에 관해 연구하고 그에 대한 자신의 생각을 《흡수 정신》이라는 새 책에 기록했다. 외부적으로 움직임이 어려워지고, 쇠약해져가는 노구를 소진케 하는 기후에도 아랑곳없이 그녀는 계속해서 일하면서 희망을 포기하지 않았다.

전쟁이 끝나 유럽으로 돌아온 그녀는 폭탄 세례를 받은 도시들을 보게 되었다. 그러한 참혹상은 다시금 그녀의 교육적 사명을 불태우는 동기가 되어주었다. 인류를 위협할 수 있는 전쟁 같은 모든 가능성을 근절하려면 어른들은 아이와 함께 평화를 누리는 길을 찾아야 한다. 그녀는 다시금 자신의 가르침에서 희망과 전망을 길어내는 수많은 청중을 만나게 되었다.

마리아 몬테소리는 마리오와 함께 인도로 되돌아갔다가, 1949년 유럽으로 돌아왔다. 마지막 귀환이었다. 2년 뒤 그녀가 마지막으로 참석할 수 있었던 국제몬테소리회의가 런던에서 개최되었다. 회의 맺음말에서 그녀는 비유를 해가며 자기 학설의 핵심적인 본질을 설명했다. 여든한 살 마리아 몬테소리의 연설에는 역설이 담겨 있었다.

신사 숙녀 여러분, 여러분께서 제게 보여주신 크나큰 경의를 마주 대하면서 제게 한 가지 비유가 떠오릅니다. 여러분이 개의 관심을 어떤

마리아 몬테소리, 1950년 이후

1952년 3월 6일, 마리아 몬테소리는 노르드비직 안 제에서 세상을 떠난다. 암스테르담에서 그곳으로 와서 친구들과 며칠간 휴가를 보내고 있을 때였다. 세상을 떠나던 날에도 그녀는, 아프리카로 가서 신생국에 적합한 교육 제도를 마련하는 일에 참여할 생각을 하고 있었다고 한다.

것에 돌리려고 할 때, 개가 어떻게 행동하는지 관찰해보신 적이 있습니까? 개는 여러분이 가리키는 방향을 바라보는 것이 아니라 여러분의 손가락을 바라봅니다. 여러분이 제게 그토록 커다란 존경을 표시하실 때, 여러분도 매우 비슷한 행동을 하고 있다는 사실을 제가 지적해도 될까요? 이제까지 거의 40년 이상 저는 계속 누군가를 가리키고 있습니다. 하지만 여러분은 아마도 제 손가락을 보면서 이렇게 말할 겁니다. "그녀의 손가락은 얼마나 멋진가? 손가락에 얼마나 멋진 반지를 끼고 있는가!" 여러분이 내가 가리키는 쪽을, 즉 어린이를 바라본다면, 그것은 여러분이 내게 베푸는 더없이 큰 존경이자 더없이 깊은 감사가 될 겁니다.(Standing, o. J., 50쪽)

일년 뒤인 1952년 3월 6일, 마리아 몬테소리는 노르드비직 안 제에서 세상을 떠난다. 암스테르담에서 그곳으로 와서 친구들과 며칠간 휴가를 보내고 있을 때였다. 세상을 떠나던 날에도 그녀는, 아프리카로 가서 신생국에 적합한 교육 제도를 마련하는 일에 참여할 생각을 하고 있었다고 한다. 그녀는 노르드비직의 공동묘지에 안치되었다. 그녀의 마지막 미완성 수고(手稿)에는 다시 한번 그녀의 생각이 요약되어 있다.

이리저리 찢긴 방식으로 교육을 파악하는 데서 손을 떼고, 아이를 지키고 아이의 본성을 학문적으로 인식하고 그의 사회적 권리를 옹호하는 일에 노력을 기울여야 한다.(Montessori, 1992, 121쪽)

2

몬테소리 교육학의 교수·방법론

우리는 단호하게 '사랑이 가득한 판단이 곧 현명한 판단' 이라고
말할 수 있다.

❧ 마리아 몬테소리

어떤 사람들의 경우 그들의 이력은 분명히 구분되는 몇 단계로 나눌 수 있다. 이들은 예컨대 '가'라는 시점까지 이런 일을 생각하거나 수행했고, '나'라는 시점까지 그것과 다른 일을 생각하거나 행했다고 말할 수 있다. 이 경우 하나하나의 삶의 단계들 사이에는 분명히 인식할 수 있는 모순이 등장하기도 한다. 즉 초기 저작에서 주장한 내용이 후기 저작에서는 결정적으로 번복된다. 또 어떤 사람들의 경우에는 일관된 이력을 보여준다. 삶 전체를 이끌어갈 이념이 어린 시절에 싹트고, 나머지 생애는 이미 생겨난 초기 프로그램을 확증하며 실행하는 과정으로 보인다. 이 과정은 자연스럽게 일어나는 일련의 범위 확장과 내용 첨가에 의해 보완된다.

마리아 몬테소리의 교육학 저작이 생성되는 과정에서는 빈틈없는 일관성도, 서로 분명하게 구별되는 부분들 사이의 날카로운 단절도 찾아볼 수 없다. 거기에 담겨 있는 것은 교육과 관련된 근원적인 경험이며, 그녀는 이 경험을 가지고 평생의 작업을 시작했고 그 경험은 평생 동안 그녀에게 생각의 정수(精粹)로 남는다. 마리아 몬테소리는 이러한 근원적 경험을 중심에 두고 출발하면서, 교육의 전 영역을 점점 확대되는 여러 개의 동심원 속에 담아내려고 했다. 그녀는 이미 정신장애아와 작업을 진행하고 그런 다음에는 유치원 아이들을 경험하면서 아이들은 '다르다'는 사실을 체험한다. (그러므로 그녀가 직접 붙인 제목은 아니지만 그녀의 주요 저작들 가운데 하나의 독일어 제목을 '아이들은 다르다(Kinder sind anders)'로 하는 것이 적당하다―지은이.)

아이들은 우리 어른들과 다르며, 그렇기 때문에 아이들을 교육할 때 우리는 아이들의 고유한 사고 구조, 감정 구조, 행동 구조에 깊은 관심을 기울여야 한다. 다른 한편 아이들은 어른 중심적인 우리의 시각에서 비롯된 통상적인 선입견이 알려주는 것과 다르기 때문에, 교육학에서 필요한 것은 우선 아이들의 '참된 본성'을 밖으로 드러내는 일이다.

이제부터 세 부분으로 내용을 나누어 마리아 몬테소리의 교육 사상에 접근하게 될 것이다. 가장 먼저 몬테소리 교육학의 교수법과 방법론에 관해 다루기로 하자. 이 교수법과 방법론은 그녀가 장애아를 상대하면서 얻은 경험들과 산 로렌초에 세운 최초의 어린이집에서 쌓은 경험에서 생겨났으며, 주로 만 세 살에서 만 여섯 살 아이들과 관계된 것이다.

하지만 마리아 몬테소리의 교육학을 그녀가 개발한 교구들과 어린이집의 이념들에 국한해서는 안 된다. 마리아 몬테소리의 저작에 관한 전체적인 윤곽을 얻으려면 그녀의 폭넓은 교육 사상을 살펴보아야 한다. 그러므로 그 다음 단원에서는 마리아 몬테소리의 교육철학이 확장되고 내용이 세분화되어가는 과정을 연대기에 맞춰 소개할 것이다. 이와 관련된 사상을 우리는 주로 마리아 몬테소리의 후기 저작에서 발견한다. 그러나 교수법과 방법론에 대한 기술에서도, 마리아 몬테소리의 근원적인 경험에서 유래하고 이후에 '교육적인 시각'이라는 제목으로 서술하게 될 기본적인 교육학 사상들의 내용을 최소한이나마 다루지 않을 수 없다. 그런 다음에는 교육에 맞게 제공된 환경과 성장 발달에 필수적인 교구들과 교사가 떠맡은 교육의 주요 과제들에 대한 서술이 이어진다. 그 첫 부분은 아이의 종교 교육에 대한 교수법 사상을 구체적으로 서술하는 것으로 끝낼 것이다.

교육적인 시각

마리아 몬테소리는 30대 말이 될 무렵 자신이 세운 첫 번째 어린이집에서 발달 교구를 다루는 데 푹 빠져 있는 여자 아이를 관찰하게 되었다. 그 어떤 것도 아이를 방해할 수 없었다. 아이는 과제를 끝마칠 때까지 연습을 계속하려 했고, 오랜 시간 동안의 연습 끝에 이 과제를 마치자 행복하고 만족스러운 모습을 보였다. 교구를 분주하게 수박 겉핥기식으로 엄벙덤벙 다루지 않는 아이를 관찰하면서 마리아 몬테소리는 놀라움에 사로잡혔다. 이 여자 아이가 어른들이 갖고 있는 일반적인 선입견을 뒤엎었기 때문이다.

이 장면을 관찰한 사실은 그녀에게 교육과 관련된 한 가지 근원적 체험이 된다. 그녀는 저작과 강연에서, 새로운 교육학에 초석이 된 이 사건을 누차 언급했다. 그녀가 기술한 글에는 이 장면이 다음과 같이 묘사되어 있다.

산 로렌초에서 정상적인 어린아이들을 상대로 ⋯ 첫 번째 실험을 하던 나는 만 세 살쯤 된 여자 아이가 원통 꽂기 놀이에 깊이 몰두해 있는 것을 관찰했다. 작은 목재 원통을 빼냈다가 다시 제자리에 꽂는 놀이였다. 아이의 표정은 강한 집중력과 주의력을 보여주었는데, 그것은 내게 범상치 않은 계시와 같았다. ⋯ 처음에 나는 방해하지 않고 그저 지켜보기만 하다가 아이가 이 연습을 몇 번이나 반복하는지 세어보기 시작했다. 시간이 흘러 아이가 아주 오랫동안 연습을 계속하는 것을 보고는 아이가 앉았던 작은 의자를 가져와 그 아이를 의자와 함께 탁자에 올려놓았다. 그러자 이 꼬마는 재빨리 자신이 가지고 놀던 꽂기 놀잇감을 모아다가 나무 블록을 작은 의자의 팔걸이 위에 세워두고 원통은 무릎에 올려놓은 채 작업을 계속했다. 그때 나는 모든 아이들에게 노래를 부르게 했고 아이들은 노래를 불렀다. 하지만 그 아이는 아무 흐트러짐 없이 연습을 계속했고, 짧은 노래가 끝난 뒤에도 그 연습은 계속되었다. 내가 세어본 바로는 44번 연습을 했다. 마침내 아이는 놀이를 그만두었지만, 아이를 방해했을지도 모르는 주변 환경의 자극들과는 무관하게 내린 결정이었다. 아이는 마치 숙면을 취한 뒤 깨어났을 때처럼 만족스럽게 주위를 둘러보았다.(Montessori, 1995, 69쪽)

1. 관심의 양극화

아이의 강한 집중력은 깊은 인상을 남긴다. 널리 퍼져 있는 아이에 대한 상(像)과 매우 상반되기 때문이다. 이 상에 따르면 아이는 끊임없이 교사의 자극을 받아야 하며 교사는 아이가 관심을 잃지

관심의 양극화

아이의 강한 집중력은 깊은 인상을 남긴다. 널리 퍼져 있는 아이에 대한 상(像)과 매우 상반되기 때문이다. 이 상에 따르면 아이는 끊임없이 교사의 자극을 받아야 하며 교사는 아이가 관심을 잃지 않고 한 가지 일에 머물도록 동기를 부여해야 한다. 이와 정반대로 마리아 몬테소리는 스스로 선택한 과제에 집중해서 여기에 몰두하는 아이의 강한 끈기를 경험한다. 마리아 몬테소리는 이를 '관심의 양극화'라고 불렀다.

않고 한 가지 일에 머물도록 동기를 부여해야 한다. 이와 정반대로 마리아 몬테소리는 스스로 선택한 과제에 집중해서 여기에 몰두하는 아이의 강한 끈기를 경험한다. 마리아 몬테소리는 이를 '관심의 양극화'라고 불렀다. 즉 주의를 분산시키는 다른 환경은 무관심하게 제쳐두는 반면, 아이와 교구는 완전히 하나가 된다.

아이가 그런 '결정점'을 발견했다면, 그 이상의 발달 과정은 혼자 힘으로 추진해나갈 수 있다. 어떤 것도, 어느 누구도 '내적인 인간'을 만들어나가는 일을 멈출 수 없다.

'관심의 양극화'를 발견해낸 것은, 즉 자신에게 적절한 발달 과제를 마주 대하고 있는 아이가 보여주는 강력한 집중력을 발견해 낸 것은 매우 주목할 만한 점인데, 이러한 능력은 어른들이 아이들에 대해 지닌 일상적인 상들과 맞부딪히기 때문이다. 사람들은 어른이 희극적인 오락을 좀처럼 보여주지 않으면 어린아이들이 어른의 신경을 거스르게 되고 좌불안석이 될 것이라고 여긴다.

아이들은 뭐든지 다 만져보고 곧바로 놓아버린다. 늘 새로운 것이 아이들을 자극한다. 아이들은 투정을 부리고 모든 것을 원하며 그것을 즉각 얻기를 원한다. 하지만 손에 넣은 뒤에는 더는 가지고 있으려 하지 않거나 또 다른 것을 원한다. 예컨대 '세사미스트리트(sesamestreet)' 같은 어린이용 텔레비전 프로그램 구성에서도 어른의 이러한 선입견을 쉽게 관찰할 수 있다. 즉 어린아이들은 지속적이지 않기 때문에 사람들은 아이들에게 순식간에 바뀌는 새로운 자극을 늘 제공해야만 한다고 생각한다. 그런 선입견에 따르면, 잠시 동안이나마 아이들의 관심을 끌기 위해서는 최대한 요란하고 큰 자극이 필요하다. 그에 따라 어린이집의 놀이방들도 화려하고 다양하게 꾸며야 한다. 그래야 아이들도 민첩하게 순서를 바꿔가며 뭔가에 집중한다고 믿기 때문이다.

그러나 이 작은 여자 아이가 마리아 몬테소리에게 가르쳐준 바에 따르면, 아이들이 필요로 하는 것은 넘쳐나는 보조 수단들이 아니다. 아이들에게 필요한 것은 그들의 관심을 끌려는 의도로 가해지는 요란한 자극이 아니다. 그들에게는 동기를 유발하는 기술자로서 인위적으로 관심을 불어넣는 어른 역시 필요 없다. 아이들에게는 그보다는 그들에게 적합하고, 그들을 위해 합목적적으로 계발되어 손으로 만지면서 다룰 수 있는 교구가 필요하다. 그러면 아이들은 혼자 힘으로 집중력을 발휘하고 자기 발전을 위한 전제 조건을 만들어나간다.

만 세 살 된 이 여자 아이는 마리아 몬테소리에게 아이에 대한 선입견에 사로잡혀 있는 어른의 시각을 폭로해준다. 어른들은 아이에게 가면을 씌워놓았고 그런 까닭에 아이를 올바로 지각할 수 없다. 이 어린 소녀는 가면을 벗어버렸으며 어른에게 자신의 진짜 모습이 어떤 것인지 보여주었다.

교육에서 중요한 이런 근원적인 경험으로부터 마리아 몬테소리에게는 일반적인 질문들이 생겨났다. 즉 '본성'에 따른 아이의 모습은 어떤 것이며, 그것은 우리가 어른의 안경을 쓰고 잘못 지각하고 있는 아이의 모습과 얼마나 다른가? '관심의 양극화' 현상을 정상적인 발달 현상으로 드러나게 해줄, 아이에게 적합한 주변 환경은 어떤 것인가? 인성을 형성하기 위해 아이에게 필요한 교구는 어떤 것인가? 교사가 해야 할 일은 무엇이며, 아이의 관심은 물론 아이의 자연스런 자아 발달이 가능하도록 교사가 하지 말아야 하는 일은 무엇인가?

만 세 살 된 여자 아이에 대한 경험이 출발점이 되어 마리아 몬테소리에게는 새로운 교육적 시각이 생겨나며, 이 시각은 억압된 아이와 자유로운 아이를 구별하는 법을 가르쳐주었다. 마리아 몬테소리는 아이에 대한 이런 새로운 시각을 기초로 만 세 살에서 만 여섯 살까지의 아이를 위한 교수법과 방법론을 창안했다.

2. 억눌린 아이

장애물을 넘어서려고 안간힘을 쓰는 아이를 살펴보자. 아이는 부질없어 보이는 시도를 끝도 없이 반복하고 있다. 우리는 아이를 도와주려 한다. 아이를 높이 들어 올리거나 그런 장애물을 넘어서게 하는 것은 매우 쉬운 일이기 때문이다.

나쁜 의도에서가 아니다. 오히려 정반대다. 우리는 당면한 문제를 재빨리, 불필요한 노력을 들이지 않고 해결하도록 아이를 도우려고 한다. 우리는 아이가 기뻐하고 우리에게 감사하기를 바란다. 그러나 사실은 그렇지 않다. 아이는 감사하기는커녕 울음을 터뜨릴 것이다. 이러한 상황을 경험하는 일이 잦아질수록, 우리는 '아이들이 감사할 줄 모른다'는 결론을 이끌어낸다. 우리가 그토록 애를 쓰면서 아이들을 위해 모든 것을 하는데도, '고마워하기를 기대할 수 없다'고 생각하게 된다. 그리고 한 걸음 더 나아가 '감사할 줄 모르는' 아이는 이내 '못된' 아이가 된다.

아이가 어리면 어릴수록 능력 있는 어른과 아이 사이의 오해는 더욱더 눈에 두드러진다. 어른은 아이가 오랜 시간 동안 크나큰 노력을 들여서 할 일을 큰 힘 들이지 않고 재빨리 해낼 수 있다. 그러므로 교사들이 아이들의 노력을 덜어주고 그들을 위한다고 행동하는 것이 아이들을 도와주는 것처럼 보인다. 때문에 어른은 아이들에게 음식을 먹이고, 옷을 입혀주고, 들어 올리고, 앉히고, 놀아주며 상대해준다. 비록 어른들이 더없이 좋은 의도를 가지고 이 모든 일을 했다고 하더라도, 마리아 몬테소리는 이러한 태도에서 아이에 대한 어른의 억압이 드러난다고 본다.

실제로, 중요한 모든 발걸음은 개인이 혼자 내디뎌야 한다. 누구도 다른 사람을 대신해서 먹을 것을 씹어 소화시켜줄 수 없으며, 누구도 다른 사람을 대신해서 생각하거나 느낄 수 없다. 모든 것은 자신의 몸과 머리와 심장을 통해 이뤄지지 않으면 안 된다.

이는 아이도 마찬가지다. 아이도 스스로 행동하고 생각하고 느껴야 한다. 아이 자신도 중요한 과제를 가지고 있다. 수많은 가능성을 지닌 갓난아기였다가 사회에서 올바르게 행동할 줄 아는 능력을 갖춘, 세상에 단 하나밖에 없는 어른으로 성장하는 것이 바로 그 과제다. 아이가 이런 발달 과제를 해결할 수 있는 것은 혼자 힘으로 행동할 수 있을 때뿐이다. 아이들은 장애물을 극복해서 얻어지는 결과 때문이 아니라 장애물을 극복하는 과정 때문에 장애물에 도전한다. 현실의 삶은 장애물과 동떨어져 시작되는 것이 아니라 장애물을 스스로 극복해내려는 노력에서 시작된다.

겉보기에는 아이를 돕는 것 같지만 사실은 아이를 억누르는 어른은 다른 수많은 문제가 생겨날 기반을 다지는 셈이다. 아이는

다 구워진 비둘기가 입 안으로 날아드는 것을 거듭해서 경험하면서 게을러질 수 있다. 또는 있는 힘을 다해 어른의 간섭을 막으려 하다 보면, 반항적이 될 수도 있다.

어른은 틀에 맞춰진 아이들을 관찰하고, 여기서부터 악순환이 시작된다. 아이가 게으르고 굼뜨기 때문에 어른은 아이들을 몰아세워야 한다. 반항적이기 때문에 아이들을 억눌러 '못된' 아이를 '착한' 아이로 만들어야 한다. 어른은 여느 때보다도 훨씬 더 적극적으로 행동해야 하고 아이는 수동적인 위치에 머물러 있어야 한다. 그런 가운데 부정적인 악순환의 토대가 마련되고 점점 속도가 붙는다.

예컨대 점점 더 늘어나고 있는 이상행동을 보이는 아이들에게 교사들이 쏟아붓는 노력을 한번 생각해보라. 교사들은 말썽을 부리지 않도록 아이들을 통제하고, 그들의 활동하려는 충동에 적절한 실행 가능성을 마련해주고, 소음과 어수선함을 막는다. 또는 뭔가 의미 있는 것을 하려면 점점 더 강하게 동기를 부여받아야 하고 그러는 가운데 점점 더 어른의 치맛자락에 매달리게 되는 굼뜬 아이들을 생각해보라.

이상행동을 보이는 아이와 굼뜬 아이는 마리아 몬테소리가 '일탈'이라고 이름 붙인 과정을 보여주는 사례들이다. 아이의 자연스러운 발달 과정이 방해를 받기 때문에, 아이는 점점 더 막다른 골목으로 빠져든다. 이 과정이 어떤 것인지는 작은 시냇물을 본래 있는 물길에서 다른 곳으로 돌릴 때 어떤 일이 일어나는지 상상해

보면 쉽게 알 수 있다. 댐이 세워지면서 물은 정상적으로 흐를 수 없을 정도로 점점 더 불어난다. 물을 담은 이 벽은 언젠가 무너질 가능성이 있다. 물의 힘은 거세게 폭풍처럼 분출된다. 이제는 한 가지 방책밖에는 없는 것처럼 보인다. 더 큰 댐을 만드는 것이다. 이런 상황은 우리를 댐 건설에 매달리게 하고, 더욱더 적극적인 활동을 요구한다. 강력한 힘을 가진 산더미 같은 물을 저지하기 위해서다. 조금도 쉴 겨를 없이 새로운 틈바구니가 생기지 않을까 노심초사하지 않으면 안 된다. 당장에 구멍을 막고 벽을 더 높여야 한다.

일탈 과정에서도 이와 비슷한 일이 벌어진다. 본래 평온한 궤도에서 자기 발달을 진행하려는 아이가 가진 근원적인 능동성은 장벽에 부딪힌다. 에너지가 방출되고 그 에너지가 통제되지 않는 행동을 통해 폭발할 위험이 생겨난다. 이러한 현상에 맞서 싸워야 한다. 아이들의 '악의'는 어른의 적극적인 개입으로 모양을 갖추고 대체된다. 반항이나 체념은 그런 대우를 받은 아이에게 나타나는 결과다. 그런 다음 어른은 그런 식으로 아이가 탈선하는 것이 인간의 '참된 본성'을 표현하는 것이라고 생각하면서 이를 더욱 심한 억압을 정당화하는 구실로 삼는다.

3. 해방된 아이

'일탈'은 '정상화'의 대립 개념이다. 그러나 이 두 개념을 선택하는 것은 그 본래 의미를 파악하기 어렵게 만든다. 이 표현이 명사

화되어 있어서 마치 '일탈'과 '정상화'에 해당하는 어떤 고정된 대상이 있는 것처럼 들리기 때문이다. 또한 그 두 개념을 형용사로 이해해서 '일탈된 아이와 정상화된 아이'로 읽어도 또 다른 어려움이 생겨난다. 이 두 단어가 아이들의 고정된 성격을 기술하는 것으로 보일 수 있기 때문이다.

마리아 몬테소리를 올바르게 이해하려면, 우리는 그 두 명칭을 동사로 읽어야 한다. 즉 아이가 일탈의 과정으로 내몰리거나 정상적인 방향으로 나아갈 가능성이 있다는 뜻으로 읽어야 한다. 아이가 자신을 억압하는 잘못된 교육을 받고 (이미 말했듯이 이런 일은 처음부터 끝까지 교사의 선의에서 비롯될 수도 있다) 아무리 심하게 곁길로 내몰리게 되더라도, 아이가 가진 본래의 '자연적인' 자기 발달 능력이 완전히 억눌리는 일은 없다. 이상행동을 보이는 아이나 굼뜬 아이에게 올바른 교육 조건이 제공되면, 아이는 다시 정상화 과정으로 복귀할 수 있고, 아이가 부정적인 이상행동들을 떨쳐버릴수록 아이는 스스로 자신의 발달을 더욱더 좋은 쪽으로 인도할 것이다.

억압된 아이에게 가장 먼저 필요한 것은 해방이다.

○ 아이에 대한 어른의 선입견에서의 해방

○ 아이를 구속하는 계명과 금지의 속박에서의 해방

○ 아이의 자발적 행동을 가능하게 하는 해방

해방된 아이는 자신의 힘을 더는 불필요한 반항에 소모할 필요가 없기 때문에 능동적인 자기 발달에 집중할 수 있고, 그렇게 되면 관심의 양극화 같은 특징적인 현상이 나타난다. 아이의 자발적인 활동이 나타나면, 그와 더불어 앞으로 진행될 발달의 긍정적인 발판이 마련된 셈이다. 이제 발달은 순조롭게 진행될 수 있다. 본성에 적합하게 마련된 발달 궤도를 따르기 때문이다. 마리아 몬테소리에 따르면 이러한 긍정적인 발달은 천천히 진행되는 연속적인 과정이 아니다. 아이가 내적인 동인에 의해 자유롭게 활동할 가능성을 얻는다면, 그런 발달은 '폭발' 사건처럼 일어난다.

정상화 과정에 들어선 아이는 해방이 되면서, 과거에는 그토록 눈에 두드러지게 부정적인 속성들로 보였던 특징들을 떨쳐버린다. 아이는 침착해지고, 인내하며, 남을 도우려 하고, 집중력을 보이며, 신중해진다. 이러한 과정을 지각하게 된 어른에게 이 아이는 새로운 모습으로 나타난다. 이젠 어른에게도 지금까지 자신이 믿어온 것과 아이들의 본성이 다르다는 사실이 명백해진다. 아이들은 이제 목표가 없고, 잠시도 가만히 있지 못하며, 투정을 부리고, 울어대고, 끊임없이 군것질거리를 찾고, 불안정하며, 제자리를 잡지 못하는 존재가 아니다. 제자리를 되찾은 아이들은 사회에 책임감을 가지고, 심사숙고해서 자신의 움직임을 조정하며, 정서적으로도 균형을 잃지 않는다.

그러나 무거운 짐에서 해방되어 새로워 보이는 이러한 아이들은 어른들의 '신경을 거스르는' 속성뿐만 아니라, 우리가 이제까지 아이들을 인식하면서 긍정적으로 여겼던 부분까지 잃어버린다. 마리아 몬테소리에 따르면 예를 들어 아이들의 "창조적인 상상력, 이야기를 듣는 기쁨, 사람에 대한 붙임성, 공손함이나 놀이 충동"(Montessori, 1989, 157쪽) 등도 사라진다.

정상화의 길에 들어서 있는 아이는 능동적이며 독립적이고 싶어한다. 그러므로 더는 자리를 양보하지 않기 위해 지나치게 어른을 따르며 기대는 법이 없다. 이러한 아이는 현실에 밀착해 살 터이므로 보통은 아이를 '기묘한' 존재로 보이게 만드는, 상징적인 언어나 놀이의 측면들을 잃어버릴 것이다. 그리고 이러한 아이는 '일' 또는 '노동'*을 하길 원한다. 즉 진지하게 정신을 집중해서 지금 반드시 자신의 발달에 필요한 일에 몰두하며 쓸모없는 장난에 시간을 버리지 않는다.

정상화는 어른의 교육이 만들어낸 작품이 아니며, 올바른 교육 방법의 결과도 아니다. 물론 마리아 몬테소리의 교육 방법의 결과도 아니다. 정상화는 아이가 지닌 자발적 행동의 산물이다. 마리아 몬테소리의 생각에 따르면, 교사가 아이를 정상으로 만들 수 있다는 주장은 어불성설이다. 어른들이 할 수 있고 해야 하는 일은 아이를 자신들의 잘못된 선입견에서 해방시키는 것이다. 정신을 집중해서 수행되는 일을 향해 발걸음을 내디디는 것은 아이 스스로의 일이다. 어른들이 참고 기다리는 데 익숙해지면, 아이들은 그런 길을 가게 될 것이다. 시간의 차이는 있겠지만 해방된 아이

---

* 여기서는 'Arbeit'를 '노동' '일' 또는 '작업'이라고 옮겼는데, 이 개념은 아이들의 '장난' 또는 '놀이(Spielerei)'와 대비되는 개념이다. 마리아 몬테소리의 교육학에서 '노동' 또는 '일'은 합목적적으로 이루어지는 생산적인 활동을 뜻한다.

는 언젠가 스스로 출발점을 찾고, 이 출발점에서부터 자신의 발달을 생산적으로 주도해나갈 것이다.

어른 가운데 어느 누구도 아이의 머리와 손과 가슴을 짜 만들어낼 수 없다. 어른은 그저 자유를 보장하고 적절한 환경을 제공할 수 있을 뿐이다. 나머지는 신이 모든 인간에게 부여해 선할 수밖에 없는 아이의 본성이 드러내는 다양한 모습에 주의를 기울이고 이러한 모습들이 나타나기를 기다리는 것이다. 이것이 아이를 올바르게 인도하는 길이다.

어른이 만들어놓은 장애로부터의 해방, 기다림, 아이의 능동성. 이 모든 것은 교사의 수동적인 역할을 매우 강조하는 것처럼 들리는데, 이에 대해서는 나중에 더 자세히 다룰 것이다. 넓은 세계를 이해할 일이 거의 없는 힘없는 젖먹이나 어린 유치원생을 살펴보자. 자신을 둘러싼 혼란을 이해하고 감정이 뒤죽박죽된 상태에서 헤매는 일이 없으려면 이들에게 어른들이 마련한 보살핌과 안정감이 필요한가? 분명 필요하다. 그래서 마리아 몬테소리는 정상화 과정은 오로지 적당한 환경에서, 알맞은 교구 사용과 더불어 교사의 깨어 있는 관찰 아래서 일어날 수 있음을 항상 강조한다. 아이들을 혼자 내버려두어서는 안 되고 아이의 발달을 위해 적절한 영양분을 공급하는 것이 중요하다.

다만 우리는 아이들이 교사에게 응당 기대해야 할, 꼭 필요한 도움들이 어떤 것인지, 그리고 겉보기에는 도움이 되는 것처럼 보이는 일들이 언제 아이를 억압하는 요소로 뒤바뀌는지 주의 깊게 구별하는 법을 배워야 한다. 신생아는 자기 몸에 영양분을 공급하는 엄마의 젖가슴을 필요로 하고, 자라나는 아이는 '정신적인 양분'을 필요로 한다. 정신적인 양분이 없으면 아이는 아무렇게나 방치된 젖먹이처럼 '굶어 죽을' 수밖에 없다.

우리의 도움이 아이의 자아 발달에 뒷받침이 되는지 아니면 정반대로 억압의 요소로 작용하는지를 결정하는 기준은 다음과 같은 핵심적인 질문에 대한 대답에서 드러난다. 이 교육이 아이의 자발적 행동을 뒷받침하는 것인가, 아니면 자발적 행동을 대신하는 것인가? 아이를 어른을 통해 '만들어져야' 하는 존재로 여길 것인가, 아니면 그와 반대로 자기 내부의 힘에 의해 스스로 자라는 존재로 여길 것인가?

젖먹이에겐 젖이 필요하지만, 삼키고 소화하고 영양분을 흡수해 자신의 몸을 발달시켜나가는 것은 젖먹이 스스로 해야 할 일이다. 아이에겐 정신적인 영양분이 필요한데, 그런 영양분이 적합하게 되는 것은 오직 그것이 그때그때 개성 발달에 알맞을 때뿐이다.

4. 자유와 규율

오늘날 거의 모든 교육학 관념은 적어도 '아이들의 자유'를 높이 산다. 이 '자유'에 자세한 질문을 던지는 것은 금지된 일로 보인다. '자유'는 당연히 '자유로운 존재'를 뜻하며, 다른 부가적인 규정들이 군더더기에 불과하다는 것은 너무나 당연하고 분명한 사실로 보인다. 더 무슨 말을 하면, 자유를 제한한다고 의심받을 것이다. 다만 한 가지 지적해야 할 점이 있다. "얘들아, 너희 하고 싶은 대로 해라, 난 아무 상관 없으니까"라는 말은 자의성과 무책임의 발로이며, 긍정적인 목표에 도달하고자 하는 교육의 자세가 아니다.

압도적인 교육 실무자들이 자유롭게 교육하는 것이 목표라고 말할 것이다. 누가 스스로 아이를 권위적으로 억압하는 사람이라 자인하겠는가? 하지만 우리가 교육 서비스 소비자의 관점에서, 즉 아이의 관점에서 질문을 던진다면, 교육 상황에 대해 지각하는 내용은 다를 것이다. 추측컨대 어른에게서 독립하여 스스로 결정을 내릴 수 있는 가능성들보다는 오히려 간섭과 자유 제한과 강제에 대해 할 말이 더 많을 것이다. 그래서 교육에서 자유의 문제는 그렇게 간단치 않아 보인다.

마리아 몬테소리의 교육학에서도 자유 개념은 매우 두드러진 역할을 한다. 마리아 몬테소리에게 자유의 개념은 교육을 올바르게 이해하기 위한 핵심이 된다. 아이들에게는 자신의 발달을 위한 자유가 주어져야 하며, 그렇지 않으면 교육은 폭력과 억압으로 변질된다. 그러나 마리아 몬테소리는 자유 개념과 더불어 규율 개념도 중요하게 여겼다. 이 둘은 직접적으로 서로 연관되어 있다. 20세기 1970년대 반권위주의 교육의 후계자에 속하는 오늘의 교육 세대에게는 이 주장이 낯설게 들린다. 규율은 강제, 폭력, 억압 등과 관련된 것처럼 보이고, 자유와 정면으로 대립한다고 생각되기 때문이다. 그러므로 마리아 몬테소리가 어떻게 자유와 규율을 서로 연관시키는지 더 자세히 고찰해보는 것은 의미 있는 일이다.

이미 일탈과 정상화 과정을 기술하면서 우리는 자유의 의미를 살펴보았다. 교사는 자유를 제한하여 아이의 자연스러운 발달을 가로막을 수도 있고, 적절한 보조 수단을 마련하여 아이의 발달을 촉진할 수도 있다. 그러나 어떤 교사도 한 아이의 인성을 생산하거나 형성해내거나 구축할 수는 없다. 발달은 언제나 자아 발달을 의미한다. 교육은 자유를 보장함으로써 주체적인 자아 발달을 뒷받침해야 한다.

모든 아이는 본성상 자신의 가능성을 스스로 완성하는 길에 들어서려는 강인한 성향을 갖추고 있다. 그리고 어른들이 아이 앞에 장애물을 세워두지만 않으면, 아이는 이 목표에 도달할 수 있다. 인간의 본성은 선하다. 신이 그 근원이기 때문이다. 그러므로 자연스러운 자아 발달을 추구하면 선한 사람만이 배출된다. 교육이 해야 할 가장 중요한 일은 자유로운 분위기를 조성해서 근원적이고 무한한 가능성을 가진 자아가 발달할 수 있도록 하는 것이며 이러한 발달을 이루려는 모든 아이 속에 내재하는 경향이 역동적으로 펼쳐질 수 있도록 하는 것이다. 이 점에서 제한해야 할 것은 아무것도 없다. 오히려 철저하게 자유가 보장되어야 한다.

독립성은 자유와 불가분의 관계에 있다. 아이 개개인은 자기 자신을 위해 발달을 추구하며 스스로 행동하고 스스로 생각하고 스스로 느껴야 한다. 아이의 이러한 발달 과정을 독립성이 증가하는 과정으로 볼 수 있는데, 이 과정은 탄생 직후 탯줄을 끊으면서 시작해 모든 요구를 스스로 감당할 수 있는 강인한 인격이 구축될 때 마무리된다. 독립성을 얻어나가는 이런 과정은 개성이 증가하는 과정이기도 하다. 즉 아이 개개인은 여러 발달 단계를 스스로 터득해야 하며, 사회 속 자신의 위치에서 개인적인 강인함을 가지고 자율적으로 행동할 수 있는 능력을 갖추어야 한다. 교육적인 보조 장치들은, 그것이 어른들에게서 아이들의 독립성을 촉진할 때 비로소 올바른 방식으로 쓰인다. 어른이 아이를 위해 행동을 해야 한다고 믿는다면, 그런 보조 장치들은 아이들을 일탈로 이끌 뿐이다.

마리아 몬테소리는 실제 교육에까지 이를 적용한다. 몬테소리는 아이에게 음식을 떠먹이기만 할 뿐 아이 스스로 어떻게 수저를 가지고 음식을 먹을 수 있는지 아이에게 보여주지 않는 엄마는 나쁜 엄마이며, '엄마'라 불릴 자격조차 없다고 말한다. 독립성을 획득하는 것은 수많은 연습을 요구하는 과정이며, 많은 시간과 인내가 필요하다. 이를 통해 비로소 일련의 움직임들이 습득되어 독립성에 이를 수 있다.

그러나 보통 인내심을 잃어버리는 쪽은 아이가 아니라 어른이다. 아이 스스로 무엇을 할 수 있도록 도와주기보다는 아이를 위해 무언가를 하는 편이 더 쉽고 더 빠르기 마련이다. 그러나 아이를 씻기고, 옷을 입히고, 먹이고 들어 올리는 것처럼 겉보기에 '도와주는' 어른의 태도는 사실 아이의 자유를 제한한다. 그런 태도는 아이의 존엄성에 상처를 입힌다.

마리아 몬테소리가 보기에 정상화된 아이는 자신의 선한 본성을 드러낼 수 있도록 자유를 보장받은 아이다. 그런 아이는 스스로를 완성하려고 할 것이다. 자유가 보장된 긍정적인 분위기에서 우리는 비로소 아이의 본래 본성이 어떤 것인지를 관찰할 수 있다. 해방된 아이는 가면을 벗고 자신의 진정한 모습을 보여준다.

　그러나 아이가 정상화 과정에 있지 않다면, 즉 일탈적 모습들을 보여준다면, 어떻게 되는가? 그런 아이는 해방된 아이처럼 지적인 목표를 겨냥해서 자신의 여러 행동을 조정할 능력이 없고, 반사회적으로 행동할 것이다. 다른 아이들을 방해하고 때리며 스스로의 자아 발달에 걸림돌이 될 것이다. 그렇지 않다면 무질서하게 행동하고, 잠시도 가만히 있지 않고 소리를 지르는 등 자기 자신을 해치는 행동을 할 것이다. 그런 아이에게는 규율이 없다.

　그렇기 때문에 마리아 몬테소리가 '자유'의 한계선을 명확하게 긋는 것은 바로 이 지점이다. 한 아이의 행동이 '공동 선'에 해를 끼치고 '바른 행실'에서 벗어나면, 분명하고 확실하게 이를 금지해야 한다.

　몬테소리는 어린이집에서 처음 겪었던 경험들을 들려준다. 어떤 교사가 발달의 자유를 철저히 보장해야 한다는 몬테소리의 주장을 오해해서 아이들이 제멋대로 하도록 내버려두었다. 코를 후비고 책상과 의자를 넘어다니는 등의 행동이 그 결과였다. 몬테소리는 그런 결과가 나타났을 때 아이들을 처벌하지는 않더라도 그러한 '자유'를 분명하게 제한하는 계기로 삼는다.

마리아 몬테소리에 따르면 어느 한 가지를 잘못할 자유를 허락하는 것은 그것을 완성시킴을 뜻하며, 이는 교육의 뜻이 될 수 없다. 다른 아이들을 보호하면서 동시에 그 아이 자신을 보호하려면 자유를 제한해야 한다. 왜냐하면 아이의 무질서한 행동에서 밖으로 드러나는 것은 아이의 인간적인 본성이 아니라 오히려 충동적이고 동물적인 본성이기 때문이다. 아이에게 자유를 허락해 그 잘못이 발달할 수 있게 하는 것은 아이가 더욱 불행해지는 것을 뜻한다. 아이는 독립성과 자유를 얻지 못할 것이며 스스로 결정을 내려 행동하지 못하고, 더욱더 충동적인 욕구에 종속될 터이므로.

자연스러운 자아 발달의 궤도에서 벗어난 아이를 상대할 때 교사가 해야 할 일은 아이를 해방시키는 것이다. 이는 "네가 하고 싶은 대로 하라"는 태도가 아니다. 그 과제를 성취하려면 아이에게 두 가지를 제시해야 한다. 하나는 뒤죽박죽 혼란스럽고 사회적으로 방해가 되는 태도들을 제지하는 분명한 놀이 규칙들을 지닌 울타리다. 다른 하나는 아이가 자신의 발달 과제와 자유와 독립성을 재발견할 수 있는 환경이다.

도덕적인 영역에서도 아이는 실제적인 독립성을 필요로 한다. 즉 아이는 스스로 자신의 행동을 조절하는 '선'과 '악'의 척도를 계발해내야 한다. 여기서도 역시 아이는 어른에 의존해서는 안 된다. 어른이 할 수 있는 것은 힘 닿는 대로 오랫동안 아이의 바람직하지 않은 행동들을 제지하기 위해 외적인 압력을 행사하는 것밖에 없다.

이미 여러 차례 언급했듯이, 자유로운 사람은 혼란스럽게 자의적으로 행동하는 사람이 아니라 스스로 심사숙고한 결과에 따라 행동하는 사람이다. 큰 소리로 울부짖고 거칠게 여기저기를 돌아다니며 심한 욕을 하고 다른 아이들과 자기 자신에게 상처를 입히면서 자신의 삶을 온통 '카오스로 만드는' 아이, 그런 아이는 자유롭지 않다. 그는 '상처를 받았다'. 그런 아이는 도움을 받아야 한다. 마리아 몬테소리의 관점에서 보면 자유로운 아이란 안정감과 자기 확신을 가지고 계획을 수행하고, 정신을 집중해서 과제에 접근하며 목적 의식을 갖고 일하는 아이다. 그러므로 자유와 규율은 불가분의 관계에 있다.

교육의 관점에서 볼 때 '규율'이라는 단어는 두 가지 주변적인 의미 때문에 의구심을 낳는다. '규율을 갖춘 집단'이라고 하면 우리는 아무 말 없이 교사의 지도에 귀를 기울이거나, 꼼짝 않고 의자에 달라붙어 있는 한 무리의 아이들을 생각한다. 그런 태도는 엄격한 훈련과 폭력을 통해서만 얻어질 수 있는 것이므로, 규율은 교사의 손아귀에 놓여 있다.

이 두 가지 측면은 마리아 몬테소리가 '규율'이라고 일컫는 것과 정면으로 배치된다. "벙어리처럼 인위적으로 조용하고 장애아처럼 꼼짝 않고 있는 아이는 '규율을 몸에 익힌' 사람이 아니라 '굴종적'인 사람이다."(Montessori, 1994, 57쪽) 규율은 움직이지 않게 하려고 있는 것이 아니다. 질서 있게 움직일 수 있는 아이, 즉 목표를 향해 움직임을 이끌어나갈 수 있는 아이를 규율을 익힌 아이라고 말한다. 마리아 몬테소리는 아이의 움직임을 돕는 것이 교육의 목표라고 말하면서, 움직임이 없는 정적인 아이가 '착한' 아이라는 선입견을 배격했다.

'규율'을 교사가 사용하는 도구로 생각하는 것도 똑같이 잘못된 생각이다. 이는 다른 모든 교육 분야에서도 마찬가지다. 아이는 수동적으로 규율을 교육받을 수는 없고 오로지 능동적으로만 스스로 규율을 익힐 수 있다. 이러한 자기 규율은 자신의 행동을 스스로 선택한 목표에 맞춰 실행할 수 있음을 의미한다. 그러므로 규율은 이런 방식으로 자신의 발달 과정을 완성해나가는 '정상화된 아이'가 가져야 할 필수적인 속성이다. 인간의 자유는 자신의 본성에 맞춰 사는 데 있기 때문에, 자유와 규율은 서로 맞부딪치는 대립물이 아니며, 규율은 자유를 향유하기에 필요한 수단이 되기 때문이다. 그 둘은 아이의 발달 과정에서 서로 결부되어 있다.

5. 정신적인 영양분

아이의 인성은 교육을 통해 직접 형성될 수 없고 오로지 아이 개개인의 자아 발달을 통해서만 이루어질 수 있다. 이것이 마리아 몬테소리 교육학의 핵심이다. 교육은 아이들이 능동적인 활동의 주체가 될 수 있도록 그들에게 적합한 환경과 필요한 교구를 제공하는 방식으로 간접적으로 작용할 따름이다. 하지만 아이들은 어른들이 제공한 교육적인 보조 수단에 긴밀하게 의존하는데, 이는 아이들 몸에 물질적인 영양분이 필요하듯이 아이들 정신에도 정신의 영양분이 필요하기 때문이다. 마리아 몬테소리는 이런 뒷받침이 필요 불가결하다는 사실을 '정신적인 영양실조에 시달리는 일탈아'를 반례로 들어 보여준다. 여기서 적합한 '정신적 영양분'은 어떤 것인가 하는 교육학적 질문이 등장한다.

아이의 자연스러운 발달은 분명히 구분되는 단계에 따라 일어난다. 그러므로 우선 아이가 처해 있는 단계를 고려하지 않으면 안 된다. 초기 저작에서 마리아 몬테소리는 대체로 유치원 연령기의 아이들, 즉 아이의 감각과 움직임이 질서 있게 자리잡는 시기를 다루었다. 더 어린 아이는 생후 몇 년 동안 눈, 귀 같은 감각 기관으로 무수한 인상들을 받아들였다. 아이는 마치 스펀지가 물을 빨아들이듯 감각적인 인상들을 머릿속에 빨아들인다. 감각 기관 자체의 발달에 아이의 관심이 쏠리게 되면서, 일상생활에서 아무 체계 없이 받아들여졌던 수많은 무질서한 인상들을 정돈해야 할 필요성이 생긴다.

앞으로 더 설명하겠지만, 그녀가 창안한 교구를 이용해서 아이는, 예컨대 색깔, 형태, 무게 등과 같은 몇몇 기본적인 감각 범주들을 발달시킬 수 있다. 이 감각 범주들은 물밀듯이 쏟아지는 수많은 감각적인 것들을 질서 있게 정돈하는 수단이 된다. 색깔을 예로 들어보자. 나는 모든 대상들을 파란색인지, 노란색인지, 붉은색인지, 초록색인지, 아니면 밝은지 어두운지를 잣대로 삼아 관찰할 수 있다. 이를 통해 나는 머릿속에, 넓은 세계로 이어지는 길을 내는 지각 범주를 세운다. 카오스는 내쫓기고 질서가 구축된다. 왜냐하면 나는 내게 몰려오는 것들을 내 수중에 있는 '색깔'이라는 범주 안에 분류할 수 있기 때문이다.

행동에도 비슷한 원리가 적용된다. 생후 3년 동안 아이는 잠시도 가만히 있지 못하고 발을 구르는 등 본능적인 움직임에서 시작해서 목적 지향적으로 움직이는 과정으로 발달해나간다. 아이는 의도적으로 뭔가를 움켜쥐고, 단단히 붙잡고, 던지고, 놓는다. 아이는 걷고, 뛰고, 장애물을 뛰어넘을 수 있다. 만 세 살에서 만 여섯 살 아이가 배우는 것은 이처럼 가능한 동작들을 목적에 맞게 자신의 작업에 활용하는 것이다.

아이가 감각 교구를 보는 데 그치지 않고 그것을 다루게 되면 관심의 양극화 현상이 일어날 것이다. 단순히 보는 것만으로는 그런 정신 집중이 일어날 수 없다. 보기만 하는 아이는 수많은 개별적 지각 내용들에서 자신을 잃어버린다. 지각과 행동은 서로 불가분의 관계에 놓여 있다. 다시 말해서 이 연령대의 아이는 목적 지향적인 활동들을 실행하고 이런 활동들을 한 가지 의미 있는 목적에 맞게 배치한다. 지금부터 더 자세히 기술하겠지만 일상생활에서 이루어지는 연습들은 이러한 숙고 내용을 교수법으로 구체화한 것이다. 예를 들어 동년배 아이들을 위해 상 차리기를 배우면서 아이는 시간에 따라 진행되는 유의미한 움직임들을 몸에 익히고 자신의 활동들을 더욱더 정확하게 조정하게 될 것이다.

마리아 몬테소리에게 중요한 행동 차원은 아이의 '일' 또는 '노동'에서 나타난다. 마리아 몬테소리의 주장에 따르면, 정상화된 아

일상생활 연습, 상 차리기

동년배 아이들을 위해 상 차리기를 배우면서 아이는 시간에 따라 진행되는 유의미한 움직임들을 몸에 익히고 자신의 활동들을 더욱더 정확하게 조정하게 될 것이다.

이는 놀려고 하지 않고 일하려고 한다. 즉 합목적적인 생산 활동을 하려고 한다. 마리아 몬테소리가 보기에 놀이는 아이에게 본질적인 것에서 관심을 다른 데로 돌리는 불필요한 장난이자 시간 낭비다. 자신에게 적합하며 스스로 선택한 일거리를 찾으면, 아이는 쓸데없는 일에 매달리지 않고 자신의 발달 충동에 따라 목적을 향해 인성 발달을 추진해나가려고 한다.

마리아 몬테소리가 말하는 '놀이'의 정의에 관해서는 논쟁의 여지가 있을 수 있다. 그러나 지금 맥락에서 더 중요한 것은 그녀가 말하려고 하는 내용이다. 물론 아이의 자발적 활동과 정신 집중을 강조하는, 놀이에 대한 정의들이 있을 수 있는데, 그렇다면 그런 정의들은 마리아 몬테소리가 '일' 또는 '노동'이라고 부른 것에 가깝다.

마리아 몬테소리가 '일'이라는 단어를 고집하는 것은 인간 삶에서 유년기가 갖는 의미를 강조하려는 의도와 관련이 있다. 널리 퍼져 있는 선입견에 따르면 어른은 진지하게 일을 하지만 아이는 시간을 낭비하면서 놀이를 한다. 또한 그렇기 때문에 성인기는 중요하고 아이인 시기는 중요하지 않다. 유년기는 그저 훗날 어른의 삶을 준비하는 단계라는 데 의의가 있을 뿐이다.

그에 반해 마리아 몬테소리는 유년기가 인간 삶 전체에서 핵심적인 자리를 차지한다고 본다. 아이는 미래의 인간을 만들어내는 데 매달려 진지하게 일을 한다. 이것이 어느 정도 성공을 하느냐는 아이 개개인뿐만 아니라 인류 전체에도 운명적인 물음이다. 평화와 사회적 정의가 여기에 달려 있기 때문이다.

마리아 몬테소리에게 자주 가해지는 비판이 있다. 그녀가 몸의 움직임이나 감각 훈련에 방향을 맞춘 교구들에 치중하면서 아이의 인성이 지닌 사회적인 부분과 정서적인 부분을 등한시했다는 점이다. 그런 비판은 분명 부분적으로 타당성이 있지만, 그녀의 관점에서 보면 문제의 양상이 다르다. "만사에 때가 있다"고 성서에서 말하듯, 몬테소리가 볼 때 유치원 연령기는 한 사람의 개인적인 발달이 이루어지는 시기다. 사회성 교육과 직접 관계되는 목표들은 이후의 발달 단계에서 더욱 전면에 부각된다.

유치원 연령기의 교육은 공동 생활에 간접적으로 영향을 미친다. 예컨대 아이는 감각 훈련의 인도를 받아 더욱 의식적으로 지각하게 되고, 그 결과 시간이 지나면 자신의 주변 환경을 관찰하고 환경의 개발 가능성과 위험을 인지하는 능력을 갖출 수 있게 된다. 실증과학이 사회 발달에 중요하다는 사실에 비추어볼 때 이를 과소평가해서는 안 된다. 나아가 앞서 기술한 의미에서 규율에 따라 행동하는 법을 배운 아이는 동시에, 타인들을 배려할 준비가 되어 있고 자신의 인격이 존중되는 경험을 한 만큼 타인들의 인격을 존중하는 사회적 존재가 된다.

교육의 정서적 목표들에 대해서도 비슷한 말을 할 수 있다. 질서를 몸에 익힌 아이는 독자적으로 자신의 인성을 가꾸어나간다. 아이에겐 자제력이 있다. 가령 자신에게 필요한 교구를 가지고 다른 아이가 작업을 하고 있는 것을 보면 자신의 소망을 뒤로 물릴 줄도 안다. 정상화된 아이는 질서를 무시하고 싸움을 하거나 거칠게 소리를 지르지 않고, 자신이 바라는 바를 직접적인 방식으로 표현하는 능력을 터득했다.

마리아 몬테소리가 염두에 두고 있는 아이에 대한 이러한 상(像)에 찬성할 수도 있고 그렇지 않을 수도 있지만 어쨌든 그것이 정서 형성의 고유한 방식을 제시한다는 데는 이론의 여지가 없다.

아이에겐 정상적이고 자연스러운 발달을 뒷받침하기 위한 적합한 환경과 특별한 교구와 교사가 필요하다. 그리고 이때 교사는 전통적인 교육에서와는 다른 과제들을 수행한다. 지금부터는 이러한 과제의 세 가지 측면들을 다루려고 한다.

교육 환경

마리아 몬테소리가 즐겨 쓰는 논증 방식 가운데 하나는 선명한 비교와 강한 인상을 주는 장면을 제시하는 것이다. 이런 것들은 그녀가 현재의 교육 상황에 대해 무엇을 비판하려 하는지, 필요한 개혁 조처들이 어떤 것인지를 청중과 독자에게 직접 전달하는 효과를 갖는다. 다음 인용문은 그에 대한 한 가지 사례다. 이 인용문은 마리아 몬테소리가 우리 어른들이 아이들을 위해 만들어놓은 환경을 어떻게 생각하고 있는지 그리고 그런 환경이 보여주는 우리 어른들과 아이들의 관계가 어떤 것인지를 분명하게 보여준다.

> 우리가 우리 자신과 달리 아주 다리가 길고 몸집이 엄청나게 큰 거인족 사이에 있다고 가정해보자. … 그들은 우리에 비해 몸놀림이 민첩하고 지성 능력이 뛰어난 인간들이다. 우리는 그들의 집에 들어서려 한다. 계단 하나가 우리 무릎 높이에 이르지만, 우리는 그 계단에 기어오르기 위해 안간힘을 써야 한다. 우리는 자리에 앉으려고 하지만, 앉을 곳은 거의 우리의 어깨 높이에 온다. 안간힘을 써서 그 위로 기어올라 그 자리에 앉는 데 성공한다. … 만약 거인족이 우리가 오길 기다리고 있었다는 것을 안다면, 우리는 필시 이렇게 말할 것이다. 당신들은

우리를 맞이하려고 한 일이 아무것도 없군요. 우리가 편안한 삶을 누릴 수 있도록 배려한 게 아무것도 없어요.(Montessori, 1995, 27쪽)

1. 비판

위의 인용문은 이렇게 요약할 수 있다. 우리는 친절하게 손님을 맞는 주인이 아니다. 우리는 아이들에게 자신들이 우리가 만든 세상에서 환영받고 있다는 느낌을 전해주지 못한다. 우리는 우리 크기에 맞춰 세상을 꾸며놓았지, 아이들이 작다는 사실을 전혀 고려하지 않는다. 아이들은 힘겹게 의자에 기어오를 수밖에 없다. 그런 뒤 의자에 앉아서는 다리를 앞뒤로 흔들 수밖에 없다. 다리를 안정감 있게 바닥에 댈 수 없기 때문이다. 우리가 만든 환경은 아이의 크기에 맞지 않기 때문에 아이들은 여기저기서 장애물에 부닥치고 이 장애물을 극복하려고 안간힘을 써야 한다.

　이런 조건은 다시금 어른의 겉으로 보아서는 '돕는 것' 같은 행동을 낳는다. 어른은 아이를 들어 올리고 아이를 위해 장애물을 치워준다. 하지만 이것은 아이를 도와주는 게 아니라 아이의 무능력을 증명하는 일에 지나지 않는다. 방금 인용한 '거인족'을 상상해보라. 그런 거인이 우리를 160cm 높이의 자리에 들어 올려 그곳에 앉히는 장면을 상상해보라. 우리의 손은 식탁 가장자리에도 미치지 않아 혼자 힘으로 식사하기 어렵다. 그러므로 거인들은 먹을 것을 떠먹인다. 그리고 안전하게 우리 앞에 턱받이를 둘러준다. 발을 디딜 바닥을 이미 잃어버렸기 때문에 다리를 흔들다가 뜻하지 않게 거인의 다리와 부딪히면, 우리는 다리를 흔들지 말라는 엄한 훈계를 듣는다.

어른들이 사는 세계가 아이들이 가진 여러 가지 가능성을 실현하기에 적합하지 않다는 사실을 우리는 신체라는 차원뿐만 아니라 아이들의 시간 관념과 관련해서도 확인할 수 있다. 이미 몸에 익힌 우리 어른에게는 식은 죽 먹기 식으로 간단히 처리할 수 있는 기초적인 행동 양식이지만 처음 배워야 하는 아이에겐 그 기술들을 차근차근 익히는 데 오랜 시간이 걸리고 여러 차례의 시도가 필요하다.

예를 들어 이제 막 이닦기를 배우는 아이를 생각해보자. 치약 튜브를 살짝 누르는 것, 치약을 짜는 것, 칫솔에 치약을 묻히는 것, 치아 구석구석 칫솔질을 하려고 칫솔을 여러 가지 방식으로 놀리는 것, 물을 삼키지 않고 양치질을 하는 것, 칫솔을 닦는 것, 세면대를 깨끗이 하는 것. 우리 어른들은 이런 몸짓 하나하나를 만오천 번에서 삼만 번씩은 했을 것이다. 그래서 생각할 것 없이 손쉽게 이를 닦는다. 하지만 아이는 아직도 여러 차례 연습을 해야 하고, 그 단계를 하나하나 몸에 익히고 순서대로 조합하는 데 시간이 걸린다.

그런데 우리 어른의 세계에서 시간만큼 부족한 것은 없다. 우리라면 신속하게 해치울 수 있는 동작을 다른 사람이 거북이 속도로 느릿느릿 거듭 반복해서 하는 것을 보면서 어른의 신경은 긴장되고 피곤해질 수 있다. 어른들은 십중팔구 아이를 대신해서 재빨리 그 일을 할 것이다. 하지만 아이들에게는 우리 어른의 세계가 이상하게 보인다. 그들의 눈앞에서 그 세계는 엄청난 속도로 진행된다. 비유를 통해 그 사실을 상상해보자. 비디오 녹화기의 빨리 감기를 누르면 우리는 장면이 엄청나게 빨리 진행되는 것을 관찰할 수 있다. 아마도 우리 어른의 세계에 대한 아이의 체험도 그와 다르지 않을 것이다.

생각해야 할 점이 또 있다. 혼자 힘으로 물건들을 다룰 수 있을 때만 아이는 자신의 환경을 경험할 수 있다. 아이는 자신의 손을 사용해서, 세거나 약하게 물건을 움켜쥐어야 한다. 물건들을 움직여보고 자신의 동작이 물건에 어떤 작용을 하는지 체험해보아야 한다. 이런 직접적인 조작을 통해서만 아이는 세계를 개념적으로 파악할 수 있다. 그러나 아이가 만져보려고 하는 것들은 왜 하필이면 값비싼 꽃병이나 망가지기 쉬운 사진틀, 고가의 도자기, 귀중한 책밖에 없을까!

이런 여러 가지 물건을 두고 우리는 우리 주변의 물건들을 지키는 사람 노릇을 하면서 아이를 달래려고 손에 장난감을 쥐어준다. 그러나 장난감 전화기로는 전화를 할 수 없고, 장난감 가스레인지로는 요리를 할 수 없다. 아이의 목표는 어른의 행동을 똑같이 몸에 익히는 것이다.

마리아 몬테소리가 살던 시대와 비교해보면 이런 경향은 엄청나게 강해졌다. 즉 수많은 물건을 다루면서 우리는 더는 손을 놀려 그것들을 다룰 필요가 없게 되었다. 근육 놀림이 일체 필요 없는 유령의 손처럼 단추 하나만 누르면 된다. 이러한 기구들이 값비싸서 각별한 주의가 필요하다는 사실은 제쳐두더라도, 그런 것들을 아이가 조작할 여지는 없다. 따라서 아이들은 왜 어떤 특정한 활동이 어떤 특정한 결과를 낳는지 파악할 수가 없다.

마리아 몬테소리가 보기에는 아이들을 위해 세운 시설에서조차 아이의 욕구를 채우기에 적합하지 않은 환경이 펼쳐져 있다. 학교 의자에 대한 마리아 몬테소리의 비판은 이를 분명히 보여준다. 학교 의자(어린이 보호소에도 비슷한 시설이 있었다)는 옆의 것과 단단히 묶여 있고 움직일 수 없게 바닥에 고정되어 있다. 그 어느 것도 학생의 주의를 산만하게 해서는 안 된다. 학생은 움직이지 않고 의자에 앉아 쏟아지는 교사의 말을 경청해야 하고, 교사의 명령에 따라 교사의 설명을 공책에 받아 적어야 한다. 주변의 어떤 것도 교사의 입에서 나와서 학생의 귀를 거쳐 머릿속으로 전달되는 이 일방적인 의사전달을 방해해서는 안 된다.

유치원은 물론 오늘날의 학교에도 그동안 몇 가지 변화가 있긴 했지만, 오늘날 당연해 보이는 몇 가지 개선점들이 무엇보다도 마리아 몬테소리의 문제 제기에 기인한다는 사실을 잊지 말아야 할 것이다.

이제 아이들의 환경에 대한 마리아 몬테소리의 마지막 비판을 언급해보자. 이 비판은 한편으로는 마리아 몬테소리의 철저함을 분명하게 드러내면서, 또 한편으로는 그녀가 원칙적으로 숙고한 내용들 가운데 많은 점들이 후계자들에 의해 교수·방법론의 한 가지로 축소되고 말았다는 우려할 만한 사태를 증명해준다.

마리아 몬테소리는 저술(Montessori, 1994, 76쪽)에서 인간의 문명을, 인간을 자연에서 점점 더 소외시켜가는 과정의 산물로 특징짓는다. 우리에게 불안을 안겨주는 경우가 잦아질수록, 자연은 우리에게 낯선 것이 된다. 우리는 자연을 '꽃과 우리가 먹고 일하고 우리 자신을 지키는 데 유용한 가축'으로 축소해버렸다. 이렇듯 자연의 범위가 점점 더 줄어들면서 '우리의 영혼도 쪼그라든다'. 따라서 그 과정에서 발생하는 손익을 비교해볼 때 문명 발달이 인간에게 무조건 유리한 것만은 아니다.

자연으로부터 인간의 소외는 문명이 발달하면서 그 범위가 점점 더 넓어져간다. 이 소외를 우리는 우리 아이들에게 강요하며, 그 인위적 환경은 그들에게 '감옥'이 된다. 사람들은 어린아이가 본성상 자연 환경에 가장 가까이 있어야 하는 존재라는 사실을 돌이켜보지 않는다. 마리아 몬테소리는 그 상황을 역설적으로 이렇게 표현하고 있다.

해변의 모래 한 줌을 용기에 퍼 담고, 이를 아이에게 '엄청난 도움을 베푼 것으로 생각하는 선입견마저 있지 않은가?(Montessori, 1994, 77쪽)

이미 말했듯이, 주변에 있는 자연이 화분의 꽃에 물을 주고 애완용 동물을 키우는 것으로 축소된다면, '자연으로부터 인간의 소외'에 관한 생각이 갖는 폭발력은 이미 사라져버리고 만 셈이다.

2. 공간 꾸미기

마리아 몬테소리의 생각에 따르면 어린이집은 각각 30명에서 40명 정도 되는 여러 반으로 이루어지는 것이 좋다. 이때 한 반에는 최소한 세 살 터울의 아이들이 함께 있도록 나이가 다른 아이들을 섞어놓아야 한다. 각 반은 공간적으로 분리되지 않고 중간 높이의 칸막이로 구분되어 있어야 한다. 이 모든 규정은 아이들이 서로 접촉할 수 있게 하는 데 그 의미가 있다. 이러한 공간 구조는 어린 아이들이 더 큰 아이들에게 배우는 것을 가능하게 해주고, 큰 아이들은 언제든 자신들이 이미 과거에 터득한 과제들에 다시 손을 댈 기회를 얻는다. 이것은 그들에게 안정감을 주고 때때로 과거로 되돌아감으로써 발달 단계들은 확고한 틀을 갖추게 된다.

낮은 칸막이가 있고 그 위에 화분이 놓여 있는 공간에 가구를 갖추어놓는다. 아이들은 모든 물건에 혼자 다가갈 수 있는 기회를 가져야 한다. 탁자와 앉는 데 필요한 다양한 가구들은 아이의 크기에 알맞고 아이들 스스로 옮길 수 있을 만큼 가볍다. 그 공간에는 고정된 것이라곤 아무것도 없고, 아이는 과제에 따라 조용하고 편안하게 일할 수 있는 분위기를 스스로 만들어내야 한다.

몇몇 저술에서 마리아 몬테소리는, 아이들이 책상과 의자와 작업 도구들을 가지고 뜰로 나가는 것을 허락해야 한다고 말한다. 한반이 사용하는 공간에서 모든 아이는 자신의 서랍을 배당받고 그 안에 개인 소지품을 넣어둘 수 있다. 이를 통해 아이 하나하나와 그 시설 사이의 연관성이 분명하게 드러나야 한다. 벽에는 아이들 눈높이에 맞게 그림이 걸려 있고, 참된 모성의 상징인 라파엘로의 〈성모 마리아(Madonna della Seggiola)〉로 어린이집을 장식하는 것이 좋다.

어린이집에서는 다양한 방식으로 공간을 꾸밀 수 있지만 주변 환경은 다음 기준에 맞아야 한다.

- 미학 공간은 아름답게 꾸며야 한다. 이것은 공간을 가득 채우고 각양각색으로 재주를 부려 다채롭게 꾸민다는 뜻이 아니다. 공간을 아름답게 꾸민다는 것은 그와 정반대로 단순하고 가볍게 장식함을 뜻한다. 매끈한 형태와 분명한 선과 자연 그대로의 모습을 간직한 가구를 둔다. 미적으로 조성된 환경은 아이의 관심을 그의 과제에서 다른 곳으로 돌려놓지 않으며 아이는 아름다운 환경에서 훨씬 더 과제에 잘 집중할 수 있는데, 그런 환경은 아이에게 모방 욕구를 불어넣기 때문이다. 그래서 마리아 몬테소리는 아름다운 음악을 듣는 일을 예로 들어 자신의 생각을 분명히 한다. 즉 아이는 아름다운 음악을 들음으로써 그와 반대되는 소음에 신경이 거슬리게 된다는 것이다. 아이는 아름다운 소리를 해치지 않으려고 소음을 피한다.
- 실수 통제 잘 꾸민 환경을 통해 아이는 자신의 태도에 대한 반응을 확인할 수 있다. 거친 행동을 하면 의자를 넘어뜨리게 되고, 어수룩한 동작을 하면 도자기 찻잔을 깨뜨릴 수 있으

며, 조심하지 않으면 흉하게 물자국이 남는다. 환경은 가능한 '아이들에게 안전하도록' 꾸밀 것이 아니라 그와 정반대로 서투르고 생각 없이 사물을 다루면, 어떤 결과가 생겨나는지 아이가 직접 경험할 수 있도록 꾸며야 한다. 모든 아이에게는 자기 완성을 향한 경향이 내재하고 있기 때문에, 아이들은 실수를 한 다음에는 더 깊이 생각하고 솜씨 있게 몸을 움직여야 한다는 가르침을 얻을 것이다.

- 질서 방 안에 있는 물건 하나하나에 정해진 자리가 있어야 아이들이 쉽게 방향을 찾을 수 있다. 아이는 작업에 사용하고 싶은 교구를 장에서 꺼내오고, 그 물건이 다시 제자리로 돌아가면 활동의 전체 과정이 완결된다. 어린아이들에게 이렇게 요구하려면, 어린이집 전체가 그런 질서 관념에 맞게 꾸며져 있어야 한다. 어린이집은 아이가 전체를 쉽게 파악할 수 있는 기본 구조를 보여주어야 하며, 모든 물건과 가구는 언제나 질서정연하게 놓여 있어야 한다.

- 독립성 이제까지 언급한 세 가지 기준에 따라 아이에게 맞는 환경을 꾸미면, 모든 아이는 방 안에서 독립적으로 몸을 움직이면서 방을 가꾸는 일에 참여할 수 있게 된다. 아이의 부주의함 때문에 생겨난 얼룩은 아름다운 질서를 해치고, 이때 아이는 당연히 청소 도구를 가지러 갈 것이다. 아이는 도구가 어디 보관되어 있는지 알기 때문에, 걸레를 꺼내 얼룩을 지울 것이다.

■ 요구하는 성격 환경은 그 안에서 아이들이 자신의 발달 욕구에 맞춰 행동할 수 있는 가장 중요한 매개체이다. 이런 요구에 부응하려면, 방 안에 있는 것들이 모두 사람을 끌어당기는 힘이 커야 한다. 아이가 교구를 빠짐없이 살펴보고, 머릿속에서 질서가 어떤 것인지 그려보고, 질서정연함과 평안한 분위기를 느낀다면, 그런 아이는 필요한 시점에 알맞은 교구를 정확하게 파악하는 능력을 갖추게 될 것이다.

3. 좋은 환경 조성의 의미

공간 조성은 마리아 몬테소리 교수법의 한 가지 중심적인 측면이며, 아이들에게 적합한 환경을 만들어내는 것은 교사의 중요한 과제다. 점차 확대되는 외부 질서와 아이의 완성은 상호 관련이 있다. 아름답게 정돈된 환경과 평안하고 방해받지 않는 분위기에서는 불안한 아이가 정상화될 수 있다. 아이는 내면의 평안을 얻고, 현 시점에서 자신에게 중요한 과제를 찾아내어 극복할 수 있다.

또한 정상화된 아이는 스스로 중요하다고 인정한 환경을 가꾸고 보호하는 데 관심을 기울이는 경향이 있다. 아이 스스로 어린이집의 환경을 이름 없는 것으로 혹은 자신에게 마련된 소비용 서비스 제품으로 보지 않고 자아 발달의 공간을 지키고 가꾸는 데 사랑을 쏟는 가운데, 아이와 주변 환경 사이의 관계는 긴밀해진다. 이런 환경은 아이의 재산이 되며, 이 재산에 정성을 쏟는 것은 보람 있는 일이 된다. 또한 이 환경은 아이에게 능동적인 주체가 되어 활동할 수 있는 행동의 장이 된다.

마리아 몬테소리가 전해준 어떤 어린이집에 대해 일화는 이런 맥락에 들어맞는다. 어느 날 이 어린이집의 건물 관리인이 문 여는 일을 잊어버렸고 아이들은 안으로 들어가야 했기 때문에, 교사는 아이들에게 창문을 통해 기어올라가도록 했다. 몸집이 큰 교사로서는 불가능한 방법이었다. 그래서 아이들은 오전 내내 교사의 감독 없이 작업을 했다.

아이에게 길잡이가 되고 자신의 여러 가지 능력을 연습할 수단을 제공하는 아름다운 환경이 있으면 교사는 잠시 동안 떠나 있어도 된다.(Montessori, 1992, 61쪽)

마리아 몬테소리의 뜻에 맞게 조성된 환경은 그녀가 요구하는 중요한 교육 원칙들을 실현하고 있다. 즉 그런 환경은 개인적인 작업과 사회적인 협동을 동시에 실현해주고, 자유와 규율이 서로 하나가 된 분위기를 만들어내며, 교사의 권위가 아니라 아이들의 자발적 활동에 기초를 둔 교육 방식을 구현할 터전이 된다. 한공간에 있는 나이 차가 나는 30, 40명 아이들이 저마다 자신의 개인적인 일을 찾아간다.

언제 어떤 아이에게 어떤 연습이 중요한지를 정할 수 있는 교사는 없다. 자신이 언제 어떤 과제를 해야 할지는 아이 스스로 안다. 이러한 분위기에서 개인적인 일에 몰두하는 아이들은 서로 방해하지 않고, 오히려 상대방을 조심스럽게 대한다. 아이들은 집중해서 일하고 있는 다른 아이들을 방해하지 않으려고 조용히 걷고 조용히 말할 것이다. 자기 자신도 그런 방해를 원하지 않기 때문이다. 아이들은 기다릴 줄 알아야 한다는 사실을 배울 것이다. 모든 물건은 하나밖에 없기 때문이다. 그리고 그렇기 때문에 다른 아이가 제자리에 돌려놓아야만 그 물건을 다시 쓸 수 있다. 개인적인 일과 사회적인 협동은 대립된 것이 아니라 서로 연관된 것이다.

아이는 무질서하고 이기적인 존재라는 전통적인 상(像)에 친숙해 있는 사람이 몬테소리의 글을 읽거나 그녀의 강연을 듣는다면 (마리아 몬테소리는 독자나 청중의 반응이 그럴 것이라는 사실을 알고 있다), 그런 기술에 고개를 절레절레 흔들면서, 온 힘을 다해 아이들을 억눌러야 한다고 생각할 것이다. 그러나 마리아 몬테소리의 말대로 아이들을 그들의 욕구에 적합한 환경에서 한번 자세히 관찰해 보면, 아이들은 "집의 주인들"(Montessori, 1994, 334쪽)이지 어른들의 시종이 아니라는 사실을 알게 될 것이다.

정상적이지 않은 환경에서 아이들을 관찰하는 것은 '정상적'이 아닌 아이들에 대한 결과들만을 보여줄 수 있을 뿐이다. 교육적으로 올바르게 조성된 환경에서 비로소 아이들의 실제 모습을 관찰할 수 있다. 즉 그런 경우 아이들은 자유를 바탕으로 규율을 익히고 규율에 의해 더욱 강화된 자유를 누리는 인간들로 드러난다.

어린이집 환경을 질서정연하게 하는 것이 그 자체로 목적은 아니다. 이러한 질서정연함은 아이를 짓누를 수밖에 없는 외적인 질

서를 구축하려는 목적에 이바지하는 것도 아니다. 그런 질서정연
함은 아이 내면의 욕구들에서 출발해서 이해해야 한다. 그 목적은
아이가 자유롭게 행동할 수 있도록 전제 조건을 마련하는 것이다.

따라서 전통적인 교육에서는 교사에게 부과된 많은 과제들이
환경에 전가된다. 환경이 아이를 가르치고, 환경이 아이를 훈련시
키며, 환경이 아이에게 자신의 행동에 대한 응답을 제공해준다. 교
육적으로 조성된 환경을 통해 아이는 교사에게서 독립성을 얻게
되며, 교사의 훈계, 훈련, 교정을 받지 않게 된다. 그때 아이는 불
변하는 사태를 따르지 어른의 변덕스러운 권위를 따르지 않는다.
아이는 환경을 통해 독립성을 얻기 때문에, 거기서 아이는 넓은 자
유 공간을 얻고 거기서 자신에게 적합한 것을 스스로 선택한다.

필요한 발달 교구

마리아 몬테소리가 계발한 교구, 특히 감각 발달을 위해 고안한
교구는 마리아 몬테소리 교육학에서 가장 잘 알려진 측면 가운데
하나다. 원통 꽂기, 소리통, 쓰기 공부를 위한 보조 교구 따위는
몬테소리 교육학과 동일시될 정도다. 하지만 그 때문에 몬테소리
의 근본 교육 사상이 가려진다면, 이는 문제가 아닐 수 없다. 교수
법 및 방법론과 관련된 제안들은 왔다가 사라지며, 한동안 교육학
에 혁신이 일어난 것처럼 열광적으로 찬양되고 실제 교육 현장에

미친 듯이 수용된다.

하지만 유행처럼 퍼진 교수법은 삽시간에 뒤바뀐다. 새로운 교구가 인기를 얻고 낡은 것은 관심을 끌지 못하고 뒤편으로 밀려난다. 60년대 말에서 70년대 초반에 이르는 교육 개혁 시기 이래 유치원에서 일어난 변화들을 한번 생각해보라. 입학 준비용 작업철, 사회성 교육용 박스들, 상황 지향적인 교육 과정 꾸러미, 집단 체조 연습들, 진흙 탁자, 집짓기 놀이 운동 등 산더미 같은 교구들이 있다. 이러한 것들은 불과 지난 30년 동안 일어난 변화의 결과로서 쌓여 있으며, 우리는 수많은 시설에서 여전히 방법들이 바뀌어 가는 흔적들을 찾아낼 수 있다.

수많은 고전적인 교육가들에게서 확인할 수 있듯이, 그들의 일반적인 교육 사상은 시대를 뛰어넘어 영향을 미치는 반면, 한때 칭송을 받았던 교수법 및 방법론과 관련된 제안들은 순식간에 잊힌다. 페스탈로치나 프뢰벨의 경우도 마찬가지다.

마리아 몬테소리의 경우에도 우리는, 그녀가 가다듬어놓은 교육 이론과는 달리 몬테소리가 고안한 구체적인 교구들은 오늘날의 교사들에게 흥미를 끌지 못하게 된 지 오래라는 사실을 확인할 수 있다. 원통 꽂기, 소리통, 매듭틀 등은 이미 교육 시설에서 사라졌다 해도, 마리아 몬테소리의 교육학 이념들은 교육 현장에 자극과 활기를 불어넣을 수 있다. 거꾸로 몬테소리의 교구를 전부 갖춰놓았다고 해서 그런 시설에서 몬테소리 교육학의 근본 원칙들이 실천되고 있다고는 말할 수 없다. 교수·방법론이라는 방식이 기적을 창출한다는 약속을 너무 진지하게 받아들이지 않는 것이 좋다.

　이런 말을 하는 이유는, 마리아 몬테소리가 고안한 발달 교구들이 오늘날 더는 우리의 관심을 끌지 못한다는 사실을 알리기 위해서가 아니라, 그런 것들을 몬테소리 교육학의 근본 원칙들을 구현한 물질적인 대상으로 파악할 수 있다는 사실을 지적하기 위해서다. 프뢰벨의 경우도 마찬가지지만, 마리아 몬테소리의 경우를 두고서도 교육 이론과 교수·방법론은 상호 관계가 있다는 사실을 지적해야 한다. 교구들을 통해 교육 이론이 교육에 요구하는 것을 실천으로 옮길 수 있으며, 이 구체적인 교구들을 통해 일반적인 발언들의 의의와 의미를 파악할 수 있다.

　마리아 몬테소리의 교수법 교구는 내가 앞서 기술한 원칙들을 구현한 환경에 맞아야 하고, 다음 장에서 기술할 일정한 요구 사항들을 충족시키는 교사들이 조작해야 한다. 환경과 교구와 교사는 몬테소리 교육학에서 불가분의 통일체를 이룬다.

　몬테소리 교구는 유치원 아동의 연령에 따라 네 가지 하위 영역으로 나뉜다.

○ 일상생활을 위한 여러 가지 연습

○ 감각 교구

○ 문화 기술 전수

○ 조용히 하기 연습과 '선 위를 걷기'

　이제부터 이 각각의 영역에 대해 몇 가지 예들을 제시하겠다. 이를 통해 완벽한 개관을 하려는 건 아니다. 몇 가지 사례를 통해 밑바탕에 깔린 근본 원칙들을 예시하려는 데 그 뜻이 있다. 몬테소리 교구 전체에 관한 개관을 얻으려는 사람은 몬테소리협회에서 발행한 세 권짜리 책을 참고하는 것이 가장 좋다.(Montessori-Vereinigung, Aachen, 1992)

1. 교구 사용의 원칙

교구가 본래 목표를 달성하도록 하기 위해 마리아 몬테소리는 엄밀한 과학적 방법을 사용하는 데 역점을 두고 자신의 주장을 펼쳤다. 경험적인 탐구를 위한 요구 조건을 끝까지 고수하지는 않았다 하더라도, 한때 의학도이자 자연과학자였던 그녀는 교육학의 과학적 성격에 큰 비중을 두었다.

아이들의 신체 크기나 지각 및 행동 가능성에 알맞을 때만, 또한 구상할 때의 본래 목적에 따라 발달을 촉진하는 과제를 실현할 때만, 교구들은 교육적인 의미를 갖는다. 따라서 어떠한 교구도 그냥 우연에 내맡겨서는 안 되고 세세한 부분까지 나름대로 정당성을 갖추어야 한다. 그러므로 교구의 색깔, 무게, 선의 마무리에 이르기까지 세심한 주의가 필요하다. 여기서 본래 의도한 목적을 위해서만 아이가 그 교구들을 사용해야 한다는 원칙이 따라나온다. 원통 꽂기의 작은 블록들을 작은 인형들을 상징하는 것으로 바꿔 해석하는 것은 잘못된 행동으로 교사가 교정해주어야 한다. 아이가 무질서하게 교구를 거머쥐고 이리저리 집어던진다면 당연히 교사의 강도 높은 교정이 필요하다.

교구는 아이들에게 필요한 '정신적 영양분'을 제공하며, 그렇기 때문에 고유한 목적을 위해 사용되어야 한다. 꼭 필요한 교구를 학문적으로 엄밀하게 계발하는 일은 아이의 정상화를 낳을 수 있는 교육 환경에서만 일어난다. 그러한 교육 환경에서만 아이가 발달에 대한 욕구를 드러내기 때문이다.

어린이집의 작업 도구들은 아이들의 심리적 발달 정도에 적합해야 한다. 마리아 몬테소리는 비유적인 표현을 써서 이 교구들이 아이의 영혼이 찍힌 '물질적인 자국'이라고 말한다. 이 두 요소의 어울림은 신생아의 먹으려는 욕구와 엄마의 젖가슴의 관계와 똑같이 정확해야 한다. 이 경우 강조해야 할 점은, 소비 욕구의 실제적인 만족이 아니라 혼자 힘으로 자신을 완성하려는 경향을 갖고 있는 아이의 근본적인 발달 욕구다. 마리아 몬테소리는 이 점을 다시 비유적으로 이렇게 표현한다.

> 외부의 교구는 … 한 계단 한 계단 올라가는 데 도움을 주는 사다리처럼 아이의 심리적 욕구들에 부합해야 한다.(Montessori, 1995, 84쪽)

발달의 모든 중요한 측면들과 관련해서, 아이는 어른에 의해 만들어지는 것이 아니라 스스로를 만들어간다는 점을 우리는 이미 여러 차례 되풀이해서 말한 바 있다. 그러므로 교구란 아이가 자기 자신을 교육하는 데 쓰는 물건이다. 마리아 몬테소리는 지난 시절의 학교에 대해 말하면서, 거기서 제시되었던 교구들은 교사의 손아귀에 있었고 교사는 그것들을 이용해서 자신이 아이들에게 전달하려고 하는 바를 구체적으로 보여주려고 했다고 말한다. 이 과정에서 아이들은 수동적으로 머물게 된다. 그리하여 교사가 쏟아내는 말에 일방적으로 내맡겨지듯 아이들의 시선도 교사가 보기에 중요한 것에 고정된다. 이와 반대로 몬테소리 교구를 사용하는 아이들은 교구들을 자유롭게 쓸 수 있다. 아이들 스스로 작업하고 싶은 물건을 고르고, 얼마나 오랫동안 그 물건을 가지고 작업할지도 그들 스스로 결정한다.

이 물건들은 아이가 자기 자신을 교육하는 수단이기 때문에, 짧은 시간 동안 인위적인 방식으로 아이의 에너지를 소모시키는 것이 아니라 이와는 정반대로 아이들의 힘을 북돋아주고 새롭게 솟아나게 한다. 관심의 양극화 과정에서 아이는 자발적으로 활동하며, 교구의 도움에 힘입어 자신의 행동 가능성을 향상시키려고 끊임없이 연습한다. 그리고 교구에서 손을 떼면, 아이는 힘이 빠져 있는 것이 아니라 "마치 단잠을 자고 일어난 것처럼"(Montessori, 1995, 70쪽) 보인다. 이것은 몬테소리가 겪은 교육에 대한 근원적 체험이다.

지각과 행동은 상호 의존 관계에 있다. 프뢰벨의 말을 빌리면, 감각 지각을 통해 우리는 바깥에 있는 것을 우리 내면에 받아들이고, 행동을 통해 내면에 있는 것을 바깥 현실에 만들어낸다. 이러한 두 가지 과정을 중재하는 것은 인간의 정신이다. 인간의 정신은 감각 기관들을 조정하고 어떤 목적에 따라 그 기관들이 자신이 받아들이기 원하는 것을 받아들이게 한다. 또한 인간의 정신은 자신의 행동들을 규정하는데, 그 결과 손은 머리가 생각한 것을 따른다.

이 과정은 텔레비전이나 여타 매체를 사용할 때처럼 강도 높은 자극에 따라 어떤 것을 감각적으로 지각하는 것과는 다르다. 또한 아이들의 분주한 손놀림을 붙잡아두려고 어떤 조치를 취하는 것과도 다르다. 중요한 것은 오히려, 감각 지각은 물론 행동도 지성을 통해 자기 스스로 규정한 어떤 목적에 의해 통제된다는 사실이다. 따라서 교수법 교구는 세 가지 요소를 하나로 통합해서 표현해야 한다. 즉 교구는 아이의 정신적인 자아 발달을 촉진해야 하고, 지각할 수 있는 가능성을 넓혀주어야 하며, 여러 가지 행동을 완성시켜주어야 한다.

몬테소리 교육학에서 중요한 것은 아이 하나하나가 스스로 보고 스스로 행동하는 것이지 속성 교수법을 통해 아이의 머릿속에 정보를 가득 채워 넣는 어른의 활동이 아니다. 그러므로 교구들의 주요 원칙은 아이의 활동을 불러일으키는 것이다. 아이는 단순히 보는 활동을 통해서가 아니라 손과 머리를 동시에 움직여 활동함으로써 무언가를 배운다. 따라서 교구들은 아이가 그 교구들을 적극적으로 다룰 수 있도록 아이를 자극하는 성질을 그 안에 간직하고 있어야 한다.

교구는 아이의 내면적인 발달을 위한 '정신적인 영양분'이고 내면의 발달과 조화를 이루기 때문에 아이는 교구를 가지고 작업하는 가운데 자신의 고유한 자아를 형성한다. 동시에 아이는 이 과정에서 자신과 관계 맺고 있는 외부 세계에 관한 정보를 얻는다.

마리아 몬테소리는 교구를 아이의 내면적인 발달을 위한 매개체로서 본질적인 것이라 보았을 뿐만 아니라, 그에 못지않게 그 반대 측면, 즉 교구가 문화적이고 사회적인 교양을 습득하는 데 필요하다는 측면을 강조했다.

이때 몬테소리 교육학은, 아이는 주변 환경에 있는 실제 대상들을 직접적으로 조작하지 않는다는 사실에 주목한다. 어린이집에 있는 아이는 자연과 사회 속의 일상 세계에서 배우지 않는다. 아이는 예컨대 상황 접근 교과 과정* 안에서처럼 일상생활에서 부닥치는 과제들을 극복하면서 배워가는 것이 아니라 교수법에 따라 제작된 교구라는 인위적인 형태로 사물들을 대한다. 마리아 몬테소리는 이러한 교구들을 아이가 살고 있는 자연스러운 환경의 '추상물'이라고 본다.

교구는 지각 차원과 행동 차원을 인위적으로 따로 분리해서 관찰할 수 있도록 인위적으로 만들어져 있다. 우리 주변에 있는 모든 사물은 동시에 여러 가지 측면을 제시한다. 즉 색깔, 형태, 무게, 냄새, 소리 등이 뒤섞여 있다. 교수법 교구에서는 상이한 수준에 있는 이 같은 수많은 속성들로부터 각각 하나의 차원이 분리되어 강조되는데, 이는 아이가 그것을 정확하게 인식할 수 있도록

---

* 상황 학습 이론에 기초하여 학습이나 인지적 활동이 상황과 분리된 것이 아님에 주목하고 지식이 사용되는 맥락을 강조함으로써 학문적인 지식과 실세계 사이의 간격을 극복해보고자 하는 접근법이다.

하기 위해서다. 그에 반해 일상적인 환경의 다양함은 아이를 혼란에 빠뜨린다. 교수법 교구의 목적은 아이가 주의를 기울일 수 있는 정해진 특징에 정신을 집중하게 하는 데 있다. 이러한 방식으로 아이는 관찰과 행동에 필요한 도구를 얻고, 이 도구를 사용해서 자연 환경과 사회 환경을 더욱 잘 파악할 수 있다.

몬테소리 교구의 중요한 특징은 실수 통제가 가능하다는 점이다. 전통적인 교육학에서 보면 실수는 어떤 문제를 보여주는 것이며, 아이가 잘못 배웠다는 사실에 대한 신호이고, 따라서 교사에게 아이의 실수에 주의를 기울여 교정하기를 요구한다. 마리아 몬테소리의 관점에서 보면 실수는 교육적인 문제도 아니고 교사의 개입을 요구하는 것도 아니다. 그것은 교육에서 불가피한 일이며 따라서 아이가 교구를 통해 스스로 실수를 통제할 수 있는 능력을 갖추는 것이 바람직하다.

아이는 실수를 해야 한다. 아이가 실수를 하지 않는다면, 자아를 발달시킬 필요가 없을 테니까. 배우는 과정에 있는 아이는 아직 깨닫지 못하고, 알지 못하며, 주어진 상황을 마음대로 처리하지 못한다. 그렇기 때문에 실수를 하고 연습을 되풀이하며 그 과정에서 실수하는 횟수는 줄어들 것이다. 그 연습을 완전히 터득한 뒤에야 비로소 아이는 더는 실수를 하지 않게 된다. 그러나 그랬을 때 교구는 아무런 교육 과제도 제시하지 못한다.

몬테소리 교육학의 원칙은 아이의 독립성이다. 이는 실수 통제의 영역에도 그대로 통한다. 실수가 아이를 자극해서 새로운 시도를 하게 하려면 아이 스스로 실수를 알아챌 수 있어야 한다. 그러므로 교구를 제작할 때는 실수 통제가 그 내용에 들어가야 한다. 부주의한 동작 때문에 의자를 넘어뜨린 아이가 다음번에는 주의해서 몸을 움직여야 한다는 지침을 얻듯이, 교수법 교구는 아이의 작업에 응답해주어야 한다.

실수 통제가 교구 안에서 가능하고 아이 스스로 실수를 고칠 수 있기 때문에, 교사는 교육을 하면서 그 과제에 매여 있을 필요가 없다. 교사는 더는 아이들의 작업을 통제하거나 교정할 필요가 없다. 교사는 실수가 정상적인 것이고, 배움에 필수적으로 속하는 부분이라는 것을 알기 때문에 침착함을 유지할 수 있다.

마리아 몬테소리 교수법 교구의 또 다른 특징은 고유한 미학에 있다. 앞서 환경을 꾸미는 일과 비슷한 말이 여기에도 해당된다. 교구는 '단순하다'. 색깔뿐만 아니라 외적인 형태 역시 단순하다. 대부분의 물건들은 자연 그대로의 상태에 니스를 바른 나무로 만든다. 색깔을 쓴다면, 이는 특정한 교수·방법론적 기능을 지시하기 위해서다. 물건의 모양새는 각각의 교구에서 역점을 두고자 하는 특징과 관련되어 있다. 지나친 모양 변화나 무늬로 치장된 장식은 모두 본래 정신을 집중해야 할 과제에서 아이의 관심이 빗나가게 할 뿐이다.

그처럼 단순함에도, 아니 그런 단순함 때문에 교구는 값진 것이며, 아이는 자기 손안에 있는 것이 제멋대로 만든 물건이 아니라 가치 있는 교구라는 것을 감지할 수도 있다. 선의 흐름을 분명하게 하고 색깔을 조심스럽게 사용했기 때문에 교구는 번쩍이지 않는다. 쓰다가 내던지고 갑자기 다른 것을 쓰게 만드는 자극도 없다. 교구는 소모품이 아니라 사용물이다.

이런 특별하고 미적인 감각에 맞는 모양새로 말미암아 교구들은 아이의 행동을 자극할 것이다. 아이가 수박 겉핥기식으로 교구들을 가지고 작업을 하다가 한순간 내던져버리는 일이 있어서는 안 된다. 교구는 정신을 집중해서 활동하도록 아이에게 동기를 제공해야 한다.

마지막으로, 교구의 수를 제한할 필요가 있다는 점을 언급하고 싶다. 이미 말했듯이, 아이의 자기 규율과 사회성 발달에 도움이 되도록 각 발달 교구는 한 공간에 딱 하나만 있어야 한다. 전체적으로 다양한 교구들이 너무 여러 개 있는 대신, 각각의 지각 차원과 행동 차원에 필요한 교구가 하나만 있으면 된다. 물론 아이는 '정신적인 영양분'으로서 교구를 필요로 하지만, 교구의 과잉은 아이를 싫증나게 할 테고, 교구를 집중해서 다루지 못하게 할 수도 있다. 또한 교구가 너무 많으면 머릿속에 전체적인 질서를 구축하기도 어려울 것이다. 몬테소리 교구의 원칙은 이런 말로 공식화될 수 있다. "더 적은 것이 더 많은 것이다."

2. 일상생활을 위한 여러 가지 연습

감각 기관은 밖에 있는 것을 자신의 머릿속으로 가지고 들어오는 수단이다. 그에 비해 손의 활동과 몸의 움직임 전체는 (말하기도 움직임에 포함되지만 지금은 그에 대해서는 이야기할 단계가 아니다) 상반된 기능을 한다. 즉 손놀림과 몸놀림을 통해 사람의 내면에 있는 것(정서적 충동이나 이성적 생각 등)이 밖으로 드러나고 형태를 갖춘다. 우리는 우리의 행동을 통해 눈에 보이는 흔적을 바깥 세계에 남겨놓는다.

마리아 몬테소리는 특히 손이 인간에게 중요한 의미를 갖는다고 보았는데, 그 까닭은 손은 갖가지 활동에 다양하게 쓰일 수 있기 때문이다. 손으로 작은 나사를 죌 수도 있고 무거운 돌을 나를 수도 있으며, 밀거나 당기고, 펼치거나 주먹을 쥘 수도 있으며, 기둥을 땅에 박을 수도 있고, 종이에 글자를 써넣을 수도 있다. 인간의 손이 이런 다양한 기능을 발휘하려면, 그에 맞는 훈련을 받아야 한다.

감각 기관 교육과 운동 교육과 정신 교육 사이에는 직접적인 관계가 있다. 왜냐하면 이러한 교육들은 인간의 활동을 수단으로 인간이 의도한 목표에 도달할 수 있도록 인간의 활동들을 정돈하는데 그 목적이 있기 때문이다. "근육 단련은 언제나 영혼에 봉사해야 한다."(Montessori, 1994, 90쪽)

아주 어린 아이도 이미 그 나름대로 발달을 이루어낸 상태에 있다. 즉 쉴 새 없이 몸을 뒤척이고 아무 계획도 없는 신생아의 몸놀림에서 여러 활동을 조합하는 단계에 이르른 것이다. 이어지는 유치원 연령기는 아이가 자신의 활동들을 주변 환경의 테두리에 편입시키려는 소망을 갖는다는 데 특징이 있다. 아이는 어른이 하는 것을 관찰하고 어른의 행동들을 모방하고 싶어한다.

간단한 예를 하나 들어보자. 어른은 이제 막 서서 운동복을 입으려는 사내아이에게 주의를 기울여야 한다. 이건 그리 간단한 일이 아니다. 아이는 넘어질 위험이 있고 넘어지려는 즉시 문설주를 움켜쥐어야 한다. 하지만 마침내 아이는 좁은 바짓가랑이를 끼워 올리는 데 성공한다. 아이는 자부심을 갖는다. 그리고 어른이 그 전체 과정이 무엇을 의미하는지 아직 분명히 파악하기도 전에, 아이는 말한다. "나도 섰어요! 엄마처럼!"

아이들에게는 어른들이 하는 모든 활동을 보고 직접 그러한 활동을 해보려는 강한 욕구가 있다. 몸을 가꾸는 일, 먹기 위해 하는 일들, 물건 닦기나 방 청소 등이 그에 해당한다. 우리 어른에게는 이런 일들이 너무나 당연한 것이어서, 그것들을 특별히 교육과 결부시켜 생각하지 않는다. 흔히 우리는 이런 행동들 가운데 복잡한 것이 얼마나 많은지를, 그리고 그런 활동들을 몸에 익히는 것이 저절로 되는 게 아니라 수많은 연습을 필요로 한다는 사실을 의식하지 못한다.

마리아 몬테소리에게는 '일상생활 연습들'이 특별한 의미를 갖는데, 그 이유는 그런 연습들을 통해 아이는 나이에 맞춰 올바로 몸을 움직이는 훈련을 하기 때문이다. 즉 무의미한 체조가 아니라 실천적인 목표를 지닌 일을 통해 올바른 몸놀림을 연습할 수 있다. 예를 들어 식탁을 차리고, 음식을 접시에 담고, 설거지를 하는 따위의 일을 하면서 몸을 움직이는 아이는 그런 활동을 하면서 피곤해하지 않는다. 이성적인 목표를 갖고 그런 활동들을 하기 때문이다. 아이는 반복되는 연습을 통해 점점 더 자신의 행동을 고쳐나가려 노력할 것이고, 마침내 그때그때 목적을 수행하는 데 필요한 만큼 손쉽게 일을 처리하게 될 것이다.

일상생활 연습은 움직임을 교육한다는 목적 외에도 몬테소리 교육학의 핵심적인 목표를 충족시킨다. 가장 중요한 점은 이 연습들이 어른에 대한 아이의 독립성을 강화한다는 점이다. 혼자서 옷을 입고 세수를 하고 이를 닦는 법을 배운 아이는 더욱 자립적이되며 부모의 도움에 덜 의존한다. 이런 아이는 젖먹이를 다루듯 옷을 입혀줄 필요가 없고 어린아이처럼 변기에 앉혀줄 필요도 없다. 밥을 먹여줄 필요도, 몸을 씻겨줄 필요도 없다. 아이는 이 모든 일들을 스스로 해낼 수 있다. 이를 통해 아이와 어른의 관계는 새롭게 규정된다. 독립성을 한 단계 한 단계 얻어나가면서 아이는 자기 자신의 주인이 된다.

독립성의 증대와 아이의 품위는 긴밀한 관계에 있다. 독립성을 키운 아이는 더는 어른들의 행동 대상이 아니기 때문이다. 마리아 몬테소리는 한 가지 예를 들어 이 사실을 설명한다. 어린이집을 방문한 마리아 몬테소리는 콧물을 질질 흘리는 아이를 보게 되었다. 마리아 몬테소리는 즉각 코닦기에 대해 수업을 하기로 마음먹었다. 마리아 몬테소리의 보고에 따르면, 아이들은 이 수업을 고맙게 받아들였는데 이런 태도는 아이들이 자기 자신을 품위 있는 존재로 경험했기에 나온 것이다.

아이는 "코 좀 닦으라"는 말을 얼마나 자주 듣는가? 코에서 콧물이 흘러나올 때 어른들은 기겁을 하면서 큰 손에 휴지를 들고 얼굴을 닦아낸다. 아이는 이런 일을 얼마나 자주 경험하는가? 좀 전의 예에서 아이들은 자기 자신을 돌보는 법을 배우도록 도움을 받았기 때문에, 자신을 품위 있는 인간으로 경험할 수 있었다.

마지막으로 일상생활 연습에는 한 가지 중요한 사회 교육적인 목표가 있다. 즉 아이들은 다른 사람들에게 인사를 하고, 자기 반 아이들을 위해 식탁을 차리며, 공동 환경을 가꾸는 데 정성을 쏟는 법을 배운다. 어린이집에서 교사뿐만 아니라 아이들까지 똑같이 어린이집의 질서 있고 아름다운 환경을 유지하는 일에 참여하는 가운데 아이들은 주변 환경을 자신들의 행동을 통해 함께 책임을 지는 곳으로 체험한다.

몬테소리 교육학은 때로 개성 발달에 치중해 사회적인 교육 목표를 등한시한다는 비판을 자주 받는다. 일상생활 연습은 그런 비판에 대한 하나의 반례이다. 즉 아이들은 실제 생활에 꼭 필요한 일들을 완수하면서 점점 더 독립성을 얻고, 그러는 가운데 공동 환경에서 이루어지는 사회적인 협동 생활에 더욱더 책임을 지게 된다.

일상생활 연습은 유치원 어린이 교육에서 첫 번째로 중요한 영역이다. 그런 능력들은 아이가 타고난 것이 아니다. 즉 그런 능력의 습득은 저절로 이루어지는 것이 아니라 여러 차례의 시도를 거쳐 마침내 확실함을 얻을 수 있도록 연습을 해야 한다. 아이가 일상생활 영역에서 독립적으로 되려면 교육적인 도움이 필요하다.

이를 위해 마리아 몬테소리가 교사에게 가장 먼저 제시하는 도움은 행동 하나하나가 갖고 있는 어려움과 다층성에 주의를 기울이라는 것이다. 아직 스스로 코를 닦을 수 없는 아이에게 코를 닦으라고 요구하는 것은 도와주는 것이 아니라 아이를 혼자 방치하는 일이다. 행동 하나하나를 분석해서 아이를 도와주려면 교사는 먼저 스스로 그런 행동의 단계들을 낱낱이 의식해야 한다.

두 번째 도움은 어린이집에 자기 몸이나 환경을 돌보는 데 쓸 도구를 갖추어놓는 데 있다. 물론 그에 필요한 물건들은 아이의 몸 크기에 맞아야 한다. 예를 들어 우리는 어린이집에서 아이가 다룰 수 있는 작은 빗자루와 먼지떨이, 아이의 크기에 맞는 개수대, 아이들이 물을 담아 나를 수 있는 주전자 따위를 볼 수 있다. 이 모든 물건들은 아이가 보았을 때 일을 해야겠다는 생각이 강하게 들도록 만들어져 있어야 한다.

오늘날 이 물건 가운데 몇몇은 구시대의 유물처럼 보일지도 모른다. 부엌에 식기세척기가 있는데, 왜 손으로 설거지를 할까? 더러운 세탁물은 세탁기 안으로 들어가는데, 왜 빨래판이 필요한가? 마리아 몬테소리가 살던 시대 이후 가사노동을 덜어주는 편리한 기계들이 도입되었다. 이것은 바람직한 일이다. 다만 아이들의 관점에서 보면 사정이 다르다. 식기세척기에 손을 대기는커녕 작동하는 기계의 닫힌 문 뒤에서 무슨 일이 일어나는지 볼 수도 없다. 어떻게 더러운 유리잔이 반짝이는 유리잔이 되는지 이해하려면 아이에게는 눈과 손의 활동이 필요하다. 그렇기 때문에 아이들에게는 그런 복된 발명품들보다는 일상적인 일을 처리하면서 더욱 근원적인 활동에 눈을 돌리는 일이 필요하다.

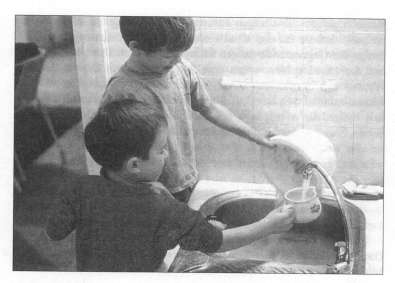

일상생활 연습, 설겆이하기

아이들은 식기세척기의 닫힌 문 뒤에서 무슨 일이 일어나는지 볼 수도 없다. 어떻게 더러운 유리잔이 반짝이는 유리잔이 되는지 이해하려면 아이에게는 눈과 손의 활동이 필요하다. 그렇기 때문에 아이들에게는 그런 복된 발명품들보다는 일상적인 일을 처리하면서 더욱 근원적인 활동에 눈을 돌리는 일이 필요하다.

　일상생활 연습에 도움이 되는 것은, 셋째, 연습을 위해 특별히 고안된 교구들이다. 매듭틀은 그에 대한 한 가지 사례가 될 수 있다. 정사각형 모양에 넓이가 30cm인 단단한 나무틀 위에 두 개의 천을 서로 마주 보도록 못을 박아 고정시킨다. 그리고 그 두 천이 만나는 중앙 부분에 서로 다른 여닫이 도구(똑딱단추, 혁대, 끈 등)를 달아 여닫을 수 있게 한다. 틀에는 리본 묶는 법을 익히도록 파랑과 초록색 바둑판 무늬가 있는 천에 다섯 개의 끈을 바느질해 박는다. 모든 면에 그렇게 한다. 리본의 한쪽 면은 흰색으로 하고, 다른 한쪽 면은 빨강으로 한다. 이렇게 색이 다르면 아이는 쉽게 리본 묶기의 '전체 모습을 파악'할 수 있다. 교사는 이 교구를 소개할 때 아이 앞에서 리본을 풀어 끈을 바로 놓고 리본을 묶는 데 필요한 동작을 하나하나 실행할 것이다. 아이가 원칙적으로 그 동작을 이해하고 나면, 자유롭게 사용하도록 아이에게 교구를 건네준다. 원한다면 아이는 리본 상자를 가져와 리본을 점점 더 단단하게 묶는 연습을 하면서 동작을 완성해나갈 수 있다.

이 일의 목적은 아이가 그 인위적인 보조 기구에 리본을 묶을 수 있는 능력을 갖추게 하는 데 있지 않다. 이 일의 의미는 낱낱의 능력을 떼어내어 아이가 그 능력을 습득하고 훗날 일상생활의 맥락에서 그 능력을 적용하도록 하는 데 있다. 신발의 매듭을 묶는 것은 복잡한 행동이다. 하지만 보조 교구에서 이러한 능력을 습득한 아이는 그 능력을 일상생활에 적용하려 노력할 것이다.

3. 감각 교구

감각 교구들은 아마도 마리아 몬테소리의 교수·방법론 장치 가운데 가장 잘 알려진 부분일 것이다. 거의 백년 전에 처음으로 이 교구들이 창안된 뒤 우리는 이 교구들을 특별한 의도를 표방하는 어린이집뿐만 아니라 그 어린이집들과는 완전히 다른 교육 개념에 따라 운영되는 유치원이나 학교 병설 유치원에서도 찾아볼 수 있게 되었다. 비록 마리아 몬테소리의 교육을 감각 교구들로 줄여 말하는 것은 허용할 수 없는 단순화지만, 몬테소리의 교육학에서 유치원 연령대의 감각 교육이 각별한 중요성을 갖는 것은 사실이다.

감각은 외부 환경과 아이 내부의 정신 중간에 있다. 감각의 도움으로 머리는 자료를 획득하고, 그런 뒤 머리는 이 자료를 가지고 사고 작업을 수행할 수 있다. 만약 인간이 어떠한 감각 인상들도 갖고 있지 않다면, 인간의 정신은 '텅 빈' 상태로 작동할 수밖에 없을 것이다. 사실 외부에서 받아들이는 자료가 없다면 인간의 정신은 존립조차 할 수 없을 것이다. 마리아 몬테소리는 감각들을, 인간이 외부 세계를 내면으로 끌어들이는 '포착 기관'이라고 부른다.(Montessori, 1994, 165쪽)

우리는 우리의 눈과 귀를 열고 코로 냄새를 맡으며, 입에 무엇인가를 넣고, 손에 물건을 놓기만 하면 된다. 그러면 벌써 외부 세계의 끝없이 다양한 인상들이 우리 안으로 밀려든다. 이 감각 기관들이 손상되지 않는 한, 문제는 어떤 상들도 수용할 수 없다는 데 있는 것이 아니라 넘쳐나는 인상들을 어떻게 소화하느냐 하는 데 있다. 머리를 약간만 왼쪽이나 오른쪽으로 돌려도 그때 벌써 우리에게 밀려드는 새로운 인상들이 있다. 감각 기관들이 지각되는 것을 모두 '포착한다'면, 사람의 머리는 터져버리고 말 것이다. 그리고 정신은 넘쳐나는 자료 앞에서 마비 상태가 될 것이다.

그런데 감각 기관들이 수용할 수 있는 대상들은 끝없이 많지만, 이렇게 다양한 사물들이 공통으로 갖는 성질들은 분명히 그 수가 한정되어 있다. 어떤 대상에는 특정한 색깔이 있고 둥글거나 각이져 있고, 딱딱하거나 부드러우며, 길거나 짧다. 우리는 우리 머릿속에 있는 감각 차원에서 이런 다양한 성질들을 포착하며 감각 기관들은 우리에게 상을 제공하는 동시에 이렇게 말한다. "이것은 밤색이고 각이 졌으며 길고 거칠다."

마리아 몬테소리는 이러한 성질들을 감각의 '알파벳' 또는 '철자'에 비유한다.(Montessori, 1975, 163쪽) 즉 이 철자들은 넘쳐나는 인상들을 우리 머릿속에 정리하는 데 도움을 준다. 철자들을 사용해서 어떤 텍스트든 기술할 수도 있고 해독할 수도 있는 것처럼, 눈에 띄게 드러난 성질들의 도움으로 전체 외부 세계가 감각과 정신을 통해 '이해'될 수 있다.

마리아 몬테소리에 따르면 감각 교육은 주변의 자연 환경이나 사회 환경에서 일어나는 것이 아니고 '일상적인' 사물들의 도움에 힘입어 일어나는 것도 아니다. 감각 교육은 교수법에 맞게 특별 제작된 교구들을 교육적인 의도에 따라 인위적으로 배치한 환경 에서 이뤄진다. 즉 아이의 주변 환경에는 그런 교구들에 상응하는 것이 없다. 이러한 인위성은 의도적이다. 왜냐하면 인상들이 넘쳐나는 데 거기에 또 다른 것을 보태는 것은 의미 없는 일이기 때문이다. 오히려 감각 교구들의 목적은 제한된 성질들에서 머무는 데 있다.

아이는 성질들이라는 '철자'를 익혀야만 한다. 그럼으로써 아이들은 사물의 상(像)과 냄새, 맛의 종류와 소리 등을 자신의 감각을 통해 목적 의식적으로 수용할 수 있도록 좌표를 얻는다. 예컨대 색깔을 배운 아이는 하나의 분류 체계를 얻은 셈이다. 아이는 이제 망막에 맺히는 모든 시각적인 자극을 그 체계 속에서 정돈할 수 있다. 아이는 이제 이렇게 말할 수 있다. "넓은 세상이 빨강과 노랑과 파랑으로, 또 밝거나 어두운 색으로 나뉘는구나!"

마리아 몬테소리는 자신의 감각 교구들을 '물질화된 추상물'이라고 말한다.(Montessori, 1994, 197쪽) 이 말은 곧 감각 교구들이 성질들이라는 제한된 '철자들'에 초점을 맞추고 있음을 뜻한다. 하나의 대상을 밤색의, 각이 지고, 길고, 거친 것으로 분류하는 일은 일종의 감각적 추상화다. 그런 분류는 지각된 대상에서 오는 것이 아니라 그 대상을 지각하는 사람에게서 오기 때문이다. 감각 교육의 목표는 아이들이 성질들로 이뤄진 광범위한 '철자들'을 구성하도록 도움을 주는 데 있다. 그럼으로써 '포착 기관'이 외부 세계를 의식적으로 수용할 수 있게 된다.

마리아 몬테소리는 감각 교구들을 지식 영역으로 통하는 문을 여는 '열쇠'라고 부른다.(Montessori, 1975, 163쪽) 아이가 이 같은 '열쇠'를 얻어낸다면, 그 아이는 일생 동안 외부 세계를 일정한 목적에 맞춰 열 수 있게 된다. 그렇게 되면 아이가 감각을 통해 지각한 것 가운데 선로에 던져버릴 만한 것은 아무것도 없을 것이다.

감각 교육은 어린이집에 다닐 나이에 두드러진 역할을 한다. 유치원 아이들은 감각 훈련이 핵심적인 발달 과제가 되는 단계에 놓여 있기 때문이다. 마리아 몬테소리는 초기 단계의 연구에서 '형식적 조작기'라는 말을 쓰는데(Montessori, 1994, 164쪽) 그녀의 교육 이론이 더욱 상세한 형태로 발전하면서 '민감기'라는 개념으로 대

체된다.(3장 / 초기 유년기 단계 / '2.민감기의 또 다른 영역' 참고)

생후 3년 동안 아이는 혼란에 빠져 헤어나올 수 없을 정도로 엄청난 양의 지각 내용을 받아들였다. 만 세 살에서 여섯 살에 이르는 시기는 이 혼란을 정돈해서, 장차 정신 활동에 필요한 '자료'를 마련해야 하는 때이다. 유치원 연령기의 과제는 지성 능력을 사용해서 원인을 탐구하는 데 있지 않다. 이런 과제는 감각 기관이 할 수 있는 일이 아니라, 사물의 눈에 보이는 표면 뒤를 '바라볼' 수 있는 지성의 몫이다. 이것은 초등학생 시기의 아이가 할 일이고, 그전에는 다양한 지각 내용들에 질서를 부여하는 일이 필요하다.

마리아 몬테소리는, 넘쳐나는 감각 인상들의 혼돈에서 출발해 일정하게 자리잡은 질서 있는 감각들에 이르는 길을 기술하기 위해서 두 가지 비유를 사용한다. "무질서하게 쌓인 무수한 책들을 정돈해서 하나의 '도서관'을 만들어내야 한다."(Montessori, 1995, 191쪽) 그리고 두 번째 비유에 따르면, 사물들을 "꽉 막힌 자루 안에 쑤셔 넣을 것이 아니라, 깨끗하고 질서를 갖춘 집의 넓은 공간 안에 배치"(Montessori, 1995, 202쪽)하는 것이 바람직하다.

마리아 몬테소리의 감각 교구가 지닌 과제는 성질들의 '철자'를 익히도록 아이를 돕는 데 있다. 교구를 통해 그때그때 낱낱의 지각 차원을 분리해서 강조함으로써 아이가 이 차원에 집중할 수 있도록 하려는 것이다. 따라서 사물의 길이를 익히게 하는 데 목적이 있다면, 이를 위해 고안된 빨간 막대들은 길이에서만 차이가 날 뿐이다. 막대기 10개의 색깔이나 넓이나 높이는 모두 똑같다.

따로 떼어낸 지각 차원에서만 교구들은 단계의 차이를 보여준다. 즉 10개의 빨간 막대의 길이는 각각 10cm씩 차이가 난다. 이러한 단계 구분은 무작위적이어서는 안 되고, 동일한 방식을 따라야 한다. 교구의 이러한 '수학적' 구조는 아이가 지각을 통해 생겨난 혼돈 속에 감추어진 질서를 쉽게 깨닫도록 하는 데 목적이 있다.

각각 하나의 성질을 부각시키면서 그 성질을 단계에 따라 구분한 교구는, 아이에게 감각 인상에 대한 세 가지 물음의 답을 주어야 한다.

- 동일성 어떤 사물들이 서로 같은가?
- 차이성 각각의 교구는 처음 것과 맨 마지막 것이 서로 어떻게 다른가?
- 단계 구분 서로 다른 사물들을 어떻게 순서대로 배열할 수 있는가?

마리아 몬테소리는 낱낱의 지각 성질에 맞춰 한 가지 (또는 여러 가지) 특별한 교구를 계발해냈다. 어린이집에 다닐 시기에 전체 교구를 가지고 작업을 하면, 아이는 성질들의 '철자'를 익히게 되고 아이의 감각들은 질서를 갖추게 된다. 지금부터 좋은 예가 될 만한 두 가지 몬테소리 교구에 대해 더 자세히 이야기하려 한다. 여기서 다루려는 것은 원통 꽂기 교구와 소리통이다.

원통 꽂기는 몬테소리 교구 가운데 가장 잘 알려져 있는 것이다. 이것은 네 개의 나무토막으로 이루어져 있고, 이 나무토막의 가로 면에는 각각 홈이 하나씩 파여 있어 아이가 이 교구를 쉽게 다룰 수 있다. 나무토막의 윗면에는 각각 열 개씩 구멍이 나 있어서, 그 안에 작은 원기둥을 꽂을 수 있다. 이 원기둥들에는 작고 둥근 나무꼭지가 붙어 있어서 아이가 엄지손가락과 집게손가락, 가운뎃손가락을 이용해(이것은 필기구를 쥐기 위한 사전 연습이다) 깊게 난 구멍에서 원기둥을 쉽게 빼거나 넣을 수 있다.

이 네 개의 나무토막은 저마다 원기둥 넓이와 높이가 일정한 방식으로 서로 다르다. 첫 번째 나무토막은 10개 모두 2.3cm 지름의 원기둥을 빼거나 넣게 되어 있고, 원기둥들의 높이는 0.9cm에서 5.2cm에 이르기까지 연속적으로 높아진다. 두 번째 나무토막에서 10개 원기둥의 높이는 모두 5.5cm로 균등하지만, 넓이는 지름 0.8cm에서 5.4cm까지 증가한다. 세 번째와 네 번째 나무토막은 높이와 넓이가 모두 균등하게 변하는데, 셋째 나무토막에서는 원기둥 넓이와 높이가 모두 점진적으로 증가하는 반면, 넷째 나무토막에서는 원기둥 넓이와 높이가 반비례해서 바뀐다. 즉 가장 넓은 원기둥은 가장 짧고, 가장 가는 원기둥은 가장 길다.

교사의 과제는 대체로 아무 말 없이 아이에게 어떻게 교구를 다루는지 보여주는 것이다. 이 경우 교사는 나무토막 하나에서 시작한다. 아이가 과제를 이해했고 더 하기를 원한다면, 교구를 장에서 꺼내와 스스로 작업할 수 있다. 교사가 아이의 실수를 교정하는 것은 꼭 필요한 일이 아니다. 아이 스스로 무엇을 잘못했는지

원통 꽂기 연습

이 교구를 가지고 작업하면서 아이는 한 사물의 길이와 넓이라는 차원에 대한 감각을 얻을 것이다. 아이가 눈을 가리고도 잘할 수 있을 정도로 이 연습을 충분히 소화했다면, 교사는 아이에게 이 교구에 속한 개념들, 즉 높은 것과 낮은 것, 높은 것과 더 높은 것과 가장 높은 것, 두꺼운 것과 가는 것 따위의 개념을 알려줄 수 있다.

금방 알아차릴 수 있다. 원기둥이 구멍에 맞지 않거나 구멍에 들어가거나 하기 때문이다.

이 교구를 가지고 작업하면서 아이는 한 사물의 길이와 넓이라는 차원에 대한 감각을 얻을 것이다. 아이가 눈을 가리고도 잘할 수 있을 정도로 이 연습을 충분히 소화했다면, 교사는 아이에게 이 교구에 속한 개념들, 즉 높은 것과 낮은 것, 높은 것과 더 높은 것과 가장 높은 것, 두꺼운 것과 가는 것 따위의 개념을 알려줄 수 있다.

소리통 연습

이 교구를 이용해서 작업을 하면 아이는 같은 소리가 나는 것들끼리 짝을 짓고(동일성),
가장 큰 소리와 가장 작은 소리를 내는 나무통을 찾아내고(구분), 가장 작은 소리를 내는
통부터 가장 큰 소리를 내는 통까지 순서대로 정렬할 수 있다(단계 구분).

교사는 이 일을 3단계 수업으로 진행하는데, 이에 대해서는 다음
장에서 다룰 것이다.(2장/교사의 과제/ '2.교사와 교구와 환경' 참고)

감각 교구의 원칙을 설명하는 데 좋은 예가 될 두 번째 교구는
소리통이다. 소리통들은 두 개의 나무 상자로 이뤄져 있다. 하나
에는 빨간 뚜껑이, 다른 하나에는 파란 뚜껑이 덮여 있다. 각 나무
상자 안에는 높이는 9cm이고 지름은 3cm인 나무통이 여섯 개씩
들어 있는데, 이 여섯 개의 나무통은 모두 모양이 똑같다. 빨간 뚜
껑이 달린 나무 상자 안에 있는 나무통들은 머리가 빨간색이고,

파란 뚜껑이 달린 나무 상자 안에 있는 나무통들은 머리가 파란색
이다. 나무 상자의 나무통들은 갖가지 곡식 낱알들로 가득 차 있
는데 (아이는 그것들을 볼 수 없다), 흔들면 각기 다른 소리를 낸다.
첫 번째 나무 상자 안에 있는 여섯 개의 나무통들은 저마다 소리
가 다르고, 두 번째 나무 상자에서도 각각 첫 번째 나무 상자에 있
는 나무통들에 상응하는 소리가 나도록 교구가 만들어져 있다.

이 교구를 이용해서 작업을 하면 아이는 같은 소리가 나는 것들
끼리 짝을 짓고(동일성), 가장 큰 소리와 가장 작은 소리를 내는 나
무통을 찾아내고(구분), 가장 작은 소리를 내는 통부터 가장 큰 소
리를 내는 통까지 순서대로 정렬할 수 있다(단계 구분). 아이가 이
연습을 더 잘할 수 있게 되면, 소리에만 집중할 수 있도록 눈을 감
거나 눈가리개로 눈을 가릴 수 있다.

4. 문화 기술 전수

유치원 교육의 관점에서 볼 때 읽기, 쓰기, 셈하기 같은 문화 기술
을 배우는 일은 유치원과 초등학교를 나누는 경계선 구실을 한다.
놀이를 하면서 아이는 초기 단계에 많은 것을 배우게 될 것이고,
다양한 자극을 주는 환경과 함께 교사는 목표를 세워 아이들을 중
요한 학습 단계로 이끌어나갈 것이다. 하지만 철자와 숫자의 세계
를 다루는 일은 초등학교 저학년에서 해야 할 일이다. 20세기 60
년대 말과 70년대 초, 초보적인 읽기 학습과 수량 이론(논리적인 블
록들)을 도입해서 유치원의 분위기를 새롭게 하려는 시도가 이루

어졌다. 하지만 이 실험은 곧 중단되었다. 교사들은 그런 학습이 유치원 연령에 걸맞지 않은 것으로 받아들였기 때문이다.

오늘날 누구나 읽기, 쓰기, 셈하기의 문화 기술을 학교에서 가르쳐야 한다고 생각하는 데 반해 마리아 몬테소리가 읽기, 쓰기, 셈하기 교육을 어린이집에서 당연히 가르쳐야 할 항목에 포함시키는 것은 매우 이색적으로 보인다.

유치원 연령에서 그런 문화 기술의 습득을 거부하는 우리의 태도에 대해 마리아 몬테소리는 아마도 이렇게 말할 것이다. 이 질문을 이데올로기적 관점에서 결정하지도 말고, 제도적인 조건에 비춰 판단하지도 말라. 대신 아이들을 관찰해보라. 아이들이 원하는 것이 무엇인지 그리고 그들의 발달 조건에 비춰볼 때 도움이 필요한 것이 무엇인지 살펴보라. 그러면 네 살짜리도 쓰기를 배울 수 있고, 배울 의지가 있으며, 마땅히 배워야 한다는 사실을 알게 될 것이다.

어린아이가 쓰기를 배울 수 있다는 사실에는 의심의 여지가 없다. 마리아 몬테소리의 어린이집들이 그에 대한 살아 있는 증거지만, 그런 사실은 다른 방법을 통해서도 증명될 수 있다. 가끔씩 혼자서 쓰기를 익히거나 나이 많은 형제자매에게 쓰기를 배우는 유치원 아이들이 있다.

그러나 어린아이가 글씨를 쓸 수 있다는 사실이 곧바로 아이가 글쓰기를 배우려 하고 당연히 배워야 한다는 사실을 증명해주는 것은 아니다. 유치원 아이가 색연필을 써서 만들어낸 작품을 관찰해보면, 흔히 어떤 도식주의가 자리잡고 있음을 부인하기 어렵다.

위쪽 모서리에는 파란색 선이 하나, 아래쪽에는 초록색 선이 하나 있고, 위쪽 오른쪽이나 왼쪽에는 노란색 삼각형이 있으며, 중간에는 서로 맞물린 반원이 두 개 있다. 언제나 특정한 요소들이 반복해서 등장하며, 이러한 요소들은 아이들이 사용하는 항구적인 기호, 즉 아이들이 사용하는 일종의 '글자'라고 해석할 수 있다.

마리아 몬테소리에 따르면 아이들은 쓰기를 배우려고 하지만, 교육 프로그램 때문에 방해를 받으면 자신들에게 허용된 수단에 손을 댈 수밖에 없다. 우리는 어떤 아이들에게서 엄청난 그림 그리기 욕구를 발견하는데, 그러한 욕구는 바로 여기서 유래한다. 즉 이런 아이들은 예술적으로 어떤 모양을 만들어내려는 것이 아니라 글자를 찾아내려는 의욕을 갖고 있다. 이 아이들이 학교에 입학해 문화 기술에 친숙해지면, 대다수의 경우 그림 그리기 횟수가 현저히 줄어드는 것을 발견할 수 있다.

어린아이의 발달심리학적 상황을 정확히 관찰해보면, 아이들이 쓰기를 배워야 한다는 마리아 몬테소리의 요구에 납득이 간다. 몬테소리가 그렇게 주장하는 까닭은 어린아이의 손은 아직 형태가 갖춰져 있지 않기 때문이다. 유치원기에 이르면 아이의 손은 다양한 활동을 통해 서서히 고정된 형태를 잡아간다. 그러므로 어린아이들은 무언가 손에 쥘 것을 가지려 하고, 손을 가만히 두지 않으며 모든 것을 만져보는데, 이는 이렇게 해서 손을 연습하고 손에 고정된 형태를 부여해 나중에 가능한 모든 행동을 수행하려는 의도 때문이다.

유치원 연령기의 아이들에게 연습을 할 수 있는 적절한 보조 도구를 주지 않는다면, 아이들의 손 움직임은 무뎌질 것이다. 그런 손으로는 나중에 나이가 들었을 때 섬세한 손놀림을 하기가 어려운데, 그 까닭은 '민감기'를 활용하지 못한 채 흘려보냈기 때문이다. 쓰기에 필요한 동작은 가장 섬세한 움직임에 속한다. 발달 과정에 있는 손을 가진 아이(마리아 몬테소리에 따르면 만 네 살 아이)는 쓰기에 필요한 손놀림을 손쉽게 습득할 수 있지만, 초등학교에 가서야 비로소 이런 과제에 부닥치는 아이에게는 글쓰기 동작이 매우 어려운 일이 된다. 그런 이유에서도 글쓰기는 어린 나이에 시작하는 것이 바람직하다.

이 일에 대해 솔직해지자. 아이들에게 일반적으로 문화 기술을 소개하는 것을 모든 유치원 아이들의 의무 프로그램으로 옹호한다는 건 (여기서 자세히 다룰 수는 없지만) 여러 가지 이유에서 아무런 의미가 없다. 특별한 어린이집을 제외하면 쓰기 학습은 아무런 의미도 갖지 못할 것이다. 그럼에도 지금부터는 마리아 몬테소리의 쓰기 교구를 소개하려 하는데, 이는 이 교구들이 마리아 몬테소리 교수·방법론의 중요한 원칙을 잘 보여주기 때문이다.

마리아 몬테소리는 우리가 아이에게 제공하는 모든 학습 보조 활동에 다음과 같은 요구 사항을 내건다. 특정한 학습 결과에 필요한 하나하나의 부분적 능력들을 정확하게 분석하라. 이런 하나하나의 영역 각각을 지향하는 도움을 제공하라. 그렇게 도움을 받은 아이는 스스로 그런 부분적 능력들을 종합하게 될 것이다. 큰 목표에 이르는 데 필요한 낱낱의 작은 단계에 주목하라.

쓰기 학습의 간접적인 준비 과정은 우선 세 손가락으로 필기 도구를 잡을 수 있는 능력을 키우는 데서 시작한다. 마리아 몬테소리의 경우 이런 부분적 능력은 이미 기술된 원통 꽂기 연습을 통해 얻을 수 있다고 말한다. 엄지손가락, 집게손가락, 가운뎃손가락으로 원통의 꼭지를 쥐고 깊은 구멍에서 원기둥을 뺐냈다가 다시 넣는다. 이 작업에 몰두하는 아이는 손놀림을 연습함과 아울러 간접적으로는 필기구를 올바로 쥘 수 있는 준비도 병행하는 것이다.

이제 쓰기를 위한 직접적인 준비 과정이 뒤따른다. 잘 관찰해보면, 쓰기는 두 개의 서로 다른 부분 능력으로 이루어진다. 한편으로 아이는 손을 놀려 자유자재로 움직일 수 있는 능력을 갖춰야 하고, 다른 한편으로는 철자를 똑같이 따라 그릴 수 있어야 한다.

첫 번째 부분 능력을 훈련하기 위해 마리아 몬테소리는 '금속 대체 모형물'을 제시한다. 널빤지 위에, 파란색을 칠한 매끈한 금속 표면으로 이루어지고 꼭지를 잡아 틀에서 꺼낼 수 있는 5개의 상이한 모형물이 있다. 아이는 이 모형물 가운데 하나를 꺼내 왼손에 단단히 쥐고 오른손으로는 이 대체 모형물의 윤곽을 그릴 수 있다. 이 모형물을 다시 제자리에 돌려놓고 난 뒤 아이는 종이에 그려진 윤곽에 색을 칠할 수 있다.

글자를 배우기 위한 두 번째 부분 능력은 사포 알파벳으로 연습한다. 단단하고 매끄러운 바탕 위에는, 거친 사포로 만든 알파벳이 붙어 있으며, 이때 철자 하나하나에 대해 따로 카드가 하나씩 마련되어 있다. 아이는 오른손 집게손가락으로 사포로 만든 철자

사포로 만든 알파벳으로 쓰기 연습을 하는 어린이들

단단하고 매끄러운 바탕 위에는, 거친 사포로 만든 알파벳이 붙어 있으며, 이때 철자 하나 하나에 대해 따로 카드가 하나씩 마련되어 있다. 아이는 오른손 집게손가락으로 사포로 만든 철자를 따라 움직이면서 동시에 다양한 감각을 통해 철자들을 머리에 새겨 넣을 수 있다. 눈으로 철자를 보고, 손가락으로 철자를 만지며, 근육으로 철자를 감지한다.

를 따라 움직이면서 동시에 다양한 감각을 통해 철자들을 머리에 새겨 넣을 수 있다. 눈으로 철자를 보고, 손가락으로 철자를 만지며, 근육으로 철자를 감지한다. 이런 다양한 감각 인상의 조합을 통해 아이에게는 지속적인 인상이 형성되고, 그 결과 아이는 다음에 이어지는 3단계 수업을 통해(2장/교사의 과제/ '2. 교사와 교구와 환경' 참고) 그 철자의 이름과 형태를 머리에 새겨 넣을 수 있다.

끝으로 철자를 결합해 단어들을 만드는 과정이 뒤따른다. 마리아 몬테소리는 이를 일컬어 "기계적인 움직임에서 벗어난 지능"이

라고 말한다.(Montessori, 1994, 240쪽) 이는 쓰기를 배우는 아이에게
는 꼭 필요한 신체적 연습을 정신적인 준비 과정에서 분리하는 것
이 도움이 된다는 뜻이다.

조금 전에 기술한 교구들은 기계적인 연습을 통해 얻어야 할 손
의 능력들을 촉진시킨다. 아이에게 무리한 요구를 하지 않으려면
읽기에 꼭 필요한 지적인 능력, 즉 낱글자들을 하나의 단어로 모
으는 것이 처음부터 이러한 기술적인 어려움들과 겹쳐져서는 안
된다. 그런 이유 때문에 마리아 몬테소리는 한 가지 특별한 교구
를 제공한다. 이 교구는 낱글자들이 분리된 서랍들에 담긴 상자이
다. 아이는 특정한 낱말에 필요한 기호 하나하나를 상자에서 꺼내
어 그 낱말을 책상에 올려놓으면서 '쓰기'를 배울 수 있다.

긴 시간 동안 충분히 부분 능력 하나하나를 연습할 기회를 가졌
다면, 아이는 숙련된 손, 훈련된 눈, 분석하고 종합하는 정신을
'함께 취해' 어느 날 갑자기 '폭발적인 글쓰기'에 이를 것이
다.(Montessori, 1994, 245쪽) 따로 떼어 연습한 능력들이 합쳐지면
어떤 시점(이 시점은 아이마다 다르다)에 이르러 쓰는 힘이 생겨난다.
즉 필기 도구를 가지고 문자 기호를 조합해서 스스로 선택한 하나
의 낱말을 만들어내는 것이다.

이런 능력을 얻으면 아이는 감격한다. 이제 아이는 새로운 세계
로, 즉 이제껏 어른들 사이의 비밀이었던 임의적인 문자 기호의
세계로 진입을 완료했다. 이런 새로운 성과에 감격해서 아이는 그
능력을 또다시 반복해서 사용하게 되고, 이러한 자발적 활동을 통

해 아이는 자신의 쓰기 능력을 완성할 것이다.

로마에 건립된 첫 번째 어린이집에 관한 보고서에서 마리아 몬테소리는 이러한 '폭발적인 글쓰기'에 대해 기술한다. 마리아 몬테소리는 그 시설의 맨 위층 테라스에서 어떤 아이에게 분필 한 자루를 주며 원을 그리게 했다. 마리아 몬테소리의 보고서를 인용해보자.

이 아이는 나를 바라보고 웃으며 기쁨에 터질 듯 서 있다가 이렇게 외쳤다. "나는 글자를 써요, 글자를 쓴다고요!" 그리고 바닥에 허리를 굽혀 mano(손)라고 쓴 뒤 감격스러워하며 아궁이(camino)라고 쓰고 그 다음에는 tetto(지붕)라고 썼다. 이렇게 글자를 쓰는 동안 아이는 계속해서 "나는 글자를 써요, 글자를 쓴다고요!"라고 외쳤다. 그 소리를 듣고 다른 아이들이 몰려들어 그 아이를 둘러싸고 어리둥절한 눈으로 바라보았다. 두세 명의 아이들은 아주 상기된 목소리로 내게 말했다. "분필요, 저도 쓸 줄 알아요" 하고는 실제로 다양한 단어들을 쓰기 시작했다. … 이 아이들 가운데 어느 누구도 전에 분필이나 필기구를 손에 쥐어본 적이 없었다. 아이들은 처음으로 글씨를 썼는데, 처음에 말을 했을 때 한 낱말을 완벽하게 말했던 것과 똑같이 하나의 완벽한 단어를 써냈다.(Montessori, 1994, 246쪽)

오늘날까지도 이 글을 읽으면 사람들은 아이들이 느낀 감격은 물론이고 마리아 몬테소리의 감격까지도 함께 느낄 수 있다.

마리아 몬테소리는 쓰기 학습을 위한 교구들 외에도 읽기 학습

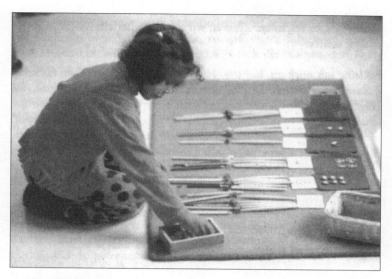

수의 세계를 발견해가는 어린이

마리아 몬테소리는 아이들을 수의 세계로 인도하는 데 도움을 줄 수 있는 교구들을 계발했다. 이런 교구들은 어린이집은 물론 모든 유치원 교육을 위해서도 흥미롭다.

을 위한 교구들도 계발했는데, 그에 대해서는 설명하지 않겠다. 그녀는 널리 퍼져 있던 견해에 맞서 고유한 발달 법칙에 맞게 교육의 뒷받침을 받는 아이는 먼저 쓰기를 배우고 나중에 읽기를 배운다고 주장했다. 프리드리히 프뢰벨의 말을 빌리면 우리는 이 사실을 이렇게 표현할 수 있다. 먼저 안에서 밖으로 나가는 움직임(쓰기)이 일어나고, 그런 다음에야 비로소 밖에서 안으로 들어오는 움직임(읽기)이 일어난다.

나아가 마리아 몬테소리는 아이들을 수의 세계로 인도하는 데 도움을 줄 수 있는 교구들을 계발했다. 이런 교구들은 어린이집은 물론 모든 유치원 교육을 위해서도 흥미롭다. 다음과 같은 것들이 이런 교구에 속한다.

- 이미 설명한 사포 철자의 경우와 마찬가지로 사포로 잘라 숫자를 만들어 나무판에 붙여놓은 특별한 교구.
- 빨간색 칠을 한 10cm 길이의 짧은 나무막대에서 시작해 10cm 간격으로 빨간색과 파란색 칠을 한 100cm 길이까지의 나무막대와 같은 수막대들.
- 10개의 서랍으로 이루어져 있고, 각 서랍의 머리 부분에는 0부터 9까지 숫자가 씌어 있어서 아이가 그때그때 숫자에 해당하는 수의 나무 방추들을 집어넣을 수 있는 방추 상자들.

5. 그룹 연습

몬테소리 교육의 작업 방식은 개인 중심적인 데 그 특징이 있다. 한 사람의 교사는 한 명의 아이를 특정한 교구로 안내하고, 교사는 이 아이에게 완전히 집중한다. 아이 하나하나는 혼자서 한 가지 교구를 써서 작업을 하고, 교사는 기초 단계를 마친 아이에게 말로 수업한다.(2장/교사의 과제/ '2.교사와 교구와 환경' 참고)

이제부터 소개할 교수·방법론의 측면들은 이와는 반대 방식으로 진행된다. 이 교수 방법은 아이들로 구성된 전체 그룹이나 부분 그룹이 능동적으로 참여할 때만 본래 기능을 수행할 수 있다.

이 그룹 연습은 두 부분으로 나뉜다. 바로 '선 위 걷기'와 '조용히 하기 연습'이다.(Holtstiege, 1997, 213~228쪽)

이 둘은 모두 어린이집 생활에서 우연히 일어난 사건의 결과다. 몬테소리는 그녀의 후계자들 대다수와는 달리 교조적인 교사와는 전혀 다른 모습을 갖고 있었다. 마리아 몬테소리는 당면한 상황이 미치는 영향을 받아들였고 순간순간 떠오르는 영감을 따랐다.

어떤 저술에서(Montessori, 1994, 157쪽) 마리아 몬테소리는 어린이집 밖에서 포대기에 꼭 싸인 채 엄마 품에 안겨 잠이 든 아기를 본 장면을 소개하고 있다. 그녀는 창문을 통해 아기를 받아 들고 깜짝 놀란 아이들에게 아기에게서도 배울 거리가 수없이 많다고 설명했다. 그러면서 아무런 움직임 없이 조용히 있기를 그 예로 들었다. 마리아 몬테소리 주위로 몰려든 아이들은 아기를 따라하려고 안간힘을 썼지만 아무리 애를 써도 그 본보기가 보여주는 완벽함에는 이르지 못했다.

이러한 상황에서 마리아 몬테소리는 가능하면 모든 신체 기관을 조용히 유지하도록 의지적인 노력을 기울일 때도 아이들이 재미를 느낀다는 사실을 발견했다.

마리아 몬테소리는 이러한 경험을 바탕으로 몬테소리 교육 목록의 확고한 구성 부분으로 자리잡은 그룹 연습을 계발했다. 아이들은 의자에 앉아 책상에 놓인 물건을 모두 치운다. 교사는 낮은 목소리로 아이들에게 아주 조용히 있으라고 요구한다. 몇몇 아이들은 자신들의 다리나 팔이 아직도 계속 움직이고 있음을 알아채고, 이 움직임도 멈추려 애를 쓴다. 아이들은 자신들의 숨소리에 귀를 기울인다. 공간은 완전히 조용해지고, 그때까지 단 한 번도 의식하지 못했던 똑딱거리는 시계 소리가 들린다.

교사는 조심스럽게 옆방으로 가 아이들의 이름을 한 사람씩 순서대로 속삭이듯 부른다. 이름이 불린 아이들은 가능하면 아무 소리도 내지 않고 교사에게 가려고 애를 쓴다. 아이는 자신의 움직임에 세심한 주의를 기울여야 한다. 의자를 넘어뜨리거나, 무심코 가구를 만지면 정적을 깨는 소음이 생겨난다. 나중에 교사는 호명된 모든 아이에게 특별한 과제를 내준다. 나머지 아이들은 아무 소리도 내지 않고, 속삭이는 소리로 자신의 이름이 불리기를 기다린다. 모든 아이의 이름이 호명되어 교사에게 오면 이 연습은 끝난다.

이 연습의 의미는 불안정한 아이를 훈련하는 데 있지 않다. 교육에서 '조용'이라는 단어를 접하면, 우리는 아마도 우리가 학창 시절에 했던 경험, 교실에서 "이제 제발 조용히 해!" 하며 큰 소리로 외치던 학교 교사를 떠올릴 것이다. 이런 외침은 아이들을 아무 움직임 없이 조용히 있게 해서 아이들이 수업 시간에 교사의 말을 귀담아듣도록 마음의 준비를 갖추도록 해주었다.

아니면 '조용'이라는 단어를 들으면 우리는 유치원에서의 기억을 떠올린다. 엉망진창이 되어버린 자유놀이가 끝날 무렵이면 교사는 "이제 제발 조용히 하고, 정리 좀 해!"라고 크게 소리 지르는 것 말고는 아무런 방책이 없었다.

이 두 가지 예에서 교사가 아이들에게 요구하는 '조용함'은 수동적이다. 아이는 어른의 명령을 따라야 하기 때문이다. 그에 반해 마리아 몬테소리가 '조용함'이라는 말에서 이야기하려는 것은 아이의 능동적인 태도다. 아이는 자기 자신에게, 움직임을 멈출 수 있도록 의지력을 키우라고 주의를 준다. 이 조용히 하기 연습은 아이 하나하나가 자신에게 고요하게 있으라는 과제를 줄 때에만 이뤄질 수 있다. 그러므로 이 연습은 한편으로는 높은 수준의 자제력을, 또 한편으로는 높은 수준의 사회적인 능력을 전제로 하며 또한 그런 능력들을 신장시킨다.

오늘날 아이들 생활의 몇 가지 측면들을 관찰해보자. 아이들은 아침에 일어나 라디오 소리를 들으며 아침을 먹는다. 유치원 가는 길은 자동차길을 따라 나 있다. 유치원에서는 이것저것 끊임없이 소음이 들린다. 오후에 놀이를 하는 시간에는 녹음기가 돌아가고 잠자리에 들기 전에는 텔레비전이 켜진다. 아이들이나 어른들이나 끝없이 이어지는 소음에 노출돼 있다. 우리는 벽을 맞대고 살기에 잠시도 조용할 겨를이 없다. 열린 창문 너머로는 자동차 소리가 들린다.

이러한 소음에서 벗어나려면 특별히 휴가를 준비해야 한다. 그렇지 않으면 다시 소음의 세계로 빠져들게 된다. 하지만 수많은 어른들은, 적어도 처음에는 고요함을 잘 견뎌낼 수 없는데, 이 사실에 우리는 놀라지 않을 수 없다.

이를 싸잡아 문화를 비판하는 것으로 오해해서는 안 된다. 우리에겐 소음이 필요하다. 소음은 우리가 바깥 세계에 발자취를 남기고 있다는 사실을 보여주며, 우리는 혼자 있지 않다는 사실을 보여주는 표시로서 그런 소음을 필요로 한다. 외로운 사람에게 조용함은 문제가 될 소지가 있다. 하지만 조용함과 소음 사이에는 들숨과 날숨 사이에 있는 것과 같은 리듬이 있다. 건강하게 살려면 활동 단계와 휴식 단계 사이에 균형이 맞아야 한다. 이러한 균형이 깨어지면 삶은 한쪽으로 치우치게 되고, 이 시대 대다수 사람들의 삶은 부산함과 분주함과 속도감에서 벗어나지 못한다. 우리의 아이들도 대부분 그러하며 '조용히 하기 연습'은 그런 경향에 대한 균형점으로 이해할 수 있다.

그러나 이 경우 조용히 하기 연습이 점차 증가 추세에 있는, 이상한 행동을 하고 공격적이며 불안한 아이들을 통제하기 위한 수단의 하나라는 선입견을 가져서는 안 된다. 이 연습은 결코 시끄럽고 산만하고 무질서한 아이들에 대한 '기적의 무기'가 아니라 '기본 연습을 다 마친 아이들'을 위한 연습이다. 매일 벌어지는 일상의 분주함 때문에 신경에 거슬린다는 이유에서 교사가 아이에게 규율을 강요해서는 안 되고, 아이 스스로 움직임과 소음의 원인을 자발적이면서 의식적으로 일정한 시간 동안 차단하는 훈련을 해야 한다.

몬테소리 교육학에서 아이는 교구를 가지고 개인적인 작업을 하면서 자신의 발달 충동을 실현하는 데 정신을 집중할 준비를 할 것이다. 이를 충분히 마쳤을 때에야 비로소 아이들은 조용히 하기 연습처럼 상대적으로 복잡하면서 높은 수준의 사회적 행동을 요구하는 과제를 수행할 능력을 갖추게 된다.

여기서 교사의 행동도 중요하다. 이리저리 뛰어다니는 아이들

그룹에서 "조용히 해!" 하고 큰 소리로 외쳐보았자 아무 소용이 없다. 이때는 교사 자신이 본보기를 보여야 한다. 교사 스스로 조용히 하면서, 소리를 지르는 대신 낮은 목소리로 이야기해야 아이들을 조용하게 만들 수 있을 것이다.

주의해야 할 점이 또 하나 있다. 유치원 연령기를 대상으로 아이를 조용하게 만들어 그들이 자아를 더욱 강하게 지각할 수 있는 능력을 갖도록 하려는 방법적인 계획안들은 과거에도 무수히 있었다. 이는 자율훈련법(Autogene Training)*에서 명상까지 다양하다.

이러한 방법과 대비해볼 때 마리아 몬테소리의 조용히 하기 연습이 갖춘 탁월한 점은 그 '단순함'에 있다. 여기서는 말 그대로 교사와 아이 사이의 대화밖에는 다른 아무것도 필요치 않다. 말하고 침묵하며, 몸을 움직이고 조용히 행동하는 교사의 태도가 이 연습의 성공에 결정적인 역할을 한다. 교사는 이러한 '단순함'에 모든 것을 내맡길 수 있다. 교사는 유치원 분위기를 좌우한다. 그 분위기를 결정하는 것은 번쩍이는 색깔도 알록달록한 장식도 넘쳐나는 교구도 아니다.

조용히 하기 연습과 병행해서 '선 위를 걷기'가 있다. 바닥에 타원형 선을 하나 긋고, 아이들은 선을 벗어나지 않으면서 그 위를 걸어야 한다. 이 연습은 아이들의 균형 감각을 발달시킨다. 한 발

---

* 스트레스와 불면, 불안증 등의 심리적 장애를 퇴치하기 위해 1927년 독일의 심리학자 요한 하인리히 슐츠(Johannes Heinlich Schultz)가 계발한 자기암시적 이완 기법.

선 위를 걷기

바닥에 타원형 선을 하나 긋고, 아이들은 선을 벗어나지 않으면서 그 위를 걸어야 한다. 이 연습은 아이들의 균형 감각을 발달시킨다. 한 발을 정확히 다른 발 앞에 두고 발뒤꿈치와 발끝으로 선 위에서 곧은 자세를 유지하기란 간단한 일이 아니기 때문이다.

을 정확히 다른 발 앞에 두고 발뒤꿈치와 발끝으로 선 위에서 곧은 자세를 유지하기란 간단한 일이 아니기 때문이다. 아이들이 이 연습에 친숙해지면 난이도를 높일 수 있다. 즉 물감이 든 유리컵이나 타고 있는 양초를 조용히 손에 들고 있거나 머리에 놓인 모래주머니의 균형을 유지하는 연습을 할 수 있다.

　여기서 다시 마리아 몬테소리의 교수·방법론의 주된 특징이 드러난다. 중요한 것은 움직임이지만, 이때 말하는 움직임은 어수선하게 안절부절 못하는 것도 아니고 아무 생각 없이 이리저리 뛰는

것도 아니다. 감각 연습에서 그렇듯이 아이는 자신의 움직임에 질
서를 불어넣어야 한다.

몬테소리가 말하는 '질서를 익힌 아이'란 교사의 지시에 따라서
만 움직이려 하고 그렇지 않으면 억지로 몸을 가만히 두는 아이가
아니다. '질서 있는 아이'란 자유와 질서를 결합하는 아이다. 이런
아이들은 어떤 행동을 하고 싶은지 아이 스스로 결정하고, 이를 위
해 목표를 정하며, 이 목표에 따라 몸을 움직인다. 잠시도 몸을 가
만히 두지 못하고 방 전체를 어지럽히는 아이는 스스로 결정하고
행동하지 못한다. 불안한 나머지 무언가를 하려는 충동을 느끼더라
도 자신의 행동에 아무런 의미도 부여할 수 없기 때문이다.

'선 위를 걷기'는 아이에게 자기 몸을 스스로 제어하는 방법을
알려주고 점차 안정감 있게 그런 일을 하게 해준다. 그 결과 아이
는 자신의 의지에 따라 유용한 도구 역할을 하게 된다.

교사의 과제

교육 환경이나 적당한 발달 교구와 함께 교사는 마리아 몬테소리
의 교수·방법론에서 세 번째 결정적인 요소이다. 교사의 과제는
전통적인 교육의 경우와는 완전히 다르다. 교육 과정이 성공하려
면, 능동성과 수동성의 관계를 새롭게 규정하는 것이 관건이다.

마리아 몬테소리가 교사와 관련하여 지적하는 특성들 가운데

가장 자주 등장하는 성질은 '겸손'이다. 이는 옛날부터 들어온 말이고 이미 구시대의 유산이다. 아이가 어른의 박식함과 숙련된 태도 앞에서 겸손하게 경직된 태도를 보이는 일이 있어서는 안 된다. 오히려 그와 정반대다. '겸손'해야 할 사람은 교사다. 교사는 아이의 본성에 내재해 있고 밖으로 분출되는 발달 능력을 존중해야 하며, 교육 과정에서 결정적인 것은 아이에게서 오지 자신에게서 오지 않는다는 사실을 알아야 한다.

봄에 파릇파릇 움터오는 자연 앞에서 경탄을 금할 수 없는 것과 마찬가지로 우리는 아이가 발달하는 모습을 놀라움에 가득 찬 상태에서 지켜보아야 한다. 아이를 '만들' 수 있는 교사는 없다. 교사는 그저 아이의 몫인 발달 과정에 몇 가지 도움을 줄 수 있을 뿐이다.

1. 전통적인 교사와 새로운 교사

대조를 해보면 뭔가를 쉽게 이해할 수 있을 때가 많다. 마리아 몬테소리는 교사의 과제를 설명하려고 대조라는 방법을 택한다. 마리아 몬테소리는 언제나 '전통적인' 교사상을 배경 삼아 '새로운' 교사를 부각시킨다. 이때 독자가 반드시 알아야 할 것을 분명히 하려고 그 둘의 차이점들을 과장해서 표현할 때도 자주 있으며, '전통적인 교사'의 행동 방식에 대한 사례를 풍자적으로 그릴 때도 있다.

어떤 저술에서 마리아 몬테소리는 '소음'과 '소리'의 차이를 아이들에게 가르치려는 교사를 묘사한다. 이 교사는 전체 학생들에게 꾸며낸 이야기를 하나 들려주고, 아이들은 이 이야기에 귀를 기울여야 한다. 갑자기 문 두드리는 소리가 들린다. 교사가 미리 준비해두었던 방해 요소다. 교사는 이 방해 때문에 이야기의 맥을 놓친 척한다. 이 방해를 예로 들어 교사는 '소음'이라는 낱말을 분명하게 전달하려고 했던 것이다.

그러고 나서 이 교사는 만돌린에 손을 뻗친다. 교사는 이 만돌린이 자신의 자식인데 아이들에게 팔겠다고 이야기를 꾸며낸다. 교사는 이 주장을 고수하고, 아이들은 그것이 아이가 아니라 만돌린이라고 반박한다. 이 만돌린 아이에게서 교사는 몇 가지 소리를 만들어내고 그럼으로써 마침내 긴 이야기의 목적지에 이른다. 즉 그 목적은 '소음'과 '소리'의 차이를 제시하려는 데 있었다. 마리아 몬테소리는 이에 대해 냉정하게 요약한다.

아이는 분명 교사의 모습을 또렷하게 눈앞에 간직하겠지만, 수업 주제는 간직하지 못한다.(Montessori, 1994, 124쪽)

아이들에게 끝없이 말을 쏟아내는 교사는 본래 다루려던 사안에서 아이들의 관심을 흐트러뜨려놓는다. 소음을 두고 이것이 '소음'이라고 말하고, 소리를 두고 이것이 '소리'라고 말하는 것으로 충분한데, 그렇게 하지 않고 그 단순한 사태를 장황한 이야기에 담는 것은 아이들에게 혼란을 안겨줄 뿐이다.

교사의 행동은 선의에서 비롯되었다. 상상의 요소(만돌린=아이)를 활용해서 아이가 생각하는 수준에 눈높이를 맞췄다고 생각하지만, 실제로 교사가 한 일은 정작 배워야 할 내용이 아니라 다른 곳에 아이들의 관심이 쏠리게 한 것밖에는 없다. 교사가 꾸며낸 이야기는 비약적으로 전개된다. 즐겁게 듣고 있던 아이들은 마침내 어디에 초점을 맞추어야 할지 모르게 된다.

마리아 몬테소리의 다음 예에서도 교사는 좋은 의도로 행동하지만, 이 의도가 도움보다는 장애로 드러난다.

어떤 어린이집에서 아이들이 세면대 주위에 모여들었다. 물에 물건이 뜨는 광경을 보기 위해서다. 키가 작은 사내아이 하나는 세면대에 가까이 다가가지 못하고 있다. 생각 끝에 아이는 한 가지 해결책을 마련한다. 아이는 의자를 가져와 그 위에 올라가서 앞을 보려고 한다. 이 장면을 본 교사는 아이를 도와주려고 아이를 자신의 품에 안아 올린다. 마리아 몬테소리에 따르면 이런 의도는 '사랑이 가득한' 것이라고 말할 수 있지만 아이의 관점에서 보면 '폭력적'이라고 말할 수밖에 없다. 마리아 몬테소리는 다음과 같이 썼다.

이 교사는 사내아이가 자기 자신을 교육하는 것을 방해했다. 그 방해의 대가로 교사가 아이에게 보상해준 것은 아무것도 없다. 아이는 승리자의 기쁨을 누릴 찰나에 있었는데, 이제 친절한 교사의 두 팔에 안겨 있는 무기력한 존재가 되어버렸다.(Montessori, 1994, 61쪽)

마리아 몬테소리는 여러 저술과 강연에서 '새로운' 교사와 '전

통적인' 교사를 대비했다. 다음 도표에서 몇 가지 중요한 특징을
인용해보자.

전통적인 교사	새로운 교사
교양을 전달	발달을 보조
교사의 능동성	아이의 능동성
능동성	인내
규율 훈련	인내
수업하기	관찰하기
수업하기	나눠주기
말하기	침묵하기
아이가 교사에게 의존한다	아이가 자립적이다
거만	품위
지적인 풍요를 자랑	집중하는 아이 방해하지 않기
실수가 없으리라는 자신 있는 태도	겸손한 태도
어두움	빛
피곤하게 함	활력을 불어넣음
다변	과묵
내용에서 관심 흐트러뜨리기	사실에 충실
시끄러움	조용함

전통적인 교육에서 교사는 급속히 악순환에 빠진다. 이러한 악
순환의 출발점은, 사람은 밖에서부터 교육을 통해 '만들어져야'
한다는 인간학적인 전제에 있다. 이 전제에 따르면 교사의 과제는

아이에게 지식과 도덕과 사회적인 행동을 '갖추게 하는' 데 있다. 이를 위해서 반 전체 아이들은 어른의 가르침을 따라야 하며, 아이들은 움직이지 않고 규율을 지켜야 한다. 이렇게 교육에 필요한 규율을 만들어내려면, 아이들을 교사의 '명령'에 '순종'하게 하려는 보조 수단으로 상과 벌이 필요하다. 그 결과 교육 관계는 강자인 어른과 약자인 아이의 대립을 그 기본 틀로 삼게 된다.

마리아 몬테소리는 근본 전제 구실을 하는 인간에 대한 이해 방식을 결정적으로 뒤바꿈으로써 부정적인 악순환을 긍정적인 순환으로 전환시켰다. 이제 아이는 자신의 발달에 필요한 일을 스스로 함으로써 자기 자신을 일으켜 세워야 하는 인간으로 이해된다. 그러므로 교사의 과제는 이러한 자아 발달을 돕는 데 있을 뿐이다. 교사가 할 수 있는 일은 한 반이 '규율'을 익히는 것이 아니라 아이 개개인이 '자유'를 실현하는 것이다.

아이 하나하나가 자발적으로 내부 힘에 의해 행동하기 때문에 상과 벌은 아무 의미가 없다. 교육 관계는 복종과 명령의 관계가 아니라 그와 정반대 관계로 이해해야 한다. 아이는 "거의 대제사장에 가까운"(Montessori, 1995, 208쪽) 존재이고, 교사는 그런 아이의 '시종'이 된다. 교육 과정에서 아이의 자아 발달이 우선성을 갖는다고 믿으면, 교사는 뒤로 물러설 것이고, 그런 맥락에서 마리아 몬테소리는 이렇게 말한다.

수동적인 교사란 … 아이가 완전히 내부 힘에 의해 행동하고 발전해나가는 것을 볼 때 비로소 만족감을 느끼고 그런 발전에 대해 어떤 공로도 내세우지 않는 사람이다.(Montessori, 1989, 116쪽)

도입부에서 사용한 '겸손'이라는 낱말이 가리키는 이런 자세를 교사가 내면화했다면, 교사와 아이의 상호적인 학습 과정에는 이제 어떤 걸림돌도 없다. 교육은 이제 가르치는 강자가 배울 뜻이 없는 아이에 맞서 싸우는 투쟁이 아니라, 둘 모두 '평화롭게' 공존하면서 서로에게서 배우는 것이 된다.

1960년대 말 이래 대다수 교육자들은 벌을 아예 교육 항목에서 없애거나 가능하면 줄여야 한다는 데 동의했다. 그러나 마리아 몬테소리는 부정적인 제재뿐만 아니라 긍정적인 상과 칭찬에도 똑같은 태도를 보인다. 일례로 마리아 몬테소리는 자신이 처음 세운 어린이집들 한 곳에 놋쇠 메달을 가져온 방문자에 대해 설명한다. 이 손님은 '가장 얌전하고 뛰어난 아이'에게 이 상을 주겠노라 공포했다. 그러자 이 소리를 들은 어린 사내아이 하나가 실망스러워하며 이렇게 말했다. "그러면, 우리 남자애들 건 아니에요. 우리 남자애들 건 아니에요!"(Montessori, 1994, 69쪽)

자아 발달 과정에 있는 아이는 관심을 다른 곳으로 돌리려 하지 않는다. 자기 힘으로 어려움을 극복하면, 아이는 행복해한다. 그럴 때 상을 주면 자발적인 활동의 자리에 외부에 의존하는 성향을 대체시키는 것에 지나지 않는다. 그렇기 때문에 마리아 몬테소리는, 벌과 마찬가지로 상 역시 아이 내면의 힘을 가로막는다고 말한다.

‘새로운’ 교사가 갖는 과제를 규정할 때 결정적인 점은, 능동성과 수동성의 관계를 철저히 다른 방식으로 규정하고 이에 따라 권위를 새롭게 정의하는 일이다. 전통적인 교육의 주요 관심은 아이를 가르치는 어른의 능동성에 놓여 있었다. 어른은 아이를 가르치고, 어떤 측면에 아이가 관심을 쏟아야 할지를 제시하고, 잘못을 고쳐주고, 잘한 일에는 상을 준다. 여기서 어른은 능동적인 자리에, 아이는 수동적인 자리에 있다.

　이에 반해 마리아 몬테소리는 교사의 행동을 구상하면서 전통적인 교사 상과는 정반대되는 경향을 강조한다. 어른은 아이를 신뢰해야 하고, 적절한 조건만 마련되면 아이가 좋은 쪽으로 발달하리라 확신해야 하며, 관건이 되는 사안에 개인적인 간섭을 자제해야 한다. 아이가 정상화 과정에 있다면, 이 일이 어른의 능동적인 활동으로 말미암아 방해를 받아서는 안 된다. 교사는 자신의 역할을 관찰하는 일로 제한해야 한다.

　　아이들이 곧바로 작은 천사가 되는 것은 아니다. 아이들은 잘못을 저지르기도 하지만, 그들에게는 사랑과 희망으로 그들을 바라보며 그들이 새로운 세계에 들어서는 것을 돕는 교사가 하나 있다.(Montessori, 1992a, 182쪽)

　마리아 몬테소리는 이러한 방식으로 교사의 수동적인 역할을 강조한다. 이러한 수동성은 아이가 능동적으로 행동할 여지를 넓혀주려면 반드시 필요하다. 그런데 다음 단락에서 더욱 정확히 살펴보겠지만, 이것이 교사가 불필요한 존재라거나 주변 환경을 지키고 돌보는 사람에 지나지 않는다는 말은 아니다. 또한 이것이 교사의 권위에 의문의 여지가 있다는 말도 아니다. 마리아 몬테소리의 말은 역설적이다. 그녀는 반 하나에 충분히 많은 아이들이 있기 때문에 "교사까지 아이가 될 필요는 없다"(Montessori, 1992a, 108쪽)고 말한다. 어른은 아이보다 생활 경험이 풍부하므로 아이의 발달 과정을 가속화하고 용이하게 하는 여러 가지 도움을 줄 수 있다.

> 교사는 자신이 교사이며 자신의 과제가 아이를 교육하는 데 있음을 절대로 잊어서 안 된다.(Montessori, 1989, 157쪽)

아이들에게는 긍정적인 의미로 이해할 수 있는 교사의 권위가 필요하다. 아이들은 외부 세계와 내부 세계 가운데 있는 수많은 불확실성에 맞서 믿음을 키워나가야 하며, 이런 믿음을 쌓는 데는 안정감을 주는 성숙한 사람과의 관계가 도움이 된다.

마지막 두 단락을 함께 읽으면, 마리아 몬테소리의 진술이 모순된다는 인상을 받을지도 모른다. 교사의 수동성과 교사의 권위를 동시에 강조하기 때문이다. 그러나 이러한 모순은 그저 겉보기에만 그럴 뿐이다. 마리아 몬테소리가 드러내려는 핵심적인 점은, 아이와 어른은 다르며 둘은 세계를 구성해가는 데 서로 다른 과제를 갖는다는 사실이다. 어른이 아이 노릇을 하면서 이런 방식으로 아이들과 특별히 우호적인 관계를 맺는다고 생각해서는 안 되며, 아이가 그렇듯이 어른 역시 자기에게 알맞은 방식으로 '강함'을 가져야 한다.

어른이 뒤로 물러나기를 배우고 아이의 관점에서 교육 과정을 관찰할 수 있는 위치에 있다면, 이는 강한 교육이지 약한 교육이 아니다. 교사의 수동성이란 무관심이나 태만 같은 것이 아니다. 그리고 교사의 관찰자 역할은 관찰 자체가 목적인 일도 아니고 자료를 수집하는 일도 아니다.

그와 정반대로, 교사의 관찰은 늘 교육적인 행동에 기여한다. 관찰의 도움에 힘입어 교사는 아이의 발달 욕구를 알아내고, 아이에게 정상화 과정에 필요한 도움을 줄 수 있다. 관찰을 통해 교사는 자신이 언제 끼어들고 언제 물러서야 할지, 언제 아이들을 자극하고 언제 뒷걸음질쳐야 할지, 언제 말하고 언제 침묵해야 할지에 대한 기준을 얻는다. 침묵은 교사의 과제 수행에서 매우 어려운 일 가운데 하나다.

환경과 교구가 중요한 교육 기능을 떠맡고 교사 자신은 수동적인 관찰자 역할을 맡기 때문에, 첫눈에는 교사의 과제가 상대적으로 쉬워 보일 수도 있지만, 지금 우리의 도달 지점에서 보면 교육은 한 가지 고정된 도식에 따라 진행되는 것이 아닌 복합적이고 복잡한 활동으로 드러난다. 교사 개개인은 언제 어떻게 반응하고 행동해야 하는지 뚜렷한 기준을 가져야 하고, 이렇게 스스로 결정을 내리는 일은 제시된 방법을 맹목적으로 적용하기보다 훨씬 어럽다. 교사는 이러한 교육 활동을 잘 준비해야 한다.

교사 양성은 반드시 학문적으로 이루어져야 한다. 가능한 모든 지식을 가득 채워 넣는다는 뜻에서가 아니라, 학문적으로 훈련된 관찰 방법을 가르친다는 뜻에서 그러하다. 교사 양성 과정에 있는 사람은 아이를 관찰하는 법을 배워야 한다. 그래야 언제 아이가 정상화의 길을 가고 있는지를 감지할 수 있다.

이것은 외부의 경험적인 관찰 자료를 확보하는 것 이상의 능력이 필요한 태도다. 즉 교사에게는 관찰 자료를 확보하는 것을 넘어서서 교육적인 감수성이 필요하다. 이 감수성은 무대 뒤를 볼 수 있는 능력을 제공한다. "아이들은 다르다." 우리 어른들이 일상의 시선으로 그들을 인지하는 것과도 다르다. 이러한 차이를 학문적으로 파악해서 개념화할 필요가 있다.

나아가 교사 양성은 올바른 교육 방법에 대한 지식을 전달한다. 그러나 교사 양성 과정에 있는 사람에게는 일반적으로 유효한 교수법의 기본 원칙들과 특별한 방법적 수단들을 전달받는 것 이상으로 개인적인 경험이 필요하다.

일반적인 교육은 바라보는 능력을 훈련시킬 수 있다. 이것도 필요한 일이다. 하지만 아이들 하나하나가 개인적으로 다르기 때문에 교사는 아이 개개인에 맞춰 행동해야 한다. 나름대로 실제 경험을 갖추고 있는 교사는 아이 개개인의 필요에 맞춰 그때그때 유연하게 행동할 수 있다. 중요한 것은 방법이 아니다. 교사가 아이 개개인에게서 배우는 일이 중요하다.

관찰 능력과 교육 방법 외에도 교사 양성에서 세 번째로 중요한 점은 교사의 자기 훈련이다. 마리아 몬테소리가 교사에게 요구하는 것은 '겸손' '인내' '수동성' 같은 성질들이다. 바로 그러한 이유에서 교사는 자기 자신을 교육해야 한다. 일상적으로 어른은 아이에게 폭력을 행사하는 것처럼 보이는데, 교사는 그러한 태도를 가져서는 안 된다. 수동성은 아무것도 하지 않는다는 뜻이 아니다. 수동성은 어른이 의식적으로 조절해가면서 자신의 행동을 제어하는 것을 뜻한다. 교사의 이런 능력은 저절로 생겨나지 않는다. 그런 능력을 얻으려면 준비 과정을 통해 자신의 이기주의에서 벗어나는 법을 배워야 한다.

2. 교사와 교구와 환경

몬테소리 교육학에서는 교사의 짐이 줄었다. 교육적으로 조성된 환경과 특별한 발달 교구들이 교사의 역할 가운데 본질적인 부분을 떠맡기 때문이다. 교육적인 환경과 교구들은 아이 개개인이 정신을 집중해서 일할 수 있는 분위기를 만들어내고, 아이를 가르치며, 아이에게 신체 능력과 정신 능력을 계발할 기회를 제공하고, 스스로 잘못을 알아내어 바로잡는 데 도움을 준다.

그러나 한편으로 보면 환경이나 교구는 자동 장치가 아니다. 환경과 교구를 마련하고, 아이를 작업으로 인도하며, 발달 과정에 자극을 주는 교사가 필요하다. 그리고 이 모든 것은 미리 완성된 프로그램에 따라 진행되는 것이 아니라 그때그때 아이 개인에 맞취 개별적으로 진행된다. 물론 몬테소리에 대한 연구서들을 보면 몇십 년 전 한 위대한 여성이 계발한 교수·방법론이 똑같은 모습으로 반복되고 있다는 인상을 받을 때가 자주 있지만, 이것은 마리아 몬테소리의 교육 정신에 명백하게 위배된다.

분명 감각 교구는 유치원 연령대에 있는 모든 아이에게 커다란 도움이 된다. 이 감각 교구들은 현 수준에서 어린아이들이 극복해야 할 발달 과제를 겨냥하고 있기 때문이다. 즉 이 교구들은 아이들이 외부 세계에서 받은 혼란스런 인상들에 질서를 부여하는 데 필요한 교구들이다. 마리아 몬테소리가 살던 시대와 비교해 자극이 엄청나게 늘어나 범람하는 우리 시대에는 더더욱, 감각 교구들은 알맞은 환경 속 준비된 교사의 손에서 아이의 계속적인 자아 발달을 돕는 검증된 수단일 수 있다.

그러나 몬테소리 교육에서 결정적인 요소는 특별한 교구의 비치 여부가 아니라 '관심의 양극화' 현상이다. 어떤 아이든 정신을 집중해서 자발적으로 활동하는 데 필요한 출발점의 발견에 성공한다면, 인지적이고 감정적이며 사회적인 측면에서 자아 발달을 성취할 것이다. 교사의 결정적인 과제는 여기에 있다. 즉 이렇게 자기 자신이 정한 작업을 할 수 있는 조건을 아이 개개인에게 마련해주는 것이 교사의 과제다. 교구와 준비된 환경은 이러한 목적을 위한 수단이 된다. 하지만 가장 중요한 요소는 교사라는 인격체다. 교사는 직간접적으로 도움을 주고 도울 수 있는 방법들을 계발하면서도, 아이가 자발적으로 자아 발달에 필요한 작업에 몰두할 때는 뒤로 물러설 수 있어야 한다.

중요한 것은 아이들을 올바로 관찰할 수 있는 교사의 능력이다. 아이가 자기 일에 몰두하여 작업을 하고 있을 때와, 스스로 집중해서 작업할 지점을 아직 찾지 못하고 있을 때, 교육과 관련된 교사의 행동은 전혀 다르게 나타나기 때문에, 결정적인 것은 또다시 관심의 양극화 현상이 된다. 이 현상은 아이의 내면에서 일어나지만 교사는 그저 바깥에 드러난 행동만을 관찰할 수 있으므로, 관찰하는 일은 해석이라는 과제와 맞물려 있다.

앞서 인용한 원통 꽂기를 하는 여자 아이의 예에서는 이 일이 어렵지 않았다. 반복, 방해에도 아랑곳없이 계속되는 작업, 연습을 마친 뒤의 긴장이 풀린 표정을 해석하는 것은 간단한 일이다. 하지만 모든 일이 항상 그렇게 쉽지만은 않다. 무기력한 아이는 심심하기 때문에 한 가지 연습을 계속한다. 이 내용을 이미 터득했으면서도 연습을 되풀이하는데, 머릿속으로는 딴 생각을 하고 있다. 그런가 하면 의욕이 왕성한 어떤 아이는 자신의 발달 과제에 몰두할 수 있지만, 그러한 성격 탓에 겉보기에 먼저 비약이 심한 행동을 보인다.

또 한 가지 중요한 것은 교사가 자신이 지각한 사실에서 이끌어내는 결론이다. 마리아 몬테소리는 이와 관련해서 두 가지 경우를 분명하게 나눈다. 아이가 집중해서 교구를 다루는 과제에 몰두하고 있으면, 교사는 뒤로 물러서야 한다. 교사는 아이에게 자신이 옆에 있다는 느낌을 주어서는 안 된다. 이는 아이가 사물을 다루는 활동에서 자기 자신을 완전하게 펼치도록 하기 위해서 필요한 조처다.

이런 '수동적'인 과제는, 이미 언급했지만 말로 듣는 것만큼 그렇게 간단하지가 않다. 아이가 실수하는 것을 보거나 아이가 애를 쓰는 광경을 관찰한 어른은 그 일에 가담해서 '도움을 주려고' 하기 쉽다. 이런 충동을 억누르는 것은 교육자의 '수동적인' 활동의 능동적 측면이다.

그와 반대로 아이가 어떤 과제를 해보려는 자발적인 노력을 전혀 보여주지 않는다면, 이런 단계를 채우는 일에는 아무런 교육적인 의미도 없다는 것이 마리아 몬테소리의 생각이다. 교사는 아이들과 '이야기를 나눌' 수도 있고 아이들에게 작업할 놀잇감을 줄 수도 있다. 하지만 이 모든 것은 그 아이들이 작업에 집중해 있는 다른 아이들을 방해하지 않도록 하려는 조처고, 교육 측면에서 볼 때 '공허한' 시간을 아무것으로나 채우려는 조처다.

교사의 과제를 이렇게 이분법적으로 나눔으로써 마리아 몬테소리는 다시금 관심의 양극화 현상이 갖는 중요성을 부각시킨다. 관심의 양극화 현상이 집중해서 작업하지 않는 아이의 '오락'과 무관하다는 사실을 우리는 곧 알게 될 것이다.

세 번째로 중요한 것은 교사의 간접 작업이다. 교사는 적절한 환경을 조성하고 교구를 준비하는 데 관심을 써야 한다. 미리 계획을 세워 공간을 무질서하게 꾸밀 수도 있고, 또는 그와 반대로 아이들이 대기실에 앉아 있는 것처럼 꾸밀 수도 있다. 교사는, 그 공간에서 같은 반의 모든 아이가 자기 일에 집중할 수 있도록 신경을 써야 한다. 이를 위해 교사는 공간을 나누어 시끄러운 작업과 조용한 작업을 분리하고, 아이가 제공된 다양한 품목을 한눈에 볼 수 있도록 도와주어야 한다.

또한 교사는 방해받지 않고 혼자 머물 수 있는 자리를 준비해야 할 것이다. 공간은 아이들을 끌어들여 그들이 그 속에서 몸을 움직이면서 활동하도록 조성되어야 한다. 공간은 일정한 질서를 갖추고 있어서 아이들이 그곳에서 방향을 잃지 않도록 해야 하며, 아름답게 꾸며져 아이를 끄는 힘이 있어야 한다.

이와 더불어 교사는 교구를 준비해야 한다. 아이가 너무 많은 교구 때문에 숨이 막히지 않도록 교구를 골라내고, 관찰 결과 한 아이나 몇몇 아이에게 더 큰 자극이 필요하다고 판단되면 교구를 보충해야 한다.

마리아 몬테소리가 개발한 교구는 한 시설에서 사용하기에 적합한 것으로 확인된 기본 품목이지만, 교사에게는 이 품목을 더 보충할 자율권과 임무가 있다. 이 경우 교사는 훨씬 앞에서 스케치한 교구 제작 기준들을 지침으로 삼아야 한다. 실제로 어린이집에는 꼭 몬테소리 교구만 있는 것은 아니다. 처음 세운 어린이집에 대해 마리아 몬테소리가 묘사한 것들을 보면 그녀가 다른 교구들, 예컨대 프뢰벨이 개발한 집짓기 상자나 은물(Spielgaben)*을 사용했다는 것을 명백히 확인하게 된다.

교구 관리는 교사의 중요한 과제다. 교사는 언제나 모든 교구가

---

* 프뢰벨이 유치원 교구로 계발한 교육적 놀잇감.

온전히 손상되지 않은 상태에 있도록 신경을 써야 한다. 이것은 사소한 일처럼 보일 수도 있지만, 사실은 그렇지 않다. 예컨대 유치원에서 자주 경험하듯이, 부품 하나가 없거나 교구가 망가져서 놀이를 제대로 할 수 없으면 아이들은 실망을 한다.

마지막 네 번째로 교사의 활동은 아이들을 직접 상대해서 이루어져야 한다. 아이에게 가치 있는 인간으로 대우받고 있다는 느낌을 주는 것은 모두 그런 관계에서 비롯된다. 그런 일은 인사에서 시작해, 아이의 다양한 욕구를 존중하는 친절한 교육 형태에서 드러나며 아이를 잘 보살피는 데서 끝이 난다.

자신이 아이들을 어떻게 상대하는지 마리아 몬테소리가 묘사한 내용을 읽으면, 우리는 관습에 얽매이지 않는 방식으로 아이들에게 다가가 사랑과 부드러움을 보여주면서 순간의 영감을 따를 준비를 갖춘 여인의 모습을 보게 된다. 그에 반해 몬테소리 운동이 학생과 교사의 관계에서 틀에 얽매인 도식주의의 모습을 보여준다면, 이는 유감스런 일이다. 마리아 몬테소리의 교수법과 방법론을 지나치게 존중하는 것이 그 원인일 텐데, 이때는 아이와 교사의 교육 관계가 본래 지녀야 할 생동감과 고유함을 살려내는 편이 나을 것이다.

교구를 다루는 일과 관련해서 교사의 직접적인 과제를 살펴보면, 일련의 중요한 부분 과제들이 드러난다. 먼저 아이에게 익숙지 않은 교구를 소개하는 일이 있다. 마리아 몬테소리는 아이가 어떻게든 교구를 사용하는 데 역점을 두지 않고, 교구를 적합한 방식으로 이용하는 데 역점을 두기 때문에, 아이들이 교구를 소개

받는 것이 꼭 필요하다. 교사는 아이가 잘 모르지만 아이의 관심을 끌 수 있으리라 짐작되는 교구를 선택한다.

중요한 것은 교구를 소개하는 이 첫 수업들이 개인적으로 이뤄진다는 점이다. 즉 교사는 반 전체나 특정한 그룹에 교구를 설명하는 것이 아니라, 지금부터 소개하려는 것 외에는 아무것도 없는 책상 앞에 아이와 함께 앉는다. 이제 교사는 아이에게 각 교구의 두 가지 극단적인 사례를 보여준다. 예를 들어 교사는 '가장 작은 소리를 내는' 소리통과 '가장 큰 소리를 내는' 소리통을 흔든다. 그런 다음 똑같은 소리를 내는 두 개의 소리통을 흔든다. 마지막으로 교사는 소리통을 일렬로 배열한다. 즉 6개의 소리통을 소리 크기에 따라 질서 있게 배치하고 각각 그에 상응하는 소리통을 찾아낸다.

이러한 교구 소개 수업은 교사의 설명을 통해 이루어지는 것이 아니라 거의 '말없이' 이루어진다. 전면에 부각되는 것은 교사의 설명이 아니라 교사가 전달하려는 사안이다. 이 첫 번째 단계에서 교사는 아직 아무 개념도 소개하지 않는다. 앞서 나온 예를 들어 말하자면, 소리가 크다거나 작다는 개념을 소개하지 않는다. 대신 교사는 아이에게 교구를 다루는 법을 소개할 것이다.

이때 교사는 매우 조심스럽게 수업을 진행해야 한다. 마리아 몬테소리는 아이에게 교구를 소개하기 위해 교사는 "거의 수줍어하는 태도로 아이에게 접근"(Montessori, 1994, 120쪽)해야 한다고 말한다. 이 시점까지 교사는, 아이가 이 과제에 흥미를 느끼는지, 이 과제가 아이에게 극복할 만한 어려움을 제시할 수 있을지 그저 추측만 할 뿐이다. 이 추측이 옳은 것으로 드러난다면, 아이는 혼자 계속해서 교구를 가지고 작업을 할 것이고, 이후 자주 이 과제에 손을 댈 것이다. 하지만 교사의 추측이 옳지 않고, 예컨대 그 일이 아이에게 너무 어렵다면, 교사는 더는 사용 방법을 보여주거나 더 많은 설명을 해서 아이에게 교구 사용을 강요해서는 안 된다. 교사는 오히려 교구 소개를 적절한 시점으로 미루고, 아이에게 과제를 다루는 데 실패했다는 느낌이 남지 않도록 연습을 끝맺기 위해 전심전력해야 한다.

긍정적인 경우에 아이가 혼자서 교구에 몰두하는 단계가 이어진다. 교사는 뒤로 물러서서 멀리서만 아이를 관찰해야 한다. 아이가 그 일을 하면서 실수를 하더라도 교사는 간섭하지 말아야 한다. 실수를 하지 않는 것이 중요한 것이 아니라 계속되는 노력을 통해 능력을 향상시키는 것이 중요하기 때문이다. 하지만 아이가 교구를 적당하지 않은 방식으로 사용하는 것을 보면, 예컨대 원기둥을 인형 삼아 역할 놀이를 하는 데 쓰는 것을 보았다면, 교사는 간섭을 하는 것이 바람직하다.

아이가 특정한 교구를 써서 충분히 연습을 하고 나면, 언젠가 그 교구가 아이에게 아무 도전도 되지 못하는 시점이 올 것이다. 이제 교사는 다시금 직접 개입해서 활동한다. 마리아 몬테소리는 뒤따르는 단계를 "세 시간 수업" 또는 "3단계 수업"이라고 불렀다. 3단계 수업의 의미는 하나하나의 교구와 관련된 개념들을 아이들에게 가르쳐서, 아이가 이제껏 감각과 행동을 통해 자기 것으로 만든 것을 하나의 낱말과 결합시킬 수 있도록 하는 데 있다. 마리아 몬테소리는 이 세 단계를 다음과 같이 부른다.

- 감각 지각과 이름을 결합하기 교사는 '가장 시끄러운' 소리를 내는 소리통을 집어 흔들면서 "시끄러워"라고 말한다. 마찬 가지로 교사는 '가장 조용한' 소리를 내는 소리통을 집어 흔들면서 "조용해"라고 말한다. '더 시끄러운'과 '더 조용한' 같은 개념도 같은 방식으로 소개한다.

- 이름에 해당하는 물건을 다시 알아내기 교사는 아이에게 묻는다. "어떤 통이 큰 소리를 내지? 어떤 통이 작은 소리를 내지?"

- 교구에 해당하는 이름을 기억하기(Montessori, 1994, 174쪽) 교사는 통을 하나 집어 아이에게 묻는다. "이 통은 어떤 소리를 내지?" 이러한 '낱말 수업'도 개인적으로 진행된다. 다시 말해 교사는 한 아이를 상대하면서 그에게 온 정신을 집중한다. 이 경우에도 아이는 교사의 쏟아지는 설명 때문에 혼란에 빠져서는 안 된다. 교사는 말을 하면서 이 교구를 통해 설명하려는 개념에 집중한다. 교구 소개 수업에서 교구가 전면에 부각되었듯이, 이제는 아이가 이미 행동을 통해 익힌 몇 가지 낱말을 부각시켜야 한다.

이제 마지막으로 교사의 또 다른 두 가지 과제를 설명해보기로

마침내 작업이 완성되다

다른 아이를 방해하는 공격적인 아이나 아무것도 믿고 다가서지 못하는 폐쇄적인 아이에게 그들을 위해 '다리' 노릇을 해줄 교사가 필요하다. 아이들은 이 다리를 건너고 풍요로운 교육 환경과 만나 무언가를 시작할 수 있어야 한다.

하자. 역설적으로 들리겠지만, 이 두 가지 과제는 '환경의 일부가 되는 교사'와 '교구가 되는 교사'라고 이름 붙일 수 있다. 아직 정상화 과정에 들어서 있지 못하고 수많은 이상행동으로 말미암아 자기 내면의 설계도에서 벗어나 있는 아이를 위해서 교사는 교육을 위해 조성된 환경과 아이를 잇는 '이음표'(Montessori, 1994, 34쪽)가 되어야 한다. 다른 아이를 방해하는 공격적인 아이나 아무것도 믿고 다가서지 못하는 폐쇄적인 아이에게 그들을 위해 '다리' 노릇을 해줄 교사가 필요하다. 아이들은 이 다리를 건너고 풍요로운 교육 환경과 만나 무언가를 시작할 수 있어야 한다. 아이들에게 교사는 그들이 필요로 하는 '버팀목'이자 '목발'이다. 이를 통해 아이들은 안정감과 자신감을 얻어 세상으로 나설 수 있기 때문이다. 아이가 멈춰 서 있어서는 안 된다. 아이는 독립적이 되는 방법을 배워야 하기 때문이다. 하지만 시작을 하려면 아이에게는 생기 있는 교사와 맺는 관계가 필수적일 것이다.

하지만 다른 아이들을 위해서도 교사의 중요한 기능이 남아 있다. 아이들을 위해 교사는 주변에 있는 다른 교구들과 어울려 그것들과 하나가 된다. 마리아 몬테소리는 교사가 "환경의 가장 생생한 부분"(Montessori, 1975, 250쪽)이라고 말한다. 그녀의 비유적 표현을 빌려 말하자면, 교사는 처음에 아이를 위해 "불꽃처럼 온기를 내고 생기를 발해서 이끌어들이는"(Montessori, 1975, 251쪽) 일을 해야 한다. 아이가 집중할 곳을 찾은 뒤에야 비로소 교사는 뒤로 물러서고, 그런 뒤에는 마리아 몬테소리의 극단적인 표현을 빌리면 "마치 아이가 없는 듯이"(Montessori, 1975, 253쪽) 행동한다. 하지만 어린아이들의 경우에 이런 집중 단계가 늘상 새로운 탐색과 휴식의 단계로 접어들며 중단되기 마련이고, 이런 단계에서는 교사가 또다시 중요한 역할을 수행한다.

교사가 환경의 일부가 될 수 있으려면 교사는 환경과 같은 태도를 갖고 환경과 같은 방식으로 준비를 갖추고 있어야 한다. 여기에는 두 가지 측면이 있는데, 하나는 외적인 측면으로 이는 교사가 환경과 똑같은 기준들을 충족시킴으로써 이루어진다. 아이들의 마음을 끌려면 교사 스스로 "질서정연하고 깨끗하고 단정한 차림새"(Montessori, 1992a, 104쪽)를 갖추고 있어야 한다. 하지만 교사가 환경의 일부가 된다고 할 때 여기에는 내적인 측면도 있다. 원할 때 아이들이 손댈 수 있는 교구가 주변 환경에 구비되어 있듯이, 교사 역시 환경의 일부로서 아이가 자유롭게 다가갈 수 있는 상태에 있어야 한다. 그런 뜻에서 마리아 몬테소리는 교사의 과제를 다음과 같이 표현한다. "늘 준비되어 있는 것, 그것이 전부이다."(Montessori, 1992a, 46쪽)

이는 결정적인 관점 전환을 전제한다. 즉 어른으로서 내가 아이를 내 무릎에 앉히고, 아이 머리를 쓰다듬으며, 내 쪽으로 끌어당기는 것이 아니다. 내게 이 모든 것이 필요하기 때문에, 그렇게 하는 것이 아니다(이런 태도에 대해서는 교육학의 관점에서 곧 그럴듯한 설명이 제시될 것이다). 언제 어떤 목적으로 교사가 필요할지 결정하는 것은 아이다. 마치 장롱에서 꺼낸 교구가 아이의 놀잇감이 되듯이, 교사는 아이의 다양한 욕구를 따른다.

이는 아마도 교사의 활동에서 가장 충족시키기 어려운 요구 사항일 것이다. 교구처럼 교사 역시 아이의 마음대로 활용되려면 교사는 일상적인 어른의 이기주의에서 벗어나야 하기 때문이다. 교사는 교육에서 자신에게 결정하는 역할이 아니라 봉사하는 역할이 주어져 있다는 사실을 깨달아야 한다.

교구는 지성 능력을 교육하기 위한 보조 수단이고, 교사는 아이가 교구와 관계를 맺도록 하는 과제를 갖고 있기 때문에, 교사는 스스로 교구에 대해 정확하게 알고 있어야 한다. 또한 자신에게 부여된 과제에 대해 알고 교구 소개 기법과 이어지는 개념 전달에 대해 숙지해야 한다. 하지만 지성 능력만이 사람을 동물과 구별하고 사람다움을 이루는 유일한 영역은 아니다. 지성의 다양한 능력에는 감정이나 양심이라고 부를 수 있는 것이 포함되는데, 마리아 몬테소리는 그런 것을 '이성'과 대비시켜 '정신'이라고 일컫는다. 다음 장에서 우리는 인간성의 더 높은 차원이 갖는 또 다른 측면, 즉 종교에 대해 살펴볼 것이다.

감정이나 양심과 관련된 교사의 과제는 지성 능력 교육보다 더욱 폭이 넓다. 후자의 경우 아이는 대체로 교구를 가지고 행동하면서 자기 스스로 무언가를 배우고 이때 교사는 주로 전달자 역할('이음표')을 한다.

그에 비해 감정이나 양심 교육과 관련된 광범위한 측면에서 교사의 과제는 더욱 포괄적이다. 아이는 다른 사람들과 직접적인 대면을 통해서만이 자신의 정신을 만들어나갈 수 있다. 그런 까닭에 교사는 스스로 '교구'가 된다. 아이에게는 지적인 영양분 외에도 인간의 사랑이 필요하며, 교사는 아이에게 이 사랑을 줄 것이다. 아이는 '좋은 것'과 '나쁜 것'의 차이를 찾아가는 과정에서 교사의 살아 있는 뒷받침을 필요로 하며, 교사는 아이에게 그런 살아 있는 뒷받침이 되어야 한다.

"교구로서의 교사."(Klaßen, 1975) 이 말은 역설적으로 들린다. 그러나 마리아 몬테소리는 정말로 그런 생각을 갖고 있었다. 어떤 교사도 아이에게 도덕을 전달할 수 없다. 이 경우에도 결정적으로 중요한 것은, 아이가 "양심의 소리"(Montessori, 1995, 316쪽)를 자기 자신 안에 가지고 있다는 사실이다. 모든 사람은 좋은 것과 나쁜 것을 구분하고 다양한 구별 기준을 바깥 세계에서 찾을 수 있는 능력을 자기 안에 가지고 있다. 이는 마치 사람이 보려고 눈을, 들으려고 귀를, 행동하려고 손을 가지고 있는 것과 마찬가지다.

지성 교육의 경우에도 그렇듯이 아이들이 스스로 도덕적인 결정의 주체가 되어 행동할 수 있으려면 교육의 도움과 적절한 교구가 필요하다. 다만 이 경우에 '교구'가 살아 있는 사람이라는 점이 다른데, 아이가 윤리적 측면에서 자기 자신을 만들어나가려면 '사랑'이 필요하기 때문이다. 마리아 몬테소리의 말을 인용해보자.

삶에서 가장 중요한 것 가운데 하나는 나름대로의 방법에 따라 자신의 양심을 검사하는 일인데, 이를 위한 빛의 원천으로서 도덕 법칙들에 대한 지식뿐 아니라 사랑을 갖는 것이 필요하다. 이런 도덕적 감수성은 오로지 사랑을 통해서만 완성에 이른다.(Montessori, 1995, 319쪽)

교사의 사랑은 '교구'가 된다. 사랑의 기준은 어른의 욕구가 아니라 아이의 발달 욕구이기 때문이다. 아이가 필요로 할 때는 언제나 교사는 사랑을 가지고 봉사해야 한다. 설령 그 아이를 상대하는 데 어려움이 있거나 지금 순간 아이를 '좋아하지 않는다' 해도 마찬가지다. 교사의 사랑은 교구와 같아야 한다. 즉 아이가 필요하다고 느낄 때는 언제나 가져와 쓸 수 있는 교구와 같아야 한다. 아이가 교구에 다가가기는 하지만 그 반대의 경우는 없듯이, 교사 역시 전적으로 수동적인 태도를 가져야 한다.

> 우리는 아이의 이름을 부르거나, 그에게 우리의 다정함을 보이거나, 우리의 도움을 받아들이라고 요구할 필요가 없다. 그 대신 우리는 기다려야 한다. 마치 전시된 교구처럼.(Montessori, 1995, 311쪽)

교구가 아이들의 마음을 끌도록 만들어진 결과 아이들에게 작업을 요구하는 성격을 갖게 되었듯이, 교사 역시 아이들의 마음을 끌어야 한다. "수동적으로 자기 자신을 부정하되 능동적으로 사랑의 원천이 되어라."(Montessori, 1995, 312쪽) 이것이 마리아 몬테소리의 원칙이다.

3. 교사의 태도
앞의 몇 단락에서 다룬 내용을 접어둔다면, 이 장에서는 교사의 과제와 관련된 여러 기술적인 문제가 이야기되었다. 논의의 전면에 있었던 것은 교사의 수동적인 역할이었다. 교사의 과제에는 다음과 같은 것들이 있다. 환경을 준비하고 계획하기, 교구를 선별하기, 소개 수업을 통해 아이들에게 교구를 알리기, 그런 다음 편안하게 교구를 가지고 작업하게 하기, 마지막으로 필요한 개념들을 감각 교구들과 결합시키기 등이다. 이 과제의 수행은 마리아

몬테소리가 제시하는 교수·방법론의 뜻에 맞게 정확하게 이루어
져야 하고, 그렇기 때문에 교사는 교구에 대해 정확한 지식을 가
져야 하며, 교구 소개에 합당한 기술을 갖추고 있어야 한다. 어떤
것도 우연에 내맡겨서는 안 된다. 빈 탁자, 교사와 아이의 자리,
낱말 교환 등 모든 것이 치밀한 계획에 따라 이루어져야 한다.

　몬테소리 교육학을 감각 교구의 활용으로 축소시켜 이해하는
것은 잘못이다. 하지만 교사의 기술적인 준비 자세와 이 과제를
수행할 수 있는 교사의 자질을 본질적인 것으로 보는 것 역시 잘
못이다. 정확한 지식을 가지고 한 가지 방법에 통달하는 것보다
더 중요한 것은 교사의 근본적인 태도이다. 마리아 몬테소리는 코
르차크의 교육학에서 보이는 특징적인 방식으로 교사의 태도를
기술하고 있는데(Montessori, 1995, 114쪽) 두 아이의 이야기를 끌어
들인 뒤 이로부터 짧고 핵심적인 결론을 이끌어낸다. 이 이야기를
따라가보기로 하자.

　첫 번째 아이를 교사는 '폭력적'이라는 수식어로 묘사했는데,
스스로 어떤 생산적인 일도 하지 않으면서 또래 아이들의 작업을
방해했기 때문이다. 아이는 집안에서도 공격적인 아이로 취급받
고 있었다. 하지만 이 아이의 집안 사정을 좀더 정확하게 살펴보
니 아이에게 생존에 필요한 것조차 마련되어 있지 않아서 말 그대
로 빵을 얻기 위해 싸움을 할 수밖에 없는 매우 가난한 형편이라
는 사실이 드러났다. 아이는 단념하지 않고 싸움을 했으며, 살아
남으려고 일상생활에서 '영웅적인' 삶의 의지를 보여주었다.

학교에서 이 아이 옆에 부잣집 아이가 앉았다. 이 부잣집 아이는 맛있는 음식을 한보따리 싸가지고 오는 데 반해, 가난한 아이는 싸워서 얻은 딱딱한 빵 한 조각밖에는 가지고 있는 것이 없었다. 교사는 그 광경을 관찰하면서, 이 아이가 상황을 타개하면서 보여주는 '위엄'에 놀라움을 금치 못했다. 아이는 부잣집 아이보다 먼저 먹는 일을 끝마치지 않으려고 빵조각을 천천히 갉아 먹었다.

이 이야기에서 소개된 두 번째 아이는 첫 번째 아이와는 정반대 유형이다. 처음에 이 아이는 '조용한' 아이로 묘사된다. 전통적인 학교에서라면 한 치의 어긋남도 없이 상황에 적응해서 잘 지내는 아이로 대우받을 것이다. 하지만 아이는 신경을 거스르는 실수를 범한다. 즉 이 아이는 계속해서 다른 급우를 선생님에게 '고자질한다'.

첫 번째 아이가 계속 이어지는 공격성 때문에 이상행동을 보인다면, 두 번째 아이는 자신의 삶 속에서 계속 '희생자의 길'을 걷기 때문에 이상행동을 보인다. 이 아이는 뭔가를 제 것으로 만들기 위해 능동적으로 행동하지 않는다. 심리적인 측면뿐만 아니라 육체적인 측면에서도 마찬가지다. 이 아이는 몸무게나 신장이 눈에 띄게 평균치를 밑돈다. 충분치 않은 영양 공급과는 상관없이 정상치를 보여주는 첫 번째 아이와 대조적이다. 두 번째 아이에게 남아 있는 유일한 가능성은 '좋은' 행동과 '나쁜' 행동을 구별하는 것이며, 그렇기 때문에 고자질을 해서 교사의 확인을 받으려고 한다.

마리아 몬테소리는 이 아이가 "타인에게 구조를 받아야 하는" 사람들 축에 속한다고 말한다. 이 아이는 능동성이 부족하기 때문에 스스로 정신의 삶과 육체의 삶을 지탱하지 못하고, '깨어질 것' 같고 '하늘을 향해' 눈을 돌리는 '천사' 같은 모습을 하고 있다.

몬테소리는 이 두 아이의 이야기에서 결론을 이끌어낸다.

'폭력적인'이나 '고자질 잘하는'이라는 낱말들을 '영웅적인'이나 '천사 같은'이라는 말로 바꾸고, 훌륭한 교사가 두 아이를 이해한 바에 비추어 그들에게 마음을 열 수 있는 능력을 갖도록 인도하는 것을 학문이라고 일컫는다면, 우리는 단호하게 '사랑이 가득한 판단이 곧 현명한 판단'이라고 말할 수 있다.(Montessori, 1995, 116쪽)

마리아 몬테소리의 저작 가운데 이 부분을 특별히 강조하고 싶은 것은 여기에 교육에 대한 그녀의 기본 관점과 아이들에 대한 그녀의 상과 교사의 과제를 바라보는 그녀의 고유한 방식이 잘 드러나 있기 때문이다. 아이는 좋은 본성을 타고나며, 자기 안에 자아의 발달과 완성을 향해 돌진하는 삶의 의지를 갖고 있다.

이는 '행동에 이상이 있다'는 딱지가 붙은 아이의 경우도 마찬가지다. 겉으로 드러나는 이상행동의 이면을 살펴보는 법을 교사가 배운다면, 겉보기에 행동장애처럼 보이는 행동들에서도 뜻을 읽어낼 수 있다. 이를 위해 교사에게 필요한 것은 두 가지다. 하나는 학문이고 다른 하나는 사랑이다. 학문은 교사에게, 깊은 속을 정확히 바라보면서 아이의 인격의 핵심에 도달하기 위해 선입견에 얽매이지 않고 냉정하게 원인과 결과의 관계를 바라보려고 노력하는 능력을 제공한다.

그리고 사랑은 아이에 대한 기본 태도를 표현한다. 아이의 잘못을 사랑한다거나, 잘못과는 관계없이 (많은 경우 잘못 때문에) 아이를 사랑하는 것이 아니다. 아이를 사랑한다는 것은 모든 아이가 '좋은' 사람이 되려고 하며 모든 아이는 자기 안에 자아를 계속 발달시킬 힘을 가지고 있다는 사실에 대해 확고한 믿음이 있음을 뜻한다. 교사의 '사랑'은, 아이가 가진 자기 완성의 가능성이 여러 가지 사회적 조건과 잘못된 교육 때문에 방해를 받을 순 있지만, 그가능성이 완전히 소멸되는 일은 없다고 교사에게 말해준다.

교사가 어려운 상황에서도 부정적인 이상행동에 정신을 뺏기지 않고 더 이해심을 발휘해서 인간이 타고난 좋은 본성을 바라보기에 이른다면, 그는 교육적인 도움을 줄 수 있는 길을 찾아낼 것이다. 학문적인 냉정함과 사랑으로 가득 찬 관심에 기반을 둔 교육적인 자세는 아이에게 자유롭게 자아 발달에 이르는 길을 열어줄 것이다. '폭력적인'이나 '고자질 잘하는'이라는 낱말들을 '영웅적인'이나 '천사 같은'이라는 말로 바꾸는 법을 우리가 배워야 한다는 것은 아마도 교육에서 가장 중요하면서도 더없이 어려운 일일 것이다.

종교 교육

마리아 몬테소리는 가톨릭이 지배하는 환경에서 어린 시절을 보냈다. 특히 두 차례의 커다란 삶의 위기를 거친 뒤, 즉 아들 마리오를 낳아 다른 사람의 손에 넘겨주었던 일과 어머니의 죽음을 겪은 뒤 마리아 몬테소리는 강렬하게 신앙에 매달렸다고 한다. 마리아 몬테소리는 규칙적으로 수도원을 찾아가 그곳에서 마음의 평온과 안정을 얻었다. 아이들 봉사에 전념하는 교단을 만들려는 생각을 한 적도 있다.

마리아 몬테소리는 개인적으로 일정한 전통 노선에 머물렀지만, 그녀의 교육학을 따르는 사람들은 종교가 각양각색이었다. 그 가운데는 불교도도 있고, 힌두교도도 있었으며, 무신론자와 사회주의자도 있었다. 가톨릭뿐만 아니라 개신교 쪽에서도 몬테소리 교육 시설들을 건립했고, 종교와 무관한 집단에 서도 건립했다.

'가톨릭의 교육학'을, 교회의 공식적인 가르침을 출발점으로 삼아 규범들을 계발·정립하고 이들을 기반으로 다시 교육 내용과 방법을 결정하는 교육 이론으로 이해한다면, 마리아 몬테소리는 결코 가톨릭 교육학자가 아니었다. 그녀의 세계관, 인간관, 신관은 매우 다양한 원천에서 유래했으며, 다양한 방향의 세계관들에 개방된 태도를 보였다. 예컨대 발도르프 교육학이나 인지학의 경우와 달리 마리아 몬테소리는 결코 정해진 규범을 좇는 교육학자가 아니다. 그녀에겐 교육학의 문제를 모든 것을 포괄하는 문제와 결부해서 설명하려는 의도도 없었고 그런 실천을 하지도 않았다. 그렇다고 해서 마리아 몬테소리가 자신의 교육학에서 종교 교육 문제를 다루지 않는 것은 아니다. 다른 모든 교육학 관념이 그렇듯이 그녀의 교육학 역시 어떻게 아이를 그날그날의 삶은 물론 죽음까지도 넘어서는 세계로 안내할 수 있을 것인가라는 문제를 다룰 수밖에 없었기 때문이다.

종교 교육에 대한 그녀의 생각들은 여타 생각들과 동떨어져 있지 않다. 그런 생각들은 자기에게 맞으면 취할 수 있고 자기와 다른 신앙적 태도에서 나온 것이면 옆으로 제쳐두거나 다른 것으로 대체할 수 있는, 교수·방법의 내용들을 담은 별도의 꾸러미가 아니다. 오히려 우리는 종교 교육에 대한 마리아 몬테소리의 여러 가지 생각 속에서 이제껏 우리가 몬테소리 교육학의 구성 부분으로 확인한 것을 모두 다시 발견하게 된다.

첫째가 아이의 내적인 발달을 존중하는 태도인데, 내적인 발달은 교육에서 앞서는 것이고 교육을 통해 아이에게 도움을 주려고 할 때 참작해야 할 준거점이다. 둘째는 준비된 환경과 아이에게 세계를 이해시키는 데 필요한 교구의 중요성이다. 셋째는 아이의 발달을 뒷받침하면서 그에게 자아를 펼칠 자유를 허락하는 교사의 역할이다. 이런 생각들은 종교 교육에서도 다시 등장한다. 물론 이때 우리는 그런 생각들이 인간 삶에서 중심적인 차원을 이루는 한 가지 주제와 긴밀하게 연결되어 있는 것을 보게 된다. 이 경우 마리아 몬테소리의 이념들은 매우 일반적인 수준에 놓여 있기 때문에 종파나 종교가 서로 다른 사람들도 구체적으로 실천할 수 있다.

모든 사람, 그러니까 모든 아이는 보이는 세계를 넘어서 있는 것들을 추구하는 어떤 종교적 '감각', 감수성, 개방성을 갖고 있다.

종교는 하나의 "보편적인 발견물"(Montessori, 1995a, 96쪽)이다. 그렇지 않다면 종교 교육은 수학 명제를 가르치는 것과 하등 다를 바 없을 것이다. 아이가 귀로 들은 것을 자신의 머릿속에 저장한다는 생각을 염두에 두고 밖에서부터 아이에게 종교를 주입할 수는 없는 노릇이다. 종교 교육에서도 가장 우선적인 것은 아이의 발달인데, 이것은 그의 내부에서 시작하는 것이지 강제로 만들어낼 수 있는 것이 아니다.

개신교 신학자 프리드리히 슐라이어마허(Friedrich Schleiermacher)가 남긴 몇몇 문장을 기억해보자. 그에 따르면 종교는 "우주 전체"에 대한 "관상이자 느낌"(Schleiermacher, 1991, 49쪽)이다. 그런 뒤 그는 이렇게 쓰고 있다.

인간은 다른 모든 소질과 더불어 종교적인 소질을 가지고 태어난다. 그리고 인간의 감각이 폭력에 의하여 억눌리지 않는다면…, 그 소질은 어떤 사람에게서나 나름대로의 방식으로 발달할 것이 분명하다.(Schleiermacher, 1991, 105쪽)

그렇다면 이런 질문이 나올 수 있을 것이다. "좋다. 종교적인 소질이 아이 안에 있어서 그저 펼쳐지기만 하면 된다면, 무엇 때문에 종교 교육이 필요한가?" 하지만 여기서도 아이의 발달이 이루어지는 다른 모든 영역의 경우와 마찬가지 예가 적용된다. 즉 아이 내면의 설계도가 우선성을 갖는다는 사실은 교육이 필요하다는 사실과 모순되지 않는다.

마리아 몬테소리는 언어와 종교를 대비하면서 이런 점을 설명한다. 이 두 경우 모두 그러한 것들을 발달시키려는 경향이 모든 아이 속에 들어 있다. 하지만 전혀 말을 쓰지 않는 환경에서 자란 아이는 어떤 말도 할 수 없을 것이다. 적합한 '영양분'을 얻지 못하면, 언어와 관련된 소질은 불구가 되고 만다.

종교의 경우도 마찬가지다. 아이는 종교적인 환경에서 살아야 하고, 종교적인 삶에 속하는 대상들을 다루면서 그러한 것들과 상대해야 한다. 아이가 더 크면, 종교적인 가르침이 필요한데, 그래야 아이의 '내적인 감각'이 발달할 수 있기 때문이다.

언어와 종교가 가진 평행성을 더 살펴보면, 서로 다른 종교적 환경에서 자라난 아이는 서로 다른 종교적 신념을 받아들인다는 사실도 분명해진다. 아이들은 주변에서 쓰는 언어를 습득하듯이 부모의 종교를 습득한다. 중요한 것은 다만 아이들에게 종교적 발달의 가능성이 주어져야 한다는 점이다. 그 이유는 다음과 같다.

> 우리에게 종교가 없다면, 이는 우리에게 인간의 발달을 위한 터전이 빠져 있는 것과 같다.(Montessori, 1995a, 97쪽)

모든 사람 안에 종교적인 것에 대한 '감각'이 자리잡고 있다는 생각에서 어른과 아이의 관계를 이해하는 데 중요한 여러 생각이 따라나온다. 종교적인 것에 대한 감각은 사람이 손이나 입으로 만들어낼 수 있는 것이 아니라 신적인 창조의 일부를 보여준다. 이런 종교적인 관점에서 어른과 아이의 관계를 살펴보면, 어른과 아이의 동등성이 드러난다. 왜냐하면 우리는 모두 '신의 피조물'이기 때문이다. 강한 자와 약한 자의 위계질서에 대한 생각은 옆으로 밀려나고, 서로 돕는 상호적 측면이 앞자리를 차지한다.

분명 그렇다. 교육에서는 강한 어른이 아이를 도와 아이 자신이 가능한 발달을 이룰 수 있게 한다. 하지만 동시에 어른도 아이의 도움을 받을 수 있다. 어른이 자신의 전능성에 대한 허황된 믿음을 포기한다면, 마치 밀랍 조각에 자기 마음대로 형태를 부여할 수 있듯이 다른 사람을 이런저런 형태로 만들어낼 수 있다는 전능한 자의 광기를 멀리한다면, 어른은 아이의 마음을 헤아리게 되고 그로부터 어른이 잃어버린 직접성을 지닌 어떤 것을, 예컨대 종교적 감정을 배울 수 있다. 그렇게 되면 어른은 창조의 기적을 살펴보면서 놀라움에 사로잡히고, 그런 체험을 통해 자신의 종교적인 감정을 가꿔나갈 수 있다. 어른이 아이와 마찬가지로 자신도 '신의 손안에' 놓여 있음을 인식한다면, "아이의 영혼과 어른의 영혼 사이에는 깊은 평화가 퍼져나갈 수 있다."(Montessori, 1995a, 82쪽)

교육은 아이의 발달 욕구에 방향을 맞춰야 하며 그렇기 때문에 본성적으로 주어진 발달 단계들을 고려해야 한다. 이런 각각의 단계에 따라 세계관과 인간관과 자아관이 달라지고, 교육을 할 때는 이런 차이를 무시해서는 안 된다. 이 점에 대해서는 이어지는 세 부분에서 더 자세히 기술할 것이다.

종교 교육에서도 낱낱의 단계는 교육 내용을 구성하는 역할을 한다. 그 이유를 마리아 몬테소리는 이렇게 설명한다. "신 앞에서도 아이는 아이일 수밖에 없다!"(Montessori, 1995a, 30쪽) 마리아 몬테소리는 세 가지 주요 발전 단계를 강조한다.

1) 초기 유년기에는 교회를 포함해서 아이를 둘러싸고 있는 세계 속에 들어가 자리를 잡고 그곳에서 사랑과 평온함을 느끼는 것이 중요하다. 이 시기는 윤리 의식이 발달하는 단계가 아니므로 종교적인 질문들을 윤리적인 질문들(사랑을 하고 벌을 내리는 신)과 뒤섞지 않아야 한다.

2) 유년기 후기에는 사정이 다르다. 이 시기에 아이는 "좋은 것과 나쁜 것을 구별하는 데 관심이 있다."(Montessori, 1995a, 104쪽) 종교 교육은 이런 윤리적인 질문들을 뒷받침해주고 그 기반을 마련해주어야 한다. 하지만 그와 동시에 좋은 것과 나쁜 것을 구별하려는 어린아이의 탐색을 어른의 연령에 이입하는 것은 유치한 일이라는 사실을 놓치지 말아야 한다. 신은 좋은 행동에는 상을 주고 나쁜 일에는 벌을 내리는 초자아와 다르며 그 이상이다.

3) 마침내 '성숙기'에 이르면, 청소년은 "용기로 가득하다. 그는 인류를 구원하려고 한다."(Montessori, 1995a, 105쪽) 종교는 이런 발달 욕구에 힘을 불어넣는다.

몬테소리는 자신의 구체적인 교수·방법론에서 무엇보다도 초기 유년기 단계의 연령에 관심을 둔다. 여기서 다루고 있는 종교교육의 경우도 마찬가지다. 이 연령대를 염두에 두고 마리아 몬테소리는 그녀가 처음 세운 어린이집에서 겪은 경험들에 바탕을 둔 구체적인 제안을 한다.

첫 번째 지침은 다음과 같다. 거대한 것을 사소하게 만들지 말라! 장황설을 펴지 말고, 궤변을 늘어놓지 않으며, 어린아이처럼 굴지 말라. 아이가 작다고 해서 꼭 작은 일만 이해할 수 있는 것은 아니다. 그러므로 우리는 아이들 앞에서 교수법을 따른다는 명분 아래 '신'을 축소해서는 안 된다. 그와 정반대로 해야 한다.

아이들은 원대한 시각에 목말라 있다. 아이들에게는 낱말이나 문구 이상의 것이 필요하다.(Montessori, 1995a, 99쪽)

우리는 산타클로스나 니콜라우스(Nikolaus)*나 오스터하제(Osterhasen)** 등의 이야기를 안다. 이들은 턱수염을 기르고, 모든 것을 할 수 있고, 모든 것을 알며, 모든 것을 볼 수 있다. 엄마나 아빠가 지켜보지 않는다 할지라도 그렇다. 마리아 몬테소리는 가

---

* 4세기경 소아시아에서 활동했던 주교로 추정됨. 기적을 일으키며 나눔을 실천한 가톨릭의 성인으로 독일에서는 니콜라우스를 기념해 매년 12월 6일 축제를 연다.
** 부활절 토끼. 봄의 시작과 부활절을 축하하며 가족과 이웃끼리 부활절 토끼와 부활절 달걀을 선물로 주고받는다.

끔 역설적인 방식으로 다음과 같이 썼다.

> 산타클로스를 다룰 때는 당신이 하고 싶은 대로 하세요. 그건 그저 지
> 나가고 말지요. 그러나 당신이 정말로 종교적인 문제에서 속임수를
> 쓰면, 당신은 아이의 영혼에 상처를 입히게 됩니다.(Montessori,
> 1995a, 102쪽)

마리아 몬테소리는 초기 유년기 단계를 두 개의 하위 단계로 세
분한다. 그 하나는 '느낌의 시기'고 다른 하나는 '배움의 시기'다.
생후 몇 년 동안 아이는 온 힘을 다해 자신의 주변 환경을 흡수하
고 그것을 빨아들이며, 이를 통해 바깥 세계에 대한 자신의 관찰
방식을 이루는 기본 요소들을 구축해간다.

종교 교육의 측면에서 보면 어린아이가 종교적 환경의 요소들
을 빨아들일 수 있는 것이 중요하다. 즉 아이는 종교의 상징물들
을 보아야 하고 함께 교회에 가야 한다. 그곳에서 어린아이는 방
해 요인이 아니다. 아이도 다른 모든 사람과 마찬가지로 교회 생
활에 대한 권리를 갖고 있기 때문이다. 아이가 예배 의식이나 찬
송이나 설교나 기도의 의미를 이해하지 못한다는 것은 중요치 않
다. 젖먹이도 부모의 말뜻을 이해하지 못한 채 자신을 둘러싼 주
변 환경의 언어를 흡수한다. 그럼에도 이러한 언어 수용은 이어지
는 시기의 언어 습득에 중대한 영향을 미친다. 어떻게 보면 그러
한 언어 수용은 모국어 습득의 초석을 놓는다. 종교도 마찬가지

다. 종교적인 환경을 흡수할 기회를 가진 어린아이는 그림과 냄새와 소리와 낱말들을 수용하며, 이러한 것들은 아이의 종교적 발달의 초석이 되고 '선조들의 종교'에 대한 그의 기본 틀이 된다.

사랑과 평안함에 대한 근본적인 체험은 아이가 교회 생활에 참여하는 것과 나란히 이루어진다. 아마도 마리아 몬테소리는 페스탈로치에게서 다음과 같은 사실을 배웠을 것이다.(Hebenstreit, 1996, 124쪽 참고)

매일 이어지는 엄마의 보살핌을 통해 아이는 사랑받는다는 느낌을 체험하며, 그 결과 세계와 자기 자신에 대한 신뢰를 쌓을 수 있다. 엄마가 아이와 함께 기도하는 것은 신과 관계를 쌓아가는 일이다. 아이는 확신을 얻을 것이다. 아이는 실제적인 것이든 상상 속에서 생각해낸 것이든, 어떤 위험에 처해서도 엄마에게서 얻을 수 있는 것과 같은 보호와 사랑이 있으며, 이 보호와 사랑은 그범위가 훨씬 넓고 설령 엄마와의 관계가 위험에 처한다고 해도 사라지지 않을 것이라는 확신을 얻는다.

생후 처음 몇 년 동안의 단계에 뒤따르는 '배움의 시기'는 어린이집에 다니는 시기다. 이 연령에 대해 마리아 몬테소리는 교수·방법 측면에서 구체적인 제안을 하는데, 이 제안에서는 일반적으로 교육의 세 요소인 환경과 교구와 교사가 다시 등장한다. 교사는 먼저 적합한 환경을 준비해야 한다. 마리아 몬테소리는 이를 교회의 '전당(Atrium)'이라고 부른다. 그 이유는 그런 환경이 어린이집과 교회 사이의 중간 단계이자 교회의 안마당에 해당되기 때문이다.

이곳에 놓여 있는 사물들은 아이의 몸 크기에 맞아야 한다. 어린이집에서 조용히 하기를 연습했고 일상생활 연습에서 서기와 앉기, 무릎 꿇기와 돌아가기를 조심성 있게 배운 아이들은 그 모든 것을 교회의 공간 안에서 적용하고, 아이들의 품위 있는 행동과 교회 공간의 품위 있는 분위기는 아이들에게 그곳에서 이루어지는 일의 중요성과 의의를 알게 해준다.

이 교회의 '전당'에는 아이들을 위해 종교 생활에 필요한 물건들이 비치되어 있다. 다른 교육 분야에서도 그렇듯이 여기서도 눈으로만 어떤 장면을 받아들이는 것은 아이들의 집중력을 떨어뜨릴 수 있기 때문이다. 아이들은 행동을 통해 세계를 경험한다.

마리아 몬테소리가 그 당시 구체적인 연습의 성공적 사례로서 묘사한 것(Montessori, 1995a, 92쪽)을 오늘날 사용하는 말로 바꾸면 '프로젝트'라고 부를 수 있을 것이다. 즉 아이들은 성채를 스스로 만들려고 하고, 따라서 특별한 곡식을 재배해야 하며, 주교의 허락을 얻어 곡식 묘판을 꾸미고, 곡식을 자르기 위해 특별한 칼을 얻어 이것에 복을 빌고, 마침내 이 모든 일은 축제 분위기의 행진에서 그 절정에 이른다.

마지막으로 종교 교육이 성공하려면 교사 자신의 준비가 중요하다. 교사는 자신의 태도를 분명히 하고, 입지점을 얻어야 하고, 종교 의식을 품위 있게 실행할 수 있어야 한다. 또한 교사에게는 간접적인 과제가 있는데, 환경과 교구를 준비해서 아이들이 사용할 수 있게 해야 한다.

　마지막으로 교사가 직접 해야 할 일이 남아 있다.("활기 있고 아주 단순하게", Montessori, 1995a, 78쪽) 성서의 이야기를 들려주고 예배 의식으로 아이들을 이끄는 일이다. 종교 교육에서도, 아니 종교 교육이기 때문에 더욱더 교사는 몬테소리 교육학에서 그에게 요구하는 일반적인 사항을 지켜야 한다. 즉 중심에 있는 것은 교사 자신이 아니라 실행해야 할 사안이라는 것을 교사는 알아야 한다. 교구와 아이의 관계에서 (종교 교육에서는 신과 아이 사이의 관계에서) 걸림돌이 아니라 중재자가 되려면, 교사는 뒤로 물러서야 한다. 교사는 '이음표'다.

3

연령 단계에 따른 교육

우리는 아이 안에 이론이 아니라 생명을 심으려고 한다.

✖✖ 마리아 몬테소리

마리아 몬테소리는 의학과 심리 치료에 방향을 맞춘 치료교육학에서 출발하여 어린아이 교육에 관심을 돌렸다. 이때 자연과학의 관찰 방법을 통해 훈련받은 연구자 마리아 몬테소리는, 그녀 연구에서 본질적인 것이 되는 '관심의 양극화' 현상과 마주쳤고, 이를 계기로 유치원 아동을 위한 새로운 교수법과 방법론을 계발했다. 그러나 마리아 몬테소리는 이런 결과들에서 멈추지 않고, 자신의 교육 이론의 폭을 양과 질에서 확대해간다.

마리아 몬테소리는 유아기 외의 다른 발달 단계를 연구하면서 각 연령대가 교육학에 무엇을 요구하는지 그 의미를 묻는다. 그럼으로써 그녀는 젖먹이는 물론 학령기의 어린이와 청소년까지 함께 다루는 교육 이론을 전개했다.

한편 그녀는 어른과 아이의 교육적 관계를 이론적으로 연구하면서 그 연구 범위를 동심원처럼 넓혀나갔다. 아이들에 대한 어른들의 억압을 비판하고, 아이의 해방에 대한 요구가 논의의 초점에 놓인다. 하지만 이러한 시각은 심리학적·사회학적·종교적인 측면에서 점점 더 깊이를 더해가면서, 마침내 그녀의 교육 이론은 방법론의 역사적·시대적 제약을 넘어 어떤 근본적인 원칙을 천명하기에 이른다. 그녀의 교육 비판은 이론적인 토대를 획득하고 아이와 어른의 관계에 내재된 일반적인 요소를 발견하게 되는데, 이는 우리에게 더없이 현실적인 의미를 갖는다.

이제부터 다음에 나올 두 부분에서 교육 이론의 확장과 관련된 이 두 가지 측면을 다루고자 한다.

어떤 경우든 교육 이론이 짜임새를 갖추려면, 발달심리학에 기초를 두고 있어야 한다. 젖먹이, 유치원 아동, 학령기의 아이, 청소년은 양적인 측면에서만 서로 구별되는 것이 아니다. 단순히 크기가 다르다거나 또는 어떤 측정 기준에 따라 양적인 차이를 측정할 수 있다는 뜻에서 그들이 서로 다른 지적인 능력을 나타낸다고 보는 것은 일면적인 주장에 불과하다. 아이들은 질적인 측면에서도 구별되기 때문에 자나 저울, 지능검사로는 그 차이를 충분히 기술할 수 없다.

몸이 발달하면서 몸 전체에서 차지하는 사지의 비율이 달라지듯이, 정신과 감성의 발달에서도 균형 형태가 서로 다르게 나타나는데, 바로 이것이 특정한 시기의 아이들과 청소년들의 특징을 이루는 점이다.

성공적인 교육학이 되려면, 각 발달 단계의 차이성을 고려해야하며, 이를 위해서는 각 연령 단계에서 나타나는 자아관과 세계관을 이해할 수 있는 길을 마련해야 하고, 각 연령대에 적합한 교육원칙들을 규정해야 한다. 청소년을 몸이 큰 유치원생으로 보는 것은 유치원 연령기의 아이를 몸집이 작은 청소년으로 보는 것과 마찬가지로 잘못된 것이다. 모든 것에는 때가 있고, 모든 것은 시의에 맞아야 한다.

우리는 이미 체코의 위대한 교육학자이자 신학자인 요한 아모스 코메니우스에게서 생애의 연령 단계를 구분하는 교육학을 찾아볼 수 있다. 코메니우스는 전 생애를 하나의 학교로 바라본다.

그는 후기 저작인 《팜파이디아(Pampaedia)》*(Comenius, 1965)에서 인간의 삶을 일곱 단계로 구분하는데, 이는 출생 전부터 시작해서 '노년기'에 이른다. 그 각각의 단계는 일종의 학교로 특별한 삶의 과제와 발달 과제, 이를 위한 특별한 교수법을 지닌다.

하지만 발달교육학이라는 사상을 발전시킨 사람은 누구보다도 루소였다. 그의 교육소설 《에밀(Emile)》에 따르면 교육은 출생과 더불어 시작되며 이 과정은 한 가상의 갓난아이 자신이 아버지가 될 즈음에 가서야 완결된다. 《에밀》은 다섯 권으로 나뉘는데, 한 권 한 권은 한 연령대의 교육을 다루며, 유아기, 아동기 초기(루소에 따르면 열 살에서 열두 살까지), 아동기 후기, 청년기, 성년기로 나뉜다. 각 발달 단계에 있는 인간은 질적으로 다르고, 교육학은 각 단계에서 나타나는 발달에 대한 욕구에 방향을 맞춘다.

루소의 《에밀》은 다른 어떤 책보다도 교육학 역사에 큰 영향을 미쳤다. 마리아 몬테소리 역시 이 책을 읽고 그 내용을 깊이 새겼기 때문에, 그의 저술 여러 군데서 루소의 생각과 비슷한 생각들을 찾아볼 수 있다. 몬테소리 또한 아이를 몸집이 작은 어른으로 보지 않았으며, 따라서 어른의 관점에서 아이를 대하는 것이 아니라 특정 연령의 아이가 자신의 발달 과정에서 갖는 욕구들을 중심축으로 삼아 아이의 행동을 이해하는 데 교사의 과제가 있다고 보았다. 또한 루소와 마찬가지로 마리아 몬테소리도, 교육은 인간을

---

* 그리스어 제목의 이 책을 우리는 '전 생애에 걸친 교육'이라고 번역할 수 있을 것이다.

마음대로 만들어낼 수 없으며 아이들에게 폭력을 휘두르지 않기 위해서는 무엇보다도 '자연'의 계획에 주의를 기울여야 한다는 생각을 중심 사상으로 삼았다.

발달심리학의 관점

각각의 단계에 해당하는 교육 원칙들을 소개하기에 앞서 먼저 마리아 몬테소리의 발달심리학적 사상을 분명히 이해하는 것이 중요하다. 이 일은 무엇보다도 두 가지 중심 개념, 즉 '정신적인 태아'와 '민감기'를 중심으로 이루어질 수 있다.

1. 정신적인 태아

인간의 생명은 생식 과정에서 여성의 난자 세포와 남성의 정자 세포가 결합하면서 시작된다. 이 첫 번째 '배아 세포' 안에는 새롭고 일회적인 성격을 지닌 2×23개의 염색체 결합체가 들어 있고, 염색체 안에는 몇백만 개의 유전체가 포함되어 있다. 이 첫 번째 세포는 계속적인 분열을 통해 세포 더미를 형성하고, 이 세포 더미는 자궁 안에서 적당한 자리를 차지하고서 계속 형태를 갖추어간다. 세포 분열이 진행되는 정도에 비례해서, 세포 분화가 이루어져 특정한 기관들이 형성되고, 눈에 보이지 않는 설계도에 따라 각 구성 요소에게는 각자에게 알맞은 자리가 배당된다. 다양한 기관들, 사지, 감각 기관 등은 먼저 독립적으로 발전하고 나중에는 점점 더 상호 관계를 맺게 된다. 신체 발달이 진행되어 사람이 어머니의 양수막이 제공하는 보호 환경 밖에서도 살아갈 수 있을 정도로 과정이 완결되면, 출산이 이루어진다. 신체적 발달이 완결될 때까지는 아직 더 오랜 시간이 걸린다. 갓난아이는 가족의 사랑과 보호를 필요로 하지만, 신체적으로는 독립된 인간이다.

인간 발달의 고유성을 드러내기 위해서 마리아 몬테소리는 이를 태아의 상황에 비유한다. 신생아는 이제껏 9개월 동안 어머니의 뱃속에서 육체적인 태아였던 것과 마찬가지로, '정신적인 태아'이며, 특별한 보호를 필요로 한다. 신생아는 '배아 세포'이며, 이런 상태에서 시작해 정신적인 발달이 이루어진다. 인간의 특이성은 두 단계의 태아기를 거친다는 데 있으니, 모태 안에서 이루어지는 육체적 태아기와 유년기에 이루어지는 정신적 배아기가 그에 해당한다.

마리아 몬테소리는 '정신적인 태아'라는 상(像)을 통해 육체적 발달과 정신적 발달 사이에 놓인 일련의 중요한 유사점들을 분명히 드러내려고 했다. 신생아는 수정된 난세포와 마찬가지로 '전체성'을 보여준다. 이 난세포 안에는 인간 전체가 그에 속하는 모든 가능성과 함께 들어 있다. 물론 우리가 인간의 첫 번째 세포를 촬영하고, 현미경으로 관찰하거나 해부한다고 해도, 그 안에서 전체적인 인간의 모습을 찾아낼 수는 없을 것이다. 다리, 팔, 머리, 그 어느 것도 보이지 않는다. 그러나 그의 유전체 안에는 발달 프로그램이 들어 있고, 이 프로그램은, 우리가 그것의 작동을 저지하지 않는다면 인간을 만들어낼 것이다. '정신적인 태아'의 상(像)도 마찬가지다. 그것은 지적이고 감성적인 특성들이 이미 아이 안에 현실적으로 들어 있다는 뜻이 아니다. 아이 속에는 다만 어떤 '설계도'가 들어 있어서, 그 덕분에 아이는 자신을 둘러싼 환경과 접촉해나간다.

마리아 몬테소리는, 성격에서 드러나는 특성들과 지적인 수단들이 고정된 상태로 아이가 세상에 태어난다고는 생각지 않았다. 타고나는 것은 외부 세계와 교환 과정에 들어설 수 있는 능력이다. 다시 말해서 아이는 외부 세계의 자극이 아이에게 제공하는 '영양분'을 소화함으로써 발달 과정을 거쳐 정신이 지닌 가능성을 점차 실현해나갈 수 있는 능력을 갖고 태어난다.

'정신적인 태아'인 아이에게는 외부 세계가 필요한데, 이는 태아의 신체에 영양분이 필요한 것과 마찬가지다. 성장에 필요한 것은 영양분 자체가 아니라 영양분을 소화하는 것이며 이 일은 아이 스스로가 수행한다. 이와 마찬가지로 정신은 외부 세계의 자극을 필요로 하지만, 이 경우에도 자극이 직접 아이를 만들어내는 것이 아니다. 자극의 소화는 아이의 활동을 통해 이루어지며 바로 이 활동이 아이의 머리와 가슴을 성장하게 한다.

아이가 신체적인 측면에서 독립적인 인간으로 발달하려면, 적당한 양분과 각자에게 알맞은 보호가 필요하다. '정신적인 태아'의 경우도 마찬가지다. 잘못된 시기에 잘못된 영양분을 제공하는 것은 아이에게 두고두고 해를 끼칠 것이다. 꼭 필요한 자극이 알맞은 시기에 충분한 양으로 제공될 때 아이는 건강하게 발달할 수 있다. 아이에게 무엇이 어떤 시점에 수단으로 제공되어야 하는지를 결정하는 것은 교육학 과제 가운데 하나다.

이때 언제나 다음과 같은 사실이 중요하다. 즉 아이를 발달할 수 있게 하는 것은 교사가 제공하는 수단들이 아니라 아이가 본성적으로 타고난 '설계도'이며, 이 설계도는 심리적인 측면에서도 무엇이 어떤 시기에 어떤 목적에 쓰일지를 결정한다는 사실을 잊어서는 안 된다. 밖에서 보아서는 이 심리적인 설계도에 대해 알 수 있는 것이 없는데, 이는 수정된 난세포를 해부해도 그 안에서 신체의 형태를 찾아낼 수 없는 것과 마찬가지다. 아이가 발달해나가는 가운데 그가 가진 가능성들이 점점 더 많이 드러나고, 교사는 이런 발달을 마치 '기적'을 대하듯 놀라워하며 바라볼 수 있을 뿐이다.

모든 아이는 저마다 유일하고 바꿀 수 없는 개성을 지니며, 이에 상응하는 자신만의 고유한 설계도를 지니고 있다. 물론 각각의 연령 단계에 맞춰 비슷한 발달 조건들을 형식화할 수도 있겠지만 (이에 대해서는 뒤에서 서술하게 될 것이다) 정상적인 발달에 적용되는 이런 범주들은 너무나 대략적이어서 교육학적인 논의에는 충분하지 않다.

교사에게 무엇보다 중요한 것은 교사의 눈앞에 서 있는 구체적인 아이의 일회성을 철저하게 받아들이는 일이다. 어른이 보기에 아이의 내면에 간직된 이런 설계도는 읽기를 배우기만 하면 읽을 수 있는 책처럼 눈앞에 펼쳐져 있는 것이 아니기 때문에, 교육에서는 아이의 자유를 인정하는 것이 반드시 필요하다.

마리아 몬테소리는 교사를 어려운 처지로 이끌어간다. 한편으로 보면 아이가 발달하게 하는 것은 교사가 아니지만 교사는 아이 속에 있는 감춰진 설계도에 방향을 맞춰야 한다. 그러나 다른 한편으로 교사의 도움은 아이의 건강한 정신적 성장에 필수적인 조건이다. 교사의 도움은 이제 막 발달할 단계에 있는 심리적·정신적 기능들을 기준으로 삼아야지, 이미 발달해서 모양을 갖춘 것을 기준으로 삼아서는 안 된다.

이로부터 하나의 역설적인 상황이 벌어진다. 즉 교사는 아무것도 하지 않으면서 아이가 자신의 힘으로 발달 과정을 마칠 때까지 기다릴 수는 없다. 그럴 경우 아이의 영혼을 굶주림 속에 방치하는 것과 같기 때문이다. 그러나 교사는 자신의 계획에 맞춰 아이의 발달을 이끌어나가서도 안 된다. 이는 아이의 자아에 폭력을 행사하는 결과를 낳기 때문이다.

이러한 역설적 상황에서 벗어나려고, 마리아 몬테소리는 교육적으로 중요한 두 가지 사실을 이끌어낸다. 첫째, 아이는 특정한 시점에 그에게 필요한 것을 풍요로운 환경에서 스스로 선택할 수 있는 자유를 누려야 한다. 둘째, 교사의 일차적인 과제는 아이 하나하나를 관찰하는 것이다. 말은 적게 하면서 많이 보고 많이 들어라. 직접적인 교육 행위에서 간섭과 재촉을 삼가고, 조심성을 갖고 뒤로 물러나라. 이것이 몬테소리 교육이 주장하는 표어들이다.

마리아 몬테소리가 말하는 '관찰'을, 나중에 어떤 목적을 갖고 개입하기 위해 미리 충분한 자료를 모으는 데 필요한 준비 단계라는 뜻으로 받아들여서는 안 된다. 관찰은 교육 과정의 각 단계마다 중요한 원칙이다. 이러한 맥락에서 마리아 몬테소리는 교육 사업의 이런 수동적인 측면을 좁은 뜻으로 파악해서 그것을 단순히 기술적인 정보 수집으로 보는 일이 없도록 하려고 '경이' '현시' '놀라움' '비밀' 등의 단어를 사용했다. 마리아 몬테소리는 저술에서 이를 다음과 같이 요약했다.

아이의 영혼에는 비밀이 숨어 있다. 아이가 점차 자신을 완성해가면서 스스로 그것을 우리에게 내보이지 않는 한 우리는 그 비밀의 세계에 파고들 수 없다. 인간이 본성적으로 타고난 설계도가 어떤 것인지 그 베일을 벗겨낼 수 있는 것은 아이 자신뿐이다. 하지만 새로 태어난 생명보다 더 부드럽고 예민한 것은 아무것도 없기 때문에, 아이 영혼의 삶에도 보호와 그에 알맞은 환경, 즉 육체적인 태아를 둘러싼 막과 덮개가 배려해주는 것과 비슷한 방식으로 아이를 지켜주는 환경이 필요하다.(Montessori, 1989, 27쪽)

2. 민감기

마리아 몬테소리의 발달심리학 사상을 기술할 수 있기 위해서 중요한 또 다른 개념은 '민감기'라는 개념이다. 민감기가 무엇을 뜻하는지는 말배우기를 예로 들면 가장 손쉽게 이해할 수 있다. 아이가 각자 태어난 나라에서 성장하면 중국 아이는 중국어를, 덴마크 아이는 덴마크어를, 독일 아이는 독일어를 배울 것이다. 세 나라의 아이들 모두 같은 나이에 비슷한 노력을 들여서, 즉 똑같이 별다른 어려움 없이 말을 배울 것이다. 이때 그 언어 자체가 유전자 안에 잠재적으로 들어 있는 것은 아니다. 왜냐하면 독일 가정에서 자라는 중국 아이는 당연히 독일어를 습득할 것이므로.

아이는 보통 한번 습득한 '모국어'를 잊지 않는다. 설령 훗날 모국어를 거의 사용하지 않아 단어들을 많이 잊는다 해도, 나중에 습득한 언어의 억양에서 모국어의 흔적을 찾아낼 수 있을 것이다. 다른 말을 배우려면 모국어 습득에 비해 훨씬 더 많은 노력이 필요하다. 어린아이가 '마치 저절로' 얻는 듯이 보이는 것을 나중에는 수많은 의식적인 노력과 단어 습득과 문법 수업을 통해 배워야 한다. 아무리 힘을 쏟아도 외국어 습득의 성과는 모국어 습득에 뒤진다. 학교에서 영어 수업에 몇 년 동안 얼마나 많은 시간을 들였는지 헤아려보면서 어른의 영어 능력을 영국 아이의 능력과 비교해보라.

아이는 어째서 그렇게 쉽게 모국어를 배우는가? 아이는 어째서 언어를 배우게 되는가? 아이가 자신을 둘러싼 환경에서 받는 자극들이 이에 대한 원인인 듯이 보인다. 그렇다면 농가에서 자라는 아이는 어째서 소와 말의 울음소리나 개 짖는 소리를 배우지 않을까? 또는 차가 많이 다니는 길가에 사는 아이는 어째서 수많은 차들의 다양한 소음을 흉내 내지 않을까?

확실히 환경이 주는 자극은 언어 습득을 위해 중요한 '양분'이 된다. 완전히 언어적으로 고립된 상황에서 자란 아이의 언어 능력은 불완전할 수밖에 없을 것이다. 그러나 더 핵심적인 것이 덧붙여져야 한다. 아이의 준비 태세, 즉 귀와 눈과 입으로, 머리와 마음으로 사람들이 말하는 낱말들의 세계에 몰입하려는 준비 태세가 바로 그것이다. 아이는 자신을 둘러싼 수많은 소리 가운데서 사람의 목소리에서 나는 소리를 골라내고 이러한 현실에 특별한 의미를 배당해야 한다. 그렇게 하면서 아이는 혀와 입술과 후두의 모양을 본보기에 맞춰 만들어나가야 한다.

어떤 언어 공동체든 여기에 속한 아이들이 비슷한 시점에 모국어를 배운다는 사실, 그리고 그들이 이를 위해 들이는 노력과 자유로운 언어 구사의 정도가 배워야 할 언어의 복잡성 유무와 무관하다는 사실은 아이가 가지고 태어난 발달 프로그램이 있음을 입증한다. 이 발달 프로그램 안에는 구체적인 언어가 아니라 하나의 언어를 습득할 가능성이 잠재적으로 들어 있을 것이다.

마리아 몬테소리는 자신의 모든 정신적 에너지를 특정한 발달 영역에 집중할 수 있는 아이의 능력을 '민감기'라고 부른다. 마리아 몬테소리는 이런 능력을, 아이의 영혼에서 나와서 "몇몇 대상만을 비출 뿐 다른 것들은 어두운 상태로 내버려두는 빛줄기"에 비유한다.(Montessori, Maria : Stuttgart, 1989, 52쪽) 아이들이 갖고 있는 에너지의 대부분은 정해진 어떤 점을 향하기 때문에 이런 성취 영역을 습득하기 위한 어떤 특별한 '내적인 수용성'이 있다. 환경이 적절한 자극을 전달하면, 아이는 별다른 어려움 없이 이 발달 영역을 자기 것으로 만들게 될 것이다. 하지만 이 민감기가 사라지면, 아이의 영혼에 깃든 '빛줄기'는 다른 곳을 향하게 되고, 그 결과 그 능력은 이제 의식적인 노력을 통해서 얻어내야 한다. 그리고 이런 일은 "의지력의 사용을 통해서, 노력과 긴장을 통해서" 이루어질 뿐이다.(Montessori, Maria : Sttutgart, 1989, 50쪽)

따라서 교육학적으로 볼 때 중요한 것은 민감기에 필요한 것들에 맞추어 여러 가지 자극을 제공하는 것이며 그렇게 함으로써 아이가 자연의 계획에 맞추어 손쉽게 지속적으로 배워나갈 수 있도록 하는 것이다. 그러므로 여기서도 역시, 교육이란 아이가 어른을 뒤따르는 데 있는 것이 아니라 거꾸로 어른이 아이의 발달 욕구들을 따라야 한다는 원칙이 타당성을 갖는다.

마리아 몬테소리에 따르면, 아이와 청소년의 발달은 각각 6년씩 3단계로 구성되며, 이때 첫 단계는 각각 3년씩 두 개의 하위 단위로 구분된다.

우리가 '유년기'와 '사춘기'라고 부르는 첫째 단계와 셋째 단계는 급속한 발달과 커다란 변화를 겪는 시기다. 이 시기에는 각각 특별한 형태의 인격 또는 개성이 분명한 모양을 갖춘다. 중간 단계, 즉 프로이트가 '잠재적 단계'라고 부른 초등학교 시기를 마리아 몬테소리는 지난 시기 그리고 앞으로 다가올 시기와 비교해 "조용한 안정기, 건강과 힘과 안정성을 갖춘 단계"로 특징짓는다.(Montessori, 1975, 17쪽) 마리아 몬테소리에 따르면 인간의 발달은 만 열여덟 살에 완결된다. 특유의 분명한 언어로 그녀는 다음과 같이 썼다.

> 열여덟 살이 지나면 인간은 완전히 발달한 것으로 볼 수 있다. 어떤
> 주목할 만한 변화도 더는 나타나지 않는다. 그는 나이를 먹을 뿐이
> 다.(Montessori, 1975)

초기 유년기 단계*

로마의 어린이집에서 얻은 근원적인 경험을 통해 마리아 몬테소리는 만 세 살에서 만 여섯 살까지의 아이들에게 주의를 기울인다. 그녀의 수많은 진술들, 특히 초기 저작들에 담긴 진술들은 이 연령대와 관계된 것이다. 그러나 인도에서 보낸 노년기에, 아니 그보다 앞서 바르셀로나에서 손자들을 기르는 일에 참여했을 때 이미 마리아 몬테소리는 유치원 연령기 이전 단계인 최초의 발달 단계(출생~만 세 살까지—옮긴이)를 연구하고 있었다. 그녀는 신생아의 특징을 이루는 특별한 발달 형태를 '흡수 정신'이라는 말로

---

* 마리아 몬테소리는 발달 단계를 네 시기로 구분한다. 발달 제1단계는 출생부터 만 여섯 살에 이르는 시기로 지은이는 이 시기를 초기 유년기라 칭했다. 제2단계는 만 여섯 살에서 만 열두 살까지의 시기로 초등학교 시기에 해당하고, 제3단계는 만 열두 살에서 만 열여덟 살까지의 청소년기다. 뒤따르는 발달의 제4단계는 만 스물네 살까지의 성인 단계로 대학 생활을 하는 시기다.

표현했다. 이는 무의식적이지만 강력한 발달 단계로서, '정신적인 태아'를 어린이로 바꾸어놓고, 그런 뒤 이 어린이는 의식적으로 의지적 결정들을 내리면서 후속적인 발달 과정을 겪어간다.

1. 흡수 정신

태어나면서 탯줄을 잘리고 신생아는 이제, 비록 보호와 갖가지 도움에 의존해 있는 인간이긴 하지만 신체적으로 독립된 존재가 된다. 독립성을 얻는 것은 '정신적인 태아'의 목적이기도 하다. 아이의 정신과 감정과 몸의 발달이 점점 더 진행될수록, 아이는 넓은 세계에서 더욱 독립된 존재로 행동할 수 있다. 이 목적에 이르는 모든 발달 과정은 아이 스스로 겪어내야 한다. 그것은 부모들이 대신해줄 수 없는 아이의 과제다. 독립성과 자립성에 도달하려는 무의식적인 의지력은 이미 갓 태어난 아기 안에도 있다. 물론 어린 아기는 자신이 어떤 인간이 되려는지 알지 못한다. 아이는 자신의 목표를 의식적으로 조정하지 않는다.

태양계의 생성에 관한 가설이 하나 있는데, 이 가설에 따르면 태양계는 태초에 성운의 밀도가 점점 높아져가면서 생겨났다. 이런 뜻에서 마리아 몬테소리는, 처음에는 그저 무의식적으로 주어져 있는 정신적 상태의 밀도가 점점 더 높아져가는 단계들을 부각시키기 위해 '구름'이라는 말을 썼다. 이 '구름'이 고정된 형태를 띠어가는 정도에 비례해서 정신적 체구가 갖추어지고, 이것은 이제 의식적으로 자신의 발달을 추진하게 된다. 그러나 우리는 신생아도 계속적인 단계를 거쳐 자신의 독립성에 도달하려는 의지를 가진 하나의 인간으로 바라보아야 한다.

"스스로 하도록 도와주세요." 몬테소리 교육학은 흔히 이런 표어 아래 소개된다. 이때 이 문장의 두 측면을 균형 있게 보는 것이 중요하다. 즉 어린아이도 '스스로 해야' 한다. 아이는 스스로 자신의 팔과 다리, 자신의 머리와 마음을 사용해야 한다. 아이는 외부 힘에 의해 수동적으로 발달될 수 없으며, 자신의 일을 통해 자기 자신을 발달시켜나가야 한다.

하지만 아이가 발달을 위한 일을 수행하려면 교육적인 뒷받침이 필요한데, '도움'이란 이 뒷받침을 개념적으로 표현한 것이다. 영양 공급을 받지 못하고 보호를 받지 못하면 아이의 몸이 죽음에 이를 수밖에 없는 것과 똑같이, 보호와 정신적인 '영양분'이 없으면 정신적인 태아는 더는 생명을 유지할 수 없다. 마리아 몬테소리는 다음과 같이 자신이 쓴 마지막 저술의 결론을 내렸다.

> 모든 비밀은 두 단어 안에 놓여 있다. 젖과 사랑이 바로 그것이다…. 교육은 출생과 함께 시작되어야 한다.(Montessori, 1992, 151쪽)

교육이 처음부터 '도움'이라는 표어 아래 개념적으로 파악되면서, 그 부차적인 의미인 '봉사' 기능 역시 분명해진다. 아이들의 심리 발달에서 결정적인 것은 태어날 때부터 갖고 있는 독립성 확장에 대한 욕구이며, 교육의 편에서 보면 이런 욕구에 맞추어 발전의 자유를 철저하게 보장하는 일이 필요하다. 발달 초기 단계의 어린아이는 아직 자립성이 미진하게 발전한 상태기 때문에 어른의 도움에 상대적으로 많이 의지할 수도 있다. 그렇지만 아이가 가진 발달 능력의 자유로운 실현을 보장해야 한다는 교육적 원칙은 그때나 그 뒤의 연령기에나 똑같이 적용된다.

만 세 살에 이르기까지 아이의 발달은 우리의 의식과 근본적으로 다른 형태의 정신을 그 특징으로 한다. 마리아 몬테소리는 이러한 정신을 '흡수 정신'이라고 부른다. 이 정신을 통해 아이는 자신의 환경을 곧바로 머릿속으로 빨아들이면서 그곳에서 모양과 소리와 냄새를 받아들인다.

아이는 부지불식간에 이렇게 한다. 신생아의 감각 기관은 작용할 준비 태세를 갖추고 있지만, 머릿속에는 아무런 의식적인 기억도 없다. 이런 기억이 없기 때문에 새로운 인상들을 이전에 얻은 지각 내용들과 비교해 같은 것, 다른 것, 비슷한 것으로 판단하는 능력도 없다. '흡수 정신'의 의미는 다양한 감각 인상들을 포괄하는 최초의 목록을 얻는 데 있으며, 그 뒤에 따라나오는 의식적인 이해 능력은 그런 인상들을 수단으로 삼아 작용한다.

우리가 자주 쓰는 일상어에는 '솜처럼 빨아들인다'는 말이 있는데, 새롭고 낯선 상황에서 다양한 경험들을 있는 힘껏 받아들일 때 그런 말을 쓴다. 시간이 지난 후에야 비로소 어느 정도 거리를 두고 그 모든 새로운 것을 정리하게 된다. 그런 상황을 머릿속에 그려보자. 젖먹이 역시 '솜처럼 빨아들여야' 한다. 다만 젖먹이는

'솜'을 아직은 한 번도 사용하지 않았을 뿐이다. 최초의 감각 인상들을 수용하는 가운데 다양한 모습들과 소리와 냄새만 받아들이는 것이 아니라 기본 틀이 짜이고 시간이 지난 뒤 이 틀을 통해 여러 가지 지각을 비교하는 일이 이루어질 수 있다.

방금 인용한 비유를 마지막으로 인용하자면, 어린아이의 흡수 정신은 마치 솜이 물을 빨아들이듯 바깥 세계를 빨아들이지만, 이런 과정을 통해 아이는 동시에 '솜'을 짜게 되는 것이다.

마리아 몬테소리는 '흡수 정신'이라는 개념이 뜻하는 특징을 그려내기 위해 사진과 그림 그리기 비유를 끌어들인 적이 있다.(Montessori, 1975, 104쪽) 사물들은 있는 모습 그대로 사진에 찍힌다. 눈 깜짝할 사이에 렌즈가 닫히면서 사진 촬영이 이루어진다. 이 일은 한 지점에서 시작해 여러 단계를 거쳐 진행되는 그림 그리기의 경우처럼 연속적으로 시간을 집중할 필요가 없다. 사진을 촬영하는 경우 사진에 찍힐 대상의 복잡성은 아무 문제가 되지 않는다. 한 무리의 사람을 담은 사진을 찍는 데는 단 한 사람의 초상화를 그리는 것보다도 짧은 시간이 걸린다.

이 비유를 통해 마리아 몬테소리가 말하려는 것은 다음과 같다. 흡수 정신은 사진술의 원리에 따라 작용한다. 모든 것이 한순간에 전체적이고 자동적인 방식으로, 즉 무의식적으로 일어난다. 어린아이는 지각 내용들을 분석하지 않으며, 그것을 복잡한 개념 체계 속에서 분류하지도 않는다. 아이는 바깥 세계를 빨아들인다.

마리아 몬테소리는 더 넓은 관점에서 사진술을 예로 들어 흡수

정신의 특징을 그려낸다. 필름에서 항구적인 사진을 만들어내려
면 현상실의 어둠이 필요하듯이, 흡수 정신의 활동은 완전한 무의
식 상태에서 이루어진다.

> 그것은(흡수 정신—옮긴이) 무의식의 깊은 어둠 속에서 작용하기 시
> 작해서 거기서 발전해나가고 고정된 형태를 얻고 그런 뒤에 밖으로
> 드러난다.(Montessori, 1975, 104쪽)

이러한 사실이 갖는 교육학적인 함의는 중요하다. 즉 초기 유년
기의 발전이 너무 일찍 의식의 빛에 노출되어 훼방당해서는 안 된
다. 어른은 후속적인 발달 과정에서 아이 스스로 자신의 심리적인
기능들을 구축하고 '정신적 배아'의 단계를 완결지을 때까지 인내
심을 갖고 기다려야 한다. 아이 안에 잠재된 설계도가 실현될 때
만이 아이의 자아실현은 모양새를 갖출 수 있으며, 초기 유년기의
첫 단계는 일정한 시간 동안 지속된다.

어른이 인내심 없이 그런 발달을 촉진하려 하고 분석적인 사고,
즉 의식적인 정신의 표현 형태들을 요구한다면, 이는 마치 사진사
가 이제 막 촬영한 사진을 보려고 아직 현상되지 않은 필름을 닫
혀 있는 필름 감개에서 억지로 꺼내려는 것과 다를 바 없다.

흡수 정신의 작용 방식으로부터 태어나서부터 만 세 살까지의
아이들을 교육하는 데 중요한 함의들이 따라나온다. 아이는 외부
세계의 모습들을 (다양한 소리와 냄새 등과 함께) 자신의 내면으로 빨

아들인다. 그 결과 아이는 당연히 자기 시대의 아이가 된다. 어린 아이는 자신의 환경에서 체험한 모든 것을 모방한다. 그러므로 어른은 아이에게 적합한 환경을 제공해야 할 책임이 있다. 그런 환경은 더없이 가치가 있는데, 그것은 후속적인 발달 과정의 구성 요소이자 일생 동안 지속될 경험의 초석 구실을 하기 때문이다. 어린아이가 불결함과 공격성, 착취 및 전쟁을 세상의 첫 모습으로 경험한다면, 이런 모습들은 긍정적인 경험들과 똑같이 아이의 영혼에 새겨질 것이다.

마리아 몬테소리는, 어린아이의 주변 세계가 각 사회와 문화가 보여주는 현실 세계임을 특별히 강조한다. 아이들은 그런 방식으로만, 그들이 사는 시대의 상황에 책임감을 느끼고 각자가 맡은 문제들을 해결하는 데 능동적으로 참여하는 성인이 될 수 있기 때문이다.

그러므로 어머니는 외양적인 위생 기준에 맞춰 조성된 무균의 세계, 즉 젖먹이 방과 아이의 방에 아이를 가둬놓아서는 안 된다. 어머니는 아이가 다양한 경험들을 의식적으로 이해하지 못한다는 단 하나의 이유 때문에 아이가 아무런 경험도 필요로 하지 않는다고 생각해서는 안 된다. 어머니는 아이를 이곳저곳 데리고 다니면서 아이가 현실 세계에 대한 인상들을 풍부하게 흡수하도록 하는 것이 좋다.

이는 어른을 위한 자기 교육이라는 측면에서도 좋은 일이다. 내가 살고 있는 나의 주변 환경은 자라나는 아이를 위한 초석 구실을 하기에 적합하며 그런 가치를 가지고 있는가라는 물음을 던져 주기 때문이다.

첫 발달 단계의 후반기, 즉 만 세 살에서 만 여섯 살에 이르는 시기에, 흡수 정신이 수용한 인상들을 재료 삼아 의식적인 처리 과정이 이루어진다. 이미 살펴보았듯이, 어린이집에서는 교구를 통해 아이들에게 감각 지각들의 기본 철자들을 제공하며, 이런 철자들의 도움을 받아 아이들은 이미 획득해놓은 인상의 저장물을 분석하고 의식적으로 이해하는 능력을 갖추게 된다.

유년기 초기의 정신 형태를 가리키는 '흡수하기'나 '빨아들이기' 같은 말들은 오해의 소지가 있다. 그런 용어들은 그런 일이 저절로 이루어지고 감각 인상들이 아이에게 자동적으로 밀려든다는 인상을 불러일으킬 수도 있다. 그러나 마리아 몬테소리에 따르면 흡수 정신의 활동도 아이가 행하는 능동적인 노동의 하나이다.

아이는 지각의 홍수 속에서 허우적대는 것이 아니라 지각 내용들을 스스로 능동적으로 자신의 내면에 받아들인다. 지각은 바깥 세계에 의해 일어나는 일이 아니라 아이의 내면에서 일어나는 활동이다. 어린아이는 호기심을 느끼며 바깥 세계에 흥미를 갖는다. 처음부터 아이가 타고난 자기 발달의 능동적인 축을 가리키는 말로서 마리아 몬테소리는 '호르메(Horme)'*라는 개념을 사용한다.

---

* 본래 그리스 말로서 강력한 충동(a violent movement onwards)을 가리킨다. 라틴어의 impetus에 해당한다.

영혼의 의식적인 영역에서 보면 이 호르메는 의지력과 비교해볼 수 있지만, 사실 그 둘 사이에 있는 유사성은 사소한 것에 불과하다. 의지력은 매우 제한적이고 지나치게 개인적인 의식에 매여 있는 데 반해, 호르메는 삶 일반에 속하는 것, 즉 우리가 신적인 힘이라고 부를 수 있는 것에 속하는 모든 발전의 추동력이다. 이런 살아 있는 발전 능력은 아이를 여러 종류의 활동으로 이끌어간다.(Montessori, 1975, 77쪽)

'네블레(Nebule)' '흡수 정신' '호르메'와 함께, 마리아 몬테소리가 초기 유년기의 발달을 보는 방식과 인간 삶에서 그 시기가 갖는 의의를 보여주는 네 번째 개념으로는 '므네메(Mneme)'*가 있다. 이 말은 어떤 특별한 형태의 기억을 가리키는데, 이런 형태의 기억은 의식적인 기억과 달리 무의식적으로 남아 있지만 삶 전체에 걸쳐 강력한 힘을 발휘한다. 처음 얻은 인상들은 사람을 떠나지 않는다. 그 이유는 그것들은 의식된 개별적 기억으로서 머릿속에 현재하는 것이 아니라 전체성을 가지고 아이의 정신 자체를 조형하기 때문이다.

깊은 곳에 자리잡은 기억 기능인 '므네메'는 후속적인 발달에 대한 기회인 동시에 위험이다. 무의식 차원에서이긴 하지만 어떤 것도 사라지지 않기 때문에, 흡수 정신 단계에서 아이가 체험한

---

* 역시 그리스 말로서 '기억(memory)'을 가리킨다.

부적합하고, 잘못이 있고, 결함이 있는 주변 환경은 평생 사라지지 않는 문제거리들을 만들어내며 이 문제들은 결코 의식적인 의지에 의한 결단을 통해서 상대할 수 없기 때문이다.

그러나 무의식적인 기억인 므네메는 지속적인 고향의 느낌과 거기서 따라나오는 영원히 지속되는 안정감과 자기 확신을 가져다준다. 어른의 경우 자신이 겪은 특정한 체험에 의식적으로 환원시킬 수는 없다 하더라도, 가끔 냄새나 소음이나 어떤 모습들이 그의 최초의 유년기를 떠오르게 할 수도 있다. 그것은 그저 느낌에 지나지 않는다. 내 어린 시절 그런 느낌을 가졌고, 그런 냄새를 맡았으며, 그런 맛을 보았고, 그렇게 세계를 바라보았다는 느낌이다. 이 모든 것은 안정감을 가져다줄 수 있다.

2. 민감기의 또 다른 영역

앞서 '민감기' 개념을 설명하면서, 우리는 언어 획득을 사례로 다룬 바 있다. 그 밖에도 마리아 몬테소리는 초기 유년기 단계에서 민감기의 또 다른 영역들을 소개한다. 지금부터는 질서 의식과 운동 발달을 사례로 들어 이를 자세히 다룰 것이다.

어린아이들이 만들어내는 무질서 상태를 떠올리는 사람은, 만한 살짜리 아이도 질서를 추구한다는 마리아 몬테소리의 말을 듣고 놀랄 것이다. 그 말의 뜻을 이해하려면, 우리는 겉으로 드러난 질서에 대한 어른의 생각을 떨쳐버려야 한다. 여기서 문제되는 것은 돌보기 쉽게 정돈된 아이 방도 아니고, 깨끗한 외관을 유지하게 하는 훈련도 아니다. 마리아 몬테소리는 질서 관념들 역시 아이의 관점에서 바라본다.

이를 설명하기 위해 마리아 몬테소리는 어떤 상황을 자세하게 묘사하고 있다.(Montessori, 1989, 61쪽) 그녀는 산책을 하던 중 만 한 살 반 된 아이를 관찰하게 되었다. 더위 때문에 아이 엄마는 외투를 벗어 팔에 걸쳤다. 그러자 아이가 거칠게 소리치기 시작했고, 무슨 수를 써도 아이를 달랠 수 없었다. 결국 마리아 몬테소리는 엄마에게 외투를 다시 입으라고 부탁했고, 그러자 아이는 순식간에 만족스러워했다. 마리아 몬테소리는 이 장면을 이렇게 해석한다. 외투는 아이의 눈으로 보면 어깨에 걸쳐져 있어야 하기 때문에, 팔에 든 외투가 아이의 질서 감각을 어지럽혔다는 것이다.

질서란 사물들 사이의 상호 관계를 인식하는 데 있다. 이런 방식으로 어떤 세계를 얻으며 그 안에 행동의 가능성이 놓여 있다.

다양한 관계를 만들어내는 이런 능력이 없다면, 그는 (즉 아이는—지은이) 모든 토대를 잃게 되며, 아이는 마치 가구는 여럿 가지고 있지만 그것들을 세워놓을 집이 없는 사람과도 같은 처지가 될 것이다.(Montessori, 1989, 65쪽)

무질서 상태에서 몰락하지 않기 위해 질서를 필요로 하는 것은 바로 어린아이다. 아이는 아직 많은 사물들과 그것들의 관계를 충분히 파악할 수 있는 처지가 아니므로 이제껏 공들여 얻은 한 조각 세상이 그에게 크나큰 신뢰감을 안겨주어야 한다. 어른인 우리가, 이제까지 익숙해 있던 것이 하나도 없는 상황에 처한다고 상상해보자. 낯선 주변 환경, 낯선 시간 질서, 낯선 대상들, 우리가 알 수 없는 말을 하면서 해독할 수 없는 상형문자를 문자로 쓰는 사람들과 만나는 상황을 상상해보라. 이런 상황에 처하면 우리는 재빨리 친숙한 관계들을 되찾으려 할 것이다. 사건 전개에 놓인 일정한 규칙성들, 사물들의 배치에 놓여 있는 일정한 동형성(同刑性)들은 무질서 앞에서 우리가 느끼는 공포감을 덜어주고, 우리에게 어떤 신뢰감을 안겨주고, 이를 통해 우리는 새로운 세계에 적응할 수 있게 될 것이다.

어린아이는 이에 견줄 만한 상황에 처해 있다. 아니 그는 이제껏 한 번도 신뢰할 만한 행동 기반을 마련해낼 수 없었기 때문에, 그의 처지는 더욱 심각하다. 어른은 자신에게 완전히 낯선 상황에 처했을 때 전이(轉移)라는 보조 수단을 이용할 수 있다. 그는 '이런저런 요소는 이전 삶에서 겪었던 이런저런 요소에 해당한다'라고 생각한다.

반면 어린아이에게는 이런 보조 수단이 없다. 어린아이는 생전 처음 한 단계 한 단계 익숙한 세계를 만들어간다. 마리아 몬테소리가 강조하는 '질서에 민감한 시기'는 아이의 능동성을 환기시킨다. 아이의 능동성은 무질서의 바다에서 확실성의 항로를 개척하게 해주는데, 그 결과 아이는 친숙한 행동 기반을 다질 수 있고, 이러한 기반 위에서 계속 자기 발달을 추진해갈 수 있다.

젊은 시절 몬테소리 교육학에 공감하여 스위스몬테소리협회 회원이 되기도 했던 장 피아제(Jean Piaget)는 아이들의 발달 첫째 단계를 '감각동력기(sensori-motor period)'라 부른다. 그에 따르면 아이는 만 한 살 반까지 내면의 상징 체계나 기호 체계를 전혀 갖추고 있지 않다. 그 대신 아이는 지각하고 행동함으로써 '생각'한다. 이와 마찬가지로 뒤따르는 전조작기(preoperational thought period)에서도 지각과 행동은 지적인 발달을 위한 중요한 동력 장치가 된다.

몬테소리도 지각은 외부 세계에서 받은 인상을 아이의 내면에 받아들이는 능동적인 수용 과정으로, 행동은 내면의 사고가 외부 세계에 흔적을 남기는 능동적 활동으로 초기 유년기 발달에서 결정적인 역할을 한다고 보았다. 몬테소리는 감각 자료들과 일상생활에서 이뤄지는 연습을 통해 이런 발달심리학적 관점에서 따라 나오는, 교수법과 관련된 결론들을 이끌어낸 바 있다.

마리아 몬테소리는 지각과 행동 영역에서 나타나는 민감기의 몇 가지 예를 제시한다. 예컨대 한살배기 아이가 아주 작은 물건을 잡기 위해 노력하는 과정이나, 인간에게 고유한 직립보행의 특이성을 몸으로 익히려고 걸음마를 배우는 연속적인 단계가 그런 예에 해당한다.

이 연령 단계에서 그들에게 중요한 구실을 하는 것은 손의 발달이다. 손은 인간이 가진 더없이 중요한 노동 도구들 가운데 하나다. 우리는 필기구를 놀리거나 컴퓨터 자판을 누르는 데 손을 사용한다. 우리는 나사못을 조이거나 벽돌을 올려 담을 쌓거나 나무를 베는 데 손을 사용한다. 마리아 몬테소리의 관점에서 보면 인간은 근본적으로, 본래 주어진 자연 세계를 재료 삼아 자연을 넘어선 문화적 세계를 창조해내며 이를 위해 손을 사용하는 노동자다. 어린아이는 때때로 아무런 목적 없이 손을 놀리지만, 그 역시 어려서부터 몸동작의 기초 철자를 몸에 익혀나가는 노동자다.

인간의 손은 적응 능력이 매우 뛰어난 기관이어서 다양한 움직임을 펼칠 수 있다. 밀리미터를 다투는 섬세한 작업을 하는 치과의사의 일은 물론 땅에 말뚝을 박는 노동자의 당당하고 힘찬 행동은 모두 손에 의해 이루어진다. 손은 어떤 선천적인 프로그램에도 좌우되지 않기 때문에 매우 적응력이 뛰어난데, 바로 그러한 이유 때문에 태어난 뒤 처음 몇 년 동안 내용이 풍부한 발달을 필요로 한다.

지각과 행동 사이에는 어떤 연관성이 있다. 어린아이는 자신의 주변에서 보는 모든 활동을 모방할 것이고, 지각의 분화 정도가 높아지면서 아이의 행동 가능성은 점점 더 넓어진다. 한편 자신의 행동을 지각함으로써 피드백이 생겨난다. 나무에 못 박는 법을 배우는 아이는 못대가리를 잘못 때려 못을 움켜쥔 손가락이 망치에 맞으면 아픔을 느낀다. 그리고 이런 다양한 지각 활동은 아이의 행동 레퍼토리를 완성시켜 마침내 능숙하게 못을 박게 해준다.

지각과 행동의 상호 의존성과 더불어 이 두 활동과 아이의 정신적 발달 사이에도 직접적인 연관 관계가 있다. 이제부터 자세히 살펴보겠지만, 마리아 몬테소리의 인간학에서는 본능으로의 환원 가능성에 대한 생각이 중요한 구실을 한다. 인간의 행동을 규정하는 것은 유전적으로 자리잡은 행동 프로그램이 아니다. 그보다는 정신이 육체를 지배하고, 육체는 의식적으로 설정한 목적을 성취하기 위한 도구가 된다. 손은 머리의 명령에 따라 형태를 취한다. 하지만 다른 한편으로, 태어난 뒤 처음 몇 년 동안에는 육체 발달이 정신 발달을 이끄는 동력기 노릇을 한다. 이해 능력은 손의 능력이 완성되는 정도에 따라 점차 틀을 갖추어간다.

나무에 못 박는 법을 배우는 어린아이에 대해 다시 한번 생각해 보자. 이 어린아이의 머리는 의식적으로 이렇게 말할 수 있다. '이렇게 두 손으로 못을 잡아! 이렇게 손으로 망치를 움켜쥐어! 이만큼 망치를 들어 올려! 망치 한가운데로 못대가리를 내리쳐!' 이렇게 행동 능력의 개선이 가능해지면서 아이에게 새로운 의문들이 생겨날 것이다. 예를 들어 아이는 나무 속에 들어가 보이지 않게 되는 못을 보면서 물체의 투과성에 대해서 생각하게 될 수도 있다.

3. 두 하위 단계의 구분

이미 언급했듯이, 마리아 몬테소리는 하나의 발전 단계를 이루는 생후 6년 동안의 기간을 뚜렷이 구별되는 두 단계로 세분한다. 그 경계선은 아이의 생활 공간이 변하는 데서 눈에 띈다. 생후 3년까지 아이는 가족 안에서 자라면서, 가족의 일상에 참여하거나 엄마가 가는 곳이면 어디든 따라다니며 수많은 인상을 받아들인다. 아이는 무의식적으로 삶을 자신 속에 빨아들이는데, 그 방식은 아이로서 성장할 시점까지 사회적 발전의 구체적 단계에서 드러난다.

마리아 몬테소리에 따르면, 아이가 세 살이 되면 다른 어떤 것도 필요 없는 배타적인 학습 공간으로서의 가족은 충분치 않다. 아이에게는 몇 시간 동안 다른 아이들과 함께 생활할 수 있는 교육 기관이 필요하다. 이 시설은 단순한 사회 생활의 반영이 아니라, 아이들에게 새롭게 생겨난 발달 욕구와 학습 욕구를 관찰한 것을 토대로 한 특별한 교수법과 방법론에 따라 구축되었다.

예를 들어 아이는 이제, 감각 자료들을 통해 과거에 흡수한 다양한 지각들을 의식적으로 처리할 가능성을 확보한다. 아이는 지각의 다양한 차원에 대해 무엇인가를 깨닫는다. 즉 아이는 세상이 다양한 색깔과 형태와 크기 등으로 나뉠 수 있다는 사실을 깨닫는다. 이제 의식화 단계가 시작되고, 그 결과 마지막으로 개념들을 습득하게 된다. 이런 의식화 단계는 지각의 레퍼토리나 행동의 레퍼토리를 새로운 수준으로 끌어올릴 것이다.

마리아 몬테소리는 생후 3년 동안의 시기를 "창조의 시기"라고 부른다.(Montessori, 1992, 87쪽) 그에 잇따르는 3년은 "실현과 완성의 시기"다(Montessori, 1975, 161쪽) 처음 3년 동안 아이는 자신의 개성을 쌓는다. 아이는 자신의 주변 세계와 접촉하면서 자기 자신을 세상에 둘도 없는 인간으로 만들어나가는데, 이 일은 미리 정해진 유전 프로그램의 결과가 아니라, "자기 자신의 작품"(페스탈로치)이다. 그러나 이러한 개성은 아직 의식적인 작업의 산물이 아니라, 무의식적인 흡수 정신의 작품이다. 이어지는 3년 동안 아이의 의식이 성장한다. 아이는 자신이 어떤 가족의 성원이라는 사실과 남자 아이인지 여자아이인지 여부와, 자신은 몸집이 작고 부모님은 크다는 사실을 분명하게 자각한다.

마리아 몬테소리는 두 번째 3년 동안의 기간을 "완성을 이뤄가는" 시기라고 부른다.(Montessori, 1975, 150쪽) 즉 이 시기가 되면, 이제껏 아이가 한 개인으로서 만들어놓은 것이 더욱 발전해서 완성된 형태를 얻게 된다.

마리아 몬테소리는 이 두 번째 발달 단계에 대해 '정착'이라는 낱말을 자주 쓴다. 이를 위해 우리는 다시 한번 사진을 예로 들 수 있다. 암실의 작업 과정은 두 단계로 나뉜다. 첫 번째 단계에서는 필름의 네거티브 상이 감광지에 그대로 복사된다. 현상된 종이에 햇빛이 비치면 그 상은 오래 보존되지 못할 것이다. 사진 작업실에서는 이제 두 번째 과정이 필요한데, 이 과정은 네거티브 상에 지속성을 부여하기 위해 필요하다. 사진은 일정한 시간 동안 정착용액에 담겨 있어야 한다.

'창조'와 '완성', 여기에 초기 유년기의 두 가지 하위 단계 과정이 놓여 있다. 이러한 시각을 받아들이면서 강조해야 할 점은, 두 번째 단계에서는 다양한 교정이 가능하다는 사실이다. 만 세 살 아이의 개성은 아직 '고정'되어 있지 않기 때문에, 세 살부터 여섯 살까지는 잘못된 발달을 올바른 궤도에 돌려놓을 수 있고, 결함 있는 상태를 보충할 수 있으며, 심리 발달 과정에서 생긴 잘못들을 교정할 수 있다. 이러한 보완과 교정은 만 여섯 살이 지나면 가능하지 않고, 설사 가능하다 해도 엄청난 노력을 기울여야 한다.

이런 사실에 비추어보면, 유치원 시기(또는 어린이집 시기)는 매우 중요하다. 여기서 아이는 처음으로 공적인 교육의 장에 발을 내디디고, 가족의 울타리 안에서는 눈에 띄지 않을 수도 있는 잘못된 발달들, 다시 말해서 '정상' 판단을 받았던 잘못된 발달들을 새로이 알아내어 제거할 수 있다.

이런 개선의 측면을 염두에 두고 마리아 몬테소리는 '정상화'라는 말을 쓴다. 아이를 자연스런 자아 발달의 길에서 계속 벗어나게 했던 '일탈적' 발달 과정은 정상화된 발달의 선로 위로 되돌려져야 하고, 그렇게 됨으로써 아이는 자신의 본성에 맞춰 성장할 수 있다.

만 세 살부터 여섯 살까지의 연령은 건강한 자아 발달을 위한 기회지만, 이런 일은 저절로 이루어지지 않는다.

창조의 시기에 아이에게 여러 가지 결함이 있었다면, 이런 결함들 역시 범위가 넓어지고 완성된 형태를 얻게 될 것이다. 완성된 형태를 취한 결함들을 한번 상상해보라! … 그런 결함들은 아이가 세 살일 때 즉각 사라지지 않는다. 그러한 것들은 남아서 발전하며 그의 인성에 정착한다. 후천적으로 얻은 것들은 모두 여섯 살이 되면 정착한다. (Montessori, 1992, 101쪽)

이런 이유 때문에 만 세 살에서 여섯 살까지의 공공 교육은 매우 중요하다. 잘못된 방향에서 이루어진 결함 있는 발달들을 인식하고 새로운 교육 공간을 제공하는 것이 공공 교육이 할 일이다. 이 공간에서 아이는 다시금 자기 자신에, 즉 자연스런 자기 실현에 이를 수 있기 때문이다.

우리 사회처럼 점점 더 복잡해지고 번잡해지는 사회에서 아이들의 건강한 발달에 필요한 공간이 점점 더 줄어드는 것은 당연한 일이다. 어린아이는 넘쳐나는 순간적 인상들을 점점 더 많이 빨아들이고, 어린 시절에 불결과 폭력과 전쟁 같은 소화하기 어려운 많은 유해 요소들과 점점 더 많이 마주친다. 아이는 대부분 어른 중심으로 틀이 짜인 시대에 살고 있다. 이 시대에는 어린이의 건전한 성장 가능성을 위해 필요한 공간이 너무 부족하다.

사람들은 이 모든 것에 한탄하면서 보수적인 태도를 보이며 '행복했던 옛 시절'을 입에 담을지도 모른다. 그러나 이는 아무 도움도 되지 못한다. 아이들은 자기 시대의 아이들이 되어야 하고, 훗날 시대를 더욱 발전시키고 개선하는 데 의식적으로 참여해서 함께 일할 수 있어야 한다. 아이들의 건강한 발달을 위한 조건들이 더욱 나빠졌다는 바로 그러한 이유 때문에, 아이들의 자연스런 성장에 알맞은 제도 교육이 더욱더 필요하다.

이러한 요구는 '지나간 세계'를 향한 낭만적인 퇴행이 아니다. 이러한 요구는 우리 사회의 존속과 미래에 목표를 두고 있다. 그 안에서 아이들은 그네들의 자리를 찾고 자유, 평화, 정의와 같은 인간적인 목표 설정에 맞춰 함께 우리 사회를 건설해나가야 한다.

아이들은 사회에서 모든 획일화 경향에 맞서 자신들의 개성을 찾아야 한다. 하지만 그런 상태에 이를 수 있으려면, 아이들은 교육적인 의식에 따라 조성된 환경의 보호를 필요로 한다. 이런 보호는 마치 모태가 태아에게 미쳤던 것과 같은, 그리고 가족이 '정신적인 태아'에게 미쳤던 것과 같은 영향력을 아이들에게 미칠 것이다.

초등학교 어린이

연속성과 변화는 만 여섯 살에서 열두 살에 이르는 아이들의 성장과 교육을 보는 마리아 몬테소리의 관점을 똑같이 규정한다. 유년기 초기와 공통되는 점부터 이야기를 시작해보자.

어린이집과 초등학교 사이에는 어떠한 갑작스런 단절도 있어서는 안 된다. 학교로 이어지는 과정은 제도적 조직의 조건과 인적 구성이 물 흐르듯 자연스럽게 이루어져야 한다. 이 두 기관이 가까운 곳에 놓여 있어서 나이 어린 아이들은 나이 많은 아이들에게 배우고, 또 나이 많은 아이들은 어린이집의 학습 교구들을 다시 활용해볼 수 있게 하는 것이 바람직하다. 어린이집에서 하나의 반이 여러 연령대의 아이들로 이루어지듯이, 초등학교 학급도 다양한 연령대의 아이들을 받아들여야 할 것이다.

나이 어린 아이들의 경우에 그렇듯이, 나이 많은 아이들에게도 혼자서 하는 자립적인 작업은 수업의 가장 중요한 원칙이다. 교사가 전체 학급의 학습 과정을 이끌어가서는 안 되고, 모든 아이들이 동일한 속도로 끝마쳐야 하는 교과 과정을 활용해서도 안 되며, 미리 완성된 교재를 가지고 일해서도 안 된다. 그런 일들이 학습 전면에 놓여서는 안 된다. 풍성한 내용을 갖춘 교육 환경에서 스스로 선택한 연습 도구들을 가지고 혼자서 공부하는 것이 교육의 중심에 놓여 있어야 한다. 어린이집에 다닌 아이에게는 이미 이러한 작업 방식이 익숙하므로, 아이는 단절 없이 자신이 이전에 했던 학습 경험을 연장해서 활용할 수 있다.

하지만 연속성은 조직 측면이나 작업 방식 측면에만 있는 것이 아니다. 연속성은 '가속 프로그램'이라고 불릴 수 있는 몬테소리 교육의 일반적인 특징이다. 어린이집에 다닌 아이는 전통적으로 초등학교의 초기 수업을 이루는 지식들을 이미 습득한 상태에 있다. 아이는 읽기와 쓰기를 배웠고, 0부터 9까지 숫자를 익혔으며, 한 자리 숫자 영역에서 통용되는 수량 개념을 익혔다. 이런 상황을 숫자로 뭉뚱그려 표현한다면, 어린이집에 다닌 아이는 다른 아이들에 비해 최소한 일년 앞서서 선행 학습을 한 셈이다. 초등학교 시절에는 학습에 새로이 가속도가 붙을 것이다.

마리아 몬테소리는 자신의 방법에 맞추어 자라난 아이들이 "만 열두 살이 되면 보통 열다섯 살 아이에게 기대할 수 있는 것들을 배우게 될 것이다"라고 썼다.(Montessori, 1992a, 13쪽) 다른 저술에서 마리아 몬테소리는 이렇게 가속으로 벌어들인 3년은 '휴가'로 사용하자고 제안한다. 만 열두 살이 된 아이는 "비좁은 자신의 집을 떠나 산이나 바다로 떠나는 것"이 좋다는 말이다.(Montessori, 1992a, 14쪽) 이러한 프로그램에 대해서는 다음 장에서 다시금 다룰 것이다.

마리아 몬테소리의 가속 프로그램은 가능하면 빨리 어린 시절에서 성인기로 도약하는 데 목적이 있는 것이 아니다. 그렇다고 직선적인 교육 과정에서 효율성을 높이기 위한 것도 아니다. 이 가속 프로그램은 교육이 발달 단계의 자연스런 진행 과정과 반드시 일치해야 한다는 생각에 기초를 두고 있다. 유년기와 청소년기는 각각 6년씩 3단계로 나뉘며, 교육과 교수법 및 조직 측면에서 이루어지는 여러 단계 구분은, 각 발전 단계들 사이의 연관 관계에 알맞도록 아이 안에 내재해 있는 설계도에 따라 진행되어야 한다.

교육에 필요한 도움이 각 단계에 고유한 발달 욕구를 준거로 삼아야 한다는 기본적인 인식으로 말미암아 초등학교 어린이 교육은 그에 앞선 유년기 초기의 발달 단계들과 비교해볼 때 뚜렷한 구조적인 차이를 보여준다. 만 세 살 아이에게 가족이 더는 다른 어떤 것도 필요로 하지 않는 배타적인 발달 공간으로 충분하지 않듯이, 만 여섯 살 아이들에게 어린이집은 너무 좁은 울타리가 된다. 그 아이들에게는 더 광범위한 경험과 다른 교수법이 필요하기 때문에, 교육학은 만 세 살이나 일곱 살 아이들과 뚜렷하게 구분되는 그 아이들의 발달 욕구에 맞추어야 한다.

1. 만 여섯 살에서 만 열두 살까지의 어린이를 보는 관점

몬테소리는 초등학교 연령기를 "교육의 민감기"(Montessori, 1996,

161쪽)라고 부른다. 아이의 개별적인 인성이 형성되도록 흡수 정신을 통해 주변 환경을 받아들이는 것은 이제 관심의 전면에서 물러난다. 이 과정은 잠정적으로 완결되었기 때문에, 아이는 이제 완전히 새로운 방식으로 주변 세계에 눈을 돌린다. 아이는 모든 것을 알려고 하고 모든 것을 파고들려고 하는데, 그 까닭은 이제는 감각을 통해 드러나는 바깥 세계의 외면이 아니라 '세계의 내면성을 이루고 있는' 것에 대한 탐구가 관심거리가 되기 때문이다.

아이의 관심 범위는 엄청나게 넓어진다. 눈앞에 있는 것만이 중요한 것이 아니라 헤아릴 수 없이 멀리 떨어져 있는 공간과 시간도 아이에게 중요해진다. 관심은 더욱 깊어지는데, 이는 아이가 사물들의 다양한 원인과 올바른 행동을 결정하기 위한 여러 가지 근거를 찾아나서려고 하기 때문이다. 바깥 세계의 넓이와 깊이를 파고드는 것과 비례해서 아이는 그 넓고 깊은 세계와 자기 자신을 결부시킨다. 바깥에도 안에도 아이의 인식 노력이 가 닿지 않는 것은 아무것도 없다.

흡수 정신 단계에는 안과 밖의 엄밀한 구별이 없다. 개성은 그보다 바깥의 인상들을 빨아들이는 활동을 통해 형성된다. 이제 이 과정은 완결점에 이르고, 그렇기 때문에 아이는 배워나가는 과정에서 만나는 것들을 객관적인 대상으로 생각할 수 있다. 마리아 몬테소리는 이런 사실에서 출발하여 '교육의 민감기'라는 말을 쓰는데, 이 표현을 사용하는 이유는, 대상들은 이제 정체성을 확립해나가는 자아의 일부가 아니라 대상들로서 의의를 갖게 되기 때문이다. 물론 초등학교 연령에서는 사실들을 객관적으로 확인하고 가설들을 세우는 엄밀한 뜻의 학문적 교육은 아직 이루어지지 않는다. 이 연령대에서는 어떤 사태에 대한 상상과 엄밀한 지식, 인식과 감동이 직접적으로 맞물려 있다.

마리아 몬테소리는 일곱 살 아이에게서 보이는 세 가지 새로운 측면을 언급한다. 그 첫째는 이미 언급했듯이 감각 지각의 수준에서는 드러나지 않는, 사건들의 원인 안으로 파고드는 일이다. 왜 어떤 것이 그런 상태로 있을까, 그것은 어째서 그럴까, 특정한 원인들은 어떤 결과를 낳을까, 어떻게 어떤 것에서 다른 것이 생겨날까. 이런 것들은 아이의 머리를 복잡하게 하는 물음들이다. 아이는 점차 어딘가에 현재 존재하고 과거의 언젠가 존재했던 다양한 세상에 대한 지식을 얻기 위해 애쓴다.

두 번째 측면은 깨어나는, 아이의 도덕적 의식이다. '무엇이 좋고 무엇이 나쁜가?' 이제 이런 물음들이 등장하면서 힘을 얻는다. 이때 아이에게는 어른들에게 기대지 않으려는 의지가 있다. 아이는 부모가 말하는 것을 고지식하게 받아들이려 하지 않고, 스스로 그런 물음들에 대한 대답을 찾아내려고 애쓴다.

마지막으로 이 발달 단계에서 강력한 힘을 가지고 등장하는 세 번째 측면은 동년배 아이들과 함께 이루는 사회적 공존의 세계다. 이제 아이는 "조직화된 활동"을 목적으로 "다른 아이들과 함께 어울리려는 욕구"(Montessori, 1996, 39쪽)를 갖는다.

이따금 몬테소리 교육학에 대한 비평가들은 몬테소리 교육이

인지적인 측면에 비해 감정적인 면을 등한시한다고 주장한다. 부분적으로 볼 때 분명 이런 비판은 정당성이 있다. 몬테소리 교육학은 이미 유치원에서부터 강인한 자제력을 갖춘 아이를 교육 목표로 추구하지만 아이들 일상생활의 긴장 관계를 이루는 기쁨과 슬픔, 조용함과 소란스러움, 부드러움과 공격성 등의 양면성은 거의 고려하지 않기 때문이다.

마리아 몬테소리에게는 감정적인 요소가 상대적으로 덜 중요한 역할을 한다는 평가는 그녀가 아이의 '정신적인' 발달에 주안점을 두고 이야기하는 데서 연유한다. 그러나 마리아 몬테소리에게는 이 낱말이 인간의 지적인 측면뿐 아니라 다른 모든 측면, 즉 육체적인 발달의 영역 밖에 있으면서 사람을 동물과 구별해주는 모든 측면을 가리킨다. '정신'이나 '영혼'은 감정과 생각을 이루는 요소들을 포괄하는 맥락을 갖는다.

마리아 몬테소리는 초등학교 단계에 대해 다음과 같이 기술한다.

아이는 배우는 것을 모두 사랑해야 할지니, 그의 정신적인 발달과 감정적인 발달은 서로 결합되어 있기 때문이다. 우리가 아이에게 제공하는 것은 모두 아이의 상상을 자극하도록 아름답고 밝은 것이어야 한다. 이 사랑에 한번 불이 붙으면, 교사가 떠맡은 모든 문제는 해결된다.(Montessori, 1996, 55쪽)

정상적인 자아실현의 궤도에 올라 있는 만 여섯 살에서 열두 살까지의 아이들에 대한 묘사에서는 어디서나 다음과 같은 사실이 분명해진다. 즉 그때의 관건은 메마르고 거리를 둔 태도로 이루어 내는 지식 습득, 즉 교육 과정을 얌전하게 따르면서 이해 안 되는 것을 암기만 하는 짓눌린 학생이 아니다. 아이의 정서 상태를 특징적으로 보여주는 것은 오히려 감격과 자발적인 참여이다. 아이에게는 세계와 인간의 신비를 파고들려는 강한 소망이 있고, 어른은 그런 아이를 도와 교육하면서 무엇보다도 그의 '상상력'을 일깨우는 데 노력해야 한다.

마리아 몬테소리를 비판하는 사람들은 종종 그녀가 감정적인 부분을 충분히 고려하지 않았다는 점을 아이의 상상력을 무시하는 것으로 치부한다. 그들의 평가에 따르면 몬테소리 교구들은 무미건조하고, 상징적인 뜻을 갖는 놀이의 세계에 어떤 여지도 허용하지 않으며, 교구들을 무미건조하고 사실에 맞게 다루도록 할 뿐 상상력으로 다루게 하지 않는다. 그럼으로써 아이를 '놀이의 주체'가 아니라 단순히 '노동의 주체'로 간주한다는 말이다.

이런 비판에 대해서는 나중에 다시 말할 기회가 있을 것이다. 하지만 적어도 초등학교 연령기의 아이들에게는 그런 비판이 적당하지 않다. 삶의 비밀을 파헤치고 개별적인 점들보다는 사물들 사이의 연관성을 파악하려는 아이의 소망은 엄밀한 학문적 이론을 통해서는 충족될 수 없다는 사실을 마리아 몬테소리는 끊임없이 강조한다.

우리는 아이 안에 이론이 아니라 생명을 심으려고 한다.(Montessori, 1996, 47쪽)

이 연령대의 아이가 갖는 욕구, 즉 세계와 인간에 대해 전체적인 인식을 얻으려는 욕구는, 추상적이면서 경험적으로 정확한 다양한 형태의 가설들이나 이론들로는 충족될 수 없다. 아이들의 질문에 대해서는 그들의 심리적 발달 수준에 맞는 대답이 제시되어야 한다. 그러므로 마리아 몬테소리는 초등학교 아이의 단계를 특징짓기 위해 '감탄' '놀람' '미래에 대한 꿈' '상상' '감격' 등의 낱말들을 사용한다.

마리아 몬테소리는 아이의 창조적인 상상력에서, 초등학교 연령기에 등장하는 여러 질문에 대답할 수 있는 매체를 발견한다. 수업 진행은 무미건조해서는 안 된다. 개별적인 사실들을 제공하는 방식이어서는 안 되고 감탄을 낳는 이야기 방식이어야 한다. 그런 방식에 고무되어 아이의 정신은 세계를 인식한다. 다른 방법으로 메울 수 없는 공백들은 상상에 의해 메워진다. 다시 말해 감각 지각과 행동을 통해 경험적으로 얻은 사물들의 표면에 대한 개별적인 지식들과 그 아래 놓여 있는 심층 면, 즉 원인과 결과, 윤리적이고 사회적인 근거, 과거와 미래에 대해 묻는 심층 면 사이의 공백들은 상상에 의해 메워진다.

마리아 몬테소리는 때로 아이들을 위한 동화들이 갖는 내용의 풍성함과 내적인 진실성에 찬탄하면서도, 때때로 동화를 비판하기도 한다. 비판의 이유는 전통적인 교육에서는 동화들이 그저 아이의 긴장을 풀어주는 데 필요한 수단일 뿐이라는 데 있다. 마리아 몬테소리의 견해에 따르면, 현실과 상상을 서로 통합하는 것이 무엇보다 중요하다. 즉 아무런 실재적인 내용도 없이 뜬구름 잡는 상상의 이야기가 아니라 현실의 핵심을 파고드는 상상 속 이야기가 중요하다는 말이다.

예를 들어 우리의 모든 문화적 성과는 인간의 구체적인 노동에서 비롯되었다. 우리가 당연하게 여기면서 사용하는 대상들에게 새로운 생명을 불어넣는 것은 교육의 과제며, 이를 위해서는 그 대상들의 발명과 허다한 발견들을 인간들의 결과물로서, 즉 고통 속에서 희망을 갖고 문제에 부딪쳐 대답을 찾았던 인간들의 결과물로서 보여주어야 한다는 것이다.

2. 목표, 내용, 방법

발달심리학을 통해 드러난 초등학교 아동의 욕구 체계와 관련해 교육의 목표를 수립하려고 마리아 몬테소리는 다양한 비유를 사용한다. 그 가운데 하나를 보면 마리아 몬테소리는 "이미 불이 붙어 타오르고 있는 것에 기름을 부어야 한다"고 말한다.(Montessori, 1996, 47쪽) 어떤 어른도 게으름을 피우는 아이나 격려하면서 가르치는 사람에게 저항하는 아이에게 동기를 불어넣는 일을 목표로 삼을 수는 없다. 아이들 스스로 세상에 질문을 던져야 하고, 자발적으로 대답을 찾아내야 한다. 이러한 관점에서 볼 때 교육의 목표는 아이의 욕구에 상응하며 아이의 활동에 적합하도록 준비된 '정신적인 양분'을 아이에게 제공하는 데 있다.

'불씨', 즉 질문은 이미 아이 내부에서 타오르고 있으며, 초기 유년기 단계에서 획득한 행동 기술은 아이가 그 불씨를 불로 바꾸는 데 필요한 일차적인 재료가 된다. 하지만 이 불길은 금방 사위는 짚불이어서는 안 된다. 질문들은 심화되고 확대되어야 하며 대답들은 견고해져야 한다. 그러므로 '더하기'가 교육의 과제로 남는다. 이는 요하네스 하인리히 페스탈로치가 사용한 비유와 비슷한 뜻으로 이해할 수 있는데, 그에 따르면 교육이 해야 할 일은 이끄는 것이 아니라 "스스로 굴러가는 짐차에 짐을 싣는 것"이다.(Hebenstreit, 1996, 116쪽)

마리아 몬테소리는 그 밖에도 여러 번 초등학교 교육의 목표를 기술하기 위해 또 다른 비유를 사용했다. 그에 따르면 초등학교 교육은 '씨 뿌리기'와 같은데, 그 이유는 다음과 같다.

> 아이들의 정신은 마치 기름진 들판처럼 싹이 터서 자라날 것을 받아들일 준비가 되어 있다…. 흥미와 관심의 씨앗을 가능한 많이 넓게 뿌려야 한다.(Montessori, 1996, 38쪽)

바로 여기에 이 연령기의 아이를 가르치는 교사의 과제가 놓여 있다. 마리아 몬테소리는 또다시, 가장 우선적인 것은 아이의 발달 욕구라는 사실을 출발점으로 삼는다. 아이 스스로 '씨'를 받아들일 준비가 되어 있어야 하고, 성장과 성숙의 과제를 스스로 떠맡아야 한다.

다른 한편 이렇게도 말할 수 있다. 농부가 가꾸지 않으면 들판에 잡초만 자라나듯이, 교육을 통해 적당한 '양분'을 제공받지 못하면 아이도 발달할 수 없을 것이다. 이 연령대를 위한 교육의 과제는 아이에게 선택할 수 있는 다양한 자료를 제공하고 아이가 그것들을 이용해서 제기된 문제들에 대한 대답을 스스로 찾아내도록 하는 데 있다.

마리아 몬테소리는 아이 개개인에게 전달해야 할 내용을 미리 지정하는 어떤 구속력 있는 교안도 제시하지 않는다. 이 연령대의 아이에게 중요한 것은, 가능하면 다양한 것들을 제공하고 아이가 그 가운데 어떤 것들을 골라 이를 이용해 자신의 문제들을 발전적으로 전개해나가고 스스로 대답을 찾게 하는 것이다. 이때 중요한 원칙은 가능하면 내용 전체, 즉 모든 지식 영역의 다양한 측면들을 제공하는 것인데, 그 까닭은 이 연령대의 아이 역시 지식의 보편성에 관심이 있기 때문이다.

이는 코메니우스(1970)가 기술하듯이, 초등학교 교육이 "누구에게나 모든 것을 가르쳐야" 한다는 말이 아니다. 아이의 교육 환경에는 가능하면 많은 내용들이 놓여 있어서 아이 스스로 그것들을 활용하도록 해야 한다는 뜻이다.

몬테소리 교육은 서로 다른 아이들에게 각기 다른 곳에 중점을 둔 다양한 내용의 교육을 제공해야 한다는 사실을 부정하지 않는

246

다. 아니 그런 교육을 의미 있는 것으로 인정하는데, 그렇게 해야 아이 하나하나가 자신의 발달에 필요한 내용에 도달할 수 있기 때문이다.

중요한 것은 아이에게 실제 사물들을 접하게 하는 것이다. 이는 한편으로 보면, 사진이나 묘사나 책이 아이의 학습 욕구에 미흡하다는 것을 뜻한다(현 시대에서는 텔레비전이나 컴퓨터나 비디오가 미흡하다고 말할 수 있을 것이다). 자신의 질문에 대한 대답을 얻는 데 필요한 감각적이고 포괄적인 직관적 토대를 찾으려면 아이에게는 실제 자연적인 삶 그리고 사회적인 삶과의 직접적인 접촉이 필요하다. 어린이집의 감각 교구들, 즉 지각의 기본 철자를 익히기 위해 만든 '교육에 필요한 추상물들'과 달리 아이는 이제, 교수법에 맞춰 정돈된 환경이 아니라 삶의 다양성을 내보이는 환경을 필요로 한다.

마리아 몬테소리가 '나무'라는 내용을 예로 들어 밝힌 바에 따르면, 초등학생은 교실이라는 울타리 안에서 책이나 관찰 자료나 사진들을 통해 나무를 체험할 수 있는 것이 아니라, 숲속에서 직접 자신의 모든 감각 기관과 다양한 행동 가능성들을 통해 나무를 경험해야만 한다.

나무들은 무엇인가를 발산하는데, 이것은 영혼에 호소한다. 책이나 박물관에서는 그런 것을 얻을 수 없다…. 무수한 생명체들이 나무들 주변에 있는데, 이런 존엄성과 다양성을 찾아내야 하며, 어느 누구도

그것들을 학교 안으로 가져올 수 없다.(Montessori, 1996, 120쪽)

그렇게 하려면 학교 교실 안에 갇혀 있지 말고 실제 세계로 들어가 '도보 여행'을 해야 한다. '도보 여행'이라는 낱말을 학교 소풍이라는 뜻으로만 이해하지 말자. 이 낱말을 그렇게 협소한 뜻으로 이해하지 않는다면 이 낱말과 결부된 다양한 것들을 연상할 수 있다. 나는 신선한 공기를 마시고 낯선 길이 선사하는 갖가지 놀라움에 나 자신을 내맡긴다. 멋진 전망이나 관심을 끄는 사물에 이끌려 나는 굽은 길로 접어든다. 앞으로 나가다가 멈추어 나무 한 그루를 바라보고 그 생명을 느낀다. 나는 실개울을 뛰어넘는다.

도보 여행은 적절한 속도로 이루어지며 지속적인 가능성을 간직하고 있다. 나는 여행한 지역에 몰입할 수 있고 그 모든 것의 작용을 받아들이면서 그와 동시에 여러 가지 생각에 빠져들 수 있다. 자동차를 타면 A지점에서 B지점까지 더 빠른 속도로 움직인다. 걸어서 여행을 하면 그렇게 긴 구간을 이동할 수는 없지만, 바로 그런 이유 때문에 내 인상과 생각의 양과 질은 훨씬 범위가 넓어지고 강도가 높아진다.

몬테소리 초등학교의 관심은 가능하면 광범위한 과제를 가능하면 짧은 시간에 '쑤셔 넣는 것'에 있지 않다. 이렇게 쑤셔 넣은 내용은 피상적으로 들어와서 다음 시험 때까지 머릿속에 머물러 있다가 새로운 교육 자료가 들어설 자리를 만들기 위해 곧바로 잊혀버릴 뿐이다. 본보기가 되는 내용을 스스로 소화해서 처리하는 데 교육의 목적이 있으며, 이런 자립적인 문제 해결을 위해서는 강도 있는 대면, 즉 문제에 대한 몰입이 필요하다. 스스로 단 한 번도 의문을 가져본 적이 없는 것들에 대해서 재빠른 대답들을 얻는 것은 아무런 도움도 되지 못한다.

자연 생활과 사회 생활의 실제 경험들을 전달하는 것은 더 넓은 관점에서 보아도 의미가 있다. 그런 전달은 아이에게 힘을 미쳐 그의 상상력이 허공을 떠돌지 않고 현실과 접촉하도록 한다. 우리는 앞에서 이미 마리아 몬테소리가 상상에 부여한 중요성을 살펴본 적이 있는데, 이러한 의미에서 마리아 몬테소리는 다음과 같이 말하기도 했다.

상상의 세계를 소유하지 못한 사람은 빈곤한 의식만을 소유하고 있을 뿐이다. 하지만 지나치게 상상에 몰두하는 아이는 불안정한 존재다.(Montessori, 1996, 122쪽)

초등학교 연령에서는 상상과 현실의 균형 관계가 중요하다. 상상은 이 시기 아이의 정신이 해낼 수 있는 것 이상으로 깊고 넓게 세계에 파고들 수 있는 가능성을 제공하며, 현실 속에서 아이는 자연적인 삶과 사회적인 삶의 대상성과 관계를 맺는다. 아이에게 실제 현실에 이르는 교육적인 통로가 열리고, 아이가 실제 현실을 탐구하고 더 많이 이해할 수 있게 하는 것들이 제공되면, 상상력의 긍정적인 힘이 현실에 대한 지각과 결부된다. 아이는 발밑에서 확실한 토대를 찾아내고, 이를 바탕으로 점점 더 넓게 새로운 공간 속으로 파고들 수 있게 된다.

그러므로 중요한 것은 교사가 환상과 현실의 균형점을 찾는 일이며, 아이 하나하나를 상대해서 이쪽저쪽에 무게를 두면서 교정 기능을 하는 것이다. 상상력을 사용하는 데 자신이 없고 소심해서 지각을 통해 얻은 것에만 매달리는 아이를 교육적으로 다루는 일은, 신비적으로 꾸며진 자신의 세계에 살면서 '하나 더하기 하나는 둘'이라는 사실조차 인정할 수 없는 아이를 다루는 일과는 다를 수밖에 없다.

초등학교 어린이 교육에서는 상상과 현실이 상호작용하는 것을 염두에 두듯이 전체성과 개별성의 관계에도 관심을 기울여야 한다. 마리아 몬테소리는 이렇게 쓰고 있다. "세부 사항을 수단으로 제공해서 전체를 제공하라."(Montessori, 1996, 124쪽) 초등학교 아이들은 질문을 할 때 원칙적인 쪽으로 흐르는 경향이 있다. 아이들은 모든 것에 파고들며 세계 전체를 이해하려고 한다. 이러한 발달 욕구를 고려해야 한다. 방과 후 별 의구심 없이 잊혀버릴 사소한 주변적 문제들에 방향을 맞춘 교육이 이루어져서는 안 된다.

아이의 커다란 질문들에는 '커다란 것'을 주어야 한다. 전체를 이해하려는 아이의 노력에는 세계 이해에 필요한 포괄적인 대답으로 맞서야 한다. 그렇다고 해서 아이가 철학자, 즉 자신의 사고 체계 안에서 몇 마디 말로 인간 삶 전체의 폭과 깊이를 측량하는 사람이 되게 하라는 뜻은 아니다. 그런 행동은 아이의 학습 가능성과 발달 가능성에 부합하지 않을 것이다. 왜냐하면 아이들의 생각은, 직접 만지고 가까이서 바라볼 때 드러나는 가능성 이상으로 사물들을 파악할 수 없기 때문이다. 따라서 피아제는 초등학교 연령기를 "구체적 조작기(concrete operation period)"라고 불렀다.

아이가 세계의 실제적인 단면에 대한 탐구에 몰두하는 가운데, 아이의 정신은 상상의 힘을 통해 더욱 확대되어간다. 하지만 땅에 발을 붙이고 있게 하려면 구체적인 자료가 필요하다. 그렇지 않으면 아이는 자신의 내면에 비현실적인 세계를 구축할 수밖에 없을 것이고 상상과 현실, 광범위한 개관과 정확성을 함께 묶으려는 목표에는 도달할 수 없다.

마리아 몬테소리가 아이에게 "세부 사항을 수단으로 제공"하라고 말하는 것은 전통적인 학교 교육의 관점에서 친숙한 도식을 염두에 두고 하는 말이 아니다. 즉 한줌의 수학, 한 조각의 사실 교육, 한 시기의 역사를 가르치라는 말이 아니다. "개별적인 것들을 자세하게 가르치는 것은 혼란을 낳는다."(Montessori, 1996, 126쪽) 그러므로 한 아이에게 제공되는 세부 사항은 한 가지 예시적인 본보기를 통해, 아이가 얻고자 하는 전체성을 포함하고 있는 것을 가리킨다.

마리아 몬테소리는 모든 아이에게 필요한 세부 인식들의 목록을 지정해서, 그것을 가르쳐야 한다고는 말하지 않는다. 왜냐하면 어떤 대상이 어떤 아이의 관심을 불러일으킬지 예측할 수 없기 때문이다. 어른 한 사람이 아이 하나를 상대해서, 언제 어떤 대상이 그 아이의 관심을 일으킬지 단정할 수는 없는 일이다. 한 사람의 교사가 30명의 아이들로 이루어진 한 학급을 상대로 그런 일을 하기란 더더욱 불가능하다. 그런 일은 그저 한 나라의 전체 아동들을 위한 교육을 책임진 교육계획위원회의 소관 사항에 불과하다.

그러므로 교육의 과제는 가능하면 커다란 보따리에 세부 사항들을 담아서 제시하고 언제 어떤 대상에 관심을 기울일지는 아이 개개인에게 맡기는 데 있다. 따라서 어린이집의 경우와 마찬가지로 초등학교에서도 교육의 우선적인 과제는 아이를 제시 내용이 풍부한 환경에 두고 그의 '선택의 자유' 원칙을 보장하는 것이다.

어린이집과 초등학교 어디에서든 교육자는 여러 층으로 이루어진 환경을 마련하여 모든 아이가 자신의 발달에 필요한 교구를 찾을 수 있도록 해야 한다. 이렇게 하려면, 또 이를 위한 전제 조건들을 충족시키려면 교사는 그 학급에 속해 있는 아이들 개개인을 관찰해야 한다. 즉 교사는 아이들에게 필요한 교육 내용에 어떤 것들이 있는지 확인해야 하고, 아이를 억압하기보다는 아이가 자신의 질문들에 스스로 대답을 얻어갈 수 있도록 도움의 길을 찾아내야 한다. 적합한 환경을 마련하고 아이들을 관찰하는 일과 더불어 교육자 자신이 세계를 알아내는 데 흥미를 갖는 것이 중요하다. '교구 구실을 하는 교사', 이것은 어린이집의 경우에 해당되고 초등학교에도 적용될 수 있다.

그러므로 마리아 몬테소리가 교사에 대해서 한 말에 따르면, '아이를 사랑하고 이해하는 것'만으로는 충분하지 않다. 교사는

"가장 먼저 세계 전체를 사랑하고 이해"해야 한다.(Montessori, 1996, 121쪽)

청소년과 청년

생애의 처음 6년은 지각과 개인 정신의 형성을 그 특징으로 한다. 두 번째 6년 동안에는 무엇보다도 배우는 내용을 자기 것으로 만드는 일이 중요한 역할을 한다. 이어지는 발달 단계인 청소년기에는 강조점이 달라진다. 즉 사회적이고 공동체적인 존재로서의 인간이 전면에 놓인다.

아이에서 청소년이 되어가는 것은 직선적인 과정이 아니다. 청소년은 큰 아이, 즉 초등학교 교육 과정의 연장선에서 더욱 분화되고 범위가 넓어진 교육 프로그램을 이수하는 아이가 아니다. 청소년은 아이와 '다르다'. 교육은 이러한 차이성을 감안해서 철저히 변화된 기본 원칙들을 따라야 한다.

마리아 몬테소리는 1930년대에 '지구 어린이 프로젝트'라는 이름의 프로젝트를 계발했다. 이 프로젝트는 실현 가능성이 없었기 때문에 구상에 그치고 말았다. 다른 어떤 곳보다도 이 글에서 마리아 몬테소리는 청소년의 발달 욕구를 다루면서, 한 가지 교육학적인 구상을 한다. 이 구상은 전통적인 인문계 학교 교육과 비교해볼 때 급진적이고 반세기가 지난 오늘날에도 여전히 '현대적'으로 들리며 장차 실현 가능한 생각이다.

1. 발달에 대한 기술

청소년은 더는 아이가 아니다. 마리아 몬테소리는 여러 글에서 열다섯 살 청소년을 초등학생처럼 다루는 것은 매우 쉽게 저지르는 교육적 오류 가운데 하나임을 강조한다. 그러나 다른 한편에서 보면 청소년은 아직 자신의 행동에 모든 책임을 떠맡아야 할 어른도 아니다. 청소년은 어른의 세계에 들어가려고 애쓰며, 그 세계 안에서 자신이 어떤 자리를 차지할 수 있는지 알려고 한다.

착취, 불평등, 전쟁의 문제에 직면해서 사회가 해야 할 일 가운데 "머리, 심장, 손"(Johann Heinrich Pestalozzi)을 써서 사회가 안고 있는 과제를 지각하고, 이 과제를 정의와 평화를 이루어내는 방향에서 해결할 수 있는 강인한 인격을 가진 인물들을 키워내는 것만큼 중요한 일은 없다. 그러므로 청소년을 그가 어떤 교육적인 도움을 필요로 하는가에만 초점을 맞춰 바라보아서는 안 되고, 더 나은 세계에 대한 희망을 짊어진 미래의 어른으로도 바라보아야 한다.

청소년기는 무엇보다도 불균형의 시기다. 이는 신체적인 측면에서나 심리적인 측면에서나 마찬가지다. 이 시기 신체는 급격한 변화를 겪으며, 다양한 신체 부위의 발달은 균형을 잃고 서로 다른 리듬에 따라 이뤄진다. 이로 말미암아 각 신체 부위들 사이의 균형이 깨어지기 쉽다.

예컨대 부모보다 머리 하나는 더 크지만, 청소년의 목소리는 아이와 같을 수 있다. 초경을 경험하지만 몸은 여전히 부드러운 아이의 몸이다. 청소년 자신도 신체적인 불균형을 느낀다. 그들은 신체의 여러 가지 변화를 정확하게 관찰한다. 예컨대 수염이 자라는 것을 보고 면도기에 손을 대는 식이다. 억누를 수 없는 힘을 가지고 세계에 뛰어들지만, 어디서 시작해야 할지를 알지 못하고 그 엄청난 에너지를 어디에 발산해야 할지를 알지 못하기 때문에 파괴적이고 공격적인 짓에 빠져들 수도 있다. 그런 뒤에는 축 늘어지는 때가 온다. '이리저리 배회하며' 시간을 버리면서도 무엇을 위해 그러는지 알지 못한다. 신체의 변화들, 특히 균형 잃은 성장은 청소년을 불안하게 만든다.

여러 가지 신체적인 불균형과 나란히 심리적인 불균형도 있다.

이 시기는 의구심과 망설임, 격정적인 움직임과 낙심의 시기다. 지적인 능력의 감퇴가 나타나는 것도 바로 이 시기다.(Montessori, 1996, 133쪽)

개성에 대한 질문이 새롭게 제기된다. 나는 누구인가? 내 삶의 길은 나를 어디로 이끌 것인가? 철자와 숫자를 배우고 자연적인 현실과 사회적인 현실에 대한 지식이 쌓이면서 지식의 기본 틀이 형성되던 '민감기의 교육 과정'의 경우처럼 청소년은 직선적으로 나아가는 모습을 보여주지 않는다. 감정의 부침이 일상을 규정한다. 하늘로 솟구치는 환호와 죽음 앞에 선 것 같은 침울, 전능함에 대한 상상과 무기력에 대한 체험, 어떤 것을 원하다가 다시 그것을 원하지 않는 변덕, 더 큰 사람에게서 오는 모든 것에 대한 공격적인 반항, 예속되고 싶은 소망과 적응을 위한 몸부림, 이 모든 것이 폭풍처럼 청소년의 머리와 가슴을 뒤흔든다. 어떨 때는 자신에게 확신을 갖고 눈앞에 분명한 전망을 갖지만, 다음 순간 이 넓고 복잡한 세상에서 자신이 아무것도 아니라는 불안감이 그를 엄습하면 곧 절망에 빠진다.

교육 경험이 많은 어른의 관점에서 보면 이 모든 심리적 불균형 현상은 당연하다. 그들은 사춘기의 행동 방식이 신경을 거스르고 도전이 될 수도 있다는 것을 잘 안다. 머지않아 청소년 스스로 뿔을 갈아 없애고 직업을 찾아 가족을 이룰 것을 잘 안다. 그러나 이런 위기 상황에 완전히 빠져 있는 청소년에게는 거리를 두고 볼 때 얻을 수 있는 자신감이 없다. 지금의 자기 자신과, 자신이 가지고 있는 것 모두와 함께 몰락하리라는 절망감과, 세계 전체를 지배할 수 있다는 전능함에 대한 상상 사이에는 비좁고 위험한 사잇길이 있을 뿐이다.

마리아 몬테소리는 청소년기를 제2의 탄생이라고 말한다.

이것은 … 거듭남을 향한 탄생이다. 개인은 사회적인 신생아가 된다.(Montessori, 1996, 134쪽)

마리아 몬테소리는 아마도 루소에게서 제2의 탄생이라는 생각을 빌려왔을 것이다. 루소의 글 가운데는 다음과 같은 말이 있다.

> 우리는 두 번 태어난다. 한 번은 존재하는 것으로서, 다른 한 번은 생명체로서, 한 번은 종적인 존재로서, 다른 한 번은 성별이 있는 존재로서 태어난다…. 이때 (즉 두 번째 탄생에서—지은이) 인간은 진정한 생명체로 태어나고 인간적인 것 가운데 그에게 낯선 것은 아무것도 없다.(Rousseau, 1989, 256쪽)

논리적으로 따지자면 마리아 몬테소리는 '제3의' 탄생에 대해서도 말해야 했을 것이다. 위에서 언급했듯이 그녀의 관점에서 보면 어린아이는 '정신적인 태아'이기 때문이다. 모체에서 태아의 발달을 거친 신생아는 아이의 몸으로 태어난다. 탄생은 이제 신생아의 몸이 어머니와 독립해서 존재한다는 것을 뜻하지만, 그의 발달이 종결되었음을 뜻하는 것은 아니다. 오히려 이 발달은 출생 뒤에야 비로소 자립적인 과정에 진입한다.

이는 초기 유년기 발달 단계에서 이루어지는 '정신적인 태아'의 경우도 마찬가지다. 초등학교 연령기에는 정신이 탄생하고, 이제 이 정신은 충분한 자립성을 얻어 의식적으로 자신을 형성해갈 수 있는 능력을 갖춘다. 그러므로 청소년기에 이뤄지는 '사회적 신생아'의 탄생 역시 어느 날 시작해서 며칠 뒤에 종결될 수 있는 어떤 것이 아니다. 오히려 이 사회적 신생아에게는, 사회적으로 책임감 있는 인격체가 형성될 때까지 여러 해에 걸친 자기 의식적인 발달이 필요하다. 청소년기의 시작과 더불어 '사회적인 신생아'가 모습을 드러내고 이 신생아에게는 교육의 도움이 필요한데, 이는 새로운 신체를 입고 태어난 신생아에게 영양이 필요하고 정신적인 신생아에게 정신적인 양분이 필요한 것과 마찬가지다.

발달심리학적인 시각의 기본 원리를 고려하더라도 신체와 정신과 사회성 사이에서 평행성을 찾을 수 있다. 수정된 난세포에서 신생아에 이르기까지 신체가 거치는 길과 몇 년간에 걸쳐 이루어지는 신체의 안정성 확보 과정은 하나의 기적과도 같다. 이러한 기적은 내적인 설계도가 구현된 결과인데, 이 내적인 설계도는 전체 과정에서 우선권을 가지고 보호와 교육을 목적으로 하는 여러 도움들이 따라야 할 주인 노릇을 한다.

마리아 몬테소리는 정신적인 태아에 대해서도 똑같은 말을 했다. '사회적인 신생아'에서 출발하여 책임감 있는 인격체에 이르는 청소년의 발달은 교육자의 공적이 아니라, 그 속을 다 들여다볼 수 없는 기적에 가까운 발달 과정의 결과인데, 이 과정을 거쳐 청소년은, 비록 그 과정에 대해 분명한 의식을 갖지 못한다고 해도 자기 자신을 만들어나간다. 그러므로 마리아 몬테소리는 자기 전개 과정을 보는 그녀 자신의 시각을 특징짓는 말로 '비밀' '신적인 창조' '현시' 등의 말을 사용하는데, 이러한 것들은 모두 그녀가 초기 유년기 단계에 대해서도 썼던 말이다.

교육을 통해 이루어지는 도움은 청소년의 기본적인 발달 욕구에 방향을 맞추어야 하는데, 이러한 욕구들은 두 영역에 걸쳐 있다. 첫 번째 영역은 보호 기능이다. 신체적·심리적인 불균형이라는 관점뿐만 아니라 육체적·정신적인 발달과 관련지어볼 때 청소년은 자주 무력감을 체험한다. 물론 그는 강한 존재가 되고 싶어하고 모든 것을 '나이 든 사람들'과 다르게 하고 더 잘하고 싶어하지만, 그 다음 순간에는 추가 반대쪽으로 되돌아간다. 그는 친숙하고 안전한 유년의 세계를 그리워한다.

이런 양면성 속에서 살아갈 수 있으려면 청소년에게는 보호가 필요하다. 그에게는 자신이 온갖 모순성을 지니고 있더라도 사랑받고 있다는 확신과 모든 어른들을 거역하더라도 이들에게 버림받지 않는다는 보장이 필요하다. 이런 보호 욕구에 맞춰준다는 것은 청소년을 의존적인 상태로 퇴행하게 한다거나 퇴행 욕구에 기분을 맞춰주어야 한다는 뜻이 아니다. 청소년을 자기 자신을 만들어나가는 어른으로 바라보고 그렇게 상대해야 하지만, 바로 그러한 이유에서 청소년에게는 자신을 보호해주는 공간과 교사가 필요하다. 회의에 맞서 자기 확신과 자기 의식을 키워나가기 위해서다.

보호 욕구가 과거 및 현재와 관련을 맺고 있다면, 두 번째 기본적 발달 욕구는 미래를 향한 것이다. 청소년은 자신이 어른이 되었을 때의 모습이 어떨지 계획하고, 자신이 세상에서 어떤 자리를 차지할 수 있을지 알고 싶어한다. 점차 부모에게서 독립하는 데 필요한 능력을 키우고 싶어하고 자신의 참여로 세상이 더욱 평화롭고 정의롭게 될 수 있으리라는 희망을 포기하려고 하지 않는다.

미래 지향적인 발달 욕구는 매우 강하며, 때로는 너무나 강력해서 그런 쪽으로 이끄는 모든 교육적인 절차가 거추장스런 우회로나 청소년 자신의 독립성에서 동떨어진 일처럼 보일 때도 있을 정도다. 그러므로 미래를 지향하는 발달 욕구에 부응하는 교육 태도가 필요한데, 청소년을 아이보다는 어른으로 바라보아야 한다. 청소년은 자신에게 회의하고, 양면성을 지니며, 전능성을 상상하면서도 남이 자신을 진지하게 받아들이기를 원한다. 입버릇처럼 우월감을 표시하며 "한번 뿔이 잘려나가면 사춘기는 지나간 거야"라고 거들먹거리는 교사는 아무 도움도 되지 못한다.

2. 교육 원칙

청소년의 발달 상황은 이전 단계와 비교해볼 때 근본적으로 바뀌며, 그 때문에 자아의 능력을 펼치는 것을 돕고 지원하는 데 목적이 있는 교육학은 이제 철저한 변화를 수용해야 한다. 실제로 마리아 몬테소리가 청소년기의 교육 원칙과 구체적 프로젝트에서 서술하는 내용은 이제까지의 전통적인 학교 교육의 내용과는 무척 '다르다'. 그것은 또한 어린이집이나 몬테소리 초등학교의 교육과도 '다르다'.

청소년기의 교육에 대한 몬테소리의 생각들은 개념적인 윤곽을 그린 것일 뿐 다른 교육 분야의 경우처럼 실제 경험에서 얻은 수확물이 아니다. 그러나 바로 그러한 이유 때문에 청소년 교육과 관련된 몬테소리의 생각들은 청소년기 연령에 알맞은 교육에 관심을 두고 있는 모든 사람들에게 하나의 도전이 될 수 있다. 마리아 몬테소리는 개념적으로 완전히 새로운 시작을 요구하기 때문에 우리가 교육학의 근본 문제들을 반성적(反省的)으로 사유하는 데 자극이 될 수 있다.

전통적인 학교 교육에 대한 마리아 몬테소리의 비판은 20세기 초기에 등장한 교육 개혁의 주장들과 맥을 같이한다. 교육 내용을 자립적이고 자발적으로 소화하는 일을 가로막는 토막난 시간표나 가능한 많은 내용을 가능한 짧은 시간에 청소년에게 전달하려는 피상적인 지식 전달은 똑같이 비판 대상이 된다.

청소년기는 자기 자신과 사회와 신에게 근본적인 질문을 던지는 단계이다. 물론 학교는 이 모든 문제들을 건드리긴 하지만, 청소년은 과도한 자료에 짓눌리고, 그 결과 자신의 질문은 질식당하게 된다. 오늘날에도 이런 회의가 들 때가 있다. 학교가 자신들의 살아 있는 문제들을 푸는 데 도움을 얻는 곳이기를 기대하는 청소년들은 몇이나 될까?

전통적인 학교는 성장기 청소년의 발달 욕구들을 충족시켜주지 못한다. 이런 비판은 신체적인 측면에서 볼 때 타당한데, 학교는 내면의 동요에 휩싸인 청소년을 책상과 의자 앞에 붙잡아두기 때문이다. 심리적인 측면에서도 마찬가지인데, "성장 과정에 있는 젊은이들은 성숙 단계에 이르기까지 초등학생 취급을 받기 때문이다."(Montessori, 1996, 132쪽) 마리아 몬테소리의 눈으로 보면, 어린이집의 어린아이도 벌써 교구 특유의 실수 점검을 통해 자아에 대한 평가 능력을 얻을 수 있는 마당에, 청소년을 검열한다는 것은 그들을 평가절하하는 것이라 할 수 있다.

발달 욕구의 폭과 깊이에 비해 학교가 제공하는 교육은 인위적이고 폭이 좁다. 학생에게는 교사의 권위에 존경심을 가져야 할 의무가 있고, 학교 규율의 통제에 따라야 할 의무가 있다. 하지만 그 대가로 학생에게 제공되는 것은 실제 생활에서 아무 중요성도 없는 조각난 지식들에 불과하다. 그런 아무것도 아닌 지식 조각들이 사회의 요구나 청소년의 요구에 부응하지 못한다는 사실은 학교가 무용지물이 되게 한다.

이러한 부정적인 현실에 맞서 마리아 몬테소리는 그녀가 고안한 '사회 생활 체험학교'를 내세운다. 청소년기의 다양한 발달 욕구와 청소년에 대한 사회의 다양한 기대는 똑같이 이 학교의 기초가 된다. 청소년이 던지는 근본적인 질문들, 즉 자기 자신과 정의로운 세계를 위한 자신의 기여 가능성에 대한 질문, 삶의 의미에 대한 질문, 과거와 현재와 미래에 대한 질문, 신과 세계와 인간에 대한 질문, 이 모든 것이 배움의 대상이어야 한다. 이를 통해 학교는 청소년 자신을 위해서뿐만 아니라 사회에도 중요한 봉사 기능을 수행한다. 다시 말해서 학교는 청소년들을 성인의 세계에 연결해주고, 부패한 순응적 태도를 가진 인간이 아니라 전체 인류에 대한 책임 의식을 갖춘 인간으로 교육하는 데 도움을 준다.

'사회 생활 체험학교'라는 개념에는 미래의 학교가 가져야 할 중요한 특색들이 포함되어 있다. '사회적 신생아'는 사회 생활에 참여할 기회를 가져야 한다. 초등학교 시기에는 학교의 비좁은 울타리를 넘어서기 위한 '도보 여행'이 한 가지 중요한 원리가 된다. 이제 이것만으로는 충분하지 않은데, 도보 여행에서 사람들은 세상에 대해 많은 것을 체험하지만 보고 듣는 일에 적극적으로 참여하지는 않고 그저 자신의 길을 계속 걷기만 하기 때문이다.

청소년기에는 사회 생활에서 주어지는 여러 가지 과제에 적극적으로 참여하는 일이 중요하다. 그는 이제 주변을 살펴보는 관찰자가 아니라 스스로 일에 손을 대야 한다. 하지만 이것이 전부는 아니다. 왜냐하면 그것은 학교를 직업 훈련의 공간으로 위축시킴을 의미하고, 청소년은 주어진 환경에 순응해서 여기에 종속될 수밖에 없게 되기 때문이다. 청소년의 발달 욕구와 중요한 질문들은 사회 개선에 필요한 과제들과 마찬가지로 더는 진전된 결과를 얻지 못할 수밖에 없을 것이다.

그렇기 때문에 청소년을 실생활로 인도하는 일과 더불어 학업이 함께 이루어진다. 정신을 도야하기 위해 실생활과 필요한 거리를 유지하는 것은 이 학업을 통해서만 가능하다. 앞서 언급한 교육 프로그램의 두 가지 중점 사항은 서로 연관되어 있다. 사회 생활에 참여하지 않은 채 학업만 한다는 것은 미래의 가능성들에 대한 위치 설정이나 설계에 대한 욕구가 빠져 있는 공리공론에 불과하다. 한편 학업이 없이 작업을 통해 실생활에 참여하는 것은 단순한 적응에 지나지 않으며 이때 정신을 도야하는 기능은 막혀 있을 것이다. 이 두 영역의 결합을 통해 청소년은 자신의 전체성 속에서, 즉 "머리, 심장, 손"을 가지고(Johann Heinrich Pestalozzi) 인간과 사회를 경험해야 하며, 그럼으로써 그는 연대 의식을 가진 평화로운 세상을 만드는 데 참여할 나름대로의 입지점을 찾을 수 있을 것이다.

이 두 교육 영역은 하나의 전체를 이룬다. 이를 통해 인간의 타고난 리듬에 알맞은 생활 방식이 마련되기 때문이다. 이 둘은 서로 보완하는 관계에 있으며 서로 번갈아 이루어짐으로써 '기분 전환'에 기여한다. 그런 뜻에서 마리아 몬테소리는 '방학' 같은 인위적인 것은 필요하지 않다고 본다. 마리아 몬테소리가 이미 어린아이와 관련해서 내세운 의견에 따르면, 스스로 선택한 발전 과제를 이루려고 수행하는 의미 있는 활동은 에너지를 소모시키는 것이 아니라 충전시킨다.

마리아 몬테소리는 청소년과 관련해서도 이 주장을 되풀이한다. 즉 청소년이 자신의 지적인 능력과 신체적인 능력을 골고루 의미 있게 사용할 수 있는 가능성을 얻는다면, 아무런 '휴식'도 필요 없다. 자발적인 활동은 힘의 비축량을 증대시킨다. 머리와 손의 연결은 교육의 사회적인 목표 설정에서 따라나오는 결과이다.

손은 있지만 머리가 없는 인간과 머리는 있지만 손이 없는 인간은 둘 다 똑같이 현대 사회의 구성원으로는 적합하지 않다.(Montessori, 1996, 131쪽)

청소년기 교육 프로그램의 목표는 지식의 파편들을 가능한 많이 쌓아 올리는 데 있지 않다. 교육은 청소년이 자신의 미래 과제의 크기에 맞춰 준비를 갖추도록 해야 한다. 이를 위해서는 두 가지가 필요하다.

첫째, 긍정적인 사회상을 구축하게 하는 일과 더불어 한 개인이 정의롭고 평화로운 세상을 이루는 데 이바지할 수 있는 다양한 가능성들을 이끌어내도록 훈련시키는 일이다.

둘째, 자기 확신과 자기 의식을 갖고 능동적으로 삶의 문제를 극복할 수 있는 강인하고 자율적인 인격을 형성하도록 하는 일이다.

청소년의 정신은 어린아이의 정신처럼 무언가를 채워야 할 그릇이 아니다. 마리아 몬테소리는 청소년의 정신에 고유한 능동성을 강조하고, 청소년의 인성 형성과 사회적인 과제 설정 사이의 연관성을 보여주기 위해서 인격 도야에 대해 이렇게 말한다. 즉 청소년에게는 "어느 정도 명상이 필요하다."(Montessori, 1992a, 92쪽)

'명상'과 더불어 일이 필요하며, 일은 청소년 대상 교육 프로그램에서 중심적인 의미를 차지한다. 다른 이유는 모두 제쳐두더라도 '일'은, 마리아 몬테소리가 보기에 인간의 결정적인 특징이다. 인간이 자기 자신과 사회를 만들어내는 것은 바로 일을 통해서라는 한 가지 이유만으로도 그러하다.

모든 노동은 고귀하다. 한 가지 무가치한 일이 있다면, 그것은 바로 일을 하지 않고 사는 것이다.(Montessori, 1996, 136쪽)

일을 할 권리는 인권의 근본이다. 한 개인에게서 이 가능성을 빼앗는다면, 이는 곧 인간 존재의 의미 영역에서 그 사람을 배제시킴을 뜻한다. 인간 존재의 목적은 자신의 의식적인 활동을 통해 더 나은 세상을 만들어나가는 데 있기 때문이다.

아이는 하나의 인간이며, 그렇기 때문에 아이는 다른 모든 성인과 마찬가지로 일을 할 권리를 인권으로 갖는다. 마리아 몬테소리가 초기 유년기를 다루면서 '놀이'가 아닌 '일'에 대해 말하는 여러 가지 이유 가운데 하나는 바로 그 점이다. '놀이'라는 말은 불필요한 장난, 의미 없는 시간 보내기를 연상시키기 때문이다.

어린아이는 일을 통해 자신의 인격성을 만들어나간다. 이에 반해 청소년에게는 생산 과정에 참여하는 것이 필요하다. 청소년은 자신의 손 움직임을 통해 일을 해서 뭔가 의미 있는 것을 생산해야 하는데, 그렇게 할 때만이 그는 어른 사회에 대한 다양한 경험을 얻기 때문이다. 청소년은 활동을 통해, 그의 연령기에 우선적인 발전 과제를 실현한다. 그것은 바로 다른 사람의 신뢰를 얻고 사회적인 세계에 발을 들여놓는 것이다.

마리아 몬테소리는 여기서 청소년 착취에 대해 말하고 있는 것이 아니다. 그 말은 또한, 청소년은 일을 관찰하면서 사환 일을 맡아 할 뿐 의미 있고 생산적인 일에는 참여하지 않는다는 뜻도 아니다. 청소년의 노동은 교육 프로그램의 일부지 그 마지막 지점이 아니다. 노동자 가정 출신의 열네 살 아이 대다수가 학업에 종지부를 찍고 공장에서 일해야만 했던 시기에 벌써 마리아 몬테소리는 모든 청소년이 공통적인 교육을 받아야 한다고 주장했다. 청소년을 위한 학교는 인문계 교육 기관인 김나지움(Gymnasium)*에 한정돼서는 안 된다는 말이다. 이때 학교는 장애인 교육을 포괄하는데, 이에 대해서는 다음과 같은 분명한 언급이 있다.

> 초등학교를 마친 모든 아이에게 열려 있는 학교가 우리의 관심거리다. 이 학교는 특수학교를 마친 아이들만을 위한 것이 아니라 정상적인 아이들을 위한 학교이기도 하다. 하지만 이곳은 학습 능력이 떨어지는 지진아나 심리적인 상처가 있는 아이들뿐만 아니라 정신이 약하고 겁이 많은 아이들도 안정감 있게 효과적인 도움을 얻고 실제적인 개선에 도달할 수 있는 학교여야 한다.(Montessori, 1996, 155쪽)

청소년 노동의 교육 성격을 구체화하기 위해, 마리아 몬테소리는 어떤 저술에서 한 가지 제안을 하는데, 이 제안에 따르면 현대적인 기계 작업 때문에 사라질 위기에 처한 전통적인 수공업 분야를 성장기 청소년을 위한 중요한 활동 영역으로 삼아야 한다. 마리아 몬테소리는 새로운 생산 조건을 매도하기는커녕 그와 정반대로 저술 여러 곳에서, 혁신된 생산 조건을 통해 인간 삶이 편리해지고 개선될 수도 있음을 강조한다. 따라서 마리아 몬테소리가 "수공업 분야의 멋진 작업들을 … 비교적 나이를 먹은 아이들에게

---

* 우리나라의 중학교와 인문계 고등학교 과정이 결합된 교육 기관.

맡길 수도 있을 것이다"(Montessori, 1992a, 91쪽)라고 제안한다면, 이 제안은 청소년 노동의 교육적 측면을 강조하기 위한 것으로 받아들여야 한다. 청소년은 기계를 통해 수행되는 여러 노동 과정을 구체적으로 체험하며, 나아가서는 문화적 유산의 일부를 생생하게 보존하는 데 기여한다.

청소년 노동은 교육적인 관점에서 바라보아야지 이것이 값싼 노동력의 저장소 구실을 한다고 생각해서는 안 된다. 그렇지만 청소년의 노동은 장난도 아니고ㅡ전통적인 수공업을 청소년기의 주요 활동 영역으로 삼아야 한다는 마지막 사례 때문에 그렇게 보일 수도 있지만ㅡ민속놀이도 아니다. 청소년은 진지하게 일해야 하며, 마치 흉내를 내듯이 일하는 작업장 교육이나 실습 프로그램의 참여자에 그쳐서는 안 된다.

그러므로 마리아 몬테소리는 이미 이 나이에 자기 손으로 일을 해서 돈을 버는 일을 중요시하고 있다. 청소년의 노동은 경제적 관점에서도 의미가 있어야 하는데, 청소년은 이러한 노동을 통해 경제적 독립성을 얻게 되기 때문이다.

'독립성'은 몬테소리 교육학이 연령대를 가리지 않고 강조하는 핵심 목표다. 누구든 어린아이 때부터 어린이집에서 이루어지는 일상생활의 여러 가지 연습을 통해 자립성을 가지고 자기 자신과 직접 부딪히는 주변 환경을 돌보도록 교육적인 도움을 받아야 한다. 청소년이 경제적인 측면에서 독립성을 얻는다는 것은 그에게 권위를 인정한다는 표시다. 청소년은 더는 자선기금의 수혜자가 아니다. 그는 스스로 쓸 돈을 번다는 이유로, 어른들에게 동등한 권리를 인정받는다. 그러므로 청소년 노동은 노동의 세계를 '냄새 맡기' 위한 생산성 없는 실습이 아니다. 그것은 소득을 목적으로 하는 진지한 활동이며, 이 소득은 청소년에게 자립성과 자유를 부여한다.

3. 교육 프로젝트

'지구 어린이 프로젝트'라는 글에서 마리아 몬테소리는 한 가지 프로젝트를 본보기로 삼아 자신의 제안을 구체화한다. 청소년은 농촌 마을에서 살아야 한다. 숲, 들판, 도시나 바다와 가까운 곳이 청소년이 사는 환경을 특징짓는다. 새로운 학업의 터전으로 옮겨 오면서 청소년은 자신의 가족과 멀리 떨어진다. 가족의 울타리를 벗어나는 것은 자립성을 얻으려면 반드시 필요한 일이다.

농촌의 삶은 청소년의 신체 발달에 유익하다. 건강한 식사와 자연 속에서 이루어지는 노동은 신체 발달을 돕는다. 농사를 짓는 일은 신체 발달과 동시에 정신 발달도 앞당기는데, 농사 짓기는 자연적인 요소들과 문화적인 요소들을 결합하기 때문이다. 농사를 짓는 일은 자연 속에서 자연과 함께하는 활동이다. 하지만 그와 동시에 현대식 농사 방법은 문화적 지식을 광범위한 터전으로 삼고 있으며, 농산물 판매는 경제 및 경영과 맞물린다.

농가에는 숙박업소와 상점이 붙어 있는 것이 좋은데, 그럴 경우 청소년은 다른 사람들과 자주 교류할 수 있다. 가까운 이웃 도시에 상점을 열면, 청소년들이 이곳에서 농산물들을 판매할 수 있어서 좋다. 이 상점에서 판매되는 물건의 일부는 "가난한 이웃들이나 일반적인 유통 과정에 끼어들지 못한 수공업자들이 만든" (Montessori, 1996, 142쪽) 물건들로 채운다. 그와 동시에 상점은 만남과 의사소통의 장소가 된다.

"'농촌에서 하는 일'은 학생을 농사꾼으로 만들려는 데 그 목적이 있는 것이 아니다."(Montessori, 1996, 140쪽) 그런 활동은 교육적인 의도의 표현이다. 청소년에게는 사회 생활에 대한 연구를 수행할 수 있는 체험 영역이 제공된다. 청소년은 자기 자신을 사회의 일부로 체험할 수 있고, 사회에서 영향을 받는 동시에 사회를 함께 만들어나갈 수 있다. 청소년은 일을 해서 자신이 쓸 돈을 벌고 그렇게 됨으로써 부모들에게서 독립한다.

마지막으로 농사 짓는 일은 다양한 영역에 걸쳐 다채로운 지식을 얻는 데 토대를 제공해주며 이런 지식을 습득하는 일은 의미 있고 생존하는 데 없어서는 안 될 상황에서 이루어지기 때문에 청소년들에게 중요한 의의를 갖는다.

청소년들은 더는 아이가 아니며 따라서 그들을 성인으로 바라보고 성인으로 대우해야 한다. 하지만 마리아 몬테소리에 따르면 농촌의 삶은 완전한 자치 상태에서 진행되는 것이 아니라 "도덕과 보호라는 측면에서 영향을 행사하는"(Montessori, 1996, 141쪽) 부부의 감독 아래 이루어진다. 청소년들은 자유로워져야 한다. 하지만 이는 동시에, 청소년이 자기 자신을 훈련해야 함을 뜻한다. 청소년들은 사회 속에서 더불어 사는 데 필요한 규칙들을 스스로 깨달아서 알아야 하며 정해진 여러 가지 의무를 지켜야 한다. 어른들은 그들의 보호 기능뿐만 아니라 경제적인 필요 때문에도 중요하다.

마리아 몬테소리는 현실주의자다. 그러기에 그녀는, 한 무리의 청소년들이 그들 스스로의 힘으로 집과 농장과 숙박업소와 상점으로 이루어진 복합체를 건설해서 운영했을 때 경제적으로 성공할 수 있으리라고는 보지 않았다. 그러므로 이미 있는 농업 시설 주변에 교육 기관들을 세울 수 있다면 그보다 더 좋을 수 없을 것이다.

'사회 생활 체험학교'에 대해 마리아 몬테소리가 생각한 내용들 하나하나가 모두 그런 생각 속에 표현되어 있는 원칙, 즉 각 연령대의 교육을 발달에 필요한 조건들과 결합시키는 원칙만큼 본질적이지는 않다. 발달 과정에서 드러나는 뚜렷한 구분은 교수법과 방법론의 철저한 변화를 요구한다. 그러므로 마리아 몬테소리의 교육을 감각 교구나 일상생활 연습에 국한시켜 이해하는 것은 잘못이다. 또한 몬테소리 교육학을 유치원 교육 이상의 범위로 확대시키면서 교수법 장치에 아무런 변화도 주지 않고 그저 세분화하고 범위를 넓혀 적용하려는 것도 앞뒤가 맞지 않는 일이다.

인간의 삶을 각자의 발달 단계에 따라 이해하고 하나의 자율적인 인격체가 형성될 수 있도록 각 개인에게 가능한 독립성을 부여하는 것이 몬테소리 교육학의 관건이다. 이런 목표들은 항상 똑같지만, 이에 이르기 위해 쓰이는 그때그때의 교육적인 도움들은 어린이집 아이의 경우와 초등학교에 다니는 아이의 경우와 사회에 발을 들여놓는 청소년의 경우에 매우 다르다.

4. 대학교

실제 교육 개혁 경험이라는 측면에서 볼 때 대학교에 관한 몬테소리의 교육 사상은 청소년기를 다룰 때보다도 더욱더 기반이 약하다. 전체적으로 그것은 세밀하게 짜인 생각이라기보다는 난외주석에 가깝다. 하지만 대학 교육과 관련된 발언들 가운데서도 다시 한번 교육 과정의 목적에 대한 몬테소리의 생각들이 구체화되고 '정상 교육'의 형태들에 대해 몬테소리가 비판적 거리를 두는 것이 분명하게 드러난다. 그러기에 대학 교육에 대한 그녀의 발언들은 언급할 가치가 있다.

대학에서는 성인들이 아이와 같은 대우를 받는다. 학생들은 한 공간 속에 갇히고 이런 인위적 분위기에는 생명력이 빠져 있다. 제한된 직업 교육이 우선권을 갖기 때문에, 인문주의적인 목표들을 지향해서 포괄적으로 교육이 이루어져야 한다는 요구는 실현될 수 없다. 학생들은 훗날의 수입을 보장해줄 장래 직업을 위한 전문 지식들을 얻으려고 지식을 축적한다. 이렇게 '전문학교'로 타락한 대학교는 "품위와 무게에 대한 감각을 잃고"(Montessori, 1996, 159쪽) 더는 사회의 요구에 부응하지 못한다. 사회에 필요한 것은 개성 있는 인격을 갖춘 학자들이지 기계 세계의 시종이 되어버린 기술자들이 아닐 것이다.

이렇게 우려할 만한 대학의 발달은 공부하는 학생들 자신의 다양한 기대 속에도 반영되어 있다. 가능하면 적은 노력으로 졸업장을 얻는 것이 학생들의 목적이 되고, 학생들은 높은 수입과 지위를 보장하는 직위에 대한 선망 때문에 품위 없는 행동 방식을 아무렇지도 않게 받아들인다. 이제까지 이루어진 교육 과정 전체가 시시각각 다른 발달 욕구들을 채워주지 못했기 때문에, 독립성과 자발적인 행동 능력은 갖춰질 수 없었으며, 학생들은 "어린 염소처럼" 교수들에 이끌려 "풀밭으로" 갈 수밖에 없다.(Montessori, 1996, 162쪽)

이러한 현실에 맞서 대학 교육의 시급한 목표를 도덕성을 발달시키는 데 두어야 할 것이다. 대학생들은 사회를 이끌어나가는 자리에서 일하게 될 것이며, 그러기에 그들은 정의와 평화라는 가치를 행동의 지향점으로 삼도록 준비를 갖추어야 한다.

이러한 목적은 추상적인 철학 공부를 통해서 이루어지는 것이 아니라, 실제 생활과 여기서 비롯되는 요구 사항들이 대학 담장을 뚫고 들어감으로써 성취 가능한 일이다. 학생들은 비좁은 공간을 떠나야 하며, 공부는 사회 생활이라는 넓은 세계에서 이루어져야 한다. 오직 이를 통해서만 젊은 어른들은 자신들이 사회와 문화에 미치는 영향을 자각하고 인지하는 훈련을 받을 수 있다. 우리는 당면한 현실에서 책임 있게 행동할 수 있을 때에만 책임을 배울 수 있기 때문이다. 마리아 몬테소리는 이를 교육 과정이 시작할 때부터 필요한 일로 보지만, 그것은 어른을 위한 교육 과정을 조직할 때 더 큰 정당성을 갖는다.

이전에는 감각 교육, 내용을 갖춘 교육, 사회 현실로 인도하는 교육이 결정적인 중요성을 가졌다면, 대학 교육에서 결정적으로 중요한 것은 도덕적 준비다. 이를 위해서는 무엇보다도 심리적인 능력이 중요한 관건인데, 이 능력은 자긍심과 연대 의식의 어울림에서 드러난다. 마리아 몬테소리에 따르면 공부하기와 일하기는 둘 다 집단적으로 이루어지는 활동이다. 중요한 것은 각자가 획득한 것을 사회적으로 교환하는 일이다. 이를 통해 "'삶'은 사회적 삶을 뜻한다는 사실"(Montessori, 1996, 165쪽)을 감정을 통해 느끼고 이성을 통해 인식할 수 있게 된다.

그러나 다양한 사회적인 능력은 적응과 복종의 과정을 통해 생겨나는 것이 아니다. 그런 과정은 인간을 '우매한 군중'으로 만든다. 중요한 것은 오히려 강인한 개성을 갖추고, 이 강인함을 바탕삼아 스스로 결정하고 책임 있게 행동할 수 있는 능력을 얻는 것이다. 개성과 사회성은 대립되는 것이 아니라 상호 제약적이다. 자긍심은 함께 있는 사람들의 확인에서 비롯되기 때문에, '조용한 골방'에서는 얻을 수 없다. 사람이 자기 자신을 가치 있는 존재로 체험하려면 다른 사람들에게 사랑받고 인정받아야 한다. 이는 초기의 어머니와 아이의 관계뿐만 아니라 성장기 청소년들도 마찬가지다.

발달 단계 후기에 접어들면 다른 사람들의 확인을 받는 방식이 달라진다. 이제는 다른 사람들에게 유용하기 때문에 얻게 되는 가치 평가를 통해서 청소년은 다른 사람들의 확인을 받는다. 일을 통해 외부 세계에 의미 있는 발자취를 남기고 사회에 영향력을 행사하는 것은 자긍심을 강화하고 자기 의식이 생겨나게 한다. 그렇기 때문에 마리아 몬테소리의 관점에서는 학생이 스스로 일을 해서 경제적인 독립성을 획득하는 것이 당연하다. 이를 통해 비로소 어른을 아이처럼 다루는 가치 폄훼적인 태도가 지양될 조건들이 마련되기 때문이다.

4

마리아 몬테소리의 교육철학

우리는 아이를 볼 뿐 아니라 아이 속에서 신을 보아야 한다.

마리아 몬테소리

중년에 이르러 마리아 몬테소리는 치료교육학을 통해 이탈리아의 유명인사가 되었고, 자신이 세운 어린이집에서 영·유아 교육의 새로운 기반을 닦음으로써 세계적으로 주목받는 인물이 되었다. 생애 후반기에 들어 그녀는 각종 심화 교육 과정, 강연, 저술을 통해 자신의 이념을 세계 여러 나라에 전파했는데, 그 결과 그녀의 교육학은 교육학 개혁 운동의 중요한 구성 부분이 되었다.

하지만 몬테소리는 이 시기에 자신의 생각을 널리 보급하는 것으로 활동을 제한하지 않고, 앞에서 밝힌 바와 같이 유년기와 청소년기의 모든 연령대를 겨냥해서 생각을 넓혀나갔다. 그녀는 모든 연령대를 대상으로 이론을 세분하는 동시에 자신의 교육 개념과 아이와 어른의 관계에 대해 더욱 깊이 있는 이론적 토대를 마련해나갔다. 시간이 지나면서 마리아 몬테소리는 교육의 바탕이 되는 교육철학을 가다듬었는데, 그 내용은 다음과 같이 네 단계로 서술할 예정이다.

- 먼저 '교육 비판'이라는 표제 아래, 아이와 어른의 관계를 서술할 것이다. 마리아 몬테소리는 아이의 관점에서 출발해서, 교육적인 관계에 대항해 '고발하는 자세'를 원칙으로 삼는데, 이로부터 아이가 어른에게 어떤 의미를 가질 수 있는지에 관한 그녀의 시각이 따라나온다. 어른이 자신의 이기심을 내던지고 더는 아이를 억압하지 않게 된다면, 아이는 인간 전체를 위해 의미심장한 역할을 수행해낼 수도 있을 것이다.

- 나아가 '유년기와 사회'라는 표제 아래 교육학의 사회적 차원이 논의된다. 아이들은 개별적으로 악하고 무지한 어른에게 억압당할 뿐만 아니라, 전체적으로 차별받는 사회 계급을 이루는데, 전체 사회 구성을 위해 이 계급이 하는 '노동'은 존중받지 못한다. 특히 평화 교육에서 마리아 몬테소리가 제시하듯이, 아이의 사회적 해방과 아이의 중요한 노동 성과에 대해 인정함으로써 비로소 사회의 중심 문제를 해결할 길을 찾을 수 있다.

- 마지막으로 마리아 몬테소리가 내세우는 교육 이론의 가장 포괄적인 측면이 논의될 것이다. 이 측면은 그녀의 근본적인 인간관에서 따라나온다. '우주적 이론'이라는 표제 아래 지구 위 모든 피조물 간의 직접적인 연관성에 대한 그녀의 생각, 즉 어떤 보편적인 계획이 있어서 그 속에서 사람은 그에 알맞은 과제와 한계를 가지고 있다는 생각을 다룬다. 여기서 논의되는 것은 그녀의 종교적 근본 신념과 연관된 인간학적 관점이다. 식물, 동물, 인간, 신, 이 모두는 함께 연관되어 있다. 그러므로 교육학 문제들의 대답은 교수법이나 방법론 분야의 기술적 안내라는 협소한 틀 안에서 나올 수 있는 것이 아니라 그 보편적인 의미 속에서 반성(反省)되어야 한다.

- 이 장은 교육 개념에 대한 규정으로 끝을 맺게 될 것이다. 여기서는 마리아 몬테소리의 교육학에서 중요한 모든 측면을 다시 한번 요약 논의할 것이다.

교육 비판

'아이들은 다르다.' 어른들과 다르다. 자신이 누구인지 아직 알지 못하는 아이는 힘 있는 어른의 뒷받침과 도움에 의존할 것이다. 그러나 어른은 자신의 이기심과 자기중심적 태도에 사로잡혀 아이를 오해하고 자신의 기준에 따라 판단한다. 어른은 아이에 맞서 싸움을 벌이며, 자기 자신과 자신의 생각과 이상을 강요하면서 아이를 억압한다.

어른이 아이들과 맺는 잘못된 관계는 단순히 심리학적인 수준에서 빚어지는, 몇몇 부모와 교사의 인격적 무능력 때문이라고 볼 수 없다. 그것은 단순히 선의나, 올바른 교육 방법의 전파를 통해 바로잡을 수 있는 것이 아니다.

그런 대결은, 어른 계급과 아이 계급이 서로 맞대결을 벌이는 계급 투쟁과 전쟁의 형태를 띤다. 어른들이 아이들에 대한 계급 투쟁과 전쟁을 포기하고 인류 사회에 대해 아이가 갖는 진정한 의미를 의식하게 된다면 이는 아이뿐만 아니라 어른들 자신을 위해서도 행복한 삶에 이르는 해방이 될 것이다. 아이는 단순히 보호를 필요로 하는 존재가 아니다. 아이는 어른에게 도움을 주는 존재이기도 하다. 어른은 아이를 통해서 정의와 평화와 인간성으로 인도된다.

1. 고발하는 태도

아이를 대변하는 사람은 계속해서 어른들에 맞서 고발하는 태도를 보
여야 하며 물러나서도 안 되고 예외를 인정해도 안 된다.(Montessori,
1989, 21쪽)

이제부터는 마리아 몬테소리가 말하는 '고발하는 태도'가 구체
적으로 어떤 내용인지를 말해야 할 것이다. 가장 먼저 다룰 것은,
아이의 관심사를 대변하는 교육학은 아이의 관점에서 출발하여
교육 관계를 고찰하는 일을 중심으로 삼아야 한다는 원칙이다. 우
리는 우리 자신의 세대에 대한 비판적 거리 두기를 회피해서는 안
되는데, 이는 자기 비판의 태도를 포함한다. 이를 통해 비로소, 교
사가 지닌 전문성의 징표인 교육적 감수성을 획득하는 일이 가능
해진다.

사람들이 일상 행위에서 당연하게 여기는 대로 그저 아이들에
게 좋은 일을 해주는 것이 능사가 아니다. 결정적으로 중요한 것
은, 실제로 이루어지는 교육 행위들이 아이에게 어떻게 작용하는
가, 그것들이 어떻게 아이의 가능성을 실현하고 어떻게 아이의 발
달을 제한하는가 하는 문제이다.

우선 어른이 아이들을 대하는 방식을 비판하는 데서 비로소 우
리는 비판적인 거리를 확보할 수 있다. 이 거리는 우리가 살고 있
는 세계에서 어떻게 아이들의 발달이 제한되는가라는 질문을 던

지기 위해서뿐만 아니라, 교육을 아이의 자아실현에 필요한 도움으로 파악하는 전문적인 교육 개념을 확보하기 위해서도 필요한 거리다.

그런 '고발하는 태도'는, 설사 실제 교육 조건이 시대마다 변한다고 해도, 변하지 않는 교육의 원리다. 마리아 몬테소리가 20세기 초반기 상황에 대해 천명한 것 가운데 몇몇은 그사이 변화를 겪었다. 교육을 담당하는 각 세대는 아이의 관점에서 새롭게 교육 현실에 질문을 던져야 한다.

20세기에서 21세기로 이행하는 과도기에 우리는 부분적으로는, 마리아 몬테소리가 자기 시대를 위해 찾아낸 것과는 다른 대답들을 발견할 것이다. 변하지 않는 것은 그 질문의 철저함이다. 즉 교육의 방법 분야에서 이루어진 몇 가지 사소한 개혁으로 일이 성사되었다고 믿어서는 안 된다. 아이들이 행복한 유년기를 맞고 있다는 허상에 사로잡혀서도 안 된다. 왜냐하면 아이들은 물질적으로 점점 더 좋은 처지에 놓이면서 한껏 배가 부른 나머지 황금 새장을 부수고 나가 자기 자신을 발견할 기회를 전혀 가질 수 없게 되었기 때문이다.

마리아 몬테소리에게 배울 수 있는 점이 또 있다. 즉 아이를 따로 떼어놓고 고찰해서는 안 되고, 어른과 아이의 관계 구조를 안중에 두어야 한다는 점이다. 코르차크는 이렇게 썼다. "교육학은 아이에 대한 학문이지, 인간에 대한 학문이 아니라고 전제하는 것은 가장 잘못된 오류 가운데 하나다."(Janusz Korczak, 1972, 156쪽)

일방적으로 아이에게 초점을 맞추는 교육학은, 상황 변화에 따른 부담을 전적으로 아이에게 전가할 위험이 있다. 즉 아이들은 지금과 달라져야 하며, 아이들을 그런 쪽으로 몰고 가는 것은 어른의 몫이라고 생각할 위험이 있다. 다른 모든 관계에 적용되는 것이 교육 관계에도 그대로 적용된다. 즉 스스로 변화할 수 있는 유일한 존재는 인간 자신이라는 사실이다.

만약 우리가 앞서 요구된 '고발하는 태도'에서 출발한다면, 우리는 아이의 관점에서 교육에 대한 비판을 수행하게 되고, 그 결과 아이에 대한 우리 자신의 행동 방식을 재검토해야 한다는 요구와 마주 서게 된다. 우리는 아이들과 함께하는 속임수 카드놀이를 그만두어야 한다. 아이를 우리 어른들에게 적응하도록 하는 데 교육의 본질이 놓여 있다는 생각을 버리고, 우리 자신이 아이의 발달에 필요한 요구들에 적응해야 한다.

2. 교육의 악순환

아이와 어른의 관계는 일종의 교육의 악순환에 빠져 있다. 이러한 악순환은 둘 사이의 자연적 차이에서 시작되지만, 나이 든 사람은 나이 어린 사람이 자신과 다른 점을 이해하지 못하기에 자기중심적인 시각에서 잘못된 방식으로 아이를 해석한다. 이러한 오해는 곧바로 세대 간의 투쟁으로 이어지며, 그 투쟁 속에서 어른은 자신의 힘을 근거로 유리한 카드를 차지한다. 아이는 억압당하며, 그의 자연적인 발달 노력은 주어진 여건에서 만족을 얻지 못하게 되고, 그 결과 탈선의 길로 빠져들 수밖에 없다. 그러면 다시 교사는 그 일을 계기로 삼고 정당함의 근거로 삼아 억압적인 교육 조처의 수준을 높인다. 이것은 다시 아이의 일탈 경향을 강화한다. 이러한 경향은 견고해지고, 그 결과 나중에 어른이 되었을 때는 해소하기 어려운 심리적 문제로 이어진다. 일그러진 아이에게서 일그러진 어른이 생겨나며, 이런 사람은 이제 다음 세대에 이르러 아이들의 '다름'을 자유롭게 수용할 수 없다. 아이를 억압하는 순환이 처음부터 시작된다.

이제부터 먼저 마리아 몬테소리의 이론을 근거로 교육 악순환의 개별적 단계들을 기술한 뒤, 어떻게 이런 나선적 악순환에서 벗어날 수 있을지에 관한 문제로 논의 방향을 돌리게 될 것이다.

아이는 어른과 다르다. 아이는 단지 더 작고 더 약하고 덜 영리하고 사회 적응력과 행동 능력이 떨어질 뿐만 아니라 아이는 어른과는 확연히 다르다.

양적으로뿐만 아니라 질적인 면에서도 역시 아이와 어른은 서로 차이가 난다. 우리 어른들은 우리의 필요에 따라 건설한 환경 세계에 있는 숙련된 행위자다. 우리는 세상을 지배하고 확실한 입지를 확보하고 있으며, 이런 처지에서 행동 능력을 갖추고 있다. 우리는 우리의 감각 기관을 신뢰할 수 있고, 내일 세상의 모습이 오늘의 모습과 같으리라는 확신을 갖고 있다. 우리의 신체를 지배할 수 있으며, 우리의 어떤 행동이 어떤 결과를 낳을지 헤아릴 수 있다.

이 모든 것은 우리에게 확실성을 제공해준다. 즉 우리는 우리가 주인 행세를 할 수 있는 한 조각의 세상을 소유하고 있고, 이것은 그 이상으로, 우리가 알지 못하고 이해하지 못하고 지배하지 못하는 것을 많이 제공할 수도 있다. 그런 것들은 우리를 불안하게 하지 않는다. 왜냐하면 우리는, 자신을 더 넓은 세상에 끼워 맞추거나 여차하면 우리의 한 조각 땅으로 물러날 수 있으리라는 것을 알고 있기 때문이다.

아이들은 다르다. 아이들은 자기 자신에 대해서도 세상에 대해서도 대가(大家)가 아니다. 그들은 불확실한 세계에 서 있다. 이들이 서 있는 불확실한 세계는 이들에게 불안과 불확실성을 낳는다. 감각 인상의 세계, 수의 세계, 정의와 분류의 세계, 이 모든 것이 아이에게는 생소하다. 5가 늘 5로 머물고, 물건이 색과 크기와 형태로 구성되며, 다음날에도 해가 다시 뜰지는 확실하지 않다.

아이들은 이 모든 것을 알지 못하기 때문에 어른들과 다르게 처신한다. 아이들은 사물을 파악하기 위해 물건을 만져보고 이리저리 살펴보아야만 한다. 아이들은 대상 세계의 철자법을 배워 제 것으로 익혀야 하고 그와 동시에 손을 쓰는 능력을 발달시키기 위해 세상을 만져보아야만 한다.

아이들은 어른들과 다르다. 무엇보다도 아이는 발달 과정에 있는 인간이다. 성인들도 스스로 변화해간다. 그들도 직업 생활이나, 사생활, 정치적인 일상에서 환경이 새롭게 변할 때마다 늘 새로운 과제를 부여받는다. 새로운 능력이 개발되어야 하고 문제를 보는 시각도 달라져야 한다. 그러나 어른들은 이 모든 과제를 그들이 이뤄놓은 확고한 기반 위에서 수행해간다. 그들의 변화는 그들이 이미 갖춰놓은 능력과 감정 및 지식의 확장으로, 양적인 측면에서 이뤄진다.

그에 비해 아이들은 아무것도 모른다. 죽음에 대해서도 모르고, 사고하고 느끼고 행동하기 위한 토대가 될 수 있는 그 어떤 것에 대해서도 모른다. 그러나 아이들 내면에는 자신을 발달시키려는 불굴의 의지가 있다. 아이는 자신의 내면에서 힘을 느낀다. 이 힘은 아이가 세상을 배워나가고 동시에 도구를 만들어 자신을 완성하도록 아이를 부추긴다. 아이들이 아직 이해되지 않고, 느낄 수 없으며, 대처할 수 없는 세계에 직면했을 때 단념하게 하지 않는 것은 바로 이 발달 가능성이라는 힘이다. 발달 과정에서 이 작은 존재는 믿을 수 없을 정도로 낙관적이며, 자기 자신의 행위를 통해 새로운 공간으로 통하는 문을 연다.

어른과 아이에게 삶의 과제는 매우 다르다. 이 다르다는 것은 본래 문제가 되지 않는다. 이것은 그저 그들이 처한 각자의 다른 상황에서 도출되는 논리적인 귀결일 뿐이다. 그러나 이 다름에서 문제가 발생한다. 왜냐하면 어른이 아이를 이해하지 못하기 때문이다. 어른은 자기중심적인 방식으로 색안경을 끼고 아이를 관찰한다. 색안경을 쓰면 당연히 아이들이 작고, 멍청하며, 결함투성이 존재로 비친다.

이렇게 어른이 아이를 전체적으로 오해하면서 양측이 벌이는 대결의 시발점이 마련된다. 즉 아이들이 약하고 무능하기 때문에 어른은 아이들이 더 나아지도록 만들어야 한다. 몇 가지 예를 들어 살펴보자.

어떤 부모가 아들을 데리고 자전거 여행을 떠난다. 이들 모두는 곧 지쳐버렸고 그래서 잠시 쉬기로 결심한다. 그런데 아들은 쉬는 곳에 도착해서 무엇을 하는가? 아이는 이리저리 뛰어다니고 자전거에 올라타며 몇 번씩이나 이곳저곳을 돈다. 부모들은 지쳐서 벤치에 앉아 있다. 휴식 시간이 지나고 다시 출발하지만 첫 번째 오르막길이 나타나자마자 아들은 벌써 지쳐버린다. 부모들은 '너도 조금 전 우리가 쉬었던 것처럼 쉬었어야지. 그랬다면 지금 훨씬 낫지' 하고 생각한다.

그러나 이것은 오해다. 이 오해는 어른들과 아이들이 힘쓰기와 휴식의 관계에 대해 서로 다른 생각을 갖고 있기 때문에 생겨난다. 우리는 우리가 세운 특정한 목표를 향해 행동을 감행한다. 이러한 행위는 우리를 지치게 한다. 이와 반대로 아이는 자신이 할 수 있는 다양한 움직임의 가능성을 완성하려고 움직인다. 이때 아이가 자신이 정한 나름의 리듬대로 행동할 수 있다면 그 아이는 지치지 않고 아침부터 밤까지 계속해서 몸을 놀릴 수 있다. 그와 반대로 특별한 목적 달성을 위해 목적 의식을 갖고 산책하는 것은 아이를 피곤하게 한다.

또 다른 예를 들어보자. 아이가 어떤 물건을 본다. 아이는 그 물건을 손에 넣어 만져보고, 오른쪽에서 왼쪽으로 밀고, 위에서 아래로 누르고, 주먹으로 쥐었다 폈다 해보아야 한다. 아이의 손은 뭔가를 잡기 위해 계속 움직인다. 그러나 그것이 값비싼 그릇이건 컴퓨터, CD, 책, 공, 가전제품이건 상관하지 않는다. 그러다 다칠 수도 있고 물건을 망가뜨리는 사고가 일어날 수도 있다. 왜 아이는 그렇게 몸을 가만히 두지 못하고 명백한 의미도 목적도 없이 무언가를 손으로 만지작거려야 하는가. 아이도 우리처럼 조용히 의자에 앉아 손을 가지런히 모으고 대화에 귀를 기울일 수는 없는가. 그러나 이를 원한다면 이것이 바로 강제이다.

그러므로 우리는 아이에게 아이의 소용에 닿도록 특별히 만들어진 망가지지 않는 장난감들을 주어야 한다. 그렇지 않으면 우리는 아이를 텔레비전 앞에 가만히 세워두고 텔레비전에서 쏟아져 나오는 그림의 홍수에 아이의 관심이 쏠리게 하는 수밖에 없을 것이다.

이제 마지막 예를 들어보자. 이번에는 아이의 느려터짐에 관한 예다. 이런 것은 아직 태어난 지 얼마 안 되어 기지도 못하고 바닥에 누워 있는 아기에게서도 관찰할 수 있다. 자신의 눈에 띈 물건까지 아기는 고작 10cm 거리를 두고 있다. 아기는 몸을 위아래로 흔들어 가까스로 몇 밀리미터 물건 쪽으로 다가간다. 뒤집고, 앞으로 가려고 팔을 짚고 다리를 당겨보지만 아기는 다시 자빠진다.

엄마는 아기가 얼마나 느린지 두 눈으로 목격한다. 뭐든지 숙달된 어른에게 이런 느려터짐보다 답답한 것도 없다. 어른에게는 7kg 나가는 아이를 번쩍 들어 올려 물건 옆에 앉히고 아이에게 그 물건을 손에 쥐어주는 일이 너무나 손쉽기 때문이다. 엄마가 이런 행동을 하는 데는 불과 몇 초의 시간밖에 걸리지 않는다. 엄마는 아이를 도왔다고 자위할 수 있다.

어른은 아이의 리듬이 다르다는 것을 이해하지 못한다. 앞으로 구축되어야 할 행동 규범의 차이성, 자아관과 세계관의 상이성, 시간 관념의 차이를 이해하지 못한다. 어른은 아이를 이해하지 못할 뿐 아니라 아이와 맺는 관계를 전투 상황으로 만들어버린다. 어른들은 세상에 이미 적응을 했고, 자신의 좁은 주변 환경 안에 하나의 세계를 만들어놓았다. 그 속에서 어른들은 집에 있는 것처럼 확실함과 안전함과 행복감을 보장받는다.

아이는 어른과 다른 인간으로서 자신들의 욕구를 충족시키기 위해 다른 환경을 필요로 한다. 아이는 일상에서 반복되는 일과나 그것이 주는 편안함을 흐트러뜨려놓는다. 어른들에게 휴식 시간으로 약속되어 있는 시간에도 아이들은 늘 일상의 질서를 엉망진창으로 뒤섞어버리고 어른들 주의를 끌려 한다.

아이들의 이러한 다름은 어른들을 자기들이 만들어놓은 질서와 규칙에서 이탈하게 한다. 그래서 어른들은 이러한 아이들의 공격을 막아내야 한다. 귀여운 어린애는 분명히 어른들에게 재미를 주기도 하고, 아이 하나하나는 외로움에 떨지 않도록 어른을 돕기도 한다. 아이들은 어른들의 긴장을 풀어주는 장난감이 될 수도 있다. 그러나 이것은 예외 상황이다. 일반적으로 어른들은 아이들의 다름에 맞서 대결을 벌인다.

이러한 대결의 목표는 어른이 아이를 억누르는 것이다. 아이는 어른의 소유물이 되어야만 한다. 어른이 다시 휴식할 수 있도록 어른이 원하는 대로 자신을 적응시켜야 한다. 어른은 아이에 대해 틀에 박힌 상을 하나 만들어놓는다. 세대 사이에서 벌어지는 투쟁의 목표는 아이들을 이러한 상에 고정시키는 것이다.

이러한 투쟁을 성공적으로 이끌려면 어른들에게는 적절한 전략이 필요하다. 이와 관련하여 마리아 몬테소리는 어른들이 아이를 제압하기 위해 사용하는 몇 가지 전략을 '무기'라고 부른다. 우선 속임수 카드를 써서 카드놀이를 하듯 대결을 펼쳐나가는 일이 과제가 된다. 상대방의 약점들을 전면으로 이끌어내면서 자기 쪽의 장점들에 의해 그 약점들이 손쉽게 힘을 잃도록 만들어버린다.

아이들은 약하게 태어난 까닭에 보호가 필요하다. 이 연약하지만 자기를 펼치려는 에너지가 효과를 발휘하려면 어른의 보호를 받아야 한다. 그러나 어른들은 보호 대신에 도로공사에서 쓰이는 증기 롤러처럼 아이들을 무지막지하게 밀어붙여 '자유 공간'을 만들어놓은 후 아이들의 인성을 만들어내는 건설자로 군림한다. 어른은 자신들이 강하며 미래의 인간을 생산해낼 수 있다고 믿는다. 어른은 능동적이며 아이는 수동적이다.

이외에도 자주 쓰이는 전략 가운데 하나는 불공정한 척도를 무기 삼아 아이들과 싸우는 것이다. 어른은 아이로서는 너무 높아 충족시킬 수 없는 도덕적 기준을 제시한다. 어른들 자신도 이 같은 요구를 일상생활에서 충족시킬 수 없다는 사실은 간과된다. 어른은 팔장을 끼고 멀찌감치에서 편안히 앉아 아이가 뜀뛰기를 하려고 얼마나 노력하는지 그저 바라만 볼 뿐이다.

이러한 교육 현실을 직시하기 위해 우리는 현재 유치원에 제시된 교육 목록을 한번 눈여겨볼 필요가 있다. 이 목록에는 대인 관계를 원만하게 유지하기, 신체적인 폭력을 사용하지 않기, 여아 차별하지 않기, 장애아 배려하기, 외국인과 어울리기 등이 유치원 아동들을 위한 사회 생활 영역의 목표로 제시되어 있다.

만약 성인 사회도 이런 요구 조건에 맞춰 유지된다면, 이러한 목표 설정에 반대할 이유는 전혀 없을 것이다. 그러나 어른들 자신은 이런 이상을 충족시키지도 못하면서 늘 아이들에게 일방적으로 제시하기만 한다. 어른들이 언제나 일방적으로 아이들에게 그런 요구 조건을 내거는 것은, 그들 스스로 그런 이상들을 충족시켜야 한다는 과제를 회피하려는 목적 때문이다.

또 다른 전략은 '몰이해'라고 부를 수 있다. 예를 하나 들어보자. 어른들에게는, 아이는 본성상 자아 형성에 몰두하는 능동적인 존재라는 사실에 대한 이해가 조금도 없다. 이런 근원적인 능동성이 억압되고 난 뒤 어른은 아이의 자리를 대신 차지한다. 어른은 자신을 '건축가'나 '창조자'로 이해하면서, 본성적으로 '나쁘거나' '게을러' 보이는 아이를 올바른 길로 이끄는 일을 목적으로 삼는다. 그는 자신의 폭력을 '교육적인 사랑'으로 해석한다.

아이는 의무를 짊어진다. 즉 어른이 그에게 전력을 기울인 덕분에 모든 것이 그에게 유리하게 이루어지고 있다는 사실을 알아야 하는 것이다. 아이는 이에 감사해야만 하며, 어른의 '사랑'이 이루어지도록 해야 한다.

이제 아이들은 진퇴양난 상황에 놓인다. 폭력을 폭력으로 체험하는 것이 그 하나이다. 분노, 화, 공포, 반항 등은 그에 따른 자연스러운 귀결이다. 하지만 흔히 폭력으로 받아들일 수 있는 것도 선의에서 나왔고 사랑으로 행해졌기 때문에 아이들이 공격자에게 감사해야 한다는 사실은 한 가지 역설적 상황을 초래한다. 반항은 더는 해방이 아니다. 반항은 양심의 가책을 낳는다. 어떻게 좋은 일만을 염두에 둔 사람들에 맞서 반항을 할 수 있겠는가?

끝으로, 어른들이 아이에게 적용하는 마지막 전략을 마리아 몬테소리는 신약 성서에서 따온 이야기에 붙여 '시험'이라고 이름 짓는다. 마태복음 4장 8절과 9절에는 다음과 같은 이야기가 나온다.

또다시 악마는 예수를 매우 높은 산으로 데리고 가서, 세상의 모든 나라와 그 영광을 보여주며, 그에게 말하였다. "네가 나에게 엎드려 절을 하고 기도하면, 이 모든 것을 네게 주겠다."

이런 방식으로 어른도 아이에게 모든 것을 약속한다. 즉 아이가 어른의 뜻에 따르기만 하면 달콤한 군것질거리들, 텔레비전 시청, 장난감, 코카콜라 등의 모든 것을 허용한다. 아이는 이 모든 것을 선물로 받고, 스스로 애쓸 필요 없이 그저 수동적으로 받아들여야 할 뿐이다. 그러나 바로 이것이 관건이 된다. 아이들은 많은 것을 선사받지만 가장 중요한 것, 즉 자신의 능동성을 포기하지 않으면 안 된다.

대결과 폭력에 대해서는 여태껏 잦은 논의가 있었고, 오늘날의 독자들은 이를 체벌 교육이라 생각하며, 지나간 시대나 일부 계층 부모들만의 일로 여길 수 있다. 반면 사회 통합을 도모하는 교육 방식에 대해서는, 즉 아이들을 후원하고 사랑하는 전문가적인 노력에 대해서 오늘날의 독자들은 마리아 몬테소리의 사상을 적용하지 않을 수도 있다. 우호적인 교사는 아이를 돕기 위해 모든 것을 한다.

17세기 체코의 위대한 신학자이자 교육학자인 코메니우스는 다음과 같은 말을 그의 교수법 저술에서 모토로 삼았다. "모든 것이 저절로 흘러나오게 하라. 즉 어떤 일에도 억지를 쓰지 말라." 이 말은 20세기에서 21세기로 이행하는 과도기에 살고 있는 교육자들에게도, 즉 무장 해제를 너무 많이 해서 부분적으로 아이들에 대해 무방비 상태에 놓여 있다고 느끼는 이들에게도 해당된다.

일찍이 마리아 몬테소리는 어른의 폭력이 꼭 신체에 대한 처벌이 아니라 훨씬 세심한 장치들 속에 놓여 있는 것으로 보았다. 어떤 저술에서 그녀는 "아이들의 침대는 … 최초의 잔인한 감옥"(Montessori, 1989, 82쪽)이라고 말하는데, 그 이유는 아이가 자신의 수면 주기에 맞춰 잠을 잘 수 없고, 어른들이 아이에게서 놓여나 쉴 수 있도록 "억지로 부자연스럽게 긴 시간 잠을 자는 습관"이 아이들의 수면 습관을 지배하기 때문이다.

어른들이 아이의 자리를 빼앗는 곳이면 어디에서나, 즉 어른들이 자신의 능동성을 전면에 내세우면서 아이에게 수동적으로 머물 것을 강요하는 곳이면 어디에서나 교육을 위해 사용되는 폭력이 기세를 떨친다. 마리아 몬테소리는 어른들을 "올챙이를 물에서 끄집어내어 모든 힘을 모아 허파 호흡을 가르치고, 곱지 못한 검은 색을 호감이 가는 초록색으로 바꿔놓는 개구리"(Montessori 1989, 208쪽)에 비유한다.

아이들은 다르다. 어른들과 다르다. 교육이 이러한 다름을 고려하지 않는다면, 교육이 아이들의 고유한 권리를 강조하지 않는다면, 교육이 가능한 빨리 이 작은 존재를 전진하게 만들어 미숙한 아이에서 유능한 성인이 되도록 만드는 가속 프로그램으로만 받아들여진다면, 교육은 일종의 투쟁의 장이 된다. 교육 방법이 아주 부드럽고 마음에 들어 보일지라도 교육은 폭력이 된다.

교육이라는 투쟁에서 어른은 쉽게 승리할 수 있다. 아이가 보기에 큰 사람은 "가장 중요한 사랑의 대상"이기 때문이다.(Montessori, 1989, 109쪽)

> 아이가 어른에게 갖는 감수성은 아주 민감해서, 어른은 아이 자신 속에 체화되어 살아가고 행동할 수 있다.(Montessori, 1989, 109쪽)

아이는 어른을 기꺼이 따르고 싶어하고, 어른에게 의존해 있으며, 많은 도움을 받고 있다. 게다가 삶을 투쟁으로 보지 않기 때문에 어른에게도 우호적이다. 여기서 마리아 몬테소리는 일상에서 고정관념으로 굳어진 역할들을 바꿔놓는다. 즉 아이는 사랑에 대한 강한 바람이 있고 감수성이 예민하지만 어른들, 즉 아이를 억압하고 자기중심적으로 행동하면서 아이의 욕구들을 도외시하는 어른들이 장애물이 된다는 말이다.

어른에 대한 아이의 사랑과 감수성에는 딱 한 가지 한계가 있을 뿐이다. 그것은 바로 교육자의 요구, 즉 아이가 외부 세계로 분출하는 내면의 다양한 발달 동력을 억제하기 바라는 교육자의 요구다. 이것은 가능하지 않은 요구다. 마치 어른이 아이의 몸이 자라지 못하도록 금지하는 것과 같은 헛된 요구다. 그러나 바로 이 점이 갈등의 핵심이기에, 어른이 아이의 다양한 자기 전개 능력들이 들어설 자리에 자기 자신을 밀어넣기에, 아이는 출구 없는 상황에 부딪힌다.

아이는 어른을 자신의 지원자로 보고 사랑하고 싶어하지만, 자신의 원초적 발전 노력들이 어른에게 저지당한다고 느낀다. 아이는 자신의 방식대로 자라나고 싶지만, 아이를 사랑하는 바로 그 어른들에 의해 제동이 걸린다는 느낌을 갖는다.

우리는 심리학을 통해 다음과 같은 사실을 알고 있다. 즉 둘 모두에게 똑같이 중요한 노력들이 서로 갈등 상태에 빠지게 되면 그 어떤 경향도 표현하지 못하는 기이한 타협물이 생겨난다. 자동차를 타고 갈 때 가스를 주입하면서 동시에 브레이크를 밟아보라. 시동이 꺼지게 될 것이다. 이것이 바로 아이가 처한 상황이다. 아이들은 스스로 발전하고 싶고, 자신에게 생명을 준 이를 사랑하고 싶지만 자기 자신을 포기하라는 요구, 즉 극복할 수 없는 저항에 부딪히게 된다. 그 결과 우리가 아이들에게서 볼 수 있는 "불면증, 밤의 공포 상황, 소화장애나 말더듬이"(Montessori, 1992, 19쪽) 같은 문제들이 생긴다. 이에 덧붙여 각종 이상행동들이 생겨나는데, 새로운 교육 세대는 예외 없이, 시간이 가면 갈수록 이런 현상들이 늘어날 것이라고 생각한다. 공격성이 그에 해당되지만, 자폐증도 그런 이상(異常) 현상에 속한다.

아이의 발달 과정에서 나타나는 이런 이상 현상들은, 어른들에게 교육을 위한 투쟁의 수위를 더 높일 수 있는 정당성을 제공한다. 따라서 어른들은 아이는 타고난 선한 존재가 아니고, 수많은 문제를 만들어내며, 어른은 최선을 다해 이 문제들과 싸워나가야 한다는 태도를 보인다. 이제 갈등의 소용돌이가 그 폭을 넓혀가고 그 결과 어른들에게 심리적인 문제들이 나타난다.

우리가 가진 노이로제, 각종 불안과 긴장감은 우리 자신의 유년기 상실에 그 뿌리가 있다. 우리의 자기 전개 능력들은 오랫동안 억압되었기 때문에, 우리 스스로도 더는 그것을 신뢰하지 못한다. "무표정한 얼굴에 곰인형을 가슴에 품고 있는 우둔하고 답답한"(Montessori, 1995, 283쪽) 아이가 어른이 된다. 이 어른은 자기 내면의 목소리를 잃어버렸다. 남들을 따라야만 했고 자신의 진정한 감정을 표현할 기회를 허락받지 못했기 때문이다. 마리아 몬테소리는 이를 다음과 같이 요약한다.

어른은 아이에게 승리를 거둔다. 그러면 어른으로 성장한 아이 속에
서는 전쟁 뒤의 자랑스러운 평화의 흔적이 영원히 사라지지 않는다.
파괴와 고통스런 동화(同化)는 그 전쟁의 두 얼굴이다.(Montessori,
1992a, 31쪽)

3. 위기에서 벗어나게 해주는 길

우리는 교육을 점점 더 아이와 어른의 싸움으로 만드는 악순환에
대해 이야기했다. 이 장을 마치면서 우리는 다른 한 가지 문제를
제기해야 한다. 마리아 몬테소리의 견해에 따르면 이처럼 점점 더
심각해지는 폭력의 악순환에서 벗어날 수 있는 길은 무엇인가?

먼저 철저한 교육 비판을 진지하게 받아들이는 것이 중요하다.
우리가 섣불리 '사랑' '믿음' '보호' '도움'에 대해 말하면, 그런
긍정적인 낱말들이 잘못된 현실을 뒤덮어버릴 위험이 있다. 그런
낱말들은 이데올로기가 되고, 이 이데올로기는 우리 어른들과 아
이들의 관계의 실제 현실을 잘못 보게 만든다. 이렇게 해서 긍정
적인 낱말들의 가상에 스스로 속아 넘어간다. '처벌'이라는 말을
교육학 어휘에서 내몬 후 더 좋아 보이는 심리학적인 개념들로 대
체하고서 우리는 무언가 바뀌었다고 믿는다. 그러나 낱말을 새로
만들었다고 해서 사실이 달라지지는 않는다.

마리아 몬테소리에 따르면 정말로 필요한 것은 철저하게 바뀐
태도를 익히는 것이다. 우리는 교육을, 어떤 무기를 가지고 그 일
을 하는가에 상관없이 싸움의 범주 안에서 생각하는 것을 그만두

어야 한다. 그리고 우리는 우리 자신을 강한 자, 창조자 또는 '건축가'로 바라보는 일을 그만두어야 한다. 가장 중요한 것은 우리가 아이에 대해서 다른 상을 얻고, 아이가 다르다는 사실을 바로 보는 일이다. 그리고 이런 다른 모습은 교육에 의해 빨리 해결해야 할 문제가 아니라 보존할 가치가 있는 엄청난 기회라는 사실을 바로 보는 일이다.

아이는 본성적으로 선하다. 요한 아모스 코메니우스에서 시작해 루소와 페스탈로치를 거쳐 프뢰벨까지 이런 교육학적 낙관주의를 가지고 있었는데 마리아 몬테소리도 계속 이러한 견해를 견지한다. 유년기는 어른의 연령대로 넘어가는 짧은 시간의 과도기가 아니라 나름대로 의미가 있는 고유한 삶의 형식이라는 믿음도 마리아 몬테소리가 그런 교육학자들과 공유하는 근본 신념이다.

아이 안에는 발전의 충동이 있다. 이 충동은 밖으로 발산되고 아이를 이끌어 자신의 고유한 개성을 만들어내도록 힘을 발휘한다. 아이가 자기 내면에 있는 것을 좇는다면 나름대로 리듬과 템포에 맞춰 자기 자신을 펼쳐나갈 수 있고, 그렇게 되면 아이는 사회에 대한 책임 의식과 정서의 안정감과 지적인 총명함을 가진 관찰자이자 행동가로 발전할 수 있을 것이다. 아이는 자기 자신 안에 발전의 가능성을 가지고 있으며, 교사의 과제는 아이를 "실루엣으로, 즉 앞으로 되어갈 사람의 전체적인 윤곽을 둘레에 지닌 실루엣으로 생각하는 것"(Montessori, 1992, 86쪽)이다.

우리는 교육을 할 때 언제나 현재와 미래의 긴장 관계에 마주친다. 그럴 때마다 우리는 방금 옮긴 인용구를 떠올리면서 우리가 현재의 아이를 미래의 성숙한 어른으로 만들어낼 수 있는 전능한 존재라는 착각에 빠지지 않도록 해야 한다. 또한 아이의 현재 상황에 내재한 부정적 현상들을 절대시하는 과오도 범하지 말아야 한다.

아이는 긍정적인 발전 가능성을 자신 안에 갖추고 있으며, 교사의 눈길은 쉽게 눈에 띌지도 모르는 행동 방식을 넘어서 이 아이가 가지고 있는 바람직한 자아실현의 가능성을 볼 수 있어야 한다.

마리아 몬테소리가 뜻하고 있는 바, 아이를 보는 완전히 다른 방식, 즉 자신의 개성 발달을 이끌어나갈 수 있는 아이의 다양한 능력에 대한 믿음은 교육 개념에 대해 중요한 의미를 갖는다.

- 교육은 한 사람을 현재의 그와 다르게 만드는 싸움터가 아니라 교사 자신의 변화를 요구하는 분야이다.
- 아이가 교사에게 맞출 것이 아니라 교사가 아이에게 맞춰야 한다.
- 교육의 전면에 있는 것은 어른의 요구 사항이 아니라 아이의 발달에 필요한 사항들이다.
- 교육 과정에서 이루어지는 활동은 어른에게 있는 것이 아니라 아이에게 있다.
- 어른이 주인 노릇을 잃어버리고 아이의 '시종'이 된다.

만일 아이가 발전 가능성과 능력을 자기 자신 안에 가지고 있다면, 교사는 아이가 개성을 펼칠 수 있도록 지지대 구실을 할 수 있을 것이다. 하지만 그 경우 교육에 속하는 작업은 어른의 수중에 있다기보다는 아이의 수중에 있으며, 아이의 "작업은 그것을 보호하는 세심한 배려"(Montessori, 1992a, 32쪽)를 요구한다. 어른은 "창조자"가 아니라 "창조 행위의 시종"(Montessori, 1992a, 68쪽)이다.

이런 방식으로 아이를 바라보고 교육을 마치 싸움터처럼 보이게 만드는 것을 모두 없앤다면, 어른들 자신을 위해서도 커다란 기회가 생긴다. 즉 어른은 아이에게 배울 수 있다. 아이가 가지고 있는 자발성과 직접성과 개방성을 체험함으로써 어른은 그의 삶을 끊임없는 대결처럼 보이게 만드는 눈가리개를 벗어버릴 수 있다.

아이의 생명력을 직접 체험하면 자신의 경직성을 떨쳐버리는 데 도움을 줄 수 있다. 섬세하게 표현되는 생명을 보호하는 일을 하는 가운데 어른은 자신 안에 이미 매몰 상태에 있는 감정의 표현들에 민감해진다. 아이들의 웃음은 물론 아이들의 눈물을 아무 거침 없이 받아들임으로써 어른은 자신의 감정들에 충실하게 된다.

마리아 몬테소리는 예수가 아이들을 축복하는 이야기를 빌려 다음과 같이 격정적으로 말한다.

> 우리는 아이를 우리가 따라야 할 본보기로 삼아야 한다. 우리에게 천국에 이르는 길을 보여줄 수 있는 스승으로 삼아야 한다.(Montessori, 1995a, 45쪽)

유년기와 사회

마리아 몬테소리는 본래 의사였고, 질병의 징후를 알아내어 그 원인들을 발견하고 치료 방법에 착안하는 교육을 받았다. 그런 점에서 볼 때 마리아 몬테소리가 교육 과정의 개별적인 측면에 주안점을 두었던 것은 쉽게 이해가 간다.

하지만 일찍이 여러 차례의 개인적인 투쟁을 통해서 그녀는 여성의 억압이라는 주제에 이르게 되었고 이탈리아 여성 운동의 대표자로서 여러 차례 국제회의에 참석했다. 여기서 마리아 몬테소리는 자본주의가 시작될 무렵 공장에서 행해졌던 여성 노동과 아동 노동 착취를 문제로 제기하고, 의학을 환자 개개인이 가진 질환들을 치료하는 활동으로 이해하는 데서 나아가 질병의 사회적 원인들에 주의를 환기시킴으로써 의학 분야가 가진 사회적 차원 속으로 파고들었다.

산 로렌초의 빈곤 지역에 있던 몬테소리의 첫 병원은 노동자 가족의 생활 조건과 주거 조건을 개선하려는 광범위한 사회 활동 프로젝트의 일환이 되었다.

마리아 몬테소리의 사회 참여와 실천 활동을 보면 그녀의 교육 이론 안에도 사회적이고 정치적인 차원들이 반영되어 있는 것이 납득이 간다. 지금부터 이에 대해 서술하기로 한다.

1. 아이들, 억압된 계급

마리아 몬테소리는 어른들에 의한 아이의 억압을 단순히 개개인의 심리 차원에서 살피는 데서 나아가 그것이 가진 사회적 의미를 풀어낸다.

아이들과 어른들은 서로 떨어진 두 개의 계급을 이루며, 큰 자들과 작은 자들 사이에서는 '계급 투쟁'이 벌어진다. 이 투쟁에서 아이들은 프롤레타리아나 여성들과 마찬가지로 패배자의 자리에 있다. 이때 세대 사이의 계급 투쟁은 서로 다른 성 사이의 계급 투쟁이나 노동자의 계급 투쟁에 비해 훨씬 보편적인데, 그 이유는 모든 사람은 한때 아이였고 그렇기 때문에 억압받는 자의 자리에 있었기 때문이다. 노동 운동이나 여성 운동을 통해 생활 조건들은 개선되었지만, 사회적 계급으로서 아이들의 무능력은 계속 존속하고 있다.

2차 세계대전이 끝난 뒤 이루어진 민주적인 변화의 과정에서도 아이들은 배제되었다. 입법부도 행정부도 아이들의 이익을 대변하지 못했기 때문이다. 이 때문에 마리아 몬테소리는 전적으로 아이들의 이익을 보장해야 한다는 의무감을 느끼는 어른들이 정치적 결정에 영향력을 행사하는 데 필요한 기구로서 아이를 위한 정당과 행정부를 요구한다.

이런 생각은 지난 세기 90년대에 이르러 지방 자치구나 각 도나 전국적 수준에서 아동위원회, 아동 의원, 아동 및 청소년 의회 등이 열림으로써 실현되었다. 하지만 실제 영향력을 행사할 수 있는 가능성에서 보면 그 정치적 힘이 미약하기 때문에 실제로 영향을 미치기보다는 아이들을 위한 의사 표현에 그칠 뿐이다. 아이들은 각료 회의에 참석하지 못하고 아동 의회 대표자들은 사회의 치부를 감추기 위한 눈가리개에 불과하다.

이처럼 아이들은 정치적인 권력 다툼에서 배제되어 있고, 힘 있는 사회적 이익 집단의 지배에 맞설 힘이 아무것도 없다. 아이들의 생활 환경에 어떤 영향을 미칠지를 배려하여 정치적 결정을 내리는 것은 드문 일에 불과하다. 아이들은 정치적 결정을 하는 과정에서도 배제되어 있을 뿐만 아니라 일반적인 사회적 관계 차원에서도 방해 요인으로 대우받는다.

어른들은 자신들이 잘 적응하도록 우리 삶을 꾸며놓았지만 그와 동시에 아이들은 방해 요인이 되도록 삶을 구상했다. 교통, 공장, 공공 시설, 기계화 등은 아이들이 어떻게 방해 요인이 되는지를 보여주는 사례들이다. 교통방송은 이런 주의보를 낸다. "차도에서 노는 아이들을 주의하세요!" 이 주의보는 "돌아다니는 개들을 조심하세요!"라는 말과 다를 것이 없다.

우리 사회에서 이뤄지는 삶의 수많은 분야에서 아이들이 위험 요인이라는 것은 나쁜 의도에서 하는 말이 아니라 현실이다. 심지어 가족 안에서도 아이들을 방해 요소로 보는 경향들이 나타난다. 부모 양쪽이 집 밖에 나가 일을 한다면 아이들에게 어떤 일이 일어나는가? 주말에 휴식이 필요하면 사람들은 아이들을 어떻게 대우하는가? 일요일 TV 방송 시간이 오거나 극장 관람이나 여타 여가 활동을 할 시간이 오면 아이들은 어디로 가는가?

허다한 경우 아이들이 방해 요인이자 위험 요인이 되어버린 것은 독재자처럼 군림하는 어른 탓이라기보다는 객관적인 생활 조건들을 표현하는 사실이다. 우리는 세상을 어른들의 필요에만 맞게 만들어놓았다. 너무하다.

아이들은 방해꾼이기 때문에, 어른들의 사회에서 내쫓긴다. 마리아 몬테소리는 '아이 방'과 '학교'를 그런 시설이라고 부른다. 그녀의 표현에 따르면, 학교는 감옥은 아니라 해도 그와 별다를 것이 없는 곳이다. 학교는 아이들을 강제로 붙잡아두는 게토다. 아이 교육에 대한 우리의 태도를 감안해서 그런 시설들을 살펴보면, 그 시설들은 아이들을 그들에게 맞지 않는 사회적 교류에서 배제하기 위한 수단이자 그들을 격리 시설에 가둬두기 위한 수단으로 드러난다. 설령 감옥은 아니라고 해도 아이들을 붙잡아두기 위한 '금으로 만든 새장'인 셈이다.

이런 관점에서 보면 교육 시설들을 늘려나가자는 요구에 대해 논의하기보다는 아이들을 '정상적인' 사회 생활 속에 다시 받아들일 수 있는 가능성들에 대해 생각해보는 것이 교육적으로 중요한 일이다.

이것이 절박한 이유는, 아이들이 책임 의식 있는 사회 구성원으로 발전하려면 실제 삶과 접촉하는 일이 필요하기 때문이다. 그들이 여러 가지 사회 활동에 참여할 기회를 가질 때에만, 그들이 어른들을 관찰하고 점점 더 많이 여러 가지 활동에 참여할 수 있을 때에만, 그들은 사회 세계 안으로 성장해 들어올 것이다. 그럴 때에만 아이들은 미래의 어른으로서 부모의 역할을 넘겨받고 세계를 개선하는 데 적극 동참할 수 있다.

2. 아이들의 노동

마리아 몬테소리의 관점에서 보면, 어른들과 아이들의 관계를 계급 투쟁으로 풀이하는 것은 단순히 구체적인 예시를 하기 위한 그림도 아니고 과장된 형태의 교육 비판도 아니다. 그 이상이다. 마리아 몬테소리에 따르면 사회는 어른과 아이의 두 노동자 계급으로 갈라지는데, 그들이 일하는 방식은 서로 용납할 수 없게끔 완전히 모순되는 관계에 있다.

사람들이 사회에서 조화롭게 살 수 있으려면, 어른들의 일과 아이들의 일이 똑같이 필요하고, 서로 연관되어 있어 그 자체로 의미 있음을 반드시 인정할 필요가 있다. 하지만 현 상태는 그렇지 않다. 어른들의 진지한 활동이 전부이고, 그에 반해 아이들은 어른들의 활동으로부터 단절된 상태에서 쓸모없는 장난들로 이루어지는 가상 세계 속에 자리를 얻는다. 아이들의 일이 더 나은 세계를 건설하기 위해 더없이 중요한 것인데도 아이들은 사회 생활의 방해자 취급을 받고 그렇기 때문에 억압을 당한다.

《아이들은 다르다》(1989)라는 책에서 마리아 몬테소리는 아이들의 일을 어른들의 일과 비교한다. 어른은 외적인 목적을 위해서 일을 한다. 그들은 필요한 욕구나 또는 욕구처럼 보이는 것을 충족시키기 위해 물건을 만들어야 한다. 이 과정에서 노동 분업의 범위가 점점 더 넓어진다. 한 개인은 어떤 거대한 장치의 조그만 바퀴에 불과할 뿐, 일을 하면서도 자기가 하는 일이 전체를 위해서 어떤 기능을 하는지 아무것도 모른다.

어른들의 노동 세계가 더욱더 높은 생산성을 얻기 위해서 노동은 의식적으로 합리화되고 쓸모없는 움직임은 배제된다. 가능한 최고 수준의 생산성에 도달하기 위해서 감정이 참여하는 부분은 줄어든다. 마침내 노동 세계에 대해서 '최소 노동력 소비'의 법칙이 중요한 의미를 갖게 되고, 기계들이 사람의 근력을 대신하고, 컴퓨터는 기계적인 일은 물론 더 수준이 높은 정신적인 기능까지 떠맡는다.

하지만 어른뿐만 아니라 아이도 일을 한다. 아이는 나중에 어른들 사회에서 중요한 노동 세계에 발을 들여놓는 데 적당한 나이와 적당한 체구가 될 때까지 쓸모없는 장난들이 전부인 가상 세계에 흐뭇해하면서 시간을 죽이는 데 만족하려 하지 않는다. 아이는 온 힘을 집중해서 인내와 목적 지향성을 가진 상태로 자신의 발전에 필요한 과제와 씨름하는 데 관심을 두고 있다. 다만 아이가 일하는 형식이 어른들이 일하는 형식과 다를 뿐이다.

아이가 추구하는 것은 외적인 목적도 아니고 눈에 보이고 손으로 잡을 수 있는 물건도 아니다. 아이의 일은 한 사람의 인격성을 구축하고 창조하는 데 목적을 둔 창조적인 노동이다. '노동 분업'은 여기서 아무 의미가 없다. 모든 아이가 자기 자신을 위해 인간의 전체성을 산출해내야 하기 때문이다. 모든 사람은 어린 시절 발전시킨, 어떤 것으로도 대체할 수 없는 개성을 지니고 있다. 모든 아이는, 페스탈로치의 말을 옮기자면 '머리와 가슴과 손'을 만들어나가야 하며, 그렇게 펼쳐진 전체적인 개성에 의해서 비로소 사람은 어른이 되면 그에 합당한 능력을 얻는다.

그때 아이의 일 또는 아이의 노동은 의식적 계획 아래 있는 것이 아니라 대부분 무의식적으로 진행된다. 그 과정을 조종하는 것은 아이의 내면에 놓인 어떤 발전 동력이다.

어떤 젖먹이도 걷기를 배우려면 내가 이런저런 단계를 거쳐야 한다고 스스로 말하지 않는다. 어린이집에 다니는 어떤 아이도, 정체성을 얻으려면 자신은 성 역할과 대면해야 한다고 스스로 말하지 않는다. 학교에 다니는 어떤 아이도 책을 읽을 수 있으려면 자신은 철자와 문법을 배워야 한다고 스스로 말하지 않는다. 하지만 젖먹이는 필요한 단계를 거치고, 유치원 아동은 서로 다른 성 사이의 관계에 대한 질문에 부딪치며, 학교에 다니는 아동은 문자의 세계에 들어선다. 아이의 일은 자기 자신도 의식하지 못하는 상태에서 이루어진다.

그리고 마지막으로 아이의 일에서는 '최소 노동력 소비'의 법칙이 통용되지 않는다. 이제 막 기어다니기 시작한 젖먹이는 장애물을 넘어서려고 한다. 또한 어려운 상황에서도 기어다니고 싶어한다. 무던히 애를 쓰고 과제가 성공할 때까지 시도를 되풀이한다. 그리고 목적을 이룬 다음 아이가 내보이는 것은 피곤함이 아니라 함박웃음이다. 그와 동시에 아이는 더 어려운 과제에 달려든다.

어른의 노동에는 외적인 목적들이 있기 때문에, 그것들을 가능한 효율적으로 성취하는 것이 중요하다. 하지만 아이의 노동 목적은 인격성을 구축하는 것 자체에 있기 때문에, 단순하게 해야 할 것이 아무것도 없다. 필요한 노력을 다 소모해야 한다. 당장 해야 할 단계들을 밟아야 하고, 그런 일은 필요한 시간 동안 지속되어야 한다. 아이의 일에는 더 빨리 해야 할 것도 없고 더 효율적으로 만들어야 할 것도 없다.

> 어느 누구도 아이에게서 이 일을 덜어줄 수 없고 아이를 대신해 자라나줄 수 없다. 20년에서 몇 년을 덜 쓰고 스무 살 나이에 이르는 것은 아이의 관심사가 아니다.(Montessori, 1989, 200쪽)

마리아 몬테소리는 관심의 양극화를 관찰함으로써 한 가지 사실을 배웠다. 스스로 선택한 과제를 수행할 때 아이가 들이는 노력은 아이의 에너지를 소모시키는 것이 아니라 에너지를 증대시킨다는 사실이다. 우리 어른의 활동에서는, 일은 육체적인 힘과 정신적인 힘을 소비하고 이 힘은 이어지는 휴식 단계에서 새로 충전되어야 한다는 것이 하나의 법칙이다.

아이의 일은 다르다. 아이의 경우 활동을 통해 에너지가 줄어들기는커녕 반대로 더 증대된다. 어떤 아이가 수영장의 5m 높이 다이빙대에서 뛰어내리는 것을 보라. 첫 시도에는 커다란 두려움이 따른다. 계단을 올라갈 때는 다리가 떨린다. 가장자리에 서서 깊은 물속을 내려다본다. 주춤 한 걸음 뒤로 물러섰다가 다시 앞으로 나온다. 마침내 아이는 용기를 총동원해서 뛰어내린다. 그런 뒤에는 수없이 똑같은 시도가 되풀이되고 그러는 가운데 불안감은 줄어들고 물속으로 곧장 뛰어드는 능력이 자란다. 집으로 돌아가는 발걸음은 수영장으로 가는 발걸음보다 훨씬 가볍다.

인격을 형성하는 노동은 아이 스스로 수행한다. 그때 어른은 아무것도 대신해줄 수 없다. 아이 스스로 수많은 긴장을 이겨내야 하고 이겨내려고 한다. 그런 긴장은 육체적·정신적·정서적 강인함을 발전시키는 데 필요불가결하다. 하지만 아이가 이처럼 자립적이라고 해도 그것이 곧, 어른이 아이 혼자 내버려두어야 한다거나 내버려두어도 좋다는 것을 뜻하지는 않는다.

아이에게는 뒷받침과 도움이 필요하다. 우선 아이의 노동을 방해하는 요소들을 어른이 제거해야 한다. 우리는 아이를 일꾼 또는 노동자로 바라보아야 하며 아이에게 수동적인 역할을 강요해서는 안 된다. 더 나아가 어른은 아이의 노동에 적절한 공간과 적절한 도구와 충분한 시간을 주어야 한다. 그리고 마지막으로 주변의 사회적 공간을 아이들을 위한 활동 마당으로 열어놓는 것이 필요하다. 사회 세계에서 어른들을 관찰하고 모방하는 가운데 아이는 배운다. 아이는 아이들의 안전을 위해 마련된 '유배지'나 '감옥'에서 배우는 것이 아니다.

3. 사회적 발전

마리아 몬테소리는 사회학 이론의 도움을 받아 교육이 사회에서 갖는 의미를 반성(反省)하지 않는다. 오히려 상이한 정치 체계들에 대한 자신의 관찰을 바탕 삼아 인간 사회가 보여주는 여러 가지 발전 경향을 제시하고 이를 교육 과정에 대한 자신의 해석과 결부시킨다. 이는 교육의 사회적 의미를 가늠하거나 발달심리학과 관계된 사상들이나 교육 이론에 대한 생각들을 전개할 때나 마찬가지다.

전문 지식이 있는 독자는 정신분석의 발달심리학이나 피아제의 발달심리학에서 나타나는 평행성들, 또는 이러한 것들과 여타 교육 개혁 계획안들이 몬테소리 교육 이론과 갖는 평행성들을 찾아낼 수 있겠지만, 마리아 몬테소리가 착상한 내용에는 강점과 약점이 똑같이 들어 있다. 그녀의 사상과 실천 활동의 독창성이 보존되어 있다는 점은 강점이다. 하지만 이것은 몬테소리 운동 안에서 정통주의에 힘을 실어주었다는 이유에서 약점이 된다. 그녀에게는 창조자라는 말이 알맞다. 여러 가지 점에서 볼 때 다른 이론적 계획안들 혹은 교육 개혁을 실천하기 위한 시도들과 다리를 놓는 일은 이루어지지 않았다.

20세기에 일어난 사회 발전의 특징을 보면서 마리아 몬테소리는 몇 가지 추세를 지적한다. 앞 시대와 비교해보면 우선 안정감의 상실이 있다. 마리아 몬테소리는 한 예로서, 더는 부모에게서 아이에게로 직업이 '대물림'되지 않는다는 사실을 든다. 마리아 몬테소리는 자서전에서, 자신이 아직 젊었을 때 어머니는 꿈조차 꿀 수 없었던 직업의 길에 들어섰음을 인정하고 있다. 그녀는 새로운 해변에 발을 내디뎠고 거기서는 여성들을 여러 측면에서 배제시켰던 전통적인 구속들에서 벗어날 수 있는 해방의 길이 열렸다. 하지만 이는 자명성의 상실을 수반한다.

이런 사회적 발전 속에는 내적인 모순이 있다. 한편에서 보면 틀에 박힌 삶으로부터의 해방이 있지만, 다른 한편에서 보면 안정감의 상실이 있다. 고향을 찾아 그곳에 평생 동안 자신을 내맡기기는 점점 더 어려워진다. 하지만 발전 계획들은 미리 정해진 역할 규범보다는 개인의 능력에 의존하기 때문에 실현하기가 점점 더 쉬워진다.

이렇듯 양면적인 평가가 가능한 사회적 과정의 두 측면에서 더욱 강화된 개인주의화가 따라나온다. 개인은 자신의 인성을 구축하는 데 더 큰 자유를 가지게 되지만, 개인주의화되도록 사회적인 압박을 받는다. 그렇지 않으면 사회의 주변부로 내몰릴 수밖에 없기 때문이다. 하지만 삶의 길과 기회가 전통적인 역할 규정에서 비롯되는 경우가 줄어든다면, 교육의 중요성은 더욱 강화된다. 교육 과정을 통해 각 개인의 개성을 형성해나가야 하며 강인한 개성을 가진 사람은 사회 발전의 양면성을 견디어내고 그것을 생산적으로 이용할 수 있다.

'안정감의 상실'과 더불어 인간 통합의 증대가 또 하나의 역사적 추세이다. 사람들 사이의 사회적 조직망은 점점 더 늘어나며, 그 결과 어떤 집단도 다른 집단과 독립적으로 존재하면서 발전해나갈 수 없다. 전 세계 사람들은 하나의 '단일 민족'을 이루게 된다.

> 우리는 모두 하나의 단일한 유기체, 하나의 단일 민족을 이룬다. … 어떤 사람이 … 네덜란드인이라거나 프랑스인이라거나 영국인이라거나 이탈리아인으로 머무는 것이 좋다는 생각은 아무 의미가 없다. 사람은 새로운 세계의 새로운 시민이다. 그는 우주의 시민이다.(Montessori, 1992a, 44쪽)

하지만 세계 전역에 걸쳐 모든 인간이 서로 의존해 있다는 사실을 사람들은 아직도 충분히 의식하지 못하고 있다. 개별 국가들은, 한 손을 잘라냄으로써 다른 손의 힘을 키울 수 있다는 희망을 갖고 행동하는 사람 같다.(Montessori, 1992a, 44쪽) 인류는 이미 오래전에 하나의 통일체가 되었고, 그 안에서 모든 사람이 서로 의존 관계에 있으며 그 안에서 어떤 나라도 더는 다른 나라에 대한 억압과 착취를 통해서 발전을 보장받을 수 없다.

전 세계가 실제로 하나의 그물을 이루고 발전을 하고 있는데도 개별 민족들은 원시적인 의식을 떨치지 못한 채 이기적으로 다른 나라의 희생을 발판 삼아 자기 나라의 이익을 관철시키겠다는 생각에 사로잡혀 있다. 이런 생각은 수많은 전쟁을 일으키지만, 그 결과는 사실 모든 사람의 파멸에 지나지 않을지도 모른다.

사람들은 전 인류에 대한 자신들의 책임감을 자각하는 법을 배워야 하며, 자신들의 행동이 갖는 보편성을 의식하고 올바로 행동하려면 이제 국가나 민족 같은 범주들을 통해 생각하는 일을 그만두어야 한다.

우리의 생각이 계속해서 민족 이기주의에 사로잡혀 있다면 인류는 공멸할 것이며, 오직 전 지구적인 책임 의식에 따라 행동할 때만이 더 나은 세계를 만들어낼 수 있을 것이다. 모든 인간의 상호 의존성에 대한 의식, 즉 모든 나라의 사회적 발전이 서로 뗄 수 없이 결합되어 있다는 의식은 평화 교육이라는 측면에서 중요한 결과들을 낳는데, 이 점에 대해서는 곧 이야기하게 될 것이다.

세 번째 사회적 추세는 마리아 몬테소리에게 중요하다. 그것은 바로 외적인 발전과 인간 능력의 답보 상태 사이에서 발생하는 불균형 발전이다. 산업화를 통해 기계의 세계는 엄청난 힘을 펼쳤다. 사람들은 전에는 도달할 수 없던 공간적 차원에 육박해 들어가고 근력을 쓴다면 도저히 상상할 수도 없을 만큼 무거운 것들을 움직일 수 있게 되었다. 또한 사람들은 인간의 감각으로는 접근이 불가능한 미세한 세계를 파악할 수 있게 되었다. 마리아 몬테소리가 죽은 뒤에 이 모든 일은 더욱 거세게 진행되었다. 인간은 달에 발을 디뎠고 유전자를 조작했으며 거실에 앉아서 세계 구석구석에서 일어나는 일을 모두 알 수 있게 되었다.

기계의 힘은 경이로운 결과들을 낳을 수 있다. 이를 통해 세계의 기아 상태를 극복할 수 있을 것이고, 점점 더 많은 질병을 정복할 수 있으며, 삶의 질은 더욱 높아질 수 있다. 하지만 그와 동시에 우리는 이 과정에서 나타나는 위험을 수없이 목격하고 있다. 전쟁 기술에서, 핵 기술 이용에서, 새로운 매체의 홍수 속에서, 우리는 도처에서 위험에 직면해 있다.

마리아 몬테소리가 보기에 그러한 부정적 결과들은 외적인 발전과 미숙한 인간성의 발달 사이에서 균형이 상실됨으로써 생겨난다. 인간은 기계를 만들고 사용하지만 그것을 지배하지 못하고 거꾸로 기계에 의해 지배를 당한다. 발전 속도가 빨라지면 빨라질수록, 인간의 무능력은 더욱더 분명하게 드러난다. 머리로는 석기 시대 사람처럼 생각하고 가슴속에서는 석기 시대 사람처럼 느끼는 인간이 점점 더 늘어가는 기계 기술의 주인 행세를 한다. 이 기술들은 마땅히 더 좋은, 더 정의로운 세상을 만들기 위한 무기여야 하지만, '원시적인' 사람의 손에서 그것들은 그 규모를 헤아릴 수 없는 거대한 위험 요인일 뿐이다.

마리아 몬테소리는 기술에 적대적인 태도를 보이며 그 새로운 가능성들을 저주하고, 눈을 뒤로 돌려 과거를 찬양하면서 '더 좋았던 지난 시절들'을 그리워하는 보수적인 교육학자가 아니다. 바로 그 때문에 그녀는 인간의 외적인 능력과 내적인 능력 사이의 균형 회복을 중심 과제로 여긴다.

인간은 기계를 지배하는 법을 배워야 한다. 그는 '상황'의 희생물이 아니라 능동적 주체가 되어야 한다. 그러나 이것은 인간의 제반 기술적 능력이 그의 사회적 능력과 관계를 맺고 있어야 함을 뜻한다. 기술의 다양한 가능성들이 '천국'으로 구현되고 인간의 자멸로 이어지지 않으려면 인간의 다양한 도덕적 능력을 높이는 것이 우선적인 과제다. 기계 기술의 외적인 발달과 인간 내면의 자기 통제력 사이의 균형을 이끌어내려면 교육의 힘이 필요하다.

> 인간은 그의 크기에 맞는 교육을 받고 그의 능력에 합당한 존재가 되어야 한다.(Montessori, 1992a, 46쪽)

인간은 자신의 손에 얼마나 엄청난 기술적 수단이 들어 있는지 자각해야 하며, 평화와 전쟁, 정의와 착취, 가치 있는 삶과 자멸이라는 상반된 목적을 위해서 그것을 사용하는 것이 바로 자기 자신임을 알아야 한다. 인간이 이런 위대한 책임을 떠맡을 준비를 갖추려면, 교육을 통한 인성 능력의 강화가 필요하다.

마리아 몬테소리는 새로운 세계를 '초-' 또는 나중에는 오해의 여지가 없이 더욱 분명하게 '초자연적인-'이라는 말로 표현한다. 마지막 저술에서 몬테소리는 이렇게 말하고 있다.

> 지혜로운 자연이 밑바탕을 이루고, 그 위에 더욱 완전한 초-자연이 건설될 수 있게 되어야 한다. 그런 진보가 자연의 한계를 넘어서고 그와 다른 형태들을 취하리라는 것은 확실하다. 하지만 인간이 자연을 짓밟는다면, 그런 일은 이루어질 수 없다.(Montessori, 1992, 151쪽)

분명 우리의 아이들은 꾸며낸 자연 관계와 아무 관련도 없는 세계에서 살 준비를 갖추어야 한다. 그들은 자기들만의 외딴 섬에서 혼자만의 행복을 찾는, 문명과 동떨어진 거주민이 될 수는 없을 것이다. 그들은 모든 것이 모든 측면에서 다른 모든 것과 연관을 맺고 있는 세계에서 살 것이고, 지난 시절에 쓰던 사적인 도구와는 아무 상관도 없는 기술을 사용할 수밖에 없을 것이다.

'초자연적인' 세계에서의 이런 삶이 저주가 아니라 축복이 되려면, 아이들의 인성은 그런 질적 도약에 보조를 맞출 수 있어야 한다. 아이들은 인지적 측면에서나 정서적 측면에서나 도덕적 측면에서나 더욱더 많이, 더욱더 훌륭한 교육을 받아야 한다. 그래야만 책임을 자각할 수 있다.

모든 갓난아이는 지난 시절의 갓난아이와 똑같은 지점에서 삶을 시작한다. 하지만 사회의 발달과 공동체의 진보 수준에 이르기 위해 뛰어올라야 할 거리는 점점 더 커지고 있으며, 이런 도약은 '초자연적' 발달이 언제나 그와 똑같은 자연적 발달의 법칙들에 바탕을 두고 있을 때에만 이루어질 수 있다. 기술과 사회의 진보를 자연의 요구 사항들과 인간 성장의 법칙들과 조화를 이루게 하는 것이 시급한 일이며, 그렇기 때문에 마지막 도달점('초자연적' 세계)을 출발점(자연적인 발달 법칙들)과 똑같이 안중에 두는 교육이 필요하다. 그럴 때에만 마리아 몬테소리가 사회적 발전의 징표로 여겼던 일이 성취될 수 있다. 그 징표는 다음과 같은 사실에 있다.

다음 세대는 지난 세대보다 더 훌륭해야 한다. 다음 세대는 지금 우리보다 더 강해야 한다. … 미래의 세대는 우리가 그들에게 가르칠 수 있는 것을 실행하는 법을 알 뿐만 아니라 한 걸음 더 나아갈 수 있어야 한다.(Montessori, 1992, 86쪽)

4. 평화를 위한 교육

마리아 몬테소리는 사회에 대한 자신의 고찰 방식을 오늘날 우리에게도 커다란 중요성을 갖는 교육의 두 가지 핵심적인 문제에 적용한다. 그 하나는 서로 다른 어린이 집단의 협동에 관한 것이다.

서로 다른 사회 계급들과 서로 다른 민족들 사이의 친화성을 획득하려면 우리는 상이한 계급과 국가의 아이들을 뒤섞어놓아야 한다.(Montessori, 1992, 106쪽)

어른들에게 '형제애'란 인간이 의지를 갖고 노력할 때만이 충족시킬 수 있는 요구들을 가리키는 하나의 추상적인 개념이다. 그에 반해 여러 사회 집단의 아이들이 함께 교육을 받는다면, 그들이 함께 살아갈 수 있고 서로 관찰하고 서로 도와가며 행동할 수 있다면, 아이는 상이함을 정상으로 '흡수한다'. 아이는 차이점을 단순히 머리를 통해서뿐만 아니라 감정을 통해서도 이해한다. '형제애'는 이런 아이들에게 추상의 낱말이나 추상의 이념이 아니며, 그래서 그것을 실현하기 위해 의식적으로 노력할 필요도 없다. 그것은 "인간의 삶에 깊이"(Montessori, 1992, 105쪽) 뿌리를 박고 있는,

체험을 통해 얻은 자명한 사실이다.

평화 교육은 통합에 대한 요구와 더불어 마리아 몬테소리에게 특별히 중요한 분야다. 두 차례 세계대전의 중간 시대 혹은 2차 세계대전이 끝난 뒤 파괴된 유럽에 되돌아왔을 때 다시 한번 마리아 몬테소리는 경고의 목소리를 높이며, 그녀의 몇몇 강연도 마찬가지로 예언적인 성격을 갖는다. 그에 따르면 정치는 긍정적인 경우 전쟁을 막는 효과를 낳을 수 있다. 하지만 이것으로는 충분치 않다. 언제나 단기간에 걸쳐서 작용할 뿐인 휴전 상태를 만들어내야 할 뿐만 아니라 평화 자체를 조직화해내야 한다. 이는 "전 세계 사람들이 하나의 커다란 정원에서 뛰어노는 어린아이들처럼 되기 위해서"(Montessori, 1992a, 39쪽) 필요한 일이다.

이런 목적에 이르려면, 정치 분야에서 가능한 것보다 더 넓고 더 깊이 평화를 위해 노력해야 한다. 평화를 위한 노력들은 각 개인의 인성 수준과 보조를 맞추어야 하는데, 그 이유는 전쟁이 존재하게 하는 것은 무기가 아니라 무기를 만들어 사용하는 사람이기 때문이다. 지속적으로 전쟁을 막으려면 교육을 "평화의 무기"(Montessori, 1992a, 48쪽)로 삼아야 한다. 인간에게 전 세계 모든 사람들의 상호 의존성을 일깨우고 '형제애'와 평화에 대한 염원을 그의 삶 깊은 곳에 심어놓는 교육을 통해서만 인류는 전쟁을 막을 뿐만 아니라 평화로운 세계를 지속적으로 건설할 능력을 갖게 된다.

그런 교육은 어떤 모습을 띠어야 하는가? 마리아 몬테소리는 먼저 평화 교육이 문화적 교양의 문제가 아니라고 말한다. 전통적인 수업에 '평화 교육'을 덧붙인다고 해서 달라질 것은 아무것도 없다. 관건은 교육의 형식이 아니라 내용이기 때문이다. 유치원 교육에서 일반적으로 널리 통용되고 있으며, 평화 교육이라는 의도에 따라 아이들에게 무기를 갖고 노는 일을 금지하려는 논변들도 마리아 몬테소리는 그리 대단하게 여기지 않는다.

> 사람들은 어릴 때 무기를 갖고 놀았던 영향으로 전쟁을 하는 것이 아니다.(Montessori, 1992a, 49쪽)

마리아 몬테소리에 따르면 평화 교육은 전통적인 교육의 폭력적인 구조들을 비판함으로써 교육이라는 사건에 더욱 철저하고 깊이 있게 개입해야 한다. 학교에서는 더 좋은 성적을 받으려고 동료 학생들과 경쟁하며, 그런 싸움에서 능력을 보여준 사람이 성공적인 학생으로 인정을 받는다. 동료 학생을 돕는 것은 '답을 알려주는 일'이라서 금지된다. 교사들은 모두 학급의 질서를 유지하는 방법 가운데는 아이들 사이의 '고자질'과 '헐뜯기'를 조장하는 방법도 있다는 것을 알고 있다. 전통적인 교육은 아이들을 상대로 벌이는 어른들의 싸움과 대결과 전쟁이 되도록 짜여 있기 때문에, 아이들은 '큰 것＝힘이 있는 것＝남을 이기는 것'이나 '작은 것＝힘이 없는 것＝남에게 눌리는 것'이라는 등식을 배운다. 이런 희망 없는 상황에서 벗어날 수 있는 길은 상황을 뒤바꾸는 방법밖에는 없다.

이런 교육은 설령 교사가 내용적인 수준에서 평화 교육을 자신의 관심사로 삼는다 해도 공격적인 잠재력을 강화하는 결과를 초래한다. '정상적인' 교육을 통해서는 자신의 취약한 위치를 힘 있는 자들에게 빌붙어 만회하기 바라는 유약한 인성이 만들어진다. 교육에서 행해지는 처벌을 통해서 인간은 다른 사람들의 의견에 의존적이 되고, 스스로 길을 찾아나가면서 행동할 수 없으며, 그렇기 때문에 우두머리의 손에 자기 자신을 맡기게 된다.

> 용기가 꺾이고 꾸지람을 듣는 학생의 마음속에서 자기 자신에 대한 불신과 소심함으로 표현되는 공황 상태가 생겨난다. 우리는 어른에게서 이런 것들이 다시 체념이나 방관이나, 도덕적 저항을 할 수 없는 무능력 등의 형태로 나타나는 것을 볼 수 있다.(Montessori, 1992a, 36쪽)

교육이 '평화의 무기'가 되게 하려면, 어른은 아이에 대한 전쟁을 그만두어야 한다. 어른은 교육의 영역에서 '무장을 해제'해야 한다. 자신의 힘을 포기해야 한다. 그렇기 때문에 마리아 몬테소리는 교육에 대한 자신의 새로운 관점에서 깊이 있는 평화 교육을 위한 밑바탕을 찾아낼 수 있었다. 그 까닭은 그런 관점에서는 교육을 공개적이거나 교묘한 방식으로 행사되는 권력이나 폭력으로 이해하지 않고 아이가 가진 자연적인 다양한 자기 전개 능력을 도와주고 뒷받침해주는 일로 이해하기 때문이다.

2차 세계대전 이후의 여러 강연에서 마리아 몬테소리는 이 점을 다시 한번 인상 깊게 묘사했다. 그에 따르면 가장 중요한 것은 가르치는 사람이 아이에 대한 자신의 기본 태도를 다시 생각해보고 그것을 새로운 형태로 바꾸는 일이다. 아이는 우리의 따뜻한 행동을 통해 도움을 받아야 하는 '거지'가 아니다. 그 반대이다. 아이는 '(우리의) 문명을 위한 도움'이다. 우리는 "아이가 우리에게 줄 수 있는 도움"(Montessori, 1992, 78쪽)을 눈여겨보아야 한다.

현 상황에서 보면 "교육은 오늘날의 전쟁 무기와 비교해볼 때 화살과 활을 쓰는 수준"(Montessori, 1992a, 48쪽)에 놓여 있다. 세계가 전쟁을 그치고 사회적 진보가 교육 분야에서 포괄적으로 진행될 때에야 비로소, 장기적으로 더욱 안정된 평화를 구축하는 데 필요한 조건들이 마련될 것이다. 새로운 교육을 통해 전쟁의 야만성에 빠져들지 않을 만큼 강인한 인성을 가진 세대가 교육될 것이다. 그제야 비로소 사람들은 자신들의 사회적이고 정치적인 행위의 주체가 되고, 기술적인 장치들이나 익명의 상황들에 희생되는 먹잇감에서 벗어날 것이다.

교육학적 인간학

마리아 몬테소리의 관심은 자신의 교육 사상들을 정교하게 다듬어나가면서도 포괄적인 세계관을 시야에서 잃지 않는 데 있었다. 초기 저작에서는 이런 관심사가 한편으로는 유치원 아동에 대한 제도 교육이 성공하기 위한 조건들을 규정하는 데서, 다른 한편으로는 '관심의 양극화' 현상에 논의를 집중하는 데서 나타난다.

이어지는 시기의 저술 활동에서 마리아 몬테소리는 자신의 교육 개혁 프로그램을 다양한 발전 단계 하나하나에 맞춰 더욱 세분화하는 한편, '우주적인 이론'이라는 개념을 통해 다채로운 교육 사상들을 체계적으로 요약하고자 했다. 그럼으로써 마리아 몬테소리는 유년기와 인간상과 피조물 전체와 피조물과 신의 관계를 내용으로 삼는 하나의 포괄적인 관점에 도달할 수 있었다.

모든 생명체는 이 세상에서, 개체의 생명을 훨씬 넘어서는 우주적인 과제를 실현한다. 동물은 기능을 갖춘 본능적 장치를 가지고 태어나는데, 이런 장치는 주어진 환경에 적응하는 데 도움을 준다. 도망과 공격을 수단으로 삼아 동물은 먹이를 찾고, 성교를 하려고 짝을 선택하며, 자신의 자연적인 욕구들을 채우고 그렇게 함으로써 삶을 살아가는데, 이 삶은 탄생과 더불어 시작해서 죽음으로 끝이 난다.

하지만 동물은 이런 일을 할 때 자기 자신과 자신의 종을 보존할 뿐만 아니라 그 범위를 넘어서는 사명을 갖고 있다. 즉 동물은 살아 있는 모든 것들이 만들어내는 광범위한 조화의 작은 부분이다. 모든 것은 서로 얽혀 있으며, 동물은 자기보다 작은 생명체들을 잡아먹음으로써 생명을 유지하면서, 그와 동시에 더 큰 생명체의 먹이가 된다. 지상의 모든 생명은 균형 상태에 있으며, 이 균형 상태는 더 높은 형태의 조화에 이르려고 한다.

물론 동물은 의식이 없기 때문에 자신의 우주 기능에 대해 아무것도 모른다. 동물은 의식 대신 무의식적인 충동과 본능에 지배당한다. 그러나 우주의 계획이 있는데, 이것은 진화의 역사에서 볼 수 있듯이 우연의 산물이 아니라 피조물 전체를 아우르는 높은 형태의 균형을 추구한다. 생명체 하나하나에는 지성(知性)이 없지만, 궁극적으로 모든 개별적인 운동을 그 상호작용 속에서 보면 그것들은 의미 있게 짜여 있다.

창조 행위의 근원인 신은 지구를 지성에 맞게 움직이는 존재다. 마리아 몬테소리는 루소의 《사브야르 지방 보좌신부의 신앙고백 (La Profession de foi du vicaire savoyard)》을 읽고 이런 생각을 갖게 되었다. 루소는 다음과 같은 말로써 신의 존재를 증명한다.

어떤 의지가 우주를 움직이고 자연에 생명을 불어넣는다고 … 나는 믿네. 우주가 왜 있는지는 알지 못하지만, 그것이 어떤 형태로 변화하는지는 분명히 보이지. 나는 이 세상에 있는 것들이 내적인 상호 관계 속에서 우주를 이루고 상부상조하고 있다는 것을 지각하네. 나는 우주가 우연에 의해 생겨난 것이 아니라고 말하는 편에 모든 것을 걸고 내기를 하고 싶네. … 우리가 복잡다단한 방식으로 우주를 그려내는 일에 손을 대자마자, 우주 전체의 조화와 일치가 보여주는 크나큰 경이로움은 시야에서 사라지네. … 어쨌든 나로서는 그것에 질서를 부여하는 어떤 지성적 존재를 생각하지 않고서는 그토록 안정된 질서를 갖춘 체계를 도저히 파악할 수 없다네. … 의지와 능력을 갖춘 그런 존재, 그런 자기 자신의 힘으로 움직이는 존재, 간단히 말해서, 그것이 어떤 것이든 우주를 움직이고 모든 것들에 질서를 부여하는 존재를 나는 신이라고 부르네.(Rousseau, 1989, 346~351쪽)

1. 동물과 사람이 다른 점

꽃과 풀, 곤충과 포유동물, 이 모든 것이 저마다 창조의 전체 계획에서 하나의 기능을 수행한다면, 이는 사람의 경우에도 마찬가지일 수밖에 없다. 즉 사람은 한 가지 '우주적 소명'을 수행한다. 이것이 무엇인지를 규정할 수 있으려면, 마리아 몬테소리가 동물과 비교해서 머릿속에 그린 인간상을 살펴보아야 한다. 그녀는 이와 관련해서 세 가지 다른 점을 지적한다.

그 하나는 사람이 본능에서 상대적으로 자유롭다는 점이다. 본능은 유전적으로 결정된 자극-반응 도식에 따라 작용한다. 동물은 자신의 행동을 돌이켜보지 않으며 동물의 행동은 본능적으로 일어난다. 그에 반해 사람의 경우엔 여러 가지 본능이 상당히 축소되어 있다. 사람은 자동기계처럼 행동하지 않고 의지와 의식적인 결정에 따라 행동한다. 이런 결정들은 그의 행동에 자유를 부여하는데, 동물은 그렇지 않다. 사람은 주어진 조건에서 이렇게도 저렇게도 행동할 수 있다. 지성 및 의식이 인간에게 존재할 수 있는 까닭은 그에게는 동물과 비교해서 본능의 부분이 결여되어 있기 때문이다.

이로부터 두 번째 다른 점이 따라나온다. 젖먹이의 무능력이다. 동물들이 거치는 유년기는 짧은데, 그 이유는 본능 중심의 행동을 수행할 수 있는 능력은 짧은 동안의 성숙기를 거치면 생겨나기 때문이다. 그에 반해 사람은 충분한 행동 능력을 갖추기까지 비교할 수 없이 오랜 시간이 필요하다. 사람이 언어를 습득해서 완전히 구사할 때까지는 오랜 시간이 걸리는 데 반해, 동물들은 태어나자마자 원시적인 소리를 낸다.

마리아 몬테소리의 관점에서 보면 그 점은 많은 것을 말해준다. 사람과 비교해볼 때 어떤 동물도 그토록 높은 정도로 그토록 오랜 시간 동안 아무 힘 없이 보호를 필요로 하는 상태를 거치지 않는다. 사람에게는 유전적으로 결정된 본능적 토대가 없기 때문에 높은 정도의 정신 능력들을 갖추려면 오랜 유년기 단계가 필요하다.

이런 사실에서 세 번째 다른 점이 생겨나는데, 그것은 바로 사람에게는 유전적으로 가변적인 적응 능력이 있다는 점이다. 적응 능력을 갖고 있는 것은 동물 가운데 몇몇 종밖에 없다. 주변 환경이 뚜렷한 변화를 겪으면, 타고난 본능 프로그램은 그런 변화에 대응하지 못한다.

하지만 사람은 언제나 똑같은 유전적 능력을 갖고 있지만, 매우 다른 환경에 적응하는 힘이 있다. 북극의 추위에도 적응하고 사하라 사막의 더위에도 적응하며, 북구의 숲속 생활에도 적응하고 컴퓨터를 사용하는 20세기 말의 시각 중심 세계에도 적응한다. 갓난아이는 똑같은 유전 프로그램을 갖고 태어나지만 어떤 환경에서 어린 시절을 보내는가에 따라 그런 상황에 적응할 수 있다.

동물에 비해 사람은 태어날 때 수많은 본능적 능력들을 결여하고 있고 그렇기 때문에 큰 도움 없이는 생존할 수 없지만, 그 대신 아주 판이한 주변 상황에 적응할 수 있는 폭넓은 능력을 갖추고 있다.

사람은 단단히 '고정된' 행동 방식들을 갖고 태어나는 것이 아니라 수시로 달라지는 조건에 적응할 수 있는 '능력'을 가지고 이 세상에 나온다. 아이는 자신의 주변 환경을 몸으로 받아들일 준비 태세를 갖추고, 즉 환경을 '흡수'할 준비 태세를 갖추고 세상에 나온다. 아이의 몸이 자라기 위해서는 육체의 영양분이 필요하듯이, 아이는 '정신의 영양분'으로서 환경을 필요로 한다. 태어날 때 틀을 갖출 가능성이자 법칙으로서 마련되어 있었던 것은 환경 속에서 살아가는 가운데 비로소 구체적인 능력들로 실현될 수 있다.

아이가 나이를 먹으면서, 적응 태세는 점점 사라진다. 어른은 아이처럼 쉽게 환경 변화에 맞출 수 없다. 이 점을 우리는 이렇게 형식화해도 좋을 것이다. 즉 아이는 고향을 찾을 태세를 갖추고 이 세상에 태어난다. 아이는 말과 습관과 냄새와 의식 등을 찾을 태세를 갖추고 있다. 아이는 태어날 때부터 사는 주변 세계를 고향으로 얻는다. 하지만 아이가 고향을 얻는 정도가 높아질수록, 그의 생각이나 느낌은 그가 얻은 것에 고정된다.

인간의 '우주적인 사명'이 가진 고유한 측면을 규정할 수 있으려면 신체와 정신의 관계를 분명히 해야 한다. 마리아 몬테소리는 그에 대한 자신의 생각을 표현하기 위해서 '육체화'라는 말을 쓴다. 동물은 특정한 신체 형태와 특정한 신체 능력들을 가지고 세상에 나오며, 이런 것들은 환경에 적응하기 위한 고정된 수단들이다. 인간의 경우에는 그렇지 않다. 심리적 기능들은 신체적인 발전의 결과들이 아니라, 오히려 심리적 에너지들이 신체를 만들어 낸다.

마리아 몬테소리는 이렇게 쓰고 있다. "신생아의 신체 안에서 정신은 이 땅에 살기 위한 육체를 입고 있다."(Montessori, 1989, 39쪽) 이 정신은 뒤늦게 생겨나는 지성 능력이 아니라, 인간 발달의 토대가 되는 심리적 에너지다. 사람의 신체는 그의 의지에 복종해야 하며, 사람은 신체의 충동들에 지배당해서는 안 된다. 그렇지 않을 경우, 사람은 자신의 의지에 따라 행동할 수 있는 처지가 되지 못하고, 인간의 '자유'에 대해 말하는 것은 공리공론에 불과하게 된다.

사람에게서 볼 수 있는 신체 기관들의 가변성 또한 '육체화', 즉 신체 발달에 대한 영혼의 선행성에 토대를 두고 있다. 우리가 이미 살펴본 바와 마찬가지로, 마리아 몬테소리에게는 '손'이 그에 대한 훌륭한 사례다.

사람의 손은 동물의 앞발처럼 유전적인 설계도에 의해 형성된 제한된 도구가 아니라 대단히 가변적인 것으로 아이의 발달 과정에서 천천히 만들어져나간다. 그렇기 때문에 손은 매우 상이한 과제를 수행하는 도구로 쓰일 수 있다. 영혼은 손 모양새의 형성 과정을 규정하는데, 이는 정신이 규정한 것을 손이 수행할 수 있도록 하기 위해서다. 사람의 혀도 마찬가지다. 사람의 혀는 음식물을 삼키는 데 적합할 뿐만 아니라 모든 언어의 소리를 발설할 수 있다. 혀는 발달 과정을 거치면서 천천히 모양을 갖추고 보통 마지막에는 고정된 형태가 된다. 그 결과 어른은 자신의 모국어만을 발음에 구애받지 않고 자유자재로 말할 수 있게 된다.

몬테소리는 이 '육체화' 과정을 가리키는 말로 '육화(肉化)'라는 개념을 사용한다. 정신은 육체를 얻는다. 그녀가 쓴 바에 따르면, 우리에게 열리는 것은,

> 한 가지 인상적인 광경이다. 영혼은 처음에 어둠에 갇혀 있다. 이 영혼은 빛으로 나오고 태어나고 자라려고 애를 쓰며 움직임이 없는 육체에 한 단계 한 단계 생명을 불어넣으며 드디어 출산의 노고를 통해 밝은 의식의 세계로 뚫고 나온다. … 육체화된 아이는 주변 세계를 소비해서 생명을 유지해야 하는 정신적인 태아이다.(Montessori, 1989, 44쪽)

동물과 사람의 구별은 마리아 몬테소리 인간학의 중심 테제를 보여준다. 그것은 바로, 사람은 개성과 인성을 가진 피조물이라는 점이다. 동물이나 식물에게는 그렇게 말할 수 없는 것이, 동식물의 생명은 고정된 유전 프로그램의 실현이기 때문이다. 사람은 그 정도로 고정되어 있지 않고, 유전을 통해 마련된 가능성들이 실현될 오랜 발전 과정을 필요로 한다. 그 가능성은 무수히 많으며, 그 가운데 한 길을 골라 각 개인은 자신의 자기 통제 과정과 점차 늘

어가는 의식적인 결정 가능성을 통해 거기에 참여한다. 프로그램이 관철되는 것이 아니라 개개인이 자기 자신을 만들어나간다.

2. 사람의 우주적 사명

동물과 사람은 본래 서로 다르지만, 그 둘은 똑같이 '우주적 사명'을 짊어지고 있다. 사람은 다른 피조물들과 동떨어져 있지 않다. 우주 안에서 죽은 것과 살아 있는 것은 모두 조화를 이루어야 한다. 사람은 자기 마음대로 자연을 착취할 능력이 없고 그렇게 해서도 안 되는데, 그럴 경우 생명 전체를 파괴하는 결과를 불러오기 때문이다.

사람은 자연의 작품에 발을 딛고 서서, 자신을 창조된 세계를 갉아 먹는 존재가 아닌 '창조의 정점'으로 이해해야 한다. 자신을 우주적 과제의 구성 부분으로 이해할 때만이 사람은 자신의 책임을 자각할 수 있다. 사람에게도 개인의 울타리를 넘어서는 생명이 있다. 사람의 노력도 자기 자신이나 가족이나 국가의 보존에 국한된 것이 아니다. 사람은 그런 노력을 통해, 오래전 그가 존재하기에 앞서 시작되었고 멀리 그가 사라진 뒤에도 계속 이어질 세계사의 일부가 된다.

사람은 우주적 사건의 범위 안에서 특별한 과제를 지닌다. 그 까닭은 오직 사람만이 의식을 발전시킬 수 있는 자리에 있고, 의식을 통해 세계에 대한 자신의 행동을 헤아릴 수 있기 때문이다. 동물은 맹목적으로 자신의 우주적 과제에 따른다. 배가 고프기 때문에 다른 짐승을 잡아먹고, 먹이가 필요하거나 성 관계의 경쟁자를 쫓아내야 하기 때문에 다른 동물을 죽이며, 다른 동물의 힘에 눌리기 때문에 도망을 친다. 동물 개체의 생명은, 먹고 죽이고 도망가는 행위를 통해 보편적인 과제를 수행할 수 있게 하는 한 가지 포괄적인 계획에 묶여 있지만, 이 사실에 대해 동물은 아무것도 모른다.

그에 반해 사람은 자신의 자연적인 욕구를 채우는 데 그치지 않고 여기서 더 나아가 문화를 일군다. 사람은 역사적인 의식을 갖고 전체 인류의 역사와 세계사를 분명하게 인식한다. 사람은 손으로 쥐고 눈으로 볼 수 있는 것을 넘어서서 종교를 만들어낸다. 그는 어떤 행동이 어떤 결과를 낳을지 계산할 수 있다. 그리고 그는 자신의 행동이 낳는 결과들을 윤리적인 인식에 방향을 맞춰 조정할 수 있고, 그 결과 본능적으로 주어진 모든 기제들에서 자유로워진다. 사람의 특별함은 창조의 질서 가운데 그가 차지하고 있는 특별한 자리를 보여주지만, 그와 동시에 그의 특별한 책임을 보여주기도 한다.

사람은 자연을 소비해서 살아가는 '기생물'이 아니라 우주적인 계획 속에서 분명한 과제를 안고 있다. 다른 모든 피조물들과 마찬가지로 그 역시 자연 과정에 영향을 미쳐 변화를 일으킨다.

사람의 발길이 닿는 곳마다 꽃들이 더 아름다워졌고, 식물들은 더 풍성한 열매를 냈고, 원시림들은 사람이 가꾼 숲으로 변했으며, 물줄기

는 골고루 갈라졌다.(Montessori, 1996, 21쪽)

이것은 사람의 특별한 공로를 보여주려는 말이다. 즉 자신이 가진 의식을 통해서, 문화를 일구는 자신의 능력을 통해서 사람은 "초자연적인 세계"(Montessori, 1989, 191쪽)를 일으켜 세울 수 있으며, 이를 통해 그는 세계 발전의 가장 능동적인 주체가 된다. 인간이 가진 가능성들을 통해 자연의 변덕스러움에 직접 내맡기지 않은 삶이 마련될 수 있다. 사람은 예컨대 먹을 거리를 얻는 데 필요한 기반을 계획해서, 시시때때로 흉년이 와도 굶어 죽지 않을 수 있다. 그는 기계를 사용해서 일을 하기 위해 자연의 힘을 이용할 수 있다. 이런 측면에서 볼 때 사람은 모든 동물을 훨씬 능가하는 놀라운 가능성들을 갖추고 있다.

하지만 그와 동시에 사람은 특수한 위험에 처해 있다. 사람은 우월감을 느끼기 때문에 자신이 우주적인 계획에 묶여 있다는 생각을 하지 못하면서 자연을 착취하고, 모든 것에 걸쳐 있는 조화의 이데아를 보지 못한다. 마리아 몬테소리는 묻는다. 그토록 뛰어난 가능성들을 갖추고 있는 사람이 동시에 불행한 피조물이 되는 것은 어떤 연유인가? 그의 힘이 강해지면 강해질수록, 그는 더욱 불행해질지도 모른다.

마리아 몬테소리는 두 가지 밀접하게 관련된 근거를 제시한다. 그 하나는 사람이 자신의 우주적 기능을 의식하지 못한다는 점이다. 사람은 그 기능을 맹목적으로 수행한다. 의식 능력을 갖추고 있는 그가 바로 그 지점에서 잘못에 빠져든다. 그는 자신이 하는 일이 무엇인지 알지 못하고 그 때문에 자신의 행동을 목적에 맞게 조정할 수 없다.

다른 모든 피조물이 가진 고유한 특징인 무의식성은 사람의 행동에서 해소할 수 없는 역설을 만들어낸다. 즉 그는 자유로운 존재지만 그의 행동은 강제에 묶여 있다. 그는 도덕적인 능력을 가지고 있지만 사람을 죽이고 억압하고 착취한다. 그는 위대한 일을 위해 태어났지만 인간의 존엄성을 파괴한다.

사람의 어려움은 둘째로, 그가 '자연'을 희생해서 '초자연', 즉 문화를 발전시킬 수 있다는 사실에서 생겨난다. 그는 자신이 더는 모든 피조물을 구속하는 보편 타당한 법칙들에 묶여 있지 않다고 믿는다. 그는 전능성이라는 가상에 매혹되어 자신의 한계를 인지하지 못한다. 인간의 문화는 더는 동물에게 있는 본능 프로그램에 매여 있지 않다. 사람은 자연의 계획에서는 가능하지 않은 하나의 세계를 만들어 세울 수 있다. 이것이 인간의 위대함이다. 하지만 이런 장점은 눈 깜짝할 사이에 그 반대물로 뒤바뀐다. 영원히 변하지 않는 자연의 법칙들에 자신이 매여 있지 않다고 믿는 사람은 함부로 자기 자신과 주변 환경을 파괴한다.

우주적 계획에서 사람이 차지하고 있는 특별한 자리에는 그의 특별한 책임이 따른다. 의식을 통해서 인간은 자유롭게 결정할 수 있다. 즉 그는 인간과 자연의 파괴를 낳는 결정을 내릴 수도 있다. 그리고 그는 자연력들을 지배하기 때문에, 그의 수중에는 다른 모든 피조물들보다 큰 힘이 놓여 있다. 그 힘을 좋게 쓰는가 나쁘게 쓰는가는 그의 손에 달린 일이다.

인간은 인류와의 관계에서 한 가지 중요한 과제를 갖고 있다. 온 우주에서 모든 것이 서로서로 의존해 있는 것과 마찬가지로 사람도 다른 사람들에게 의존해 있다. 여기에는 이기주의란 없다. 개인적인 이기주의도, 신분에 따른 이기주의도, 민족 이기주의도 없다. 오직 '하나의 민족'이 있을 뿐이며, 이에 대해 모든 사람은 책임이 있다. '창조 질서의 보존'이라는 임무와 함께, 모든 국가와 모든 계층 사이의 평화를 이뤄내야 한다는 중요한 요청이 있다. 하지만 이를 위해서는 사람에게는 우주적인 의식이 필요하다. 그는 우주적 사명을 의식하지 못하는 단계에서 의식하는 단계로 넘어가야 한다. 사람은 또한

(개인적인 책임보다 ―지은이) 더 큰, 우주적인 과제에 대한 책임 의식에 도달해야 한다. 자신의 환경을 위한 작업에서 다른 사람들과 함께 작용하고 있다는 의식에 도달해야 한다.(Montessori, 1996, 68쪽)

또 다른 곳에서 마리아 몬테소리는 이렇게 쓰고 있다.

사람은 창조의 거룩한 존재이자 자연의 가장 위대한 기적으로서 드러나야 한다.(Montessori, 1996, 28쪽)

두 차례 세계대전 사이, 특히 2차 세계대전이 끝나고 인간의 손
아귀에 들어 있는 파괴적인 힘의 규모를 의식하게 된 시기 역시
인류가 처한 위험에 대한 위기감은 매우 높았다. 마리아 몬테소리
는 이런 시대 비판을 받아들이지만, 여기에 낙관적인 전망을 함께
내세운다. 사람이 불행하게 되는 것은 창조 및 인류의 모든 부분
에 대한 자신의 책임 전체를 의식하지 못하기 때문이지만, 바로
그 사람이 이 늪에서 자기 머리를 잡고 자신을 끌어올릴 수 있다.

> 마음을 먹으면, 약하고 불행한 사람은 치료받을 수 있다. 두 눈을 뜨고
> 잘못을 바로잡고 자신의 힘을 의식하는 것으로 충분할 것이
> 다.(Montessori, 1992a, 89쪽)

3. '우주적 이론'의 종교적 차원

마지막 측면에 대해 더 이야기해야 한다. 그것은 바로 '우주적 이
론'의 종교적 차원이다. 이것은 지금까지 말한 것 가운데서 이미
암묵적으로 드러났으며 두 가지 테제로 귀착된다. 하나는 피조물
을 신의 작품으로 해석하는 것과 다른 하나는 아이를 신의 계시로
바라보는 것이다.

루소와 마찬가지로 마리아 몬테소리도 사람 이외의 모든 피조
물의 운동이 질서 정연하게 이루어진다는 사실, 즉 그 운동이 어
떤 포괄적인 조화라는 목적을 지향해서 이루어진다는 사실 가운
데는 신의 작용이 드러나 있다고 보았다. 이런 측면에서 역시 사

람의 위치에는 특별한 점이 있다. "신은 다른 것들을 지성에 따라 움직이게 하는 데 반해, 사람에게는 지성 자체를 부여해준다."
(Montessori, 1996, 17쪽)

사람과 다른 피조물들 사이의 의사소통은 간접적이다. 그것은 신이 동물들에게 함께 부여해준 생존 가능성들 가운데 드러난다. 하지만 사람은 '초자연적인 존재'이고, 정신과 언어를 발전시킬 능력이 있기 때문에, 종교적인 사상과 감정을 머릿속으로 그려낼 수 있다. 그렇기 때문에 신과 사람 사이의 의사소통은 '무매개적', 즉 직접적이다. 신이 그의 계시, 즉 성서 안에서나 피조물 전체 속에서 인간에게 모습을 드러낸다. 사람은 세계의 역사를 의식하고 그 속에서 전체적인 조화를 향한 노력을 인식함으로써 신을 볼 수 있다. 그리고 자연의 법칙들을 이해하고 그러한 것들을 자신의 행동을 위해 이용함으로써 자신의 우주적인 사명을 분명히 자각하고 그 속에서 신이 부여한 임무를 인식할 수 있다.

이것이 사람에게 가장 분명하게 드러나는 것은 올바른 방식으로 아이를 바라볼 때이다. 아이는 신체적 존재일 뿐만 아니라, 직접 신에게서 오며 육체의 성장을 좌우하는 자연 법칙들의 지배를 받지 않는 하나의 '영혼'을 가지고 있다. 영혼은 심리적인 발달 법칙들 가운데서 드러나는데, '육체화'에 대한 마리아 몬테소리의 생각에 따르면 이 법칙들은 인간에게 우선성을 갖는다. 아이는 자신의 신체에 영혼을 불어넣고 그렇게 함으로써 뚜렷한 개성을 지닌 인간을 만들어낸다. 이것은 아이의 본질과 인류 전체에 대해 아이가 가지고 있는 의미에 대한 마리아 몬테소리의 깊은 통찰이다.

우리는 아이를 볼 뿐 아니라 아이 속에서 신을 보아야 한다.
(Montessori, 1995a, 71쪽)

우리가 이렇게 한다면, 신의 의지에 주의를 기울이는 동시에 아이 앞에서 주의를 기울이게 될 것이다. 그렇다면 교사는, 마리아 몬테소리에 따르면 종교적 행위를 본보기로 삼는 태도를 얻게 될 것이다. 아이 속에 감추어져 있는 발전 능력들을 "인식하고 그것들에 놀라고 봉사하면서 겸손하게 그 옆에 서는 일"(Montessori, 1995a, 72쪽)이 필요하다.

교육 행위의 이런 종교적 차원을 의식할 때 어른은 자신이 아이를 자기 마음대로 키울 수 있는 전능한 능력의 소유자라는 환상에 빠지지 않는다. 인간이 자신의 한계를 인식할 때, 아이를 자기 마음대로 가공할 수 있는 원자재로 보지 않을 때, 그는 교육의 수동적 차원을 중요시할 수 있게 된다. 이것이 중요한 까닭은, 사람을 형성시키는 것은 신으로부터 아이에게 주어진 자기 발전의 능력들이며, 어른의 활동은 단지 이 발전을 뒷받침하고 그에 '봉사하는' 것일 뿐이기 때문이다.

우주적인 고찰 방식은, 마리아 몬테소리가 자신의 교육 이론을 교수법이나 방법론 문제들에 국한하지 않고, 교육학의 측면들을 종교적·철학적·정치적·사회적 측면들과 결부시킨다는 사실을 더

없이 뚜렷하게 보여준다.

　몬테소리의 언어는 많은 점에서 추상적이고 사변적이다. 하지만 그녀의 사후 우리 시대가 풀어야 할 과제가 된 커다란 사회적 물음들을 살펴본다면, 평행점들을 인식하기란 어려운 일이 아니다. 위험에 처한 세계 평화, 자연적인 생존 조건들에 대한 착취, 갖가지 민족주의 운동의 부활, 지구 곳곳마다 서로 다른 생존 조건들의 불균형, 우리는 마리아 몬테소리가 이런 문제들을 자신의 인간관과 세계관 속에서 미리 생각했음을 보게 되는데, 그녀의 대답과 인간 책임의 보편성에 대한 지적은 '현대적'으로 보인다.

교육의 임무

평생 영향을 미치는 부모건 한정된 시간 동안 아이를 돌보는 전문적인 보육교사나 사회 교육자나 교사건 간에 우리는 모두 어린아이가 동등한 권리를 가진 어른으로 성장하는 데 한몫을 담당하고 있다. 이를 위해 우리가 제공하는 각종 도움과, 50cm의 조그만 갓난아이가 자기 자신과 가족과 주변 세계에 대해 책임 있게 행동하는 어른이 되게 하기 위한 뒷받침, 가르침, 교정, 교육, 칭찬은 교육이라는 개념으로 함께 묶을 수 있다. 이 개념은 실천에서나 교육 이론에서나 매우 달리 이해되었는데, 그에 대한 논의는 두 가지 극단 사이에서 움직인다.

▪ 어떤 사람들은 거의 형태를 갖추지 않은 어린아이를 어른으로 키우는 교사의 역할을 더욱 강조한다. 동기를 부여하고, 교육 과정을 조직하며, 사회적 능력들을 주입하고, 정서적 측면에서 절망을 견디는 능력을 발전시키는 것이 교사들의 과제다.

갓난아이는 대략 3,500g 정도 된다. 신체 기관들이 기능하고 한 무더기의 신경 세포가 있다. 이제 신체 발달에 알맞은 프로그램을 제공해야 한다. 눈에는 적당한 그림들을, 귀에는 정확한 소리들을 제시하고 신경 세포들의 연결을 자극해야 한다. 이때 중요한 것은 거대한 세계를 아이의 작은 머릿속에 집어넣는 일이다. 처음에는 재미있는 그림책과 아름다운 동요에서 시작하지만, 곧이어 취학 전 교육 프로그램을 이용하고, 그 뒤에는 학교의 모든 교육 내용을 채워 넣어야 한다. 어른이 제공하는 주입량이 늘어나는 가운데 아이는 점점 더 발전해나간다. 아이는 이제 더 많이 알고, 더 정확하게 생각하며, 사회에 적응해서 행동할 수 있다.

▪ 또 어떤 사람들은 교육 과정에서 스스로의 힘으로 자신의 인성을 형성하는 아이의 역할을 더욱 강조한다. 아이 자신에게는 강력한 학습 욕구가 있으며 자신의 발달 욕구들에 꼭 알맞고 필요한 모든 것에 관심을 돌린다. 갓난아이는 육체와 신체 기관과 신경 세포가 아니라 자기 안에 설계도를 지니며, 이 설계도에 따라 자기 자신을 형성해나간다. 인위적인 틀 속에

서 강제되지 않아도 몸이 스스로 자라듯이, 아이는 정신적으로도 고유한 인성을 가진 존재로 커간다. 교사에게 남는 것은 부차적인 과제뿐이다. 교사는 신체와 정신이 건강하게 성장할 수 있는 적합한 환경을 아이에게 제공함으로써 아이를 뒷받침한다.

교육 개념의 이 두 가지 극단적인 형태는 교육학의 역사 속에서 빈번이 교체 과정을 겪었다. 이론적인 겉모습에는 차이가 있고 용어는 달라도 언제나 똑같은 일이 되풀이된다. 우리가 첫 번째 교육 개념의 예로 들 수 있는 것은 존 로크(John Locke, 1632~1704)이다.

- 어린아이는 "아무것도 쓰이지 않은 백지 또는 원하는 대로 찍어 눌러 형태를 만들어낼 수 있는 밀랍과 같다."(Locke, 1967, 197쪽).《교육에 대한 몇 가지 생각들(Thoughts Concerning Education)》이라는 교육학 저술 첫머리에서 그는 이렇게 쓰고 있다. "우리가 만나는 모든 사람 가운데 10분의 9는 교육을 통해서 지금의 그 사람이 되었다. 즉 선하거나 악하거나 도움이 되거나 해를 끼치는 사람이 되었다고 주장해도 좋으리라고 나는 생각한다. 교육은 사람들 사이에 커다란 차이를 만들어낸다. 연약한 어린 시절에 우리가 받은, 감지하기 어려운 하찮은 인상들은 매우 중요하고 지속적인 결과를 낳는다. 어린아이들의 경우는 여러 물줄기가 흘러나오는 샘과도 같은

데, 이 경우 작은 손놀림만 있어도 물은 방향을 바꿔 여러 물길로 흘러들 수밖에 없고, 이 물길들을 통해 물은 완전히 반대되는 방향으로 이끌려간다. 샘에서 흘러갈 진로에 영향을 받은 결과 물은 서로 다른 방향으로 흐르고 마침내 아주 멀리 서로 떨어져 있는 곳에 이른다."(Locke, 1967, 9쪽)

- 이에 반해 루소가 쓴 《에밀》의 첫 부분에는 다음과 같은 문장이 있다. "조물주의 손에서 나올 때는 모든 것이 좋다. … 사람의 손을 거치면서 모든 것이 타락한다. … 사람은 어떤 것도 자연이 만들어놓은 대로 놓아두지 않는다. 사람에 대해서도 그렇다. 마치 조련마를 길들이듯 사람을 다루지 않으면 안 된다. 마치 정원의 나무를 기르듯 자기 방식대로 사람을 기르려고 한다."(Rousseau, 1989, 9쪽) 그리고 그는 아이의 첫 번째 양육자인 어머니에게 다음과 같은 조언을 한다. "기다리고, 어린 나무에게 물을 주라. … 적절한 시간에 당신 아이의 영혼 둘레에 울타리를 치라."(Rousseau, 1989, 10쪽)

교육 개념을 둘러싼 이 논쟁에서 마리아 몬테소리는 분명한 태도를 보인다. 모든 아이는 태어날 때부터 자신의 인격을 점차 완성해나갈 힘을 자기 안에 갖추고 있으며, 어떤 시점에 어떤 속도로 어떤 발전 단계를 취해야 할지를 제시하는 '지침들'도 자기 안에 갖추고 있다.

교육 과정에서 우선성을 갖는 것은 아이 안에 있는 이 '내면의 설계도'이며, 어른은 이를 이해하고 존중해야 한다. 이 설계도는 교사의 활동에 앞서며, 이것은 아이의 자기 전개 과정을 돕는 일이다. 마지막으로 다시 한번, 발견과 해방과 도움이라는 삼박자로 표현되는 마리아 몬테소리 교육 개념의 중요한 요소들을 돌이켜 보기로 하자.

1. 발견

교육을 "아이의 삶을 위한 도움"(Montessori, 1975, 25쪽)이라는 개념에서 파악할 수 있으려면, 어른은 아이에 대한 올바른 상을 얻어야 한다. 일반적으로 퍼져 있는 선입견들은 그 상을 일그러뜨린다. 아이들은 "나긋나긋한 재료"나 "빈 그릇"(Montessori, 1996, 19쪽)으로 간주되고, 힘이 약해서 교육하는 사람의 강한 힘을 필요로 하는 아이는 "무능력한 존재"(Montessori, 1975, 6쪽)로 비친다. 하지만 그런 겉모습들은 그저 우리가 아이를 알지 못한다는 사실을 보여줄 뿐이다. 이러한 무지의 결과로서 따라나오는 것은 그릇된 방향의 교육 방식뿐이며, 그럴 경우 아이는 힘이 더 센 어른에게 억압당한다.

첫 번째로 꼭 필요한 일은, 아이에 대한 인식을 얻는 일인데, 이는 우리의 무지를 깨고 이루어지는 올바른 "발견"(Montessori, 1989, 116쪽)에 해당한다. 즉 "알려지지 않은 것을 발견해내는 일"(Montessori, 1989, 115쪽)이 필요하다.

아이는 "강력하고 창조적인 에너지를 갖추고"(Montessori, 1975,

25쪽) 있다. 아이는 "내면의 스승"(Montessori, 1975, 6쪽)을 자기 안에 두고 있으며, 이 스승은 아이 스스로가 "기쁨과 행복감에 가득 차서 고정된 프로그램에 따라 지칠 줄 모르고 자연의 기적을 일으켜 세우는 일, 즉 인간이 되는 일"(Montessori, 1975, 6쪽)을 추진하게 한다.

겉으로 보면 아이는 약해 보인다. 많은 일을 할 수도 없고 생각할 수도 없으며, 아이의 정서적 균형은 매우 약하다. 하지만 교육을 하는 사람의 눈길은 더 깊이가 있어야 한다. 그럴 경우 아이를 새롭게 발견하고, 아이가 약한 것이 아니라 강하고, 사소한 존재가 아니라 중요한 존재라는 것을 알게 될 것이다. 아이에 대한 발견은, "사람이 어떻게 아이를 거쳐 사람이 되고, 아이가 사람을 만들어내는지"(Montessori, 1992, 84쪽) 보여준다.

아이 속에 놓여 있는 강력한 힘을 마리아 몬테소리는 흔히 "자연"(예컨대 Montessori, 1995, 14쪽)의 힘이라고 부르는데, 이것은 한 단계 한 단계 새로 태어난 아기를 성장한 인간으로 만들어내는, 보편 타당한 발전 법칙들이라고 생각할 수 있다. 몸이 각각 서로 다른 비례 관계를 따르는 다양한 단계를 거쳐 자라나듯이, 인간은 정신적으로도 성장한다.

마리아 몬테소리가 이 과정을 가리키면서 자주 쓰는 말은 '기적'이다. 사실, 수정된 단세포가 신생아가 되고 이 신생아가 틀을 갖춘 어른의 몸이 되어가는 과정은 기적이다. 세상과 자기 자신에 대해 아무것도 모르는 완전히 무의식적인 존재로부터 여러 단계를 거쳐 세상 속에서 처신하고 자신의 행동을 통해 세상에 영향을 미칠 수 있는 한 인간, 자기 자신을 알고 자신이 세운 목적들에 따라 행동할 수 있는 한 인간이 생겨나는 과정은 가히 기적이라 할 수 있다.

종교 교육에 대한 저술들 가운데서 마리아 몬테소리는, 다른 곳에서는 '자연'이나 '기적'이라고 불렀던 것을 "신적인 창조의 한 몫"(Montessori, 1992a, 123쪽)이라고 부른다.

아이를 바라보는 시선과 교육의 개념 사이에는 상호작용이 있다. 아이를 결함 있는 존재로 바라본다면, 교사는 강해져야 한다. 능력 없고 변덕스럽고 어리석은 아이를 능력과 균형을 갖추고 지식이 있는 아이로 만들기 위해서다. 어른을 제작자나 창조자로 보는 교육 과정에서 아이는 자기 자신의 실제 모습을 보일 기회를 갖지 못한다. 그의 참된 자아는 파괴되고, 아이가 가진 발전 능력들은 억눌리며, 그 결과 부정적인 교육이 아이를 선입견에 따라 미리 재단된 모습으로 바꿔놓는다. 본래 아이가 가지고 있던 긍정적인 가능성들이 완전히 파괴되고 난 뒤, 어른은 인간의 건설자 노릇을 하려고 자유로운 길을 닦는다.

아이에 대한 오해와 억압의 이 부정적 순환 과정에서 벗어나려면 발견이 급선무다. 이를 위해 가장 먼저 필요한 것은 교사가 "믿음과 신뢰를 가지고 준비된 자세로"(Montessori, 1992, 23쪽) 아이를 인식하는 일이다.

믿음이란, 모든 아이가 자기를 완성하고 좋은 방향으로 발전시킬 수 있는 힘과 소망을 자기 자신 안에 갖추고 있다는 사실을 교사가 신뢰하는 것을 뜻한다. 우리 눈에 이상한 행동을 하는 것처럼 보일 정도로 '일탈' 과정에 깊이 빠져들어버린 아이들을 대하면서 아이 속에 있는 좋은 것 또는 선한 것에 대한 믿음을 갖기란 간단한 일이 아니다. 하지만 바로 여기서 해당되는 원칙은, 교육은 교사에게서 시작하지 아이에게서 시작하는 것이 아니라는 점이다.

겉으로 드러나는 수많은 행동이 자기 자신과 다른 사람들에게 위험이 되는 아이에 대한 신뢰를 나는 어떻게 키워낼 수 있을까? '믿음' 곁에는 '사랑', 즉 마음에서 우러나오는 관심이 있다. 사람들이 흔히 말하듯 '사랑은 맹목적으로 만든다'. 하지만 마리아 몬테소리에게 중요한 점은 일찍이 요한 하인리히 페스탈로치에게도 중요했던 점이다. 즉 아이를 사랑하는 나의 태도를 통해 내가 사실을 있는 그대로 볼 수 있다는 점을 깨닫는 것이 중요하다. 나는 드러난 모습을 지각하며, 훼방을 놓거나 물건을 부수는 행동처럼 수많은 부정적인 현상들을 보지 못하는 것이 아니다. 하지만 나는 더 깊이 볼 수 있으며, 어느 아이에게나 있는 선하게 되려는 소망과 나 자신을 결합한다.

더 나아가 아이를 발견하기 위해서는 적절한 주변 환경을 조성하는 일이 필요하다. '표준적인' 교육 조건에서 어떤 아이를 관찰한다면, 이는 뒤틀린 결과들을 가져올 뿐이다. 아이에 대한 올바른 상을 얻을 수 있으려면, 아이들이 자신들이 지닌 기본적인 발전 욕구들을 자유롭게 표현할 수 있는 주변 환경이 필요하다.

이와 더불어 '발견' '해방' '도움'이라는 삼박자의 첫 번째 중심 논점은 다른 두 논점과 맞물린다. 분명하게 나뉘는 시간적 순서는 없다. 첫째로는 아이를 관찰하고, 그런 뒤 관찰을 통해 얻은 정보들을 토대로 교육 계획을 수립하고 마침내 이를 실행에 옮겨야 한다는 식의 시간 순서는 없다. 아이에 대한 발견은 아이에게 자유가 주어져 있는 주변 환경에서만 일어나며, 그 일은 또한 최초의 중요한 발달 능력들에 대한 뒷받침이라고 받아들일 수 있는 교육 행위들이 전제되었을 때만 가능하다.

2. 해방

'해방'은 '발견'과 더불어 마리아 몬테소리의 교육 개념의 두 번째 중심점이다. 아이의 "훨씬 순진무구한" 영혼들은 "어떤 압박" (Montessori, 1992, 20쪽)에서도 자유로워야 한다. 본성적으로 자기 발달을 위해 노력해야 하는 현실 속의 아이는 "일종의 감금 상태에"(Montessori, 1989, 115쪽) 놓여 있기 때문에, 이로부터 구출해내야 한다. 전통적인 교육이 각종 선입견과 제약에 잇대어 세워놓은 모든 것을 철폐해야 한다. 그래야 잘못 이해되었던 아이는 있는 그대로의 자기 모습을 내보일 수 있다. 어른이 쌓아놓은 쓰레기를 먼저 깨끗이 치워야 한다. 그래야 자연스런 기반에서 미래의 인간이 성장할 수 있다.

또 다른 비유를 사용하자면, 지난날의 교육은 물길을 돌려놓았고, 에너지의 흐름을 가로막는 거대한 벽을 세워놓았다. 이 물막이 벽을 부숴버려야 한다. 그래야 물은 그 본연의 강바닥으로 되돌아갈 수 있다. 아이는 이 모든 강압적이거나 또는 부드럽게 조작 기능을 하는 강제와 선입견과 감금과 억압에서 해방되어야 한다.

자유는 교육의 연결 마디다. 자신의 교육 의도가 가진 특징을 드러내기 위해 마리아 몬테소리가 '아이의 자유'만큼 자주 쓰는 표현은 없다. 자신의 긍정적인 자유 개념을 강조하기 위해서 마리아 몬테소리는 그 개념을 여러 곳에서 부정적인 자유 개념과 구분한다. 자유는 아이들이 "원하는 것"을 하도록 방치해두는 "태만함" (Montessori, 1995, 19쪽)이 아니며, "잘못을 전혀 바로잡지 않는 것" (Montessori, 1992a, 68쪽)을 뜻하는 것도 아니다. 그것은 "아이들을 자신의 결정에 내맡겨두거나 또는 … 방치하는 것"(Montessori, 1992, 20쪽)도 아니며 "이래도 좋고 저래도 좋다는 식의 수수방관" (Montessori, 1992, 37쪽)도 아니다. 일을 되는대로 내버려두는 것, 모든 것이 뒤죽박죽이 되어도 옆에서 어깨를 으쓱하며 서 있는 것, 잘못된 행동이 보일 때 간섭하지 않고 참는 것, 선택하려는 의지가 없다는 이유 때문에 아이들에게 우연의 밀물이 밀려드는 것을 방치하는 것, 이 모든 것은 자유가 아니라 카오스다. 20세기 70년대의 반권위주의 교육은 이런 오해에 사로잡혀 있었다.

한편, 교육에 대한 일상적인 이론에서 우리는 "자유, 좋지. 하지만…"이라는 말로 시작되는 논증들과 자주 부닥친다. 이때 '하지만'이라는 말과 함께 듣기 좋은 말을 시작으로 주장했던 것들이 모두 환수된다. 아이들이 처음부터, 어른들 자신도 도달하기 어려운 방식으로, 즉 사회적 책임 의식을 갖고 이성적인 논증을 통해서 정서적으로 균형 있게 행동한다면, 사람들은 아이들을 기꺼이 자유롭게 놓아두겠지만, 현실은 그렇지 않다.

마리아 몬테소리가 사용하는 형식적인 표현 "자유, 하지만 ~ 은 아니다"에는 결코 이런 제약들이 해당되지 않는다. 마리아 몬테소리에 따르면 아이들이 가진 발달의 자유는 결코 제약을 받아서는 안 된다. 그것은 오히려 철저하게 보장되어야 한다. 그것은 어른의 교육적 책임과 맞물려 있다.

어른에게는 "일련의 의무와 과제"(Montessori, 1995, 19쪽)가 있다. 어른은 "성장에 필요한 모든 노력을 뒷받침하는 일"(Montessori, 1992, 26쪽)을 해야 하며, "분별 있게 사랑을 담은 배려를 하면서"(Montessori, 1992, 37쪽) 아이의 발달을 도와야 하며, "아이가 자신의 본질을 자유롭게 표현할 수 있도록 하기 위해서"(Montessori, 1989, 116쪽) 알맞은 환경을 조성해주어야 한다.

인용한 표현들을 통해 다음과 같은 사실이 분명해진다. 즉 교육에서 중요한 것은 어른의 눈에 그것이 감당할 수 있는 일로 보이는지 그렇지 않은지를 척도로 삼아 자유에 대한 중심적인 욕구를 제한하는 것이 아니다. 중요한 것은 오히려 어른의 책임 있는 태도를 통해 아이의 자유를 보완하는 일이다. 자신의 발달 욕구들에 알맞은 환경에서 살 수 있고 자신의 현재 모습을 있는 그대로 바라보는 교사에게 기댈 수 있다면, 아이는 당연히 자유로울 것이다.

이런 교육적인 태도를 염두에 두고 마리아 몬테소리가 지어낸 가장 함축적인 표현은 아마도 다음과 같은 말일 것이다. 어른은 아이에게 "문을 열어놓아야"(Montessori, 1989, 116쪽) 한다. 아이에게 자유를 향한 대문이 열리면, 곁길로 빗나갔던 아이도 '정상화'될 것이고, 자신의 인성을 창조해낼 수 있는 지점을 찾아낼 것이다.

아이는 약하지 않고 강하다. 이것이 마리아 몬테소리가 이룩한 '아이의 발견'이다. 하지만 그와 동시에 아이에게는 보호가 필요한데 그 까닭은 아이는 "거인 족속 틈바구니에서"(Montessori, 1995, 27쪽) 살고 있으며 그 속에서 그의 발달 능력들은 손쉽게 파괴될 수 있기 때문이다. 아이는 자유로울 수 있어야 하는데, 바로 그러한 목적에서 볼 때 아이에게는 교육의 보호가 필요하다.

자유에 대한 아이의 요구는 어른에게도 해방, 즉 "근거 없는 책임의 부담에서 오는 불안과 위험한 착각으로부터의"(Montessori, 1975, 15쪽) 해방을 뜻한다. 교사를 아이의 '건축가'나 '창조자'로 바라보는 교육 개념 속에서는 어른에게 수없이 많은 과제가 주어진다. "탈선한 아이에게는 올바른 성격을, 정신박약아에게는 지적인 능력을, 도덕적으로 일그러진 아이에게는 감정을"(Montessori, 1995, 14쪽) 가져다주는 것, 이러한 것들은 마리아 몬테소리가 비꼬는 투로 내세우는 항목들이다.

마리아 몬테소리의 교육 개념에 따르면 교사는 그런 과제에서 해방되어 있는데, 그 까닭은 교사는 아이를 만들어내는 자가 아니기 때문이다. 능동성이라는 권력으로부터의 해방은 마리아 몬테소리 교육학에서 중요한 점이다. 그에 맞서 강조되는 것은 교사의 '수동적' 역할, 즉 관찰하고 뒤로 물러나 있고 아이를 위한 삶의 공간으로서 환경을 조성하고 오로지 극히 제한된 경우에만 가르치는 기능을 수행하는 일이다. 이런 '수동성'이 결코 쉬운 과제가 아니라는 사실을 우리는 이미 살펴본 바 있다.

3. 도움

'발견'과 '해방'에 덧붙여 마리아 몬테소리의 교육 개념의 세 번째 측면으로서 '도움'이 있어야 한다. 어른의 활동에 대한 자신의 생각을 그려내기 위해 마리아 몬테소리가 사용하는 몇 가지 우언적 (寓言的) 표현들을 살펴보자.

몬테소리는 "아이를 보살핌"(Montessori, 1975, 19쪽), "삶에 복종적인 보호"(Montessori, 1992a, 69쪽), "신적인 몫을 지키는 샘 많은 파수꾼"(Montessori, 1992a, 123쪽), "우리가 생명에게 주어야 하는 도움"(Montessori, 1992, 84쪽)이라는 말을 쓴다. 형용사로는 "겸손한"(Montessori, 1996, 19쪽)이나 "조심스런"(Montessori, 1992, 30쪽)이 등장하고, 동사는 "봉사하고 겸손하게 돕다"(Montessori, 1996, 19쪽), "모든 잠재된 에너지들을 얻도록 돕다"(Montessori, 1996, 26쪽), "뒷받침하다"와 "몸과 정신에 영양을 공급하다"(Montessori, 1992, 27쪽), "보살피고 보호하다"(Montessori, 1989, 212쪽)가 있다.

선택된 모든 낱말은 한 가지 목적을 좇는다. 즉 교육 과정에서 어른의 활동들은 부차적인 의미를 가지며, 아이 자신의 활동이 우선적인 역할을 한다는 사실을 지시한다. 부차적이라는 말이 중요하지 않다는 말과 같은 뜻은 아니다. 오히려 마리아 몬테소리가 거듭 강조하는 것은 교사가 제공해야 하는 뒷받침과 도움, 보호와 봉사가 없다면 아이는 자신이 가진 모든 자기 전개 능력에 아랑곳없이 소멸할 수밖에 없다는 사실이다.

요한 하인리히 페스탈로치는 족히 100년은 앞선 시기에 상황을 이와 비슷하게 파악했다.

네가 땅을 자연에 내맡겨둔다면, 땅은 잡초와 엉겅퀴를 내고, 네가 네 정신의 도야를 자연에 맡겨둔다면, 그때도 똑같이 너는 감각의 혼란 속에 있을 뿐 달리 아무것도 이루지 못한다. 이런 감각은 너의 이해력에도 네 아이의 이해력에도 정돈되어 있지 않아서 너희에게는 처음으로 수업이 필요하게 된다.(《서간집》, 13권, 1946, 324쪽)

이런 생각에 따라 요한 하인리히 페스탈로치는 다음과 같은 결론을 이끌어낸다.

사람은 … 오로지 기술을 통해서 (여기서 말하는 기술은 의식적으로 반성(反省)된 교육을 뜻한다—지은이) 사람이 된다.(《서간집》, 13권, 244쪽)

마리아 몬테소리는 이와 똑같이 이렇게 강조한다. 교육은 일차적으로 아이 자신 속에 자리잡고 있는 발달 능력들을 따라야 하지만, 이 능력들이 실현될 수 있으려면 그러한 것들에 알맞은 뒷받침과 도움이 필요하다.

전통적인 교육은 아이를 억압한다는 바로 그 이유 때문에, 즉 교육자에게 "교도관"(Montessori, 1992, 37쪽) 역할을 맡긴다는 바로 그 이유 때문에, 저울추가 그 정반대인 태만 쪽으로 옮겨갈 위험이 크다. 그에 맞서 필요한 일은 그 둘을 균형 있게 파악하는 것이다. 즉 한편으로는 아이가 실존적으로 의존하고 있는 교육의 필요성을 보고, 다른 한편으로는 교육의 봉사적 성격, 즉 교육이 아이의 능동적 활동보다 낮은 자리에 있다는 사실을 함께 보아야 한다.

교육을 이런 방식으로 이해한다면, 교육은 그 겸손하고 조심스럽고 아이를 뒷받침해주는 도움으로 말미암아 강력한 힘을 얻는다. 교사는 '수동적'일 때 강한 힘을 가지며, 그것 없이는 아이가 가진 가능성들이 드러날 수 없기 때문에 교육이 중요하다. 아이가 가진 모든 잠재 능력들을 실현하는 데 교육의 목표가 있으며, 그럴 때 자의식을 가지고 사회 변화와 개선에 이바지할 수 있는 인간적 인성이 생겨날 수 있다.

마지막으로 마리아 몬테소리의 말을 다시 한번 인용해보자.

교육의 비밀은 사람 속에 있는 신적인 것을 인식하고 관찰하는 데 있다. 즉 사람 속에 있는 신적인 것을 알아내고 그것을 사랑하며 그것에 봉사하되, 창조자의 위치가 아니라 피조물의 위치에서 돕고 함께 일하는 데 있다. 우리는 신적인 작용에 힘을 더해야 하지만, 그의 자리를 차지해서는 안 된다. 그렇지 않으면 우리는 자연을 잘못된 길로 이끄는 자가 되기 때문이다.(Montessori, 1996, 18쪽)

5

왕성한 생명력을 지닌
몬테소리 교육학

우리는 교육 전체에 생명을 불어넣기 위하여 노력해야 한다.

※ 마리아 몬테소리

마리아 몬테소리의 교육학은 오늘날까지 지구상 여러 나라에서 왕성한 생명력을 지니고 있다. 독일에는 수많은 몬테소리협회가 있는데, 이 협회들은 지역 수준에서는 개별적인 시설들을 이끌어 가는 역할을 하며, 도시나 권역이나 연방 수준에서는 현실적인 교육 문제들에 대한 경험 교류를 지원하고 어린이집, 학교 또는 치료 교육 기관 설립에 박차를 가한다.

이 협회들은 '독일몬테소리협회 행동공동체(Aktionsgemeinschaft Deutscher Montessori-Vereine)'에 함께 소속되어 있고, 이 공동체를 통해서 현재 운영되고 있는 몬테소리 시설들의 주소록을 받아볼 수 있다. 독일 전체에서 이 공동체 외에 두 곳의 다른 협회를 언급할 수 있는데, 하나는 1925년에 건립된 '독일몬테소리협회(Deutsche Montessori Gesellschaft)'이고 다른 하나는 '아헨 주재 몬테소리협회(Montessori-Vereinigung-Sitz Aachen)'이다.

이 두 협회는 종교적인 방향에 따라 구별된다. '독일몬테소리협회'는 특정 종교에 얽매이지 않는다. 조합의 규약에 따르면, "이 조합은 정치적으로나 종교적으로 중립적이다." 반면 '아헨 주재 몬테소리협회'는 가톨릭 이념을 지향한다. 이들의 규약에 따르면 이 협회가 실현해야 할 과제 가운데 첫 번째 것은 "복음의 정신에 입각해서 마리아 몬테소리의 교육 사업을 돌보고 발전시키는 것"이다.

귄니히만(Günnigmann, 1979, 32쪽)의 책은 20세기 70년대 말까지 몬테소리 조합의 역사에 관해 알려준다. 독일 전역에 걸쳐 활동하고 있는 몬테소리협회들은 정기적으로 《아이(Das kind)》 혹은

《몬테소리(Montessori)》 같은 전문잡지를 발간하고 유치원 교사와 학교 교사를 위한 심화 교육 과정을 조직해서 운영하는데, 여기 참여하면 공식적인 몬테소리 학위를 얻을 수 있다. 몬테소리 교육학의 이론과 실제 및 교구 사용 입문이 그 과정의 내용이다. 그 이상의 교육 과정은 독일 전역의 여러 도시에서 저녁 교육 행사나 주말 교육 행사의 형태로 제공되며, 부분적으로는 성인 교육을 담당하는 기관들─예컨대 성인 학교(Volkshochschulen)─과 공동으로 실시된다. 강좌 시작, 강좌 장소, 운영의 기본 조건들에 대한 정보는 '독일몬테소리협회'나 '아헨 주재 몬테소리협회'를 통해 얻을 수 있다.

몬테소리 교육의 분포 정도에 대해 정확한 개관을 얻는 것은 쉽지 않은데, 그 이유는 주소록들이 천차만별이기 때문이다. 그러므로 다음의 개관은 단지 대략적인 숫자를 제공할 수 있을 뿐이다. 그에 따르면 90년대 중반의 현황*은 다음과 같다

어린이집	372
그룬트슐레(초등학교)	186
하우프트슐레(직업학교)	34
레알슐레(전문학교)	4
김나지움(인문학교)	2
게잠트슐레(종합학교)	5
존더슐레(특수학교)	20
기타(학교, 유치원 및 특수아동 유치원, 놀이 모임, 종일반, 치료 교육 본부 등)	47

이 통계에 따르면 유치원 연령기 어린이들을 위한 시설들이 뚜렷하게 다수를 차지한다. 이들은 부분적으로는 예컨대 학부모 모임의 형태로 등록된 몬테소리 조합에 소속되어 있지만, 기존의 유치원 운영자들도 몬테소리 어린이집을 세울 수 있는데, 이 경우 가톨릭 교회들이 다수를 차지한다는 것이 분명하게 드러난다.

권니히만의 통계를 비교의 척도로 인용하면, 지난 20년 동안 어린이집 분야에서 거의 400%에 이르는 괄목할 만한 증가가 이루어졌다. 권니히만은 1977년과 78년에 걸쳐 '97개의 취학 이전 시설'(Günnigmann, 1979, 32쪽)을 조사 확인했다. 통독 이후 새로운 독일 연방에도 몬테소리 시설들이 세워졌다. 유치원 연령기의 아이들을 위해서는 현재 34개의 시설이 있다.

상대적으로 어린아이들을 위한 시설의 우세는 학교 분야에서도

---

* 독일의 학제는 우리나라와 구별된다. 슐레란 학교라는 뜻으로, 지방 분권의 특성이 강하게 나타나는 독일에서 교육 시기는 지역마다 약간의 차이를 보인다. 그러나 초등 4년 과정을 마치면 아이들은 학업 성취 능력과 장래 희망에 따라 하우프트슐레(직업학교)나 레알슐레(전문학교) 혹은 김나지움(인문학교)에 나눠 진학한다. 하우프트슐레는 다른 학교에 진학하지 않는 모든 아이들의 의무 교육 과정으로 5, 6년간 지속되며 실용 직업을 갖기 위한 일반적인 내용을 가르친다. 레알슐레는 전문 기술 훈련을 필요로 하는 직업을 가지려는 아이들이 우리나라의 전문 대학에 해당하는 대학에 진학하기 위한 전 과정으로 3년에서 6년간 지속되며 일반 교양 교육을 받는다. 김나지움은 우리나라의 중학교와 인문계 고등학교 과정에 해당되고 8, 9년간 지속된다. 이는 대학 교육을 위한 필수 과정으로 독일의 엘리트 계층을 형성하는 교육 과정이다. 이 외에 게잠트슐레는 초등 교육 과정과 모든 중등 교육 과정을 통합해놓은 것이다. 초등 4년을 마치고 이뤄지는 진로 결정이 아이들의 발달 단계에 비춰 시기상조이며, 사회적 형평을 고려해 교육의 기회가 모든 계층의 모든 아이들에게 균등히 주어져야 한다는 철학에 근거해 출발했다.

드러나는데, 초등학교는 186개인 데 비해 중고등학교 수준의 학교*는 55개이다. 하지만 중요한 개척자적인 사업은 이 중고등학교 분야에서 이루어졌는데, 상대적으로 어린아이들에 중점을 두었던 마리아 몬테소리의 사업을 확장하는 일이 필요했고, 또한 공식적인 학교 운영 방침과 몬테소리 교육학의 요구 내용을 통합하는 것이 반드시 쉬운 일은 아니기 때문이다. 언급된 수의 학교도 더 세분화해야 할 것이다.

이 학교들 가운데 일부는 마리아 몬테소리의 교육 원칙들을 하나의 '지향점'으로 삼으려고 노력하는 데 지나지 않는 전통적인 정규 학교들이고, 일부는 몇몇 학급만을 새로운 교육학에 맞추어 재편한 학교들이고, 마지막으로는 사적인 담당 기관에서나 공적인 담당 기관에서나 마리아 몬테소리 교육학을 기초 삼아 기본적인 교육 방향을 정하려고 이를 실현하는 시범학교들이 있다.

몬테소리 교육학을 고등학교 단계까지 확대하는 것과 동시에 새로운 몬테소리 교육학의 두 번째 주안점이 중요하다. 치료교육학 시설의 건립이 그것이다. (정신지체아 교육 분야를 위해 있는) 이러한 치료 교육 시설들은(Bierwer 참고, 1997) 특수 학교나 특수 유치원을 통해서나 특별 치료 프로그램(Anderlik 참고, 1996)을 통해서 현실화

---

* 여기서 지은이는 '2차 학교'라는 말을 쓰는데, 이는 김나지움, 레알슐레, 하우프트슐레 등 초등학교를 마치고 진학하는 만 열한 살 이상 되는 어린이를 위한 교육 기관을 말한다. 우리나라의 중학교와 고등학교 과정에 해당되기 때문에 '2차 학교'라고 하지 않고 '중고등학교 수준의 학교'라는 말로 옮겼다.

된다.

여기서 특별히 거론해야 할 이름은 뮌헨 대학의 소아과 교수로서 여러 어린이집과 몬테소리 학교를 담당하는 기관인 '햇볕 운동'을 시작한 테오도르 헬브뤼게(Theodor Hellbrügge)이다. 활발한 강연 활동과 심화 교육 과정 활동을 통해 그는 다른 여러 나라에서도 몬테소리 교육학이 확산되는 데 크게 기여했다. 헬브뤼게는 독일 최초의 통합 어린이집을 뮌헨에 세웠고 (통합 학교도 세웠다), 그 결과 몬테소리 교육학은 장애아와 비장애아의 공동 교육 운동에 박차를 가하게 되었다.(Hellbrügge 참고. 1989) 많은 몬테소리 유치원과 몬테소리 학교들은 오늘날 통합 시설로 운영되고 있다.

몬테소리 교육학의 새롭고 다양한 경향들을 소개하고, 지난 몇 년 동안 이 주제에 대해 출간된 문헌을 평가하는 것은 이 책의 목적이 아니다. 이 책의 관심사는 마리아 몬테소리 교육학의 토대를 다루는 데 있으며 만약 새로운 경향까지 기록하려면 족히 책 한 권은 써야 할 것이다. 여기서는 간략히 세 가지 출판물을 소개하는 것으로 그치려 한다.

초기 유년기와 학교 시기의 작업 분야에 대한 개관은 헤럴드 루드비히(Harald Ludwig)가 펴낸《마리아 몬테소리와 함께 교육하기 (Erziehen mit Maria Montessori》(1997)에서 얻을 수 있다. 바바라 슈타인(Barbara Stein)의 새로운 연구《몬테소리-초등학교의 이론과 실제 (Theorie und Praxis der Montessori-Grundschule》(1998)는 남녀 교사는 물론 교육에 관심이 있는 독자를 위한 입문서다. 한편 바바라 에서

(Barbara Esser)와 크리스티안 빌데(Christiane Wilde)의 저술《몬테소리-학교들(Montessori-Schulen)》은 우선적으로 부모를 위해 쓰여진 글이다.

마지막으로 마리아 몬테소리의 사상 내용이 오늘날 우리의 교육 상황에 대해 갖는 긍정적인 측면들과 비판적인 측면들을 간단히 결론내려보기로 하자.

중심 사상

마리아 몬테소리는 광범위한 내용을 다루는 교육학 저술을 남겼다. 이론적인 측면에서 보면 내용이 풍부하고 교육의 실제 측면에서 많은 결실을 보장해주는 저술이다. 마리아 몬테소리의 교육 이론은 교육학이 항상 새로이 제기해야 하는 문제 영역 전체에 걸쳐 있는데, 아이에 대한 물음, 인간에 대한 물음, 세계와 신에 대한 물음이 그에 속한다.

마리아 몬테소리가 제시한 대답들 가운데 몇몇은 오늘날 다른 측면에서 강조될 수도 있고, 다른 말로 바꿔 표현할 수도 있을 것이다. 하지만 그 사상의 핵심에 놓여 있는 질문들은 변함이 없다. 교사는 아이의 자기 발달 능력들에 어떤 신뢰를 가져야 하는가? 사회를 변화시키는 교육의 힘은 미래 세대가 평화롭고 정의로운 삶을 구축하게 하는 데 어떻게 사용될 수 있을까? 낡은 내용의 지식을 전달하는 것이 아니라 인간의 인성 형성을 목표로 삼는 교육은 어떻게 실현될 수 있을까? 교사는 자립과 뒷받침, 자유와 질서 사이에서 어떻게 올바른 균형의 척도를 찾을 수 있을까?

1. 아이들의 다름

아이들의 다름을 두 가지 뜻에서 지적할 수 있다. 아이들은 생각과 느낌과 행동에서 어른들과 다르며, 어른들이 선입견에 따라 판단하는 것과 다르다. 이 다름을 부각시키는 것은 마리아 몬테소리 교육학의 중심적 측면들 가운데 하나이다.

두 번째 측면에서 시작해보자. 어떤 교육 세대든 그 세대가 아이에 대해 가지고 있는 상과 실제 아이 사이에는 다소 커다란 틈이 있다는 사실을 새롭게 의식하지 않으면 안 된다. 이해하고 있다고 생각하지만 실제로는 자기중심적인 관점을 아이에게 전가할 위험은 언제나 도사리고 있다.

왜 아이는 바비 인형과 놀아야 하는가? 교사가 과거에 그 인형들을 가지고 즐겁게 놀았기 때문인가, 아니면 그 인형들을 가지고 놀아서는 안 되었기 때문인가? 왜 어떤 여자아이는 유치원에서 틀에 박힌 성 역할을 재생산해서는 안 되는가? 그 이유는 단순히 여교사가 정당한 이유를 가지고 여성 해방의 길을 찾고 있기 때문인가? 왜 사내아이들은 장난감 총을 가지고 총질을 해서는 안 되는가? 그것이 우리의 신경을 거스르고 우리가 전쟁 경험을 한 뒤라서 평화를 염원하기 때문인가?

다른 예들을 더 들 수도 있을 것이다. 이런 예들은 단순히 교사의 일상 행동과 연관이 있을 뿐만 아니라 우리 사회의 유년기, 즉 '미디어 유년기' '고립' '유년기의 상실'과 같은 말로 특징짓는 유년기에 대한 교육학적 연구 속에서도 등장한다.

그런 핵심어들을 통해 사회 현실의 중요한 측면들이 지시된다면, 그것들은 쓸모 있을 것이다. 하지만 표제어의 상투적인 되풀이는 흔히 어두운 유리로 된 '색안경'을 만들어낸다. 우리는 아이들을 지각하고 있다고 생각하지만, 우리 어른의 문제가 아이들에게 반영된 것을 볼 따름이다. 유년기와 아이에 대한 시각은 교정될 필요가 있다. '아이들은 당신이 안다고 믿는 것과 다르다!' 이를 통해서 비로소 우리는 아이들의 현실을 이해하기 위해 꼭 필요한 거리를 둘 기회를 얻는다.

또 다른 측면, 즉 아이들과 청소년들과 어른들 사이의 발전 조건에 따른 차이성은 끊임없는 의식화를 필요로 하며, 발달심리학에 관한 책을 한 권 읽는 것으로는 해결되지 않는다. 유치원 아이는, 정신분석학에 기초를 둔 발달심리학이나 피아제가 기술하는 것처럼 오이디푸스기 및 전조작기의 적용 사례가 아니다.

이런 이론들을 통해 우리가 아이 개개인을 이해하는 데 해석 수단으로 사용할 수 있는 중요한 측면들이 연구 결과로서 얻어진 것은 사실이다. 하지만 그것들은 수단에 지나지 않는다. 아이 하나하나를 살펴보지 않고 그것들을 보편 타당한 진술 체계로 여긴다면, 그 수단은 위험 요소가 된다. 아이들은 우리와 다른 언어를 쓰며, 이는 정서적 측면에서나 인지적 측면에서나 마찬가지다. 우리는 그들의 언어를 배워야 하며, 우리가 그 안에 들어가 생각하고 그 안에 들어가 느끼는 정도가 더 섬세할수록, 우리는 그만큼 더 좋은 통역자가 된다. 그때 우리가 아이의 생각과 느낌을 우리의 언어로 표현하려면, 발달심리학(또는 의학, 치료교육학, 사회화 연구)의 이름난 저술에 담긴 개념 체계를 수용하는 것에서 시작해 동떨어진 개인의 언어를 계발해야 한다.

아이의 언어 습득이나 아이와의 의사소통 수준을 찾아낼 수 있는 능력은 두 가지 자격 조건을 똑같이 요구한다. 영감과 경험이 그것이다. 마리아 몬테소리는 그 둘을 통합해서 탁월하게 종합한다. 그녀는 의사로서 사실들을 있는 그대로 확인하고, 증상들을 인식하며, 그 원인들을 탐색하고 이를 터전으로 삼아 해결의 길을 찾는 교육을 받았다. 이런 사실적인 특징은 그녀의 저술들을 읽기 쉽게 만든다. 그녀의 진술들은 허공에서 맴돌지 않고, 머릿속으로 짜낸 사변들 속에서 움직이지 않으며, 단단한 토대 위에 서 있다. 따라서 그녀의 책에는 언제나 우리가 독자로서 생각해낼 수 있는 구체적인 아이들이 등장한다.

하지만 그런 사실적인 특징과 더불어 마리아 몬테소리의 글들은 그와 반대되는 경향, 즉 '서정적'이라고 부를 수 있는 경향을 간직하고 있다. 있는 것을 바라보는 것도 중요하지만, 그와 더불어 교육학적인 과제의 크기에 걸맞는 전망을 제시해야 한다. 교육학의 시선은 현실적으로 주어진 것들에 방향을 맞추어야 하지만,

그와 동시에 자유로이 일상에서 벗어난 것을 발견하고 관습에 얽매이지 않는 해결책들을 찾아야 한다. 마리아 몬테소리는 그 두 가지를 할 수 있는 능력을 갖추었고, 그녀가 쓴 글을 읽는 독자는 그것을 감지할 수 있을 것이다. 독자는 자신의 교육학적 과제와 관련해서 영감을 얻으려고 한 글자 한 글자 텍스트에 달라붙지만 그런 다음에는 거기서 자유롭게 풀려날 수 있을 것이다.

경험과 영감을 결합할 필요성과 더불어 참여와 거리두기를 결합할 필요성이 있다. 마리아 몬테소리는 어른들의 요구에 부응하는 사회에 맞서 어린이의 관심 사항에 대한 무관심을 비판하기 위해서 독자적인 수단을 동원했다. 그녀는 어린이들의 사회적 권리를 중심에 두고 교육에 대한 그들의 권리를 충족시키라는 요구를 내세웠다. 마리아 몬테소리에게는 생각과 글쓰기와 행동의 기점이 언제나 어린이였으며, 교육학의 중심에는 어린이의 상황이 자리잡고 있어야 했다.

하지만 그녀가 이처럼 참여를 통해 어린이의 관심사를 대변했다고는 해도, 그녀의 관점은 어린이를 낭만주의적으로 그려내는 것과는 거리가 멀었다. 마리아 몬테소리는 아이 개개인에게 들어 있는, 자신의 인성을 구축하려는 발달 욕구에 대한 믿음을 고수하지만, 다양한 '일탈' 현상들에 대해서도 모른 척하지 않는다. 아이는 본성적으로 선하지만, 비판적인 거리를 두어야 하며 일탈을 신성하게 여겨서는 안 된다.

사실 아이는 문제 상황에 사로잡혀 있을 때가 잦으며, 이는 아이가 자기 자신에 이르는 것을 방해한다. 일탈의 파편들이 쌓여 있어서 발달의 길이 어긋나고 각종 어려움이 길을 막는다. 탈출의 가능성들을 찾으려면 이런 점들을 사실 그대로 바라보아야 한다. 아이의 관심사에 참여하면서도 발전을 있는 그대로 바라보려고 거리를 두는 태도는 실제로 아이들과 상대하는 교사들에게도 필요하다. 그들은 일을 할 때 아이들과 연대하면서도 그와 동시에, 깊은 곳에 자리잡고 있는 발달 욕구들을 편안한 하루를 보내려는 순간적인 욕구와 구별할 수 있기 위해 열린 자세를 가져야 한다.

2. 자유와 질서

교육학에서는 자유와 질서의 관계에 대한 규정이 중요하다. 일상적인 의식에서 보면 그것들은 오늘날 여러 가지 점에서 화해가 불가능해 보인다. 20세기 60년대 말의 학생 운동 이래 여러 시설에서는 아이의 자유가 더 큰 자리를 차지하고 있다. 아이가 가진 자발성의 표현에 무게가 실리면서, 아이들은 어떤 강제도 받지 않고 몸을 움직여야 하며, 그들의 감정은 제재를 두려워하지 않고 바깥으로 드러날 수 있어야 한다고 사람들은 말한다.

교사와 아이의 관계에서 지난 시대의 권위주의적인 무게는 많이 감소했다. 이런 발전은 환영할 만하지만 분명 아직까지도 멀었다고 말할 수 있을 것이다. 그런데 어떤 경우 자유는 카오스와 무정부 상태로 빠져들고, '질서'에 대한 말은 지난날 권위주의적 교육의 산물로 치부되면서 모두 거부당할 때가 있다. 수많은 사회 교육 시설에서는 자유와 자발성의 반가운 바람이 불고 있지만, 때때로는 자의성(自意性)으로 탈바꿈될 가능성도 없지 않다.

우리는 마리아 몬테소리에게서 질서에 대한 새로운 교육학적 관점을 배울 수 있다. 그 이해 방식에 따르면 질서는 아이를 제약하는 외적인 형식으로 내리누르는 것이 아니다. 그것은 어른을 존경할 것을 강조하면서 공손한 태도를 강요하는 엄격한 훈련이 아니다. '질서' 개념도 아이의 관점에서 파악해야 한다. 그래야 그것을 자유의 대척점이 아니라 그 불가피한 구성 부분으로 이해할 수 있다.

이때 질서가 뜻하는 것은 방향을 잡아주는 것이다. 아이들이 어릴수록, 방향을 더욱더 잘 잡아주어야 한다. 아이들은 카오스 속에서 몰락하기를 원치 않는다. 외적인 감정에서나 내적인 감정에서나 마찬가지다. 질서는 어떤 플랫폼에서의 통관(通觀) 가능성과 안정을 보장해주는 도움 수단이다. 아이는 이 플랫폼에서 자유로워질 수 있는데, 그때는 아이가 불안을 어느 정도 떨쳐버린 시기다.

이런 생각은 개념적인 수준뿐만 아니라 외적인 태도에도 해당된다. 생기가 넘쳐 보이는 좋은 시설들도 다시 한번 살펴보면 소름 끼치는 자의성을 보여줄 때가 많이 있다. 이러한 시설에서는 모든 것이 가능해 보이고 경계들은 무너져 있다. 이러한 시설은 모든 것에 대해 '열려 있다.' 하지만 이곳에서는 어떤 목적을 지닌, 무엇보다도 인지 영역에서 목적 지향적으로 제공되는 가르침들이 더는 이루어지지 않는다. 왜냐하면 어린이의 발전을 이끄는 모든 분야가 놀이 속에 이미 이렇게든 저렇게든 등장하기 때문이다. 그리고 이 시설 속에서의 다채로운 삶은 모든 아이에게 적합한 발달 공간을 보장해준다.

하지만 모든 것이 가능한 곳에서는, 아이에게 필요한 것이 무엇인가라는 질문에 대한 대답을 얻을 수 없다. 우리는 모든 것에 '열려 있기' 때문에, 아이가 가진 중심적인 발달 욕구들에 우리 자신을 고정시키고 이를 한복판으로 이끌어내야 한다는 책임감을 느끼지 않는다. 이런 경우에는 '개방성'에 반드시 '질서'를 덧붙여야 한다. 즉 셀프 서비스 상점에서처럼 갖가지 것들을 제공하여 아이들이 고르게 하는 데 교육의 주안점을 둘 것이 아니라, 아이들에게 구체적으로 현재하는 실존과 관련된 발달 욕구들에 교육적 도움이 집중적으로 제공되도록 해야 한다.

질서 부여와 자유의 결합은 외적인 태도와 관련해서도 중요하다. 공간을 정돈하는 것이나 공간에 어떤 구조와 대상을 부여하는 것은 강압에 시달리는 노이로제 환자를 길러내는 것이 아니고 아이의 시간을 꼼꼼히 방 정리를 하는 데 할애하는 것도 아니다. 그 반대다. 외적인 질서는 안정감과 편안함을 제공해주기 때문에, 아이에게 자기 나름대로 활동할 수 있는 자유를 허락한다.

마리아 몬테소리의 관점에 따르면 이는 다른 사람들과의 정중한 교제 방식을 몸에 익히는 경우에도 그러하다. 예컨대 하루하루의 연습을 통해 아이는 인사 형식에 친숙해진다. 이것은 인간의 품위와 관련된 것이지 강압과는 아무 상관도 없다. 질서는 아이에게 주변의 사물들과 사람들을 존중하는 태도를 가르쳐주고, 이를 통해 아이는 자신이 존중받을 가치가 있는 사람이라는 경험을 얻는다.

3. 생명력과 전체성

'존경' '질서' '적응'이나 그와 비슷한 낱말들은 흔히 20세기 후반기에 이르러 부정적인 울림을 갖게 되었다. 왜냐하면 그것들은 개인이 자신의 정서적 자발성을 주변에 맞추고 억누르도록 강제하는 가식적인 분위기와 권위적인 억압을 연상시키기 때문이다.

그런 생각은 마리아 몬테소리의 의도와 맞지 않다. 그와 반대로 그녀의 관심사는 아이와 교사의 생명력이기 때문이다. 따라서 주변 환경이 모양을 갖춤으로써 개성이 표현될 수 있는 자리를 만들어내야 한다. 이 책 머리말 끝에 마리아 몬테소리의 중심 이념을 인용한 바 있다.

> 우리는 교육 전체에 생명을 불어넣기 위해 노력해야 한다.(Montessori, 1992a, 147쪽)

교육에 대한 여러 가지 이해 방식은 현재의 순간에 특별히 절실해 보이는 특정한 단면을 가능한 삶의 모든 맥락에서 떼어내어 이를 강조하는 경향이 있다. 이로부터 목표들을 이끌어내고, 내용을 확정하며, 방법들을 고정시킨다. 이런 계획안을 고수하면, 그것은 흔히 경직된 작용을 한다. 그런 계획안은 어린이들과 교사들이 적응해야 하고, 과거 한때 정당성을 가졌을지라도 이제는 두 교육 주체의 자발성을 제약하는 고정된 상을 만들어낸다. 삶의 관점에서 볼 때 부차적인 목표들이 내세워지고, 현재나 미래에 대해 별다른 의미가 없는 내용들이 전달되며, 인위적이거나 심지어 웃음거리가 되는 작용을 할지도 모르는 방법들이 문서로 확정된다. 아마도 교육에 대한 모든 이해 방식은 문서화될 것이며, 이는 몬테소리 교육학의 전수 과정에서도 부분적으로 확인할 수 있다.

그렇기 때문에 교육에서 '생명'에 대한 요구를 거듭거듭 새로이 강조하는 것이 중요하다. 아이들은 굳어진 것을 배워서는 안 되며, 방법은 인위적이지 않아야 한다. 방해가 되는 아이들을 사회적인 삶에서 격리하기 위해 과거에 설립되었던 교육 시설들은 문을 활짝 열어 생명의 폭과 신선함과 깊이가 벽에 막힌 공간 속으로 들어올 수 있게 해야 한다. 교육은 머리뿐만 아니라 몸과 마음을 그 시설 안으로 함께 가지고 들어오는, 아이가 갖는 생명의 자발성에 대해 열려 있어야 한다.

우리가 일부 정서적이고 일부 인지적이며 일부 사회적인 요구의 총합이 한 인간 전체에 해당한다고 생각한다면, '전체성'이라는 낱말은 내용을 규정할 수 없는, 교육학의 표제어가 되고 만다. 그 대신 생명력에 대한 마리아 몬테소리의 요구는 모든 것을 분명하게 해줄 수 있다. 개개인의 삶은 '전체적'이다. 이런 전체적인 삶은, 마치 조각 맞추기 놀이에서처럼 개별적인 영역들의 총합이 한 인간 전체를 만들어내리라는 희망 속에, 이론적인 여러 차원에서 삶을 나누고 개별적인 여러 측면에서 삶을 뒷받침하려는 인위적 시도와는 대립된다. 아이는 '살과 터럭이 있는 몸으로' '머리와 가슴과 손을 가지고' 어린이집에 들어오고 학교에 가며 또는 치료 교육을 받으러 간다. 교육은 전체적인 측면에서 아이를 만들어내려고 할 것이 아니라 아이들 삶의 전체성을 그대로 내버려두어야 한다.

'교육에 생명을' 준다. 이 요구는 마지막으로 교사와 아이의 관계에도 해당된다. 여기서 사람들은 흔히 인위적인 태도를 체험한다. 사람들은 모든 것을 숙고한다고 믿으며, 다양한 훈련 프로그램을 거쳐 올바른 발성법에 따라 말하는 법을 습득했고 수사학 세미나에서는 자기를 표현하는 방법을 익혔다. 하지만 이 모든 것과는 관계없이 사람들은 외다리로 서 있는 것과 마찬가지일 것이다. 삶의 전체성을 이해하지 못한 채 이뤄지는 교육 아래서 사람들은 마비 상태에 있고 자기 자신을 잃어버렸기 때문이다.

모든 교사에게 똑같이 통용되는 교육 스타일이란 없다. 교사 개개인은 아이의 다름에 접근할 통로를 여는, 말이나 말 이외의 다른 수단을 통한 의사소통의 형식을 스스로 창안해낼 나름대로의 길을 찾아야 한다. 오해를 해서는 안 된다. 그 말이 자신의 태도를 돌이켜보는 것을 포기하거나 '인간'의 현재 모습 그대로 자신을 내보여야 한다는 뜻은 아니다. 교육은 아이를 위한 어른의 '봉사' 활동이지 교사의 자위 행위가 아니다. 하지만 교사의 도움과 뒷받침은 교사가 아이 앞에서 살아 있는 인격체로서 자기 자신을 표현할 때만이 힘을 발휘할 수 있다. 이것이 뜻하는 바는 이렇다. 교사 역시 '살과 터럭이 있는 몸으로' '머리와 가슴과 손을 가지고' 교육이라는 사건에 동참해야 하는 것이다.

4. 치료 교육의 중요성

마리아 몬테소리가 오늘날의 교육 활동에 대해 제공한 중요한 자극들과 관련해서 분명 긴 목록을 내세울 수 있지만, 이제 그 가운데 마지막 요점을 훑어보아야겠다. 그것은 바로 치료 교육이 갖는 중요성이다.

　마리아 몬테소리는 치료 교육에서 교육자의 길을 시작했고 자신의 말에 따르면 "이 두 해 동안의 실습"은 그녀에게 "교육학에 대해 최초로 진정한 성찰을 하게 했다."(Montessori, 1994, 27쪽) 장애가 없는 아이들과 그녀가 그만큼의 기간 동안 연속적으로 일을 한 적은 한 번도 없었으며, 일반적인 교육에 관심을 돌린 뒤에 몬테소리는 장애아에 대해 말한 것이 거의 없었다. 나중에 몬테소리 교육학은 다시 이 길로 되돌아갔다. 예컨대 1977년 뮌헨에서 열린 제18차 국제몬테소리학회는 전적으로 '몬테소리 교육과 장애아'라는 주제를 가지고 치러졌다.(Hellbrügge와 Montessori 참고, 1978)

　지난 몇십 년 동안 치료교육학이 학교 분야와 학교 이외의 분야에서 갖는 의미는 지속적으로 커져왔다. 신생아에서 노인에 이르기까지, 장애인의 삶의 질을 높일 수 있는 가능성과 그 개선이 문제로 등장하지 않는 발달 단계란 존재하지 않았다. 치료교육학의 경험적 기초 작업과 이론적 정초 작업은 개선되었고, 교육학적 개념들과 전문적인 지원책들은 확장되고 세분화되었으며, 일반인들은 물론 전문가 집단도 치료교육학 문제에 큰 관심을 갖게 되었다. 넓게 보면 이 과정은 아직 완결되지 않았지만, 지난날 장애아들이 일반적인 교육에서 배제되고 지원이 가능한 아이들과 지원이 불가능한 아이들로 나뉘었던 때와 비교하면 현저한 발전을 보여준다.

마리아 몬테소리는 치료교육학의 질을 개선하는 데 중요한 자극을 제공했다. 이런 자극들은, 앞서 기술한 몬테소리 교수법에서 드러나듯이 구체적인 방법 지침들에까지 미친다. 하지만 여기서는 중심적인 생각들을 강조하는 데 그칠 수밖에 없다.

어떤 아이가 발달 과정에서 탈락할 가능성은 다양하다. 상상력과 현실감 사이의 균형이 훼손된 아이는 불안 속에 눈앞에 있는 것에 집착하면서 넓은 세계와 정신 영역으로 나가려 하지 않는다. 또는 그 반대 경우도 있는데, 오로지 자기중심적인 상상이 만들어낸 가상 세계에 살면서 삶의 모든 기반을 잃어버리는 수도 있다.

나아가 몸과 정신이 동시에 발달하지 않을 수도 있는데, 이럴 경우 큰 몸 안에서 어린아이의 정신과 마음이 살아간다. 또한 아이가 자기 자신에 대해 신뢰할 수 없다는 사실을 일찌감치 배우는 경우도 있다. 이 경우 모든 일을 다른 사람이 해주어야 하며, 어린아이는 어른들이 생각하는 것만을 생각하고 어른들이 느끼는 것만을 느낄 수 있다.

어떤 아이는 자신의 발달을 추진하는 데 필요한 올바른 자료를 주변에서 찾아내지 못하고 어떤 일을 하건 누구에게나 뒤처질 수 있다. 또 어떤 경우에는 교사에게서 지나치게 많은 요구 사항들을 부여받아 그것들을 지키는 데 열중한 나머지 스스로 능동적으로 활동할 시간과 기회를 갖지 못할 수도 있다. 어떤 아이는 자료와 제공받은 것이 너무 많아 혼란에 빠져서 도대체 정말 필요한 것이 무엇인지를 찾아내지 못하게 될 수도 있다.

발달장애의 다양한 원인들에 따라 마리아 몬테소리가 '일탈(Deviation)'이라는 제목 아래 기술하는 여러 형태의 궤도 이탈이 일어난다.

일탈 행동의 가능성은 여럿이지만, 발달의 올바른 길은 단 하나뿐이다. 즉 자기 자신에게서 행동의 동기를 찾아 자신의 힘으로 앞으로 나아갈 수 있으려면 아이는 자기 자신으로 돌아가야 한다. 아이가 이런 지점을 찾아냈다면(마리아 몬테소리는 그것을 '관심의 양극화'라고 부른다), 그는 안정성을 얻은 셈인데, 이런 안정성은 건강하고 '정상화된' 발전의 전제 조건이다.

어린아이의 어려움에 맞서 강력하게 대처하려는 치료 교육 노력은 잘못된 길로 빠져든다. 아이의 자기 발전 능력에 의지하지 않기 때문이다. 인지적인 분야나 정서적인 분야나 사회적인 분야에서 수많은 문제가 있는 어린아이들을 대하면서 교사가 눈앞에 놓인 '틈새'를 특별히 능동적인 활동을 통해 메워야 한다고 생각하는 것은 심리학적으로 납득할 수 있는 일이다.

마리아 몬테소리는 장애아들에 대해 말하면서 이들 자신의 행동 동기가 미약하기 때문에 교사의 적극적인 자극 노력이 그 약한 동기를 대신해야 한다고 말하고 있기도 한데, 이때는 그녀 스스로도 오류 판단을 범하고 있다. 교사의 행동은 아무 도움도 되지 않는다. 어떤 아이에게나 올바른 발달의 길은 오직 하나뿐인데, 이 길은 자기 자신의 노력을 통해 자신의 가능성들을 실현하려는 삶의 소망을 출발점으로 삼아야 한다.

아이가 올바른 발달의 길로 되돌아갈 수 있으려면 중요한 교육적인 도움이 필요하다. 원칙적으로 볼 때 이런 도움은 장애아의 경우나 비장애아의 경우나 다르지 않다. 따라서 전문적인 치료교육학을 찾거나 통합 교육을 위한 완전히 다른 개념을 찾는 것은 의미 없는 일이다. 모든 아이는 자유롭게 자신의 관심을 끄는 것을 골라낼 수 있도록, 발달에 필요한 다양한 재료를 제공하는 풍부한 내용의 주변 환경을 필요로 한다.

교사는 자세한 진단을 토대로 아이들의 연습을 규정하는 것이 자기 자신이라고 생각할 수 있겠지만, 그렇다고 해서 장애아들에게 더 적은 교구가 필요한 것은 아니다. 그리고 그들에게 필요한 것은 다른 교구가 아니라, 마리아 몬테소리가 일반적으로 형식화했고 아이의 고유한 사용 방식들을 고려해서 제작한 것과 다르지 않은 교구이다. 장애아들도 풍성한 내용의 주변 환경으로부터 자유롭게 선택할 수 있으려면, 그 주변 환경은 잘 정돈되어 있어서 전체적인 개관이 가능하고 안정감을 제공해야 한다.

치료 교육 교사의 교육 행동 원칙들도 다른 교사의 원칙들과 다르지 않다. 치료 교육을 하는 사람은, 아이들이 발달의 길을 먼저 찾고 그런 다음에 그 길을 가도록 아이들에게 시간을 주어야 한다. 몇몇 장애아들의 경우에는, 예컨대 우리가 경련성 장애인들의 한없이 느린 움직임이나 말을 생각한다면, 시간을 준다는 것이 말처럼 쉬운 일은 아니다. 하지만 아무리 서둘러도 소용없다. 발달은 그에 반드시 필요한 시간을 요구하고, 어른의 눈에는 그것이 아주 뚜렷하고 간단하게 보인다고 해도 빠른 진전을 기대할 수는 없는 일이다. 여기서 시간 벌기를 원하는 마음은 이해할 수 있지만, 교육적으로 보면 옳지 않다. 장 자크 루소는 이렇게 쓴 적이 있다.

여기서 내가 모든 교육에서 가장 중요하고 가장 유용한 최고의 원칙을 소개해도 되겠는가? 그 원칙은 시간을 버는 것이 아니라 시간을 버리는 것이다.(Rousseau, 1989, 87쪽)

인내심을 가지려면 교사의 준비가 필요하다. 교사의 자기 교육은 가장 우선적이고 아마도 가장 중요한 일이겠지만, 교육 활동에서 가장 어려운 일이기도 하다. 아이에게 스스로 발달할 수 있는 기반을 마련해주려면 교사 스스로 바뀌어야 한다. 이는 교육 활동에서 중요한 또 다른 점에도 해당된다. 교사는 모든 어린아이 속에 발달의 옳은 길이 자리잡고 있다는 사실을 신뢰해야 한다. 그 길은 묻혀 있을지도 모른다. 허다한 곁길 때문에 그 길을 찾아내기 어려울 수도 있다. 하지만 길은 있다.

어떤 아이나 자기 자신을 '완성'하려는 의지가 있으며, 세계를 이해하고 정신 능력들을 펼치고 자신의 욕구들을 밖으로 표출하며 사회에 대한 책임감과 사랑을 가지고 행동하려는 소망이 있다. 자기 자신을 포함해서 모든 사람에 맞서 어떤 일에서나 공격적인 싸움을 벌이는 아이나 자기 자신 안에 갇혀서 말도 행동도 하지 않고 바깥쪽으로 눈길조차 보내지 않는 아이 앞에서 그런 신뢰를 갖기란 쉬운 일이 아니다. 이 아이 속에 '신적인 부분'이 들어 있음을 말해주는 증거가 하나도 없는 것처럼 보이는 언짢은 돌발 사태를 막기 위해서 언제나 신경을 곤두세워야 한다.

하지만 이런 경우에도 '선한 자연'에 대한 믿음을 가져야 하며 교사나 치료 교사가 신뢰를 굳세게 하기 위해서는 연습의 반복이 필요하다. 그렇다고 착각에 빠지거나, 어떤 것도 그렇게 심각하지 않다고 자신을 설득하라는 말이 아니다. 필요한 것은 사태를 직시하는 깨어 있는 눈길이며, "'폭력적'이나 '고자질이 심한'이라는 말을 '영웅적'이나 '천사 같은'이라는 말로 바꿀"(Montessori, 1995, 116쪽) 준비를 갖춘 깊이 있는 자세이다.

논란이 되는 측면들

마리아 몬테소리의 광범위한 교육 관념은 교육의 중심이 되는 모든 문제를 포괄하며, 유치원에서 고등학교에 이르는 교육 과정뿐 아니라 치료 교육 분야에서도 점점 더 자리를 잡아가고 있는 실제 교육을 가능하게 한다. 우리 시대의 교육 과제들을 담당하는 데 마리아 몬테소리의 교육학은 풍성하고도 튼튼한 기초가 된다. 그렇다고 해서 논란거리가 되는 측면들을 간과해도 좋다는 뜻은 아니다. 이제 마지막으로 논란거리가 되는 네 가지 측면을 살펴보기로 하자.

1. 놀이의 의의

마리아 몬테소리는 정당한 근거를 갖고 아이의 '일' 또는 '노동'이라는 말을 사용하면서 '장난'이란 어른들의 활동을 방해하지 않도록 하려고 아이들을 울타리에 가두어 쓸모없는 일에 몰두하게 하는 무의미한 시간 낭비로 여긴다. 아이의 일을 높이 치는 데는 인간의 성숙에 있어 삶의 이 단계가 가진 중요성과 심각성을 강조하려는 뜻이 있다.

놀이에 대한 거부를 사소한 용어 다툼 정도로 여기면서 흔히 즐겨 쓰는 형식을 빌려 '놀이'가 아이의 '일'이라고 주장하는 사람도 있을 수 있다. 사실이 그렇다면 오늘날 몬테소리 교육학에서 쓰이는 '일' 또는 '노동'을 다시 '놀이'라는 말로 뒤바꾸는 것은 어려운 일이 아니다. 하지만 중요한 것은 개념을 바꿔치기하는 일이 아니다. '놀이'와 '장난'을 같은 것으로 보게 되면, 아이들의 발달 상황에 속하는 중요한 구성 요소들을 볼 수 없게 된다.

드릴을 사용해서 벽에 구멍을 뚫고 있는 어린아이를 떠올려보

자. 아이는 거듭 이 놀이에 관심을 기울이고 유치원에서 집으로 돌아오면 맨 먼저 드릴을 손에 잡는다. 사실 아이가 얼마 전 아버지가 책장을 벽에 세우는 일을 관찰했다면, 처음에는 이 놀이의 원인이 아이의 모방 충동에 있는 듯 단순해 보인다. 아이가 보고 체험하는 것은 놀이를 위한 자극이 될 수 있다.

하지만 모방 행동의 범위를 넘어서서 더 깊은 층을 인식하는 것이 중요하다. 아이의 드릴은 겉보기에도 아이가 가진 목재 권총과 대단히 비슷하다. 부모들은 아이가 권총을 가지고 노는 것을 탐탁지 않게 생각한다. 부모의 기분을 맞추려고 하는 아이에게는 권총을 드릴로 바꿔 해석해서 노는 것이 편리하다. 이 아이로서는 총칼을 가지고 노는 놀이는 모방 행위가 결코 아니다. 아버지는 사냥꾼이 아니고, 텔레비전 프로그램은 〈세사미스트리트〉, 〈젠둥 밑 데어 마우스(Sendung mit der Maus)〉*, 〈잔트맨헨〉(Sandmännchen)**이 전부기 때문이다.

놀이의 동인은 오히려 아이 내면의 긴장에 있다. 즉 아이는 자기 안에서 공격성과 분노를 느끼는 동시에 좋은 사람이 되려고 한다. 아이는 세상 속으로 들어오고 싶지만 동시에 세상의 크기에 불안을 느낀다. 총놀이는 아이가 이런 긴장을 밖으로 표현하는 데

---

* 우리나라의 〈딩동댕유치원〉처럼 유치원생과 초등 저학년을 대상으로 한 교육용 쇼 프로그램.
** 난쟁이 아저씨로 아이들을 귀롭히는 악당에게 모래를 뿌리고 아이들을 모험의 세계로 안내하는 캐릭터.

도움을 주며, 나중에 태권도장에 갈 때도 목적은 똑같다. 드릴 놀이는 과거에 했던 폭력 놀이의 연장이다. 구멍을 뚫는 일과 사격을 할 때의 똑같은 자세, 똑같은 몸짓, 똑같은 소음 효과만 보면 이를 쉽게 알 수 있다.

아이의 놀이는 전향적이 아니라 퇴행적이다. 사내아이는 훌륭한 노동자가 되려고 놀이를 하는 것이 아니고, 여자아이는 어머니 역할을 습득하려고 인형을 가지고 노는 것이 아니다. 놀이를 통해 아이들은 자신들에게 알맞은 형태로 세계를 짜 맞춘다. 그 세계는 소망의 세계이며, 아이는 그 안에서 자신이 유능한 활동 주체가 되고, 그 세계가 자신이 생각하고 느끼는 것에 적합하기를 바라는 마음으로 그 세계를 만들어낸다. 아이는 아직 작고 그런 이유 때문에 언제나 한계에 부닥치기 때문에, 그 안에서 편안함을 느낄 수 있게 해주는 하나의 세계를 필요로 한다.

아이는 어른들이 자신에 대해 결정을 내리며 언제 무엇을 해야 할지 정해놓는다는 사실을 거듭 경험할 수밖에 없다. 놀이 세계에서는 사정이 다르다. 여기서는 아이가 유일한 결정의 주체다. 아이들이 어른 삶의 이런저런 측면을 놀잇거리로 삼는 이유는, 그렇게 하는 것이 그들에게 힘을 약속해주기 때문이다. 올바른 노동자란 힘과 세계 지배와 자기 결정 능력을 획득한 사람을 의미한다.

이 자리에서 아이의 놀이에 대해 간략히 언급하는 것은 마리아 몬테소리 교육학에서 빠져 있는 어떤 차원에 눈길을 돌리기 위해서다. 이 교육학의 관점에서 보면 아이의 발달은 오로지 앞쪽으로 방향이 맞추어져 있고, 아이를 자신의 인성을 구축해나가는 사람으로 바라본다. 그녀의 저술 여러 곳에서 등장하는 표현에 따르면 몬테소리 교육학의 교수법과 방법론은 최고의 성취, 즉 '완성'에 이바지하는 데 방향이 맞추어져 있다.

프뢰벨의 어법에 따라 우리는 이렇게 말할 수 있다. 바깥에 있는 것이 내면화되어야 한다는 것이다. 어른의 세계가 작은 머릿속으로 들어오고 그에 필요한 수단으로서 감각 기관과 행동 능력과 지성 능력이 발달해야 한다. 이를 통해 점점 더 바깥 세계와 아이의 구조들 사이에서 동화가 이루어진다. 바깥 세계를 향한 문들은 활짝 열려 있고, 아이의 행동들은 그 세계에 적응하며, 그렇기 때문에 점점 더 성공적인 결과를 성취해낸다.

마리아 몬테소리는 유치원 연령의 아이에게 중요한 반대 방향의 운동, 즉 내적인 것을 바깥으로 드러내어 형상화하는 운동을 충분히 고려하지 않았다. 자신의 바람과 동경, 불안과 긴장을 표현할 때 사용하는 아이의 언어인 놀이는 그런 형상화에 이바지한다. 아이는 세계 속으로 들어와서 점점 더 그 안에서 자기 의식을 가지고 행동력을 발휘할 수 있는 힘을 더 많이 얻게 된다.

마리아 몬테소리가 생각한 교육적인 도움들은 내적인 것을 드러내어 형상화하는 데 초점을 맞추고 있다. 하지만 아이가 그렇게 되려면 한 가지 조건이 필요 불가결하다. 즉 아이는 교육을 받으면서 그에게 세상을 완전히 잊고 그로부터 물러설 수 있게 해주는 친숙한 공간을 체험할 수 있어야 한다. 놀이는 아이의 노동일 뿐만 아니라 여러 가지 점에서 노동과 완전히 대립되어 있다. 이것이 곧 놀이 세계가 아이의 관점에서 볼 때 진지한 뜻을 갖지 못한다거나 교육 목적에서 볼 때 그다지 중요하지 않다는 말은 아니다. 교육은 전향적으로 전개되는 아이의 발달 노동뿐만 아니라 퇴행적이고 현재 지향적인 놀이 세계와도 관계를 맺어야 한다.

2. 인간 감정의 모순성

이미 언급했듯이, 마리아 몬테소리는 인지적 교육 목적을 지나치게 강조하면서 그에 비해 감정적이고 사회적인 측면들은 경시한다는 비판을 받을 때가 적지 않다. 이렇게 싸잡아 비판하는 것은 옳지 못하다. 그 이유는 이렇다. 자신의 가능성들이 완성된 것을 보았을 때 아이가 느끼는 기쁨은 중요한 구실을 한다. 그리고 일반적으로 볼 때 '관심의 양극화'라는 핵심적인 요소는, 자기 자신에서 출발하여 성장해나가기 위해서 자신의 능력을 사용한다. 아이는 아이의 삶을 구성하는 한 가지 감정적 요소를 표현한다.

사회적 동기도 몬테소리 교육학에서 중요한 구실을 한다. 유치원에서 어린아이는 다른 아이들이 하는 작업을 방해하지 않기 위해 배려하는 것을 배우며, 교구는 통틀어 하나밖에 없기 때문에 참고 기다릴 수 있어야 한다. 마리아 몬테소리는 청소년기를 인간이 사회적 관계망 속에 자신의 자리를 잡아가는 시기로 간주하는데, 이 시기에는 더욱더 사회적인 배려가 중요한 역할을 한다. 일반적으로 몬테소리 교육학의 목적은 사회적인 것이라고 부를 수 있을 것이다. 각 개인의 인격을 강하게 만들어 그가 더욱 정의롭고 평화로운 세상을 위해 노력할 수 있는 능력을 갖추게 하는 것이 관건이다.

그러므로 마리아 몬테소리가 정서와 사회적 행동의 발달에 대해 논의의 여지를 전혀 남겨두지 않았다고 싸잡아 비판하는 것은 적절하지 않다. 하지만 감정과 사회성의 고유한 형성 과정에 대한 그녀의 견해는 일면적이라는 비판을 피하기 어렵다. 마리아 몬테소리가 그려내는 유치원 어린아이는 자제력이 뛰어나서, 생기발랄하고 시끄럽고 성을 내는 유치원 아이들을 생각하면서 글을 읽는 독자는 혼란에 빠질 정도이다.

아이가 정신을 집중해서 과제를 해결하는 데 몰두하지 않는다고 해서 아이의 그런 태도를 모두 일탈적인 형태의 현상이라고 폄훼하는 것은 너무 편협한 생각이다. 아이들은 양면적이다. 시끄럽고 조용하며, 공격적이면서도 민감하고, 불안해하고 만족을 느끼며, 절망에 빠지기도 하고 즐거워하기도 하며, 과도하게 자신을 드러내기도 하고 안으로 움츠러들기도 한다. 딱히 한마디로 표현할 수 없는 그런 긴장 상태에서 사는 것이 바로 인간 삶의 본 모습이다. 사람의 감정은 모순적이며 사회적인 삶을 살면서 우리는 이기주의와 사랑 사이에서 우왕좌왕 흔들린다. 이 모든 것은 문제거리를 제시하기보다 아이들이 사람이라는 사실을 보여준다. 그에 반해 마리아 몬테소리의 아이에 대한 상(像)은 항상 인간 감정의 한 측면만을 강조하는 경향이 있다.

마리아 몬테소리는 주변 세계와 교구를 잘 가다듬어진 형태를 통해 특징짓는데, 여러 곳에서 드러나는 아이에 대한 상도 매우 잘 가다듬어져 있다. 정태적(靜態的) 평온이나 다른 모든 것을 잊게 하는 일은 아이에게 속하며, 아이를 위한 중요한 교육 조건들임에 틀림없다. 마리아 몬테소리가 그러한 것들에 주의를 기울이는 것은 당연하다. 하지만 그와 마찬가지로 혼란스럽고 생생한 측면들도 강조해야 한다. 그것들은 난관을 표현하는 것일 뿐만 아니라 즐거운 다채로움의 특징이기도 하기 때문이다.

마리아 몬테소리는 교육에서 중요한 것이 인위성이 아니라 인간의 삶 속으로 파고드는 일이라는 점을 거듭 강조한다. 다채로움과 모순성을 보는 것 또한 여기에 속하는 일이다. 그런 점을 두고 볼 때 마리아 몬테소리가 인간 삶에서 모순이 되는 측면들을 도외시하고 그것들을 정태적인 고요함과 집중이라는 한쪽 극단으로 해소하게 하는 것은 납득하기 어려운 일이다.

3. 교사의 사랑

마리아 몬테소리는 어른을 불신한다. 심지어는 좋은 뜻을 가진 교사도 순식간에 자신의 능동적 행위를 통해 아이에게 수동적인 역할을 강요하는 근본적인 잘못에 빠져든다. 어른들은 자신들이 더 크고 더 힘이 세다는 이유 때문에 아이를 대신해서 행동하는 경향이 있으며, 아이에게서 그들에게 힘 드는 일을 쉽게 덜어줄 여력이 있다. 더할 나위 없이 좋은 의도에서 그런 태도가 생긴다. 아이를 도우려 하기 때문이다.

아이는 어른의 자연스런 힘과 대면한다. 아이는 나름대로 강한 힘이 있지만, 자기 전개 능력은 미약하고 보호가 필요하다. 어른은 앞서나가려고 한다. 탁자 위에 밤 네 개가 놓여 있는 게 분명해서 어른은 이미 여러 차례 그것을 합산했다. 하지만 밤의 개수에 대한 질문을 받으면 아이는 다시 처음부터 셈을 시작하고 밤 한 개를 두 번 셈한 탓에 계산이 틀린다. 아이의 느린 계산을 보고 어른은 인내심을 가져야 한다.

꼭 나쁜 의도 때문은 아니지만 지식이 없고 교육을 받지 않은 탓에 어른은 아이를 올바른 방식으로 대하는 데 적합하지 않을 때가 많다. 전문 교육을 받은 교사들은 잘못된 교육을 하지 않으려고 주의할 수 있지만, 그들 역시 쉽게 낡은 기본 형식에 잘못 빠져들 수 있다. 경험을 많이 하면, 사람들은 자신들이 이해를 한다고 믿는 탓에 밖으로 드러나는 아이 개개인의 행동거지들을 더는 자세히 눈여겨 보지 않는다.

아이를 어른들의 잘못으로부터 자유롭게 하기 위해, 몬테소리 교육학에서는 교사의 간접적인 작업들을 중요하게 여긴다. 즉 주변 환경을 갖춰주고 교구를 마련해서 아이 자신이 주체가 되어 행동할 수 있게 한다. 어린이 집단의 구체적인 일에서 교사는 뒤로 물러나 있을 수 있고, 관찰 활동이 개입하는 활동보다 더 중요하다.

분명 교사가 직접 해야 할 일도 있다. 교사는 아이들에게 교구 사용법을 설명하고, 잘못 다룰 경우에는 끼어들고, 개념적인 내용을 전달하고, 적합한 작업 환경을 유지하는 등의 책임을 진다. 하지만 전체적인 경향을 놓고 볼 때 교사는 뒤로 물러나 있고 주변 환경과 교구가 중요한 과제를 떠맡는다. 예컨대 전통적인 교육에서는 교사의 일이었던 가르침과 실수 통제 같은 과제가 그에 해당된다. 더 나아가 '교사는 교구다'. 특히 도덕 교육의 영역에서 아이는 자신에게 관찰과 행동의 대상을 제시하는 살아 있는 사람에게서만 무언가를 배울 수 있기 때문이다.

어른에 대한 마리아 몬테소리의 비판은 특별히 우리 시대에 타당하다. 지금은 아이들이 할 수 있는 일이 수없이 많다. 그들에게는 엄청나게 많은 것이 허용되고, 엄청난 물량이 제공된다. 역사상 유래가 없을 정도다. 아이와 어른의 관계에는 지난 시대의 권위주의적 태도에서 벗어난 긍정적인 뜻의 개방성이 있다. 세계 모든 곳에서는 아니지만 부유한 나라에서는 대다수 어린이들이 물질적인 포만 상태를 보장받고, 교육 시설에서 보내는 시간이 길어졌으며, 수많은 시설들은 수준 높은 설비를 갖추고 있다. 양육 시설의 교육적인 질은 흔히 세분화된 작업 방식과 아이 중심적인 노력을 보여주며, 그 결과 지난날과 비교해볼 때 진보한 것처럼 보인다. 하지만 이런 긍정적인 발전에도 아랑곳없이 오늘날 어른들에 대한 아이들의 의존도는 낮아진 것이 아니라 더 높아지는 추세에 있다.

아이들에게 제공되는 것은 그들이 가진 당연한 권리들을 충족시키는 일이 아니라 어떤 은혜를 베푸는 일이다. 교사가 아이의 자립성을 훼손할 정도로 지나치게 도움을 남용하거나 교사의 신경 조직이 더는 불화를 견뎌낼 수 없거나 어른이 밤에 충분히 휴식하지 못한 경우 아이는 그 은혜를 박탈당한다.

우리는 역설적인 상황에 놓여 있다. 아이들이 할 수 있는 일은 점점 더 많아지고 있지만, 그 때문에 아이들은 더욱더 어른들에게 의존하게 된다. 그들의 확고한 법적 지위가 아니라 어른들의 관용 여부에 따라 그들에게 무언가가 허용되고 불허된다.

이런 역설적인 상황에서 한 가지 사실이 따라나온다. 우리 시대의 아이들은, 겉보기에는 모든 것을 선택할 수 있는 것처럼 보이지만 과거에 비해 자유의 폭이 크지 않다. 자유란 어른에게서 벗어나 독립적인 권리를 소유하는 것을 뜻한다고 일컬어진다. 하지만 아이들에게 제공되는 점점 더 많은 물질적 혜택과 아이들이 얻는 더욱 밀도 높은 인격적 대우는 아이들을 의존적으로 만든다.

우리의 교육 상황에 대한 이런 시각이 옳다면, 마리아 몬테소리의 생각은 중요하다. 그녀의 생각대로 우리는 아이들을 우리로부터 독립하게 함으로써 그들에게 자유를 주어야 하고, 우리는 아이들에게 관용을 베풀 뿐만 아니라 그들의 사회적 지위를 강화시킴으로써 그들에게 권리를 허락해주어야 한다.

이런 생각이 어른에 대한 아이의 독립성이 갖는 중요성을 확인해주는 것이 사실이라 하더라도, 어린아이들을 교육할 필요성이라는 관점을 보완해서 살펴본다면, 마리아 몬테소리의 견해에 대해 한 가지 비판이 제기된다. 교사의 활동을 주로 간접적인 도움에 국한시킨다는 비판이 그것이다.

일반적으로 사람은 다른 사람의 도움을 필요로 한다. 어떤 기계도, 어떤 매체도, 어떤 커뮤니케이션 기술도 직접적인 접촉과 눈앞에서 웃는 모습과 용기를 북돋아주는 눈길과 얼굴을 맞대고 하는 한마디 말을 대신할 수 없다. 아이들이 어릴수록 더욱 그러하다.

어린아이들에게는 사랑받고 있다는 경험이 필요하며, 이것은 부드럽게 쓰다듬는 손길과 환한 안색과 두 팔로 얼싸안는 몸짓과 마음을 쏟는 대화를 통해 전달된다. 아이에게는 안락함이 필요하며, 이런 느낌을 제공해주는 것은 천으로 만든 동물이나 방 한쪽의 푹신한 자리가 아니라 아이를 무조건 사랑하는 어른뿐이다.

아이에게는 연속성이 필요한데, 이것은 양육 시설에 있는 똑같은 모양의 설비가 아니라 교사와의 끊임없는 접촉을 통해 가능하다. 아이에게는 신뢰감이 필요한데, 이것을 전달해주는 것은 교육 기관의 질서와 안정감이 아니라 아이가 신뢰할 수 있는 어른의 사랑이다.

마리아 몬테소리가 주변 환경과 교구의 의의에 대해 한 말은 모두 옳지만, 그 둘은 그것들이 교육 환경의 한 부속물일 때 비로소 효과를 발휘하며, 이를 위해 가장 중요한 전제 조건은 그곳에 사랑을 베푸는 어른이 있어야 한다는 사실이다. 교사가 얼마나 생기 있는가에 따라 아이들의 생기도 영향을 받는다. 교사는 아이의 발달 능력들을 자극하도록 주변 환경을 꾸미는 사람이 아니며, 아이들이 가르침을 얻는 데 쓰이는 '교구'도 아니다. 교사는 온몸으로,

세상 일에 참여하는 것이 가치 있는 일이라는 확신을 심어준다. 교사는 아이에게 안정감과 신뢰감을 전달해서 믿음을 가지고 사물과 사람을 대하도록 할 수 있다. 교사는 아이가 자신의 어두운 측면들은 물론 불안감이나 공격성에도 관계없이 자기가 받아들여지고 있다는 느낌을 갖도록 안락감을 제공한다.

교사의 일에는 모순적인 측면이 있다.(Hebenstreit, 1997 참고) 교사는 아이를 독립적으로 이끌어 교사의 옷자락이나 보호하는 손길에 매달리지 않도록 하려고 한다. 한편 교사는, 아이가 다른 아이들에게나 더 넓은 세계로 나아가기 위한 다리로서 자신을 필요로 한다는 사실을 알고 어린이에게 상처를 주지 않으려고 한다. 아이는 자신감과 자기 의식과 자기 확신에 도달해야 하지만, 서 있는 기반이 아직 불안정해서 아이를 사랑해주는 어른과 맺는 직접적인 관계가 필요하다. 이런 모순을 중재하는 것은 교사 앞에 놓인 어려운 과제 가운데 하나다. 왜냐하면 교사가 아이에게 주는 것은 모두 아이의 필요성에 바탕을 두고 있기 때문이다.

교육 관계는 상호적이 아니라 매우 일방적이다. 즉 아이가 욕구에 따라 손을 내뻗을 수 있도록 교사는 사랑을 베풀 준비를 갖추고 있다. 교사가 아이에게 주는 것은 많지만, 미래에 어떤 것으로도 보상받을 수 없다. 아이들은 자신의 삶을 살려고 부모 곁을 떠날 것이다. 따라서 사람들은 내가 요구할 수 있는 것이 아무것도 없다면 무엇 때문에 이 모든 것을 주어야 하는가라는 질문을 던질 위험이 크다. 그리고 아이들이 떠나가려고 하면 오랫동안 자기에게 묶어두려고 할 수도 있다. 상호 관계에서라면 사랑을 할 뿐만 아니라 사랑을 받기도 한다. 그에 반해 일방적인 교육 관계에서는 아이는 모든 것을 요구하지만, 교사는 아이에게 받을 사랑에 대해 아무런 요구도 할 수 없다.

교육에서 발생하는 이런 역설들을 상대하기란 쉽지 않다. 간접적인 과제들에 몰두함으로써 그런 역설들을 해결하는 것이 매력 있는 탈출구처럼 보일 수도 있다. 사람들은 이 일에 거의 감정을 쏟지 않는다. 즉 아이 개개인에 감정을 쏟지 않고 시설을 구축하는 데 노력을 들인다. 하지만 아무 소용이 없다. 아이들은 눈망울을 반짝이거나 절망스런 눈길로 다가온다. 육체적인 소망을 표현하고 관심을 끌려고 공격적인 충동을 내보이면서 다가온다.

교사는 교육에서 발생하는 역설과 상대하는 법을 배워야 한다. 몸과 감정과 정신을 모두 동원해서 자기 자신을 아이에게 바치면서도 동시에 아무런 보상도 기대하지 않는 법을 배워야 한다. 아이와 아이의 욕구 충족을 위해 곁에 있지만 아이의 독립성에는 방해물이 되지 않는 법을 배워야 한다.

4. 이론 정립의 문제

마리아 몬테소리는 자신의 저술에서 아이의 본질에 대해 상세하고 깊이 있게 성찰했다. '관심의 양극화' 현상을 처음 발견한 데서 시작해 감각적인 단계에 대한 관념을 거쳐 우주적인 계획 속에서 아이의 위치에 이르기까지 마리아 몬테소리의 문제 제기는 유년기의 의의를 찾아내고, 아이의 본성은 무엇이고 그 본성의 전개가 어떻게 어른과 아이 사이의 불공평한 계급 투쟁으로 말미암아 방해를 받는지 보여주려고 했다.

이때 마리아 몬테소리는 우리에게 아이에 대한 놀라운 관점들을 보여주는데, 우리가 생각하기에 그러한 것들은 개관하기도 쉽고 이해하기도 어렵지 않다. "어른 중심의 안경을 벗어버리고 아이의 다름을 선입견 없이 바라보라." 이것이 몬테소리 교육학의 중요한 결론이다. 유년기에 대한 그녀의 상(像)은 과장 없는 관찰과 어린이의 이익을 대변하기 위한 참여 활동을 두 가지 특징으로 하는데, 그런 상을 바탕 삼아 마리아 몬테소리는 한 가지 교육 개념을 구축한다. 그 교육 개념의 중심부에 놓여 있는 것은, 교육은 자기 발달을 위해 도움을 주는 것이라는 생각이다. 중요한 것은 지식과 힘을 아이 속에 쌓는 것이 아니라 아이의 고유한 능력들이 펼쳐지도록 공간과 시간을 제공하는 일이다.

아이에 대한 마리아 몬테소리의 상에는 몇 가지 놀라운 점이 있다. 그에 따르면 아이는 수동적이며 적응을 필요로 하는 존재도 아니고, 혼란스럽고 자기중심적인 존재도 아니다. 마리아 몬테소리가 알아낸 여러 가지 내용에 대해 돌이켜 생각해보는 것은 우리 시대에도 유익한 일이다.

하지만 몬테소리 교육학에는 이데올로기적 왜곡의 위험이 도사리고 있다. 그 위험은 몬테소리 교육학이 한 가지 기본 모형을 따를 때 발생하는데, 이것은 교육학의 역사에 등장했던 다른 고전적인 계획에서도 드물지 않게 찾아볼 수 있다. 이는 어린이의 삶에서 다소 중요한 한 가지 현상을 발견하고 이를 절대화하며, 한 부분을 전체로 받아들임으로써 아이의 상이 일그러지게 되는 것을 말한다. 동시에 그런 토대 위에 실제 교육이 구축된다면, 자기 충족적인 예언과 같은 현상이 발생한다. 즉 교육 현실이 낳는 성공적인 결과들은 아이에 대한 처음의 상을 확증해주는 증거 구실을 하게 된다.

어린아이들은 어른들의 따뜻한 관심에 의존하기 때문에 어떤 종류의 교육 체계에도 적응한다. 이렇게 하지 않는 아이들에 대해서 사람들은 다음과 같은 가능성을 준비하고 있다. 다른 시설들이나 부모들은 아이를 그의 본래 발달 경로에서 탈락시킨 다음 그 경로에 벗어난 태도를 '일탈적인' 장애의 표현으로 해석한다. 정상적인 경우, 교육 방법의 성공 사례가 확인되는 경우가 잦아질수록 거기서 벗어난 아이들은 더욱더 부자연스런 경우들로 보이기 쉽고, 이들에게는 특별 프로그램을 통해 교육 환경에 적응하는 데 필요한 기회가 우선적으로 제공되어야 한다고 생각하게 된다. 하지만 그러면 그럴수록, 아이를 바라볼 때 쓰고 있는 자신의 색안경을 문제 삼아야 할 필요성은 점점 더 줄어든다.

한계가 있는 어린이 상과 그에 기초를 둔 협소한 실제 교육 사이의 상호 확증은 마리아 몬테소리를 계승한 교육학에도 낯설지 않은 위험이다. 그에 따르면 아이들은 자신들의 발달을 이뤄내는 데 모든 것을 쏟아 붓는 일꾼 또는 노동자들이고 미리 마련된 주변 환경은 그들에게 이런 근본적인 발달 욕구를 따라갈 가능성을 제공한다. 관심의 양극화 현상을 보이지 않는 아이들은 일탈 과정에 빠져 있고, 몬테소리 방법은 그들에게 정상화 기회를 주어야 한다. 어린이 상이 고착화되면서 교육 방법도 돌처럼 굳어진다. 교구들이나 환경 조성의 기준들이 마련되고, 전수된 교육 태도를 하나 가득 담은 연장통이 갖춰진다.

마리아 몬테소리는 이런 위험을 의식하고 있었다. 삶을 마감하면서 그녀는 추종자들에게 다음과 같이 경고했다. '아이를 향해' 눈을 돌려라! 교육에서 중요한 것은 여러 아이가 아니라 한 아이다. 유년기를 학문적인 여러 이론 속에서 파악할 때 쓰는 일반적인 범주들은 너무나 개괄적이어서 아이 개개인을 가늠하는 데 충분치 않다. 그 범주들은 아이에게 다가가는 데 유용한 수단일 수 있지만, 위험 요소가 될 수도 있다.

아이 개인을 교육 전체를 지배하는 언어 스타일에 종속시키면서 그것이 아이에게 본질적인 어떤 점을 진술한다고 믿는다면 그럴 수 있다. 하지만 아이는 한 가지 이론의 적용 사례가 아니다. 물론 마리아 몬테소리 이론의 적용 사례도 아니다. 교육은 보편 타당한 방법을 실행하는 것이 아니다. 그것이 마리아 몬테소리의 방법이라 해도 마찬가지다.

우리는 마리아 몬테소리에게, 우리의 눈길을 아이에게 고정시키고 그렇게 해서 아이를 감지하게 해주는 보편 타당한 안경을 기대하지 않는 것이 좋다. 우리는 그녀에게서 어른 중심주의의 위험을 의식하는 법을 배울 수 있다. "그것을 쓰면 아이를 이해할 수 있다고 믿는 당신들의 색안경을 벗어버리고, 당신 눈앞의 피와 살이 있는 아이의 생생한 모습을 보라!" 이것은 오늘날 우리에게도 타당한 마리아 몬테소리 교육학의 결론이다.

두 번째 결론은 이렇게 요약될 수 있을 것이다. "하나의 교육방법을 독단적으로 정립하지 말고 자기 자신을 찾아 길 위에 있는 아이가 밖으로 드러내는 삶의 모습들을 따라가라!" 마리아 몬테소리는 교육학 저술을 집필하면서 아이에게 가까이 가기 위해서 관습에서 벗어난 길을 걸어갔다. 이러한 것들이 오늘날 우리의 교육상황에 어떤 자극을 주는지는 검토해보아야 하지만 이러한 것들은 예나 지금이나 수많은 창조적인 이념들을 제공해주었다. 하지만 아마도 더 중요한 것은 마리아 몬테소리 교육학의 원칙일 것이다. 어른의 생명력을 가지고 아이의 '기적'에 참여하는 것이 그 원칙이다.

참고문헌

· Anderlik, Lore : Ein Weg für alle! Montessori-Therapie und Heilpädagogik in der Praxis, Dortmund 1996

· Biewer, Gottfried : Montessori-Pädagogik mit geistig behinderten Schülern, Bad Heilbrunn 1997²

· Böhm, Wilfried : Maria Montessori, Bad Heilbrunn 1991²

· Comenius, Johann Amos : Pampaedia, Heidelberg 1965²

· Comenius, Johann Amos : Böhmische Didaktik, Paderborn 1970

· Comenius, Johann Amos : Orbis sensualium pictus, Dortmund 1991⁴

· Esser, Barbara und Wilde, Christine : Montessori-Schulen, Reinbek 1996

· Günnigmann, Manfred : Montessori-Pädagogik in Deutschland Bericht über die Entwicklung nach 1945, Freiburg 1979

· Hebenstreit, Sigurd : Johann Heinrich Pestalozzi. Leben und Schriften, Freiburg 1996

· Hebenstreit, Sigurd : Kindzentrierte Kindergartenarbeit, Freiburg 1997⁴

· Heiland, Helmut : Maria Montessori, Reinbek 1992[2]

· Hellbrügge, Theodor/Montessori, Mario(Hrsg.) : Die Montessori-Pädagogik und das behinderte Kind, München 1978

· Hellbrügge, Theodor : Unser Montessori-Modell, Frankfurt 1989

· Holstiege, Hildegard : Freigabe zum Freiwerden. Interpretationen zur Montessori-Pädagogik, Freiburg 1997

· Klaßen, Theofried : Der Erzieher als Material, in : Pädagogische Rundschau, 1975, p.591~599

· Korczak, Janusz : Das Internat, in : Wie man ein Kind lieben soll, Göttingen 1972[3]

· Kramer, Rita : Maria Montessori. Leben und Werk einer großen Frau, Frankfurt 1997

· Locke, John : Einige Gedanken über die Erziehung, Paderborn 1967

· Ludwig, Harald(Hrsg.) : Erziehen mit Maria Montessori, Freiburg 1997

· Montessori, Maria : Selbsttätige Erziehung im frühen Kindesalter, Stuttgart 1913[2]

· Montessori, Maria : Das kreative Kind. Der absorbierende Geist, Freiburg 1975[3]

· Montessori, Maria : Kinder sind anders, Stuttgart 1989[4]

· Montessori, Maria : Dem Leben helfen, Kleine Schriften Maria Montessoris, Bd. 3, Freiburg 1992

- Montessori, Maria : Die Macht der Schwachen. Kleine Schriften Maria Montessoris, Bd. 2, Freiburg 1992²a

- Montessori, Maria : Die Entdeckung des Kindes, Freiburg 1994¹¹

- Montessori, Maria : Schule des Kindes, Freiburg 1995⁵

- Montessori, Maria : Gott und das Kind. Kleine Schriften Maria Montessoris, Bd. 4, Freiburg 1995a

- Montesori, Maria : Kosmische Erziehung. Kleine Schriften Maria Montessoris, Bd. 1, Freiburg 1996³

- Montessori-Vereinigung Aachen : Montessorimaterial. Handbuch für Lehrgangsteilnehmer. 3. Bd., Zelhem, Niederlande (Verlag Nienhuis Montessori International) 1992

- Olowson Anke : Die kosmische Erziehung in der Pädagogik Maria Montessoris, Freiburg 1996

- Rousseau, Jean-Jacque : Emil oder von der Erziehung, Zürich 1989

- Schleiermacher, Friedrich : Über die Religion. Reden an die Gebildeten unter ihren Verächtern, Göttingen 1991⁷

- Schmutzler, Hans-Joachim : Fröbel und Montessori, Freiburg 1991

- Schulz-Benesch, Günter (Hrsg.) : Montessori, Darmstadt 1970

- Standing, E. M. : Maria Montessori. Leben und Werk, Oberursel o. J.

- Stein, Barbara : Theorie und Praxis der Montessori-Grundschule, Freiburg 1998

옮긴이의 말

마리아 몬테소리는 1870년, 이탈리아가 산업 발전에 박차를 가하고 있던 시기에 유복한 집안의 무남독녀로 자라 이탈리아 최초로 여의사가 된 인물이다. 우리나라에서는 어린이집의 창시자이자 유아교육자로 널리 알려져 있다. 몬테소리는 의사로서 정신지체아를 치료한 경험을 보완하고 아이들이 내보이는 '관심의 양극화 현상'을 발견하여 유아 교육의 새로운 장을 열었다. 그리고 이 유아 교육에서 선보인 감각 교구들은 아이들의 지각 발달에 크게 기여했다.

그러나 그녀의 반세기에 가까운 교육 활동은 결코 유아 교육에 국한되지 않았다. 마리아 몬테소리는 무엇보다도 아이의 인권을 대변한 교육실천가였고, 교육에 대해 과학적인 탐구를 수행한 교육이론가였다. 또한 강연과 집필을 통해 몬테소리 교육자들을 배출한 교사였을 뿐 아니라 몬테소리 기관과 교구를 세계적으로 보급한 사업가이기도 했다. 이 책은 열정적인 삶을 펼쳐온 여성 마리아 몬테소리의 삶과 사상과 활동 등 그녀가 걸어간 발자취를 좇고 있다.

그녀의 전 생애를 불태운 교육 활동은 과연 무엇을 지향한 것이었을까? 마리아 몬테소리는 평생 동안 기존의 교육이 어른 중심의 일방적인 것이며, 아이들의 선한 본성을 억압하는 것임을 고발했다. 아이가 처한 상황을 단적으로 드러내는 거인족에 대한 비유를 다시 떠올려보자. 식사를 하려고 손님의 어깨까지 오는 의자에 안간힘을 다해 오르게 하는 거인들의 무심함, 친절을 가장하며 손님의 자유를 빼앗고 끊임없는 훈계를 늘어놓는 거인족의 무지막지함, 이것이 바로 교육을 맡고 있는 어른들의 모습인 것이다.

그녀가 관찰한 아이들은 어른의 선입견처럼 조금도 가만히 있지 못하고, 어른들로부터 자기 발달을 위해 끊임없이 동기를 부여받아야 하는 그런 불완전한 존재가 아니다. 그와 정반대이다. 올바른 교육 환경만 제공하면 신에게서 선물로 받은 완전한 내면의 설계도에 따라 자기 발달을 조화롭게 추진해가는 존재들이다. 어른들이 만드는 억압적인 교육 관계 때문에 아이들은 끊임없이 좌절하고 일탈의 길로 내몰린다. 아이들이 이 억압의 관계에서 비롯되는 강제와 선입견, 감금과 억압에서 해방되면 아이들은 다시 정상 궤도에 진입하여 신이 선물한 선한 본성을 되찾게 된다. 이 해방은 비단 아이들만의 해방이 아니다. 이것은 또한 "근거 없는 책임감이 주는 부담에서 오는 불안과 위험한 착각으로부터" 어른들의 해방이며 평화 교육의 뿌리가 된다.

마리아 몬테소리는 "우리는 아이를 볼 뿐 아니라 아이 속에서 신을 보아야 한다"고 말한다. 신의 섭리를 대하듯 아이가 이뤄내는 발달의 기적에 감격과 기쁨으로 동참하는 것이 어른이 할 일이다. 창조자가 아닌 조력자로 아이를 관찰하며 아이의 발달 욕구가 실현될 수 있는 환경을 만드는 것이 어른이나 교사에게 맡겨진 교육의 과제인 것이다.

마리아 몬테소리는 아이의 본성에 대한 학문적인 탐구나 교육적 환경에 대한 논의를 성장기의 전 과정에 걸쳐 전개했다. 그래서 발달심리학적 기초 아래 영아기, 아동기, 유년기, 청소년기와 청년기를 나누고 각 발달 단계가 안고 있는 삶의 과제와 그 해결을 위한 교수법을 제안하여 교육 이론을 세분화했다. "우리는 교육 전체에 생명을 불어넣기 위해 노력해야 한다"고 외치면서 마리아 몬테소리는 교육학의 본질적인 질문들에 대한 철학적 탐색을 진척시켰고, 교육의 인간학적 바탕에 관해 성찰했으며, 또 교육활동의 사회학적 의미를 규명하여 자신의 교육 활동의 이론적 기초를 다졌다.

이 책에서 저자가 인용한 마리아 몬테소리의 육성과 육필을 통해 그녀의 열정적 행보와 치열한 사상을 접하는 것은 독자에게 큰 기쁨이 되어줄 것이다. 때로는 매우 통렬하게 사람들의 선입견과 관습에 맞선 그녀의 주장은 혼자 힘으로 세계적인 교육 운동을 주도한 여장부의 면모를 가늠하게 하면서 이 책읽기의 기쁨을 두 배로 늘려준다.

이 책은 몬테소리의 사상을 이해하기 위한 전공 입문서로서 가치가 높다. 그리고 부모로서 혹은 현장의 교사로서 자신이 맺고 있는 교육 관계를 돌아보고 올바른 교육 환경을 고민하는 독자에게 권하기에도 손색이 없다. 이 책과의 만남이 교육 활동 전체를 진단해볼 수 있는 좋은 계기가 되어줄 것이기 때문이다.

이제 그녀가 남긴 말을 다시 한번 인용해보자. 그리고 우리가 하고 있는 교육을 다시금 되짚어보자.

교육의 비밀은 사람 속에 있는 신적인 것을 인식하고 관찰하는 데 있다. 즉 사람 속에 있는 신적인 것을 알아내고 그것을 사랑하며 그것에 봉사하되, 창조자의 위치가 아니라 피조물의 위치에서 돕고 함께 일하는 데 있다. 우리는 신적인 작용에 힘을 더해야 하지만, 그의 자리를 차지해서는 안 된다. 그렇지 않으면 우리는 자연을 잘못된 길로 이끄는 자가 되기 때문이다.

옮긴이 **이명아**

성균관대 사회학과를 졸업하고 서울대 사회교육과에서
석사학위를 취득했으며, 독일 프라이부르크사범대학에서
미디어 교육 전공으로 석사학위를 취득했다.
한국청소년개발원 연구원으로 연구보고서
《청소년 지도자 교육 과정 및 프로그램 개발 연구》(1991),
《정학 및 중퇴 청소년의 실태 및 선도 연구》(1992)를 공동 집필했다.

몬테소리 평전

1판 1쇄 발행 2011년 1월 10일
1판 3쇄 발행 2020년 9월 30일

지은이 지구르트 헤벤슈트라이트 | 옮긴이 이명아
펴낸곳 (주)문예출판사 | 펴낸이 전준배
출판등록 1966. 12. 2. 제1-134호
주소 03992 서울시 마포구 월드컵북로 6길 30
전화 393-5681 | 팩스 393-5685
홈페이지 www.moonye.com | 블로그 blog.naver.com/imoonye
페이스북 www.facebook.com/moonyepublishing | 이메일 info@moonye.com

ISBN 978-89-310-0689-6 03850